本研究为"聊城大学出版基金资助项目";山东省社科规划项目:《莫言小说中的"动物性"研究》(15cwxj39)的最终结项成果;"十三五"山东省高等学校人文社会科学研究平台立项"鲁迅与中国现代文学文化研究"成果。

个体生命视角下的莫言小说研究

张雪飞 著

中国社会科学出版社

图书在版编目（CIP）数据

个体生命视角下的莫言小说研究/张雪飞著. —北京：中国社会
科学出版社，2018.10
ISBN 978 – 7 – 5203 – 2821 – 0

Ⅰ. ①个… Ⅱ. ①张… Ⅲ. ①莫言—小说研究 Ⅳ. ①I207.42

中国版本图书馆 CIP 数据核字（2018）第 160979 号

出 版 人	赵剑英
责任编辑	高　歌
责任校对	韩海超
责任印制	戴　宽

出　　版	中国社会科学出版社
社　　址	北京鼓楼西大街甲 158 号
邮　　编	100720
网　　址	http://www.csspw.cn
发 行 部	010 – 84083685
门 市 部	010 – 84029450
经　　销	新华书店及其他书店

印　　刷	北京明恒达印务有限公司
装　　订	廊坊市广阳区广增装订厂
版　　次	2018 年 10 月第 1 版
印　　次	2018 年 10 月第 1 次印刷

开　　本	710×1000　1/16
印　　张	16
插　　页	2
字　　数	255 千字
定　　价	69.00 元

目　　录

导　　论

一

　　20 世纪 80 年代，中国涌现出一大批优秀的作家，他们共同创造了一个星光璀璨的文学时代，使中国文学迈入了一个新的境界。在这片创作的群峦中，莫言是一座高峰。从事文学创作的 30 多年中，莫言始终表现出持续饱满的创作力和艺术爆发力，这使他的创作成果极为丰厚：11 部长篇小说、30 部中篇小说、80 多篇短篇小说，另有散文集、评论、演讲集和话剧、影视剧本多部，作品总量高达 800 多万字。这样丰繁而庞大的容量显示出宏大的史诗气象和气吞万千的风格，呈现出"五四"以来，中国作家罕见的创作潜力和爆发力。他苦心营造的文学世界——高密东北乡，完全可以和福克纳的"约克纳帕塔法镇"、马尔克斯的"马孔多"相媲美，他以童年乡土体验为创作基点，把乡土空间塑造成融个体困厄、民族苦难、历史创伤为一体具有审美风格和文学想象的叙事空间，使之成为展现中国人生存苦难的生死场，也是莫言观照人类生存状态的集结地。莫言的创作发端于新时期，全球化的时代赋予他很多来自世界文学的宝贵资源：马尔克斯、福克纳、川端康成、卡尔维诺等。同时，他继承并发扬了以司马迁、蒲松龄等为代表的优秀文化精神，接续了鲁迅开创的乡土文学传统。在经历了"影响的焦虑"后，莫言表现出强烈的民族意识与本土自觉，并逐步找到一条能够有机融合现代与民族的独特书写之路，可以说，在他的作品中实现了世界性与民族化的交融。由山东高密东北乡一路走向世界的历程，使莫言成为中国经验、中国故事的杰出讲述者，中国故事对中国经验的有效承载，是中国作家对于世界独一无二的贡献。

　　2012 年 10 月 11 日，莫言获诺贝尔文学奖，成为第一位获此殊荣的中国籍作家。莫言的获奖无疑是中国现代史上具有里程碑意义的重大事件，引起海内外学术界持续、广泛的关注与探讨，使莫言本人和他的作品再一次吸引了世界的目光。为此而欢欣鼓舞者积极肯定此奖项对于中国文学乃至中国的重大意义：教会了"我们懂得什么是文学、什么叫阅读，让中国人回归到真正的文学时代"①，"中国新时期以来的文学内部发生了奇特的化学反应，空前扩张了释放了中国当代文学的巨大能量……深刻影响了中国当代文学史这门课程在高校的教学存在方式"。②同时，莫言的获奖"再一次证明了文学的价值，重申了文学的尊严"③，"给当代中国文学盖了一个可以畅行无阻的大印，会在西方掀起一个关注、翻译当代中国文学的新浪潮"。④ 证明"中国的文学和文化，伴随中国国力的强盛正在逐渐融入全球，将会一改中国文化一直跟着西方跑路的窘境"⑤ ……当然，与之相伴随的也有形形色色的焦虑，有学者担忧莫言获奖所带来的轰动效应很可能使其作品成为典范，"甚至成为批判或法则的准绳。这就是诺贝尔文学奖对中国当代文学发展的重大影响"⑥，甚至因为莫言的获奖，"就把他和其他有同等创作实力但没有得奖的作家，乃至更广泛的作家群体，在性质上，在层次结构上，都分成两种境界看待"⑦，也有学者为莫言本人的创作表示担忧："消除了长久萦绕于中国作家的诺贝尔文学奖的魅力……莫言在最初的喜悦之后也将渐渐陷入一种文学焦虑；下一步作品该怎么写？他必须面对文学读者的更高的或者更为苛刻的期待。"⑧ 诚然，此中不乏冷静的判断："诺贝尔文学奖在本质上与形形色色的其他文学奖项没有区别，莫言无从因此而成为中国文学'评判或法则的准绳'。中国当代文学的走向也不会因有谁获得'诺奖'而改变，而是像其他众多获奖国家的文学一样，依旧会按照自身的逻辑

---

① 陈钟强：《中国的诺贝尔文学奖情结》，《文化学刊》2013 年第 1 期。

② 陈一军、袁栋洋：《莫言获诺贝尔文学奖与高校的中国当代文学史教学》，《陕西教育》2013 年第 3 期。

③ 栾梅健：《莫言获奖重申了文学的尊严》，《社会科学》2013 年 1 月 17 日。

④ ［澳］欧阳昱：《打折扣的诺贝尔文学奖》，《华文文学》2012 年第 6 期。

⑤ 周志强：《赶超英美的文化生产逻辑反思》，《人民论坛》2012 年第 31 期。

⑥ 熊元义：《莫言的清醒与盲区》，《中国文艺报》2013 年 4 月 22 日。

⑦ 傅小平：《诺贝尔文学奖与当代文学价值重估》，《文学报》2012 年 12 月 10 日。

⑧ 程巍：《"诺奖"与文学的新焦虑》，《中国图书评论》2012 年第 12 期。

发展。过度抬高诺贝尔文学奖，与完全否定它一样，均是民族文化虚无主义和国族文化主体性缺位的不同症候。"①

　　莫言的获奖不仅在国内引起巨大的反响，在海外汉学界也引起热烈的讨论。莫言作品的主要英文译者葛浩文认为莫言是"寓言与幻象、多重叙述和风格变换的大师"②，美国华盛顿大学东亚寓言文化系主任、迪克曼比较文学讲座教授与中国文学教授何谷里注意到莫言作品对中国形象的影响，"认为莫言的作品题材多元，同一部作品中讲述的议题也不只一样，而作品中的'男性'形象似乎重新定义了20世纪80年代和90年代里正在崛起的中国力量"③。美国纽约圣若望大学历史系教授金介甫（Jeffrey C. Kinkley）表示了对作家莫言的喜爱："最喜欢的一位中国当代小说家。他是中国少数被认为有资格获得诺贝尔文学奖的作家之一，并且他的确获此殊荣。他非常具有创造力，是一位多产的作家，也是中国文化界真正的国宝级人物。"④ 纽约大学东亚系主任张旭东从莫言小说语言方面肯定了其巨大的包容力和创造力，他这样评论道："中国语言所负载的巨量的信息和情感交流，包括这个过程中的损耗、污染，显示出当代中国语言的惊人的包容能力、吸收能力、夸张变形能力，戏仿或'恶搞'能力，这种史诗性的综合包含着巨大的张力。莫言的小说就像是这种语言活力的'原浆'，其浓度、烈度和质地高于从其他管道（比如互联网）所接触到的新奇语言现象，因为它们被组织进一个系统。这种震撼力对西方读者的影响不可低估。它们会感觉到20世纪中国的创造性，莫言的作品再现或者折射了整个中国社会内在的活力、动力和创造力。"⑤ 在欧洲，公众影响仅次于罗马教皇本笃十六世的德国文坛巨匠马丁·瓦尔泽（Martin Walser）说："再也没有比莫言更合我意的人选，毋庸置疑他是实至名归"，并且他认为莫言"是我们这个时代最重要

　　① 张泉：《后莫言时代对诺贝尔文学奖与中国议题的再审视》，《海南师范大学学报》2014年第2期。
　　② 康慨：《葛浩文：大师莫言》，《中华读书报》2012年12月5日。
　　③ 王晓平：《海外汉学界对莫言获诺贝尔文学奖的反应综述》，《文学评论》2014年第2期。
　　④ 赵妍、赖宇航：《外媒热情关注莫言获奖》，《时代周报》2012年10月18日。
　　⑤ 同上。

的小说家"，他的小说"具有一种冲击力和丰富性，很难用简单的语言描述。所有值得一提的小说无不是在刻画人物的冲突。当人们发现他们的情感、全部存在必须屈从于现行的习俗、道德和法律制度的时候，冲突就会出现。莫言亦是在冲突中呈现令人眩晕的叙述张力"，"今天谁要想谈论中国，应该先去拜读莫言的作品，他在我心中的排名与福克纳不相上下"。① 在瓦尔泽的眼里，莫言是与福克纳相比肩的重要作家。

莫言获得诺贝尔文学奖绝非"十年寒窗无人问，一朝成名天下知"，此前其诸多作品已经取得了国内外多种赞誉：《檀香刑》获台湾联合报年度文学类最佳图书奖和第 1 届鼎钧双年文学奖，入围第 6 届茅盾文学奖；《生死疲劳》获日本福冈亚洲文化大奖和第 2 届世界华文长篇小说奖——红楼梦奖；《四十一炮》获第 2 届华语文学传媒大奖——年度杰出成就奖和第 7 届茅盾文学奖最终入围作品；《蛙》获第 8 届茅盾文学奖……并且，由他的中篇小说《红高粱家族》改编而成的电影《红高粱》，曾荣获 1988 年柏林国际电影节金熊奖；短篇小说《白狗秋千架》改编而成的电影《暖》，曾获得第 16 届东京国际电影节最佳影片金麒麟奖……其诸多作品在国内外称得上好评如潮。莫言的创作开始于 20 世纪 80 年代，中篇小说《透明的红萝卜》（1985）被公认为是他的成名作。国外对莫言作品的译介早在 1988 年就已经开始，他的中篇小说《民间音乐》在 1988 年被翻译成英文发表在名为《中国文学》（*Chinese Literature*）的杂志上，第二年，他的《白狗秋千架》和《大风》也陆续被刊登于此。曾蜚声海内外的《红高粱家族》创作于 1986 年，法语译文出现在 1990 年，德语和英语的译本皆始于 1993 年，并在此后的几年内多次再版。从 1993 年至今，莫言的作品在德国经历了三次出版高峰：第一次是由电影《红高粱》的成功上映及金熊奖的获得所带来的影响；第二次是 2009 年的法兰克福书展，莫言远赴德国，此次书展直接促成了《檀香刑》的出版；第三次的高峰是 2012 年诺贝尔文学奖的揭晓。据维也纳大学的苏珊娜（Susanne Weigelin Schwiedrzik）介绍："莫言的小说在德国有很多版

---

① 亚思明：《莫言获"诺奖"分裂德国文坛》，《中华读书报》2012 年 12 月 5 日。

本都是平装本印行的，这意味着莫言的小说非常有市场。"① 莫言也是中国当代作家中作品被翻译成外语语种最多的作家，他的作品被翻译成英文、法文、德文、意大利文、日文、西班牙文、希伯来文、瑞典文、挪威文、荷兰文、韩文、越南文、波兰文、葡萄牙文、塞尔维亚文等。在莫言创作的几十年中，他作品的丰富性与独特性，得到了国内外读者的肯定。

费孝通先生曾经认为：作为民族的一员应对本民族的文化有清醒的认识和相当的自信，并将其放在全球的时间和空间中加以认知，能够对本民族文化与其他民族文化的关系予以理性把握，力求做到对本民族文化不断地自我反省、自我批判、自我超越和自我创造。② 莫言获奖之后，学界对其作品的研究也发生了相应的变化，目前大家更多地在思考和探究莫言的作品与中国文学传统以及世界文学的关系，正如铁凝女士祝贺莫言获得诺贝尔文学奖的一段话中所说的那样："他的作品始终深深扎根于乡土，他的视野亦从来不拒'外来'。他从我们民族百年来的命运、奋斗、苦难和悲欢中汲取思想的力量，以奔放而独异的鲜明气韵，有力拓展了中国文学的想象空间和艺术境界。他讲述的中国故事，洋溢着浑厚、悲悯的人类情怀。他的作品不仅深受国内广大读者的喜爱，而且就我所知，在国外也深受一大批普通读者的喜爱。"张志忠教授的名为"世界性与本土性的交汇：莫言文学道路与中国文学的变革研究"的国家重大社科项目正集中反映了学者们在后诺奖时期对莫言作品的研究走向。2013年12月在北京举行的题为"莫言：全球视野与本土经验"的学术研讨会中，涌现了大批关于莫言作品的世界性与本土性的研究文章：陈晓明的《"在地性"与越界——莫言小说创作的特质和意义》、李掖平的《向世界讲述中国故事》、马春花的《"即物"的莫言：一个全球本土的视野》、王春林的《莫言小说创作于中国文学传统》、凌云岚的《莫言与中国现代乡土小说传统》、季红真的《莫言小说与中国叙事文学的传统》、张颐武

---

① 熊鹰：《当莫言的作品成为"世界文学"是——对英语及德语圈里"莫言现象"的考察与分析》，《山东社会科学》2014 年第 3 期。

② 参见张兆林、束华娜《基于文化自觉视角的非物质文化遗产保护与新文化创造》，《美术观察》2017 年第 6 期。

的《莫言的世界和世界的莫言》、段凌宇的《莫言与新文学的传统》、赵霞的《蒲松龄莫言比较研究》等文章都从不同视角不同程度展现了学者们对这一主题的思考。

能够得到世界性的首肯，意味着莫言的作品具有超越阶级、种族、国家、政治的特点。对此，诸多研究者各有所见，并无定论。莫言曾说："我的文学表现了中国人民的生活，表现了中国独特的文化和民族的东西，同时我的小说也描写了广泛意义上的人，我一直是站在人的角度上，立足于写人，我想这样的东西超越了地区和种族。"① 这一点早在美国哥伦比亚大学所作的演讲中，莫言就明确地宣称："一个作家，如果把自己的注意力放在研究政治的和经济的历史上，那势必会使自己的小说误入歧途。作家应该关注的，始终都是人的命运和遭际，以及在动荡的社会中人类感情的变异和人类理性的迷失。"② 可见，对"人"的深度挖掘，成为莫言创作的出发点和最终归宿，也成为他作品中具有强烈震撼力量的根源之一，更是他给予世界文学的贡献之一。

"认识你自己"，这句镌刻在阿波罗神庙门楣上的名言，几千年来一直警醒着人类探索自身的奥秘。但人性的复杂多变，使无论多么伟大的思想家也为之感到困惑不已。布莱士·帕斯卡尔（Blaise Pascal）说："人是多么的虚幻啊！是多么的奇特、多么的怪异、多么的混乱、多么矛盾的主体、多么的奇观啊！既是一切事物的审判官，又是地上的蠢材；既是真理的储藏所，又是不确定与错误的渊薮，是宇宙的光荣而兼垃圾……"③ 多少世纪过去了，"认识你自己"依然是哲人、智者们孜孜以求的目标，书写"人性"理所当然成为文学作品永恒的主题。和所有作家一样，"写人"也是莫言的第一要务；挖掘人性中最黑暗与最闪光的维度与层面，成为莫言小说最突出的主题。莫言的成功，大半来源于他以文学视野考量多维人性所达到的深度和广度，而能够以"动物性"的眼

---

① 《实录：莫言谈获诺贝尔文学奖新闻发布会》，2012年10月12日，新浪读书（http://book.sina.com.cn）。

② 莫言：《我的〈丰乳肥臀〉——2000年3月在哥伦比亚大学的讲演》，《莫言讲演新篇》，文化艺术出版社2012年版，第132页。

③ ［法］布莱士·帕斯卡尔：《思想录》，何兆武译，中国国际广播出版社2009年版，第61页。

光和视角打量、观照人类的存在状态，无疑是莫言创作的一大贡献。

二

尼采（F. W. Nietzsche）观察到过量的历史使人类的发展停滞、衰退进而毁灭时，他呼唤人类向动物学习。他不仅肯定动物的"非历史"性感觉和人类的历史感觉同样必需，而且，"在某种程度上，非历史地感受事物的能力是更为重要和基本的，因为它为每一健全和真实的成长、每一真正伟大和有人性的东西提供基础"①。从某种意义上讲，尼采提到的"非历史性感觉"就是"动物性"。与尼采的看法很相似，莫言也注意到了人对动物的学习，并且更加注重从人类本身所具有的从未泯灭的动物性出发，去观照人类自身的问题。有感于"近几十年来不正常的社会环境对人性压抑"②而带来的愈发灰暗的现实，莫言对人类生命力的逐渐萎顿深感忧虑。他说："人类正在用自身的努力，消除着人类的某些优良的素质。"③ 与尼采对动物的非历史感与人的历史感的价值品评相较，莫言对人类动物性给予了极大的重视，试图通过人类向动物的返归仪式，唤起人类曾经的生命强力，为更深刻地反观人类自身提供了新的视角。或许，以此角度看待人、人性，才是对人类本体探索真正意义上的回归。

"动物性"作为人类与其他动物共通的属性，是曾被文明故意遗忘的角落——人类更愿意用神圣的起源来证明自己的高贵、伟大，用"逻各斯"等耀眼的名目为武器，在人与其他动物之间，蠹立了一座看似不可逾越的高墙，使其成为万物之灵。随着 19 世纪生物科学的发展，人类在自身起源问题上遭遇到了前所未有的尴尬，"因为这条路的尽头是与其他种种让人毛骨悚然的动物站在一起的猩猩"。④ 达尔文的进化论道出了人类自动物进化而来这一看似冷酷的事实，更有动物行为学家专门就人类的动物性问题著书立说，影响最大的当属德斯蒙德·莫里斯（Desmond Morris）的《裸猿》。在书中，他将人类称为"裸猿"（nakedape），意思

① ［德］尼采：《历史的用途与滥用》，陈涛等译，上海人民出版社 2005 年版，第 5 页。
② 莫言、王尧：《莫言、王尧对话录》，苏州大学出版社 2003 年版，第 295 页。
③ 莫言：《红高粱家族》，上海文艺出版社 2005 年版，第 336 页。
④ ［德］尼采：《朝霞》第 49 节，田立年译，华东师范大学出版社 2007 年版，第 87 页。

是没有体毛而裸露着身体的猿猴。在此后的二十多年时间里，《裸猿》一书在全球的发行量超过一千万册，成为最负盛名的人类行为学专著之一，"裸猿"也因此成为英语中一个新的词汇。随后，莫里斯又写出了《人类动物园》和《亲密行为》，与《裸猿》一道合称《裸猿》三部曲。作为一个动物行为学家、人类行为学家乃至社会人类学家，莫里斯观察到人类行为与动物行为在某些方面有着惊人的一致性，因而在该书的导言中说："我是一个动物学家，而裸猿是一种动物，所以他出现于我的笔下完全名正言顺，我不愿因为他的某些行为模式相当错综复杂便对他敬而远之。我的理由是，人尽管学识广博，但仍旧保留了裸猿的本色；人在不断获得新的高级行为动机的同时，并没有离弃那些不登大雅之堂的旧动机。这一点往往使他感到难堪。可是旧习性和他作伴已历数百万年，而新的习性至多才不过数千年，想一蹴而就地甩掉在进化过程中长年累月积累起来的遗传遗产，实在是希望渺茫。他只有正视这一事实，才会豁然开朗，使生活变得更加充实。也许这正是动物学家可以施展身手的领域。"① 莫里斯所说的"旧习性"，是指整个进化史中积累的生物遗传，也就是动物的本性或者本能；所谓"新习性"，则是指人类文明的进化作用。对此，恩格斯明确指出："人来源于动物界这一事实已经决定人永远不能完全摆脱兽性，所以问题永远只能在于摆脱得多些或少些，在于兽性或人性的程度上的差异。"② 这里恩格斯所做出的"永远不能完全摆脱兽性"这样的终极界说方式，意味果决而深长，它预示着动物性将伴随人类历史的始终。综观有文明以来的人类社会结构，我们会发现，是人类作为动物的生物属性决定了社会结构，而不是相反：人类文明的社会结构决定了人类的生物属性："他（人）基本的性品质全部可以追溯到他的祖先身上……简陋的部落居所变成了庞大的城镇，石斧时代发展到了繁荣兴旺的太空时代。但是，这些熠熠生辉的表层变化对人类的生殖系统有何影响呢？看来这个影响是很小的。文明演进太快太迅猛，任何根本的生物进化都来不及发生。表面上看似乎是发生了变化，然而事实上

---

① ［英］苔丝蒙德·莫里斯：《裸猿》，余宁、周骏、周芸译，学林出版社 1987 年版，导言。

② 《马克思恩格斯选集》，人民出版社 1995 年版，第 3 卷，第 442 页。

这种变化不过是虚假的幻象。在现代城市生活的表象之下，人还是原来那个裸猿，只不过是各种名目发生了变化：'狩猎'现在读作'工作'，'猎场'现在读作'公务场所'，'居所'读作'住宅'，'配偶关系'读作'婚姻'，'性伙伴'读作'妻子'等等。人类作为动物的生物属性塑造了人类文明的社会结构；而不是相反，人类文明的社会结构决定了人类的生物属性。"①

　　几千年的文明发展速度之快，使人类来不及完成任何实质性的生物进化，人类还是裸猿。这听起来似乎有些悲哀，因为人类的文明一向是拒斥原始的，在文明面前，人类本初的动物性遭到了抵制和拒绝。然而，真实不容遮蔽。如此看来，面对社会文明的高速发展进步，人类还没有足够的时间进行自身的生物进化与之相匹配，然而文明的掩盖，却使人类一度忽视或忘记了自身尚存的动物本性。文明进步的快速与迅猛，使人类产生了错觉，一厢情愿地以为动物性已经被文明彻底清除，人类已进化到完全摆脱了动物性的程度。

　　由此，在探究人类本身的问题上，逐渐形成了"形而上学的差异论"与"生物学的连续论"两种相互对立的观点。"形而上学的差异论"极力肯定并树立人类凌驾于其他生物的至上地位，为了显示人类与动物的差别，他们曾经无数次做出这样的结论："从动物到说话的人类的飞跃，与从无生命的石头到动物的飞跃相比，如果不能说前者幅度更大，起码也应该说可以等量齐观。"② 海德格尔的这一论断充满了人类中心主义的味道，这一长期占据西方形而上学哲学主导地位的思想，一直以人类作为尺度和对立面来规定动物的生命本质，以否定的想法和概念来定义动物性的存在，构成了亚里士多德到笛卡尔到康德的人类中心主义的核心教义。然而，生物学提醒人类：虽然在几千年中，文明得到了高速发展，但在此期间人类并没有得到与之相匹配的进化。也就是说，在其体内存在了几百万年的动物性依然存在，人类依旧是那只"裸猿"，只有正视这

---

　　①　[英]苔丝蒙德·莫里斯：《裸猿》，余宁、周骏、周芸译，学林出版社1987年版，第46页。

　　②　[德]马丁·海德格尔：《荷尔德林只"日耳曼人"和"莱茵河"》，第75页，汪民安主编《生产》第三辑，广西师范大学出版社2006年版，第31页。

一事实，人类才有希望成为一种更明智、更成功的动物。历史告诉我们，完全相对立的学说往往都是各怀偏见的，对于人类动物性的问题，人类中心主义者会导致的结果是：随着文明的发展，人类不仅耻谈自身的动物性，更学会了用文明来掩盖它，以至由于对动物性的回避、掩盖、漠视到压制、拒斥而引发"人的机体实际上进入了一种同自身无休止的战争状态，即那种本能、冲动和欲望的冲突"① 而导致种种恶行和惨剧；生物学者则会把人类过分等同于动物，而忽视了作为人类的宝贵品性。

"动物"一词直到希罗多德那里才正式出现。《荷马史诗》中还没有"动物"这样一个统一的称谓，它的出现标志着古希腊人与动物之间的关系发生了根本性的变化，人成为衡量万物的尺度，原本有着各从属类的游鱼、走兽、飞鸟、蠕虫……有了相同的称谓。犁地的牛马、放牧的羊群、山林中的虎豹、洞穴中的蝼蚁，所有生命在遭遇人类时，都被模糊地归为一个整体，这其中不乏人类中心主义的味道，回荡着逻各斯的各种含义。中外历史上谈论人本身问题的时候，从来就不能回避与动物的关系，正如动物到人的伟大转变是依靠"否定性"这一客观模式一样，人类自有文明以来，一直是拒斥本身的动物性。不同历史时期，从动物性的视角定义人、反观人、比喻人时有出现，人们会从不同的角度提及人的动物性，具有不同的用意。当人们提及人的动物性时，往往是从矮化人性的角度，或者人们更乐于把动物作为对立面来定义人，尤其是"禽兽"，更作为反面来比照人。回溯西方思想史，人类对自身动物性的看法经历了几个重要的时期。

在古希腊，人们最初衡量世界的尺度更接近动物，人与动物是相互感通的关系，不是一方一定优越于另一方。更不是一方服从于另一方，此时，原始动物性给人类带来的生命活力得到了肯定和尊重，动物性在此阶段得到了高度的张扬，甚至在史诗中，原始、野蛮、自然与神圣成为不可区分的词语②。然而，也是在古希腊，动物性经历了一个从飞扬到休止的过程，苏格拉底作为西方理性主义的鼻祖把人们带到了理性世界，

---

① ［英］詹姆斯·米勒：《福柯的生死爱欲》，高毅译，上海人民出版社 2003 年版，第 298 页。

② 参见赵倞《动物（性）》，北京大学出版社 2013 年版，第 16 页。

尤其自亚里士多德以降，理性成为人与动物之间不可逾越的鸿沟，以此来把人类与动物彻底分开，这一影响下的形而上学盛行了几千年，人类的动物性作为堕落的象征遭到了拒斥，作为对立物被排斥在文明的大门之外①。

在苏格拉底之前，古希腊的文化传统极为重视感性生命和非理性的直觉，酒神——狄尔尼索斯精神是它的象征，尼采在《悲剧的诞生》中也明确指出：正是狄尔尼索斯精神赋予了苏格拉底之前的西方文化以生命和活力。感性的生命和非理性直觉强调的是人的原始生命的本能、欲望与活力，它是人类作为动物与其他动物之间共有的生物属性，也就是本文谈论的动物性的表层含义，更进一步说，它表现为一种生存状态的自然性，体现在人的身上即表现为生命与自然和谐相处的自在状态。这种自然性，是相对于社会理性而存在的，无论是后来的封建社会理性还是现代社会理性。前苏格拉底时期对人类的动物性是很看重的，他们看重动物性带给世界的生命活力，所以他们的各种艺术形式尽量会以诱导、释放、表现人们的原始动物性为旨归来创造，这的确是人类的青少年时期，是人类早期文明的黄金时代。而终结了古希腊人放纵人类动物性状态的应该是苏格拉底，至少尼采是这样认为，尼采曾将苏格拉底视为西方理性主义的鼻祖并加以激烈的批判。苏格拉底最伟大的贡献是把哲学研究的主要问题从天上拉回人间，他提出了让世代人思索、追问的终极问题："认识你自己"，但同时他也把人类的动物性作为理性的牺牲品加以禁锢和掩盖。苏格拉底对时代的影响是极其巨大和深远的，在他所领导的知识与理性统治一切的精神王国里，人类动物性遭到了空前的遏制与退化。

虽然思想家还同意人类与动物的相同之处："在大多数动物中，有精神性质的痕迹，这些性质在人的这一品种上较为明显。因为正像我们指出的动物的生理结构的相似性一样，我们在一些动物身上也看到温柔或残忍，疯狂或易怒，勇敢或怯懦，恐惧或大胆，高尚的精神或卑鄙的狡诈，就智力而言，它们可以说是精明。人身上的这些素质中，有些可以与动物身上的一些素质相似，只是量上不同：即是说，一个人或多或少

---

① 赵倞：《动物（性）》，北京大学出版社 2013 年版，第 66 页。

具有这种品质，一个动物或多或少具有另一种品质，人身上的其他品质表现为类似但并不等同的性质：例如，在人身上我们发现知识、智慧和精明，在某些动物身上存在着与这些性质类似的某些自然的可能性。倘若我们考虑一下儿童的现象，这种说法的真实性便可比较清楚地理解：在儿童身上，可以观察到总有一天将会确定为的精神习惯的那些东西的痕迹和端倪，尽管从心理上看，一个孩子在那个时间很难与一个动物区分开；因而这样一个说法是非常正确的，即，就人和动物而言，某些精神性质是互相一致的，而有些彼此相同，有些彼此类似。"① 当然，也包括柏拉图，他曾对人类的欲望和需求不屑一顾，甚至认为这些是导致人类苦难、罪恶的根源，他对身体得到的满足嗤之以鼻，柏拉图只肯定并强调精神的和谐调节和灵魂的快乐。他说："那些理智的人，真正充实的人无论如何不会听信身体的物理性的野蛮快乐，甚至不会将健康作为头等大事，除非健康有助于精神的和谐调节。而且，身体的欲望——食物、性、名利等——同牲畜一样低等任性，并可能导致疯狂的残杀。"② 虽然柏拉图认为食、性等人类欲望与其他动物一样低等任性，会导致悲剧与灾难的发生，毕竟还是承认人与动物有相通之处。但在理性压倒一切的时代里，亚里士多德同样会说："求知是人类的本性。"③ 此时，人们更乐于发现与挖掘人类高于动物的特征："人……是驯化的或开明的动物；不过他得到了正确的指导和幸运的环境，因而在一切动物中，他成为最神圣、最开明的；但是倘若他受到的教育不足或不好，他会是地球上最粗野的动物。"④ 希腊人仍然肯定人类的动物属性，但同时认为：单纯的动物属性只会使人成为地球上最粗野的动物，而人之所以为人，是因为得到了良好的教育，社会教化的作用是使人超越其他动物的重要环节和关键所在。所以有了这样关于人与动物之间联系与区别的论说："在有关于义务的一切研究中，我们必须记住，人天生优于牲畜和其他动物。动物只有感觉的快乐，本能推动它们去寻求这种快感。但是人的心灵是在学

---

① ［古希腊］亚里士多德：《动物志》，吴寿彭译，商务印书馆 1979 年版，第 338 页。
② 汪民安：《身体、空间及后现代性》，江苏人民出版社 2006 年版，第 5 页。
③ ［古希腊］亚里士多德：《形而上学》，商务印书馆 1959 年版，第 1 页。
④ 张秀章、解灵芝编著：《柏拉图的对话》，吉林人民出版社 2012 年版，第 2 页。

习和思考的哺育下的。他永远在探索或在做一些事情。他沉浸在探索和学习的快乐之中"①，或如古罗马大普林尼在《自然史》中所说："人只是一无所知的动物，没有教诲则一无所识。他既不能讲话、行走、吃饭，也不能做本能激励的任何事情，只能睡觉。"

苏格拉底开创的西方理性主义文化传统足以影响西方人两千年的思想进程，在两千多年的岁月里，以动物性为具体内容的感性世界成为卑贱与虚无的代名词，理性世界才是真实的存在。即使到了中世纪，这曾被称为西方精神世界最黑暗的千年里，宗教神性成为整个世界的暴君，一切归于神的旨意，于是神学家们在谈论人及人性等问题的时候，绝少不了上帝对世界的创造和主导作用。阿奎那说："人和动物的产生有一种相似的开端，就肉体而言，这种说法是正确的，因为一切动物都是用泥土做的。但是就灵魂而言，这种说法是不正确的，因为禽兽的灵魂是由肉体的某种能力产生的，而人的灵魂是上帝创造的。"② 即便是中世纪，当人们谈论人的问题时依旧不能离开动物的参照作用，阿奎那承认人类与动物有相似的开端，即肉体性，但"灵魂"决定了人与动物的必然区别，动物的灵魂是动物机体的衍生物，而人类的灵魂是上帝创造的，即上帝赋予了人之所以为人的特质。动物性再次被排除在人类精神领域的门槛之外。西方理性主宰世界的两千多年里，人类的动物性一直在人类视野的边缘暗无天日的漂浮，居无定所。人们或贬低它的价值或耻于谈及，又或者把它作为人类的隐痛避而不谈，但无论如何，它都如影随形，如恩格斯所说那样"永远"伴随人类社会的始终，并且随时会以各种面目出现进而制衡文明世界的虚伪。

从文艺复兴到启蒙时代，人类终于取代了上帝，试图重新创世。启蒙思想家们呐喊着"人道""天赋人权""自然律"等口号面向全社会发言。卢梭倡导"返回自然"，吹响了向动物性回归的号角，他用两种人——原始人与文明人的对立，想象性地描述了一个人类发展的黄金时代：人们生活简单，思想纯朴，只有本能和同情心，而文明人则在财富的诱惑和驱使下陷入虚伪和罪恶之中，因此他倡导"返回自然"，这是一

---

① ［古罗马］西塞罗：《论义务》，王焕生译，中国政法大学出版社1999年版，第101页。
② ［美］莫蒂默·艾德勒、查尔斯·范多伦：《西方思想宝库》，吉林人民出版社1988年版，第13页。

次对人类动物性回归持肯定态度的伟大宣言。如果说这种"今不如昔"的心理是属于欧洲 18 世纪思想家的惯常心态，那么尼采的横空出世，则重创了西方的理性世界。在尼采的哲学世界里，理性只是作为一种生命的手段而存在，它仅仅为生命需要服务，而人类的生命首先是动物性的。尼采不仅提倡尊重人类的动物性，还倡导人类向动物学习，使西方理性世界遭到了空前的质疑、瓦解与颠覆。从某种意义上说，在尼采之前，人是理性的动物。"思想和理性是价值设定的基础和标准。显然，动物性无足轻重。现在，由尼采开始将动物性纳入人的重要规划了，也就是说，他和形而上学截然相反地将人看成是身体的存在——形而上学从来就不愿将身体看成是人的本质，因为，身体是动物性的东西，是人和动物共同分享的东西，人要摆脱自身的兽性，就必须以最大的可能性排斥自身的兽性基础：身体。"① 在尼采对人的定义中，身体和动物性把一贯居于本质性地位的理性取而代之。人首先是动物性存在，理性只是这一动物性身体上的附属物而已。尼采高呼西方文化的衰落始于苏格拉底："在苏格拉底之后……只要一旦我们了解了那一代接着一代的探寻者是如何地被一种贪得无厌的求知欲所刺激去解开宇宙的每一部分；只要一旦我们了解了如何由于这种普遍的关怀，于是一个知识的共同之网便在地球上撒开来了……则我们就不得不承认苏格拉底乃是整个西方文明之漩涡及转折点了。"② 被苏格拉底视为代表着永恒与神圣的"理性"世界作为一个终极的真实存在遭到了尼采坚决而彻底的摧毁，在尼采的"生命"至高无上的哲学领地里，理性只是作为一种生命目的的手段而存在，一切理性活动都仅仅是为生命需要服务的，而人类的生命首先是动物性的。尼采主义将人类的动物性再一次高扬，这不仅是对古希腊时代凸显人类生命力的简单重复，它更是对几千年来人类动物性所遭受的不公正进行的一次伟大的昭雪与重新定位。关于人类生命本身与外在道德之间的关系，尼采曾有过精彩的论述，他说：道德倘若不是从生命的利益出发，而是从本身出发进行谴责，便是一种特别的谬误……③可见，在尼采的视

---

① 汪民安：《身体、空间与后现代性》，江苏人民出版社 2006 年版，第 10 页。
② ［德］尼采：《悲剧的诞生》，湖南人民出版社 1986 年版，第 118 页。
③ 参见［德］尼采《偶像的黄昏》，湖南人民出版社 1987 年版，第 37 页。

野里，道德是为生命服务的，它只是生命实现最大价值的手段和工具，它从来不能超越生命而存在，与道德本身相比，生命需要才是衡量是非善恶的标准。尼采"站在自然、生命、生成变化的立场上看人间的善恶，看穿善恶之无谓，超于善恶之外，然后，又从自然、生命、生成变化的立场出发给人间制定一种新的善恶之评价"①。尼采一切以生命的自由为立足点："对传统善恶观的彻底拒斥，使善恶评价的标准获得了一种进取性和创造性的绝对个人主体性意义，使人们认识到善恶评价的目的应与生命的自由发展相一致，从而改变了人们在善恶认识上的一个古老观念——善恶评价是维系、调和、规范现实生活的手段。"② 尼采不仅提倡尊重人类本身的动物性，而且他还发出对动物们由衷的羡慕："想想在那边吃草的那些牲口：它们不知道昨天或是今天的意义；它们吃草，再反刍，或走或停，从早到晚，日复一日，忙于它们那点小小的爱憎，和此刻的恩惠，既不感到忧郁，也不感到厌烦。人们在看到它们时，无不遗憾，因为即使是在他最得意的时候，他也对兽类的幸福感到嫉妒。他只是希望能像兽类一样毫无厌烦和痛苦地生活。但这全都是徒劳，因为他不会和兽类交换位置。他也许会问那动物：'为什么你只是看着我，而不同我谈谈你的幸福呢？'那动物想回答说：'因为我总是忘了我要说什么。'可它就连这句回答也忘了，因此就沉默不语，只留下人独自迷惑不已。"③ 对于动物生活的简单、无忧无虑、不知疲惫和厌烦，不懂得苦恼的幸福，人类只有感叹、羡慕和向往。尼采认为动物的幸福来自"遗忘力"，人类的苦恼出自"记忆"。当他注意到由记忆引发的"历史感"到了一定程度，会伤害并毁掉有生命的东西时，当他观察到过量的历史使人类的发展停滞、衰退进而毁灭时，他呼唤人类向动物学习。他不仅肯定动物的"非历史"性感觉和人类的历史感觉都是同样必需的，而且，"在某种程度上，非历史地感受事物的能力是更为重要和基本的，因为它为每一健全和真实的成长、每一真正伟大和有人性的东西提供基础"④。

---

①　周国平：《尼采：在世纪的转折点上》，新世界出版社 2008 年版，第 155 页。

②　靳凤林：《死，而后生——死亡现象学视域中的生存伦理》，人民出版社 2005 年版，第 283—284 页。

③　［德］尼采：《历史的用途与滥用》，陈涛等译，上海人民出版社 2005 年版，第 1 页。

④　同上书，第 5 页。

在尼采主义的影响下，人们再次把目光投注于对人类动物性的发现、尊重，并使人类动物性在理论上达到了空前的认可高度。即使当西方现代主义文人们试图逃离现实的荒诞与绝望时，他们也乐于倾向选择借助或栖身于动物的身体，把向动物的回归，看作逃避现实喧嚣浮华的栖息之所。

中国文化古老、悠远，回望中国历史文化会发现，中国传统文化是一部驯化动物的文明史，统治者压制人本身动物性中的攻击性，驯化人的野性。历代的统治者，都积极主张并努力实施的是压制人类动物性中与生俱来的攻击性，这是为了维护其政权的稳定，所以他们会把一切与攻击性相关联的思想、行为定位为"非人"所有而加以摒弃和打压；同时，统治者会用极为高明的手段把百姓调教成守秩序的羔羊。从缺少秩序的野性群体到规规矩矩温顺驯化了的民众的生成，的确需要漫长的时间，笔者试图进入中国历史中的文明时代，探寻本土"动物性"由被压制、驯化到被呼唤、歌唱的发展演变过程。

中国几千年的封建理性是一种标举"天理"而又实际上违背天理的规则。封建制度统治下的欧洲中世纪被马克思称作"人类史上的动物时期"，对此，马克思尖锐地指出："专制制度必然具有兽性，并且和人性是不相容的。兽的关系只能靠兽性来维持。"① 深谙中国文化的鲁迅先生曾经言辞犀利地为中国历史分期命名，他把中国的历史概括为"想做奴隶而不得的时代"与"暂时做稳了奴隶的时代"交替循环往复，由此看来，无论历史进入了哪一个时代，人们都处在奴隶身份的边缘，所谓的治世无非是百姓暂时坐稳了奴隶的时代，而到了乱世，即便想做回奴隶也不可得了。几千年的封建礼教成功之处在于它把人的野性驯化，使其温顺、麻木，无奈却顺从地接受统治者的一切安排。中国社会由奴隶时代进入封建时代，是人类由"退化了的动物"到"驯化了的动物"的转变过程。

人是如何被驯化的，关于驯兽与驯化人（治理百姓）的相通之处，鲁迅有过精当的论述："训兽之法，通于牧民，所以我们的古之人，也称

---

① ［德］马克思：《黑格尔法哲学批判》，《马克思恩格斯全集》，人民出版社1958年版，第1卷，第414页。

治民的大人物曰'牧'。"① 的确，关于"驯兽"与"牧民"相通的道理古已有之，早在《汉书》中就记载了这样一则小故事：汉武帝时期有一个叫卜式的人，素以善养羊闻名天下，于是被皇帝召来在上林苑牧羊，一年后，卜式所牧之羊不仅数量大增而且只只肥硕，武帝赞赏不已。卜式却对皇帝说："非独羊也，治民亦犹是矣。"② 武帝为之所动，于是赐官给卜式，他果然做得很好，最后竟官至御史大夫。一个牧羊者成为一个出色的官员，他的为官之道即来自他的牧羊经验，把百姓看作牛羊，治理过程中执行一个"牧"字，把"牧羊经"变成了"官场经"，这在历代统治者的统治中都有所体现。对于统治者的"牧羊"政策，鲁迅更进一步揭露说：统治阶级的如意算盘就是，老百姓"虽死也应该如羊，使天下太平，彼此省力"③。学者敬文东通称这些被当作牛羊牲畜一样管理了几千年的百姓为"牲人"④，这种种说法无不道出中国几千年封建社会中民众生存的本质。

　　几千年的封建礼教就是一部无形的"牧羊经"，它经过历代统治阶级的精心修订，日臻完善，它能压制初民的野性，使其日益温顺，最终变成真正被驯化的羊群。这部"牧羊经"是以封建礼教为核心内容的一套价值标准，它的最"伟大"处莫过于能够使人们心甘情愿地接受，不但自己心悦诚服，还会悉心教导传授给子孙后代，对此，人们不敢有丝毫怠慢，不但从不违拗，甚至从未对其内容产生过任何怀疑和抱怨。在这样的文化制度统治下，中国百姓"向来就没有争到过'人'的价格，至多不过是奴隶，到现在还如此，然而下于奴隶的时候，却是屡见不鲜的"⑤。当离乱、暴力使人的生存状态还不及牛马的时候，赋予人稍等于牛马的价格，人们当然要心悦诚服，恭颂盛世太平。百姓们希望有一个固定的主子，为其制定好奴隶规则：何时服役，何时纳粮，何时叩头，何时颂圣……这一如牧者手中的牛羊，驯顺却是安稳地活着。

　　在几千年的中国传统文化中，百姓作为动物被对待却不自知，一旦

① 《鲁迅全集》，人民文学出版社 1981 年版，第 5 卷，第 365 页。
② 班固：《汉书》，岳麓书社 1993 年版，第 58 卷，第 1136 页。
③ 《鲁迅全集》，人民文学出版社 1981 年版，第 3 卷，第 218 页。
④ 敬文东：《牲人盈天下》，广西师范大学出版社 2011 年版。
⑤ 鲁迅：《坟·灯下漫笔》，《鲁迅全集》，人民文学出版社 1981 年版，第 1 卷，第 212 页。

有人试图僭越伦理道德的栅栏，就会立刻遭到"禽兽"之类恶名的痛击，百姓反而为躲避成为禽兽的危险，规规矩矩地做起圈养的动物来。这其中为封建伦理道德做出了巨大贡献的当属孟子的"人禽之辨"说。巧合的是，孟子在谈论人与禽兽的区别时，远在西方的亚里士多德也在谈论动物（著有《动物志》）。与亚氏关于动物的学说相比，孟子更多地在言说"禽兽"，并严于"人禽之辨"。"动物"属科学名词范畴，词义中性不含褒贬；"禽兽"属于人文术语，富含有轻贱之义，往往指代那些卑鄙、无人性的人。中国传统文化中的"人禽之辨"，就是旨在道德上谴责人的重要论说，违背了道德，就会有沦为动物的危险。与西方谈论人与动物的关系相似，孟子认为人与禽兽有同有异，在论说的过程中，孟子总结了几种人类特有的感情："恻隐之心，人皆有之；羞恶之心，人皆有之；恭敬之心，人皆有之；是非之心，人皆有之。恻隐之心，仁也；羞恶之心，义也；恭敬之心，礼也；是非之心，智也。"（《孟子·告子上》）在孟子看来，禽兽没有什么同情心、羞耻心、谦和心、是非心。如果人类缺少了此几种感情，即与禽兽无异。孔子提出"仁、义、礼"，孟子将其发展为"仁、义、礼、智"，经董仲舒扩充为"仁、义、礼、智、信"，被后人称为"五常"，这是贯穿中华伦理价值体系的核心元素，《三字经》有言"曰仁义，礼智信。此五常，不容紊"。若无恻隐心、同情心、羞恶心、恭敬心、是非心，仁、义、礼、智将无从谈起，由此看来，人与禽兽相区分的边界正是封建伦理纲常的基石所在。王夫之在批评宋明哲学家时这样说："人之所以异于禽兽者，其本在性，而其灼然终始不相假借者，则才也。故恻隐、羞恶、恭敬、是非，唯人有之，而禽兽所无也。人之行色足以率其仁义礼智之性者，亦唯人则然，而禽兽不然也。"① 诸如此类的"人禽之辨"，代表着以道德为封建礼教秩序主要内容的时代，中国人对人与动物区别的看法：是否符合道德成为人禽之间的界限。这是一个时代中国人对动物性的思考和认识。

历史进入近代以后，几千年的封建王朝走到了尽头，面对西方的坚船利炮，中华民族面临亡国灭种的危机。此时，西方文化有如潮水涌进中国，在中西文化的碰撞中，中国传统文化的危机日渐显露，几千年驯

① 王夫之：《读四书大全说》卷七，中华书局 1975 年版，第 112 页。

化而成的国民性让人触目惊心。西方科学和文化观念的引入，使近现代
知识分子对人本身的问题进行了重新的思考，关于人的认识才有了根本
性的转变，对人的动物性的看法也有了彻底的变化。他们认识到被中国
传统文化压制并驯化了几千年的人类原始野性，即动物性，是当时挽救
危亡，反拨传统的强心剂。于是，崇尚蛮力与野性成为许多知识分子的
共同追求：陈独秀在新文化运动伊始，就极力提倡"兽性主义"。他认
为：西方称霸世界，日本称霸亚洲，全赖于"兽性"。而"兽性全失，是
皆堕落衰弱之民也"。① 中国人就是这样的国民，不足以"角胜世界文明
之猛兽"。② 由此他提出："强大之族，人性兽性，同时发展。"③ 中国要
强大，民族要复兴，当务之急就是对青年一代进行"兽性主义"教育。④
此时的知识分子在文艺创作上亦明显地表现出对野性的呼唤、对原始生
命力的赞颂与高扬：曹禺的《雷雨》《原野》《北京人》等剧作无一不直
接呈现出"野的可怕"的原始力量；沈从文重回湘西边地，试图"把野
蛮人的血液注射到老迈龙钟颓废腐败的中华民族身体里去使他兴奋起来，
年青起来，好在廿世纪舞台上与别个民族争生存权利"。⑤ 抗战时期，中
华民族面临亡国灭种的生存危机，闻一多直呼："我们文明得太久了，如
今人家逼得我们没路走，我们该拿出人性中最后、最神圣的一张王牌来，
让我们那在人性的幽暗角落里蛰伏了数千年的兽性跳出来反噬他一口。"⑥
山河破碎，百姓贫弱，亟须野性、蛮力来拯救这备受欺凌的国度，于是，
唤醒被压抑驯化了几千年的动物野性成为近代知识分子用来救亡图强的
必然文化选择。

　　郁达夫说："要了解中国全面的民族精神，除了读《鲁迅全集》以
外，别无捷径。"⑦ 这种说法似乎并不夸张，提到 20 世纪中国的思想文化

① 田晓青编：《民国思潮读本》，作家出版社 2013 年版，第 2 卷，第 338 页。
② 同上书，第 339 页。
③ 同上书，第 338 页。
④ 同上。
⑤ 苏雪林：《沈从文论》，《文学》1934 年 9 月，第 3 卷，第 3 期。
⑥ 闻一多：《〈西南采风录〉序》，《闻一多全集》第 3 卷，生活·读书·新知三联书店
1982 年版，第 395 页。
⑦ 郁达夫：《鲁迅的伟大》，《郁达夫忆鲁迅》，陈子善、王自立编注，花城出版社 1982 年
版，第 21 页。

与文学，无论如何也绕不开鲁迅，对人的动物性的看法，亦如此。鲁迅是立于时代潮头的斗士，他尖锐的思想、激烈的言辞，使他不能代表一个时代对某一问题的普遍看法，但他的思想文化分量完全可以称得上现代知识分子中的集大成者。20 世纪初是动荡的年代，同时也是中国思想界几千年来遇到的第一次全面大解放时期，应着时代的需求，鲁迅与五四同仁们一同看到了中国封建社会牧羊文化传统的本质，并且这种文化传统以其厚重、复杂、精致、无形的特点早已从有意识到无意识浸透了中国人几千年，作为反对传统礼教文化的先锋战士、反封建思想的努力践行者，鲁迅坚决抵制排斥批判被驯服的动物性。推翻这几千年根深蒂固的驯良、温顺需要最大野性的冲击，鲁迅呼唤着毫不驯服的野性。在《略论中国人的脸》一文中，鲁迅提到两个公式："人 + 兽性 = 西洋人"，"人 + 家畜性 = 某一种人"。① 这两个公式生动概括了西洋人和中国人的不同特质：兽性与家畜性，即野性与驯顺成为界定中西方人的根本性标志。可见，在鲁迅的思想里，当时强大的西洋人是不乏动物性的，他们富有原始野性的生命力，而软弱的中国人，却是千年驯化后的羔羊，温顺、服帖得可怜。他评述说："野牛成为家牛，野猪成为猪，狼成为狗，野性是消失了，但只是使牧人喜欢，于本身并无好处。"② 野性与家畜的对立，正包含独立与奴性的分别，失去了野性的中国人，除了满足统治者的统治需要外，对民族自身的发展毫无用处。对国民劣根性的改造是鲁迅毕生的求索，在思考人性的过程中，他没有忘记与兽性进行比照。王得后先生就曾指出："鲁迅思想中的人性，是由动物进化而为人所生成的人性，是和动物性（他多用兽性，是动物性的贬义词）相比照而认识的。"③ 他还说："鲁迅思想和知识结构之一，是动物行为学及其与人类行为的比较。这在人类生命本体和对人的生存、温饱和发展的探索中，具有独特的思想意义和文化意义。鲁迅经常作这样的比较。这不是杂文笔法，而是一种思想和思想方法，是对人类文化独特的考察。"④

---

① 鲁迅：《而已集·略论中国人的脸》，《鲁迅全集》，人民文学出版社 1981 年版，第 3 卷，第 414 页。

② 同上。

③ 王得后：《鲁迅心解》，浙江文艺出版社 1996 年版，第 162 页。

④ 同上书，第 374 页。

在鲁迅的作品中，出现了二百多种动物，它们是以动物的身份出现，却无一不是在指涉某一类人，或者更确切地说，它们是人身上的某一种动物性的具象化。通过对这些动物的赞赏与肯定、讽刺与憎恶，我们看到鲁迅对人类本身所具有的却被掩盖多年，似乎已经消失殆尽的原始动物野性的认可与称颂。按照鲁迅对动物的肯定与否定态度，我们可以把其笔下的动物划分为两大系列，鲁迅赞美欣赏的是：狼、蛇、猫头鹰、狮虎、孺子牛等，他极为厌恶的是：猫、狗、羊、鸭等，从这些动物的特性上看，前者是野性尚存未经过人的驯化的动物，而后者则是经过多年人为驯化、饲养的动物。在鲁迅眼里，由野性到驯化是动物的退化和堕落，因此他赞美充满野性生命力的狼，狼自由、我行我素，而狼一经驯化变成了狗，则失掉了宝贵的野性。狗族中的叭儿狗是狼退化、堕落的极致，鲁迅对之深恶痛绝，穷其一生，对叭儿狗穷追猛打，从鲁迅笔下狼和狗的对立中，我们会看到他对原始动物野性的呼唤和对驯化文化的痛恨。在当时，鲁迅有此想法也有其客观的必然性，这是时代给予鲁迅的使命；同时，鲁迅有此想法也源于他对某些西方思想的吸取，进化论思想、基督教文化都对他产生过影响，其中对他影响较大的是尼采。鲁迅早年便接受了尼采的唯意志论学说，我们从鲁迅的不少篇章能明显看到尼采的影子，例如《狂人日记》中由虫子—鱼、鸟、猴子—人—真的人，这样的生命进化公式，鲁迅是借鉴尼采的《查拉图斯特拉如是说》中的虫子—猴子—人—超人而来的。鲁迅在很多地方通过人与兽的对比，斥责人性的卑污、虚伪、丑陋，褒扬动物的率真爽直，而要求人要向动物学习，这不禁也使我们想到尼采有关于动物的论说，例如在《查拉图斯特拉如是说》中就有这样的话："他们的灵魂深处满着污泥；多不幸，他们的污泥也还有精神呢！让你们至少应当完全得如兽类一样罢！但是兽类也有天真。"[①] 可以说，尼采的生命至上理论直接催生了鲁迅笔下那些充满野性的文学意象，也成为鲁迅在那样的时代下呼唤原始动物性很重要的思想源泉。由此可见，鲁迅对动物性的思考与实践来自中西方文化在其身上的汇集，来自时代的需要。

---

① ［德］尼采：《查拉图斯特拉如是说》，尹冥译，文化艺术出版社 1987 年版，第 49 页。

三

进入新时期以来，中国知识分子对"人"有了进一步的思考，人类"动物性"以其多维、复杂的面目出现在莫言的作品中。

伴随莫言三十余年创作生涯的是理论界的相依相伴，从其成名作《透明的红萝卜》问世至今，评论者对莫言作品进行了多方面的跟踪和研究，从他独特的艺术感觉、① 天马行空的艺术想象、② 汁液横流的创作语言、③ 个性化的价值判断、④ 新历史主义写作、⑤ 对寓言⑥与神话⑦的使用、对东西方文化的传承与借鉴、⑧ 对民间资源的吸收、⑨ 对鲁迅传统的传承⑩到立足中国经验的民间性写作⑪及其世界性的意义⑫……评论界对莫言作品的研究呈现出异常丰富的多样性，在众多的研究成果中，对其作品所表现出来的酒神精神、⑬ 狂欢精神⑭和民间经验⑮谈论颇多，这些论述多是针对底层个体生命所表现出来的对历史创伤加诸的苦难的反抗精神。其实，在这些发自生命本身的反抗中，勃兴着生命体最原初的律动，

---

① 参见张志忠《论莫言的艺术感觉》，《文艺研究》1986 年第 4 期。

② 参见朱向前《天马行空——莫言小说艺术特点》，《小说评论》1986 年第 2 期。

③ 参见吴义勤《有一种叙述叫"莫言叙述"——评长篇小说〈四十一炮〉》，《文艺报》2003 年 7 月 22 日。

④ 参见杨联芬《莫言小说的价值与缺陷》，《北京师范大学学报》1990 年第 1 期。

⑤ 参见张清华《莫言与新历史主义文学思潮——以〈红高粱家族〉〈丰乳肥臀〉〈檀香刑〉为例》，《海南师范学院学报》2005 年第 2 期。

⑥ 参见李洁非《回到寓言——论莫言及其近作》，《当代作家评论》1993 年第 2 期。

⑦ 参见季红真《神话结构的自由置换——试论莫言长篇小说的文体创新》，《当代作家评论》2006 年第 6 期。

⑧ 参见兰小宁、贺立华、杨守森《东西方文化与怪才莫言（代序）》，花山文艺出版社1992 年版。

⑨ 参见程光炜《魔幻化、本土化与民间资源——莫言与文学批评》，《当代作家评论》2006 年第 6 期。

⑩ 参见孙郁《莫言：与鲁迅相逢的歌者》，《当代作家评论》2006 年第 6 期。

⑪ 参见张柠《文学与民间性——莫言小说里的中国经验》，《南方文坛》2001 年第 6 期。

⑫ 参见王春林《莫言小说的世界性》，《名作欣赏》2013 年第 1 期。

⑬ 参见陈炎《生命意志的弘扬　酒神精神的赞美：以尼采的悲剧观释莫言的〈红高粱家族〉》，《南京社联学刊》1989 年第 1 期。

⑭ 参见谭桂林《论〈丰乳肥臀〉的生殖崇拜与狂欢叙事》，《人文杂志》2001 年第 5 期。

⑮ 参见陈思和《莫言近年小说的民间叙述——莫言论之一》，《钟山》2001 年第 5 期。

如刘再复所说：

> 莫言没有匠气，甚至没有文人气（更没有学者气）。他是生命，他是搏动在中国大地上赤裸裸的生命，他的作品全是生命的血气与蒸气。80 年代中期，莫言和他的《红高粱》的出现，乃是一次生命的爆炸。本世纪下半叶的中国作家，没有一个像莫言这样强烈地意识到：中国，这人类的一"种"，种性退化了，生命萎顿了，血液凝滞了。这一古老的种族是被层层叠叠积重难返的教条所窒息，正在丧失最后的勇敢与生机，因此，只有性的觉醒，只有生命原始欲望的爆炸，只有充满自然力的东方酒神精神的重新燃烧，中国才能从垂死中恢复它的生命……他始终是一个最有原创力的生命的旗手，他高擎着生命自由的旗帜和火炬，震撼了中国的千百万读者。①

　　莫言所叙说的精神内核在于"生存"和"存在"这一哲学层面，必然使维系生命的基本元素成为人物活动的法则，它冲破或超越了人类理性的范畴。莫言对旧有的文化秩序和日益发展的文明对人的压迫和摧残痛心疾首，他试图启用与之相对立的人类原始动物性的张扬来打破既定的秩序，这是莫言对人类动物性本质呈现的一个层面，也是最初的维度，把人作为生命体置于人类学视野下进行观照，是他能够超越不同种族、文化界限的一把钥匙。对莫言作品中生命意识的发现、关注和研究，是20 世纪八九十年代研究者掀起的一次莫言研究热潮，这一研究范畴与本文即将展开讨论的动物性在某些方面有一定的联系。李陀认为，《红高粱》中的人物都是生命活力的象征，红高粱的"内核"在于一种人格美②；雷达则认为：莫言"在红高粱般充实的灵魂里，发掘到了对于今天的男女亟须吸纳的精神元阳；他突现着外敌平陵、横暴袭来，血与火炙烤着大地的时刻，炎黄子孙的无比坚韧、气吞山河的伟大生命潜能"。③20 世纪 80 年代经过改革开放以后，追求自由的生命形态成为人们的强烈

---

① 刘再复：《百年诺贝尔文学奖和中国作家的缺席》，《北京文学》1999 年第 8 期。
② 参见李陀《读〈红高粱〉笔记》，《小说选刊》1986 年第 7 期。
③ 雷达：《游魂的复活——评〈红高粱〉》，《文艺学习》1986 年第 1 期。

渴望，对生命意识、生命自由的理解和表达，是莫言以《红高粱》为代表的作品的显著特征，李掖平的《重振古老民族的生命元气——对莫言小说生命意识的一点重估》、① 李迎丰的《爱与死：战争背景下的生命意识及其他——〈百年孤独〉与〈红高粱家族〉的文化心态比较》② 等文章纷纷记录了 80 年代评论界关于此方面的思索与探讨。

近年来在关于其作品中生命意识的研究中，赵歌东的《"种的退化"与莫言早期小说的生命意识》是其中较有代表性的成果，他阐释了"种的退化"不仅构成了莫言早期作品的生命意识，而且构成了他创作的生命基调。在此方面的研究中，张志忠的论述应该是更为系统、全面的，他的《莫言论》是完整评析莫言创作之路的第一本书，该书主要从"生命"的角度来阐释莫言的作品："生命，为了其自身的存在和发展，就必须满足其各种各样的需要；在人们的实践活动中，需要外化为目的，需要是源于生命的本能，并在这本能的催化下不断丰富不断扩展的，它是无意识的，依凭直觉行事的。"③ 张志忠从"充满生命感觉的世界""生命欲望——一个根本的动机""生命之光——爱情与死亡""红高粱——生命的图腾"等几个方面对莫言作品中关于生命的内涵做了一个较为全面的剖析；另外，张闳在《感官的王国——莫言笔下的经验形态及功能》④ 对莫言作品中的感官描写做了细致深刻地分析和总结，他认为"食物"是莫言的基本主题，他的分析从立足于食物的物质性，扩展到对身体器官的关注，并对文学叙事与生理学的关系进行深入的探究，这意味着他对原初的自我意识与自我本能的关注。

陈炎最早用酒神精神来阐释莫言的生命意识和哲学观念。⑤ 他认为尼采用去除宗教道德对生命的压抑来肯定生命的需要与自由，与之相呼应，

---

① 李掖平：《重振古老民族的生命元气——对莫言小说生命意识的一点重估》，《当代小说》1989 年第 3 期。

② 李迎丰：《爱与死：战争背景下的生命意识及其他——〈百年孤独〉与〈红高粱家族〉的文化心态比较》，《教学研究》1989 年第 1 期。

③ 张志忠：《莫言论》，北京联合出版公司 2012 年版，第 62 页。

④ 张闳：《感官的王国——莫言笔下的经验形态及功能》，《当代作家评论》2000 年第 5 期。

⑤ 参见陈炎《生命意志的弘扬　酒神精神的赞美——以尼采的悲剧观释莫言的〈红高粱家族〉》，《南京社联学刊》1989 年第 1 期。

莫言对生命的弘扬也是要通过打破中国传统文化对个体生命的漠视进而消解人的生命冲动来实现。王雪颖很可能说得更具体："如果说尼采用自然和生命取代道德，然后又把自然和生命树为新的道德原则，向基督教发动了猛烈攻击，那么莫言的小说则是以生命的自由奔放主导自身欲望的个体尊严为标识，打破各种社会禁忌道德礼俗对人的禁锢，释放出人性的多重欲望。"① 王雪颖把莫言作品中的人性放在一个以生命为道德的框架中考量，而不是置于传统二元对立的善恶观下来考虑，这种探讨方式的好处是对作品中人物的欲望、行为进行重新评估。汪正圆则着重指出莫言对尼采酒神精神的践行，是彰显生命原始本能的一种表现。② 以上几篇文章侧重点各有不同，但基本代表了理论界把莫言作品纳入尼采酒神精神、以生命为最高原则的思想框架中的研究倾向。

　　与人类的动物性表现相互辉映的，是莫言对动物世界的书写。人类的动物性与动物的人性，都是其作品极力表现的内容。张清华说："在当代，没有哪一个作家能像莫言这样多地写到动物，这是莫言'推己及物'的结果，人类学的生物学视角使他对动物的理解是如此丰富，并成为隐喻人类自己身上的生物性的一个角度。"③ 张志忠很具体地论及了莫言笔下各种各样的动物："莫言作品中人、动物、植物三者在生命感觉上的相通和相同，表现在文学语言上，就是常常以三者互相修饰，用有生命的活物比喻另一个有生命的活物，形成生命感觉的融会贯通——不仅仅是普通意义上的拟人化，而是生命体系的互相转化，构成一个个斑斓的意象……生命的一体化，是以人、动物、植物等所共有的生物属性为前提而又统一于此的……对于动物个性的张扬，当然寓有希求人能在社会生活的规范和制约之下解脱出来。"④ 张志忠把莫言作品中的动物和人类放在同一个平台上，围绕"生命意识"展开分析阐释。也有人在这方面的论述显得更有韵致，夏可君在论及"檀香刑"时说：

----

① 王雪颖：《"生命意识"视野下的人性阐释——莫言小说管窥》，硕士学位论文，湖南师范大学，2011 年。

② 参见汪正圆《试析莫言小说中的酒神精神——以〈红高粱家族〉〈透明的红萝卜〉为例》，《传奇·传记文学选刊》2010 年第 3 期。

③ 张清华：《叙述的极限——论莫言》，《当代作家评论》2003 年第 2 期。

④ 张志忠：《莫言论》，北京联合出版公司 2012 年版，第 60 页。

　　……猫腔决定了莫言的这部小说的手法……似乎那些猫腔的声音，那些在死刑中惨叫的声音，都只是动物的声音，似乎不是人的声音！后来的《生死疲劳》……甚至就以动物之眼（六道轮回中的驴、牛、猪、狗、猴等）来观照人世间，是所谓认祖归宗的大戏！小说写作成为回归的仪式！……他看到了生命的本相！一个谋杀者在行刑时显出了他动物的本相！但是他自己却不知道！认识我们自己，似乎就是认识我们身体中叫喊的动物的形象！①

　　夏可君用哲学眼光观照莫言小说中的人和动物，把人类世界向动物世界的回归，看作认祖归宗，这是很有开拓性的视角。但对生命的强调与尊重只是莫言作品表现人类动物性的一个层面。人类的动物性是多维的、复杂的，它在外部文明的刺激、催化下会异化为可怕的兽性。因此，"兽性"也作为动物性这一概念内部的一个组成部分存在于莫言的作品当中。这方面的研究较有代表性的是关于莫言作品《檀香刑》的研究。《檀香刑》是莫言作品中呈现人类兽行最为集中与激烈的一部，它的问世吸引了评论界众多的目光，批评家们纷纷从施刑者、受刑者、观刑者、刑罚本身等来探究人性中的黑暗进而对其背后的文化提出质疑。谢有顺在《当死亡比活着更困难——〈檀香刑〉中的人性分析》中用"刽子手哲学"深刻地揭示了《檀香刑》主人公赵甲的行刑心理："他眼中的人与动物在本质上已经没有区别。"在这篇文章中，作者对刽子手狠毒、冷漠的内心加以探析，赵甲之所以有这样的认知，源于统治者对百姓的奴性统治，进而得出结论：（刽子手哲学）"恰好暗合了中国数千年专制社会所实行的政治哲学。"② 这是对人类兽性表象背后社会根源的一次探寻。洪治纲则通过"从形式开始""刑术的文化指向""刑场与戏台""人性的撕裂"四个部分对作品进行了细致深入的分析，他认为"檀香刑"蕴含着一种悲剧力量，它的真实意图是"对法律本身的嘲讽和消解，也是对

---

　　① 夏可君：《庄子的"庖丁解牛"和莫言的"檀香刑"：牛——人之解》，《幻像与生命》，学林出版社 2006 年版，第 153 页。

　　② 谢有顺：《当死亡比活着更困难——〈檀香刑〉中的人性分析》，《当代作家评论》2001年第 5 期。

某种人性变异后所产生的文化痼疾的尖锐反诘",① 这篇文章对所谓的文明、权力进行了全面的质疑，并提倡让生命能够回归到有尊严、自由、平等的生存秩序上来。对于莫言作品中兽性的发现与探索，更多的似乎是由一些不很知名的研究者来完成的。崔桂武从"人是穿上衣服的野兽""人的行为动物化""人的器官动物化"三个方面，结合具体文本，阐发莫言对人物兽性的描写，② 但文章似乎更多地流于对感性现象的描述。李明刚则结合《生死疲劳》的具体叙述，阐释了主人公西门闹通过六道轮回的几次转世，完成了由人性——兽性——人性的根本转变：莫言"通过西门闹先后转世为驴、牛、猪、狗、猴各种兽性十足的动物及最终转世为大头儿蓝千岁的多维叙事视角，见证了中国农民五十多年的当代历史进程，也完成了历史变迁中兽性视角下人兽化、兽人化的人性批判和对人性回归的期盼，充分表达了他对生命的关怀，对人的关注，对人的生存现状的焦虑与反思。他在真实冷峻地描写人的非人生活时，思考的是人应该怎样才能拥有健康的生存状态这一更根本的问题，唤醒人们应该强化主体意识，追求生存的价值与意义"。③ 这篇文章对《生死疲劳》中的人兽互相转换进行了较为详细的解读，对人与动物之间的关系、人类本身动物性问题没有触及，这使文章似乎缺乏一定的理论根基。王辉在论及《檀香刑》时有这样的言论："作者为我们呈现出了'人性—兽性'的关系简图。人是动物进化而来的，人不可能完全摆脱动物的兽性。作者将人的两面性毫无顾忌地为我们呈现，人性占上风时，做善事；兽性发作时，做恶事。这些人物和他们自身本相完美地结合着，忽人忽兽的变化让作者笔下的这种幻异显得更加真实。"④ 通过人物行为与其动物本相的契合，作者试图揭示：兽性主导人时，人即作出兽的行为（心狠手辣）；人性占主导地位时，人即作出符合人的行为（舍身救父、舍生取义、舍身抗敌等）。石建炜似乎说得更为具体：

---

① 洪治纲：《刑场背后的历史——论〈檀香刑〉》，《南方文坛》2001 年第 6 期。
② 参见崔桂武《生命哲学上的突破——论莫言小说中对人的兽性的描写》，《辽宁广播电视大学学报》2004 年第 1 期。
③ 李明刚：《论〈生死疲劳〉兽性视角下的人性批判》，《考试周刊》2009 年第 25 期。
④ 王辉：《浅谈〈檀香刑〉人物幻异刻画》，《现代语文》2010 年第 1 期。

　　通过这一人物形象（赵甲）的刻画，作者不仅深刻地揭露出社会政治和封建礼法对于人性的摧残和扭曲，而且对人性中兽性的膨胀进行了深刻反思。……人类在文明进程中，力图克服自身的缺陷，战胜自身的兽性，走向完美的人性。但是人性始终是高高在上，难以企及，而兽性却那样地难以驱遣，一旦遇到适宜的土壤便会滋生蔓延起来，使人类以往的种种努力都功亏一篑。人类是人性与兽性的混合物，当人性高扬的时候，兽性则处于蛰伏状态；一旦人性的约束力减弱，兽性便会猛醒，洪水猛兽般地肆虐起来。①

　　这篇文章在诸多关于莫言作品中人与兽关系的研究中较为突出，对人兽关系的思考较为深入，能够在理论构建基础之上阐释莫言作品的内蕴。在此，有必要特别强调野兽不等同于动物，兽性也不能等同于动物性，它只是动物性广泛内涵中的一个层面。

　　从以往对莫言的研究中可见，只有零散的文章涉及本书将要论及的"动物性"问题，而且绝大多数只是停留在对这一文学内容的发现、个别描述及现象呈现方面，缺乏较为系统和深入的分析研究，也没有深入揭示这一表象之下的用意和目的，更没能反映出这一现象给莫言的作品带来了什么。对莫言作品中动物性的多维呈现的阐释，更好地审视"人"这一生命个体，理解其在特定社会历史条件下某些心理、行为的成因，并且试图发扬人类理性、发展优秀文化对人类动物性加以正确引导，带领人类向前发展。——这正是本书要阐释的主要内容。极少或者说还没有研究者把莫言的作品放在这样一个视角下来打量，即放在中西文化如何看待人的动物性这样一个历史文化的视域内进行思考，这一考察，有助于在此方面确定莫言的文化史地位。莫言对人类动物性的思考是复杂的、多维的，甚至是有些矛盾的，这随着莫言创作道路的不断探索和延伸呈现出不一样的风貌：与 20 世纪 80 年代对动物野性的热情呼唤相比，90 年代更注重表现文明掩护和滋生出的人类兽性行为。然而，无论是哪一层面的表达与揭露，莫言毫不回避对历史创伤经验的重现与问责。随

---

　　①　石建炜：《人性的沦丧与兽性的膨胀——〈檀香刑〉赵甲形象的文化阐释》，《作家》2008 年第 5 期。

着对人类动物性的深入挖掘，莫言肯定人类的理性力量：人类社会之所以向前发展不陷入堕落，在于人类本身拥有的理性，因而他寄希望于理性发展出更加优秀的文化，更好地指导动物性（而不是一味地回避），使之在现代社会中大放异彩。无论人的原始本能抑或人的兽性表现，皆属于人类与生俱来的动物性表现，动物性在不同环境的催生下，会呈现不同的特点，如果把这些纳入对莫言小说中人物动物性研究的视野下进行阐释，会更加系统全面地理解人性，理解莫言。

第 一 章

莫言小说动物性的多维呈现

第一节 动物——对人类动物性的隐喻

在莫言的作品中，人与动物世界始终交织在一起，与人的世界相对应的，是一个"众牲喧哗"的动物世界。恩格斯说："人在自己的发展中得到了其他实体的支持，但这些实体不是高级的实体，不是天使，而是低级的实体，是动物。"① 作为人类生存不可或缺的一部分，动物与人类一道见证了自己的发展史；在与动物的相处过程中，人类学会了诸多技能和本领，在与动物的斗争中，磨砺了意志和勇气。可以说，人类得以迈入文明，无不闪耀着动物的功绩。对此，莫言有过很好的"论述"："光荣的人的历史里掺杂了那么多狗的传说和狗的记忆，狗的历史和人的历史交织在一起。"② 莫言在虚构人类历史的同时，没有忘记编织关于动物的传奇；作品中动物作为人类的象征、隐喻，动物世界的背后隐藏着的是"人的世界"，体现的是莫言对人的思考，对人类动物性不同表现的态度。从莫言对不同种类动物的态度看他对人类动物性的阐释相较于对人类本身的动物性描写更为直观。从动物是否被驯化的角度看，它们对人类的态度是截然不同的。未被驯化的野性动物依然与人类进行着丛林战争，被驯化的动物则变成驯顺劳动的生命，与人类交织起爱恨情仇。莫言对上述两类动物都进行了精彩的呈现。

---

① 《马克思恩格斯全集》，人民出版社 1995 年版，第 27 卷，第 63 页。
② 莫言：《红高粱家族》，人民文学出版社 2012 年版，第 183 页。

一　对动物野性的呼唤——山林中原始野性的呈现

20 世纪 80 年代，莫言和许多作家（尤其是寻根文学作家）一样，标榜野性、呼唤原始生命强力，他在营造动物世界时，也有意无意地指向对野性的回归。在莫言的"高密东北乡"，不可能有野兽出没，这一点他早就交代过：

> 元朝的时候，我们那地方荒无人烟，树林茂密，野兽很多，有狼有豹有猞猁，据说还有一窝老虎。明朝的时候，朱元璋下令往这里移民，还把一些犯了错误的人撵来。这里人烟渐多，树林被砍伐，土地被开垦，野兽的地盘渐渐缩小。到了清朝初年，我们这地方就成了比较富庶之乡，树林更少了，野兽自然更少。到清末民初，德国人在这里修建铁路，树木被砍伐净尽，野兽彻底地丧失了藏身之地，只好眼含着热泪，背井离乡，迁移到东北大森林里去了。到了近代，国家忘了控制人口，使这里人满为患，一个个村庄，像雨后的毒蘑菇，拥拥挤挤地冒出来，千里大平原上，全是人的地盘，野兽绝迹，别说狼虎，连野兔子都不大容易看见了。①

对野性和生命力的渴求，使莫言对野兽的世界极为钟爱，他多次构思情节，使作品中的人物有机会从文明世界回归自然，回归原始山林，与野兽为伍。这不仅是对兽性的全面呈现，也是激发人类动物野性的尝试，他试图揭示人类发挥动物野性的巨大潜能，呼唤人类动物野性的回归。出于这一目的，主人公要远离高密东北乡这块"血地"，远涉长白山大森林，甚至远渡重洋到日本北海道的荒山密林。在长篇小说《丰乳肥臀》和短篇小说《人与兽》中皆有相似的情节。日军侵华期间，被日本抓为劳工的小说主人公，为躲避日军的追捕，逃进荒无人烟的深山密林，亦人亦兽的生活十几年，被发现后重新回归人类世界。前者讲述的是捕鸟高手鸟儿韩的经历。在小说《丰乳肥臀》中，鸟儿韩被日本军队抓劳

---

① 莫言：《一匹倒挂在杏树上的狼》，《与大师约会》，上海文艺出版社 2012 年版，第 214 页。

工后逃到山林中十五年，这十五年是脱离人类社会的十五年，是人与野兽面对面生存的十五年。描述这段人兽共处的岁月，不仅使人发现人类自身的动物性生命强力，也看到野兽身体内不屈不挠的斗争精神。后者是关于"我爷爷"余占鳌的生命传奇。不同的是，鸟儿韩在山中与狼进行战争，而同余占鳌博斗的是两只狐狸。相对于鸟儿韩与两狼之间相互威慑之后达成和解，余占鳌与狐狸之间却进行了殊死的搏斗。他经过一场场与野兽的搏杀后，终于抢占了自己的领地，野兽们对这位不速之客最终只能接受："熊与他达成了相逢绕道走，互相龇牙咆哮半是示威半是问候但互不侵犯的君子协定。狼怕我爷爷，狼不是对手，狼在比它更凶残的动物面前简直不如丧家狗。"① 在人眼里，与狼、熊相比，狐狸是狡猾、阴险的，为报复余占鳌占领狐狸洞，杀死四只狐狸幼崽，一对成年狐狸对"我爷爷"进行了最为狡诈、凶残的围攻，公狐的身体攀挂在山崖的藤条上，紧紧咬住"爷爷"的脖颈，母狐则咬住他的脚掌，"爷爷"在腹背承受着剧痛的情况下，做出明智果敢的举动：向山下滑落，借助风和树的阻力使狐狸被迫从身体上分离，最终得以脱险。野兽的野性和兽性激发了人类更为强大的原始动物性，这不禁让人感叹：在强敌面前，人类的生命力竟如此顽强！或许是巧合，莫言用文学实践把人类恢复到原始状态的情景和卢梭在假想人类童年茹毛饮血时的场景出奇的相似。在《论人类不平等的起源和基础》中，我们看到了卢梭对动物到人进化过程的想象，他设想了人类最初作为动物的样子："如果把这样构成的一种生物，剥去了他所能禀受的一切超自然的天赋，剥去了他仅因长期进步才能获得的一切人为的能力，也就是说，如果只观察他刚从自然中生长出来时的样子，那么，我便可以看到人这种动物，并不如某些动物强壮，也不如另一些动物敏捷，但总起来说，他的构造却比一切动物都要完善。我看到他在橡树下饱餐，在随便遇到的一条河沟里饮水，在供给他食物的树下找到睡觉的地方，于是他的需要便完全满足了。如果天然肥沃的大地照原始状态样存在着，覆盖着大地的无边森林不曾受到任何刀斧的砍伐，那么，这样的大地到处都会供给各种动物以食物仓库和避难所。分散于各种动物之中的人们，观察了而且模拟了它们的技巧，因

---

① 莫言：《人与兽》，《白狗秋千架》，上海文艺出版社2012年版，第412页。

而逐渐具有了禽兽的本能。此外，人还有这样一个优点：各种禽兽只有它自己所固有的本能，人本身也许没有任何一种固有的本能，但却能逐渐取得各种禽兽的本能，同样地，其他动物分别享受的种种食料大部分也可以作为人的食物，因此人比其他任何一种动物都更容易觅取食物。"①卢梭想象着人类最初作为动物的样子，他们与其他动物一样生活在自然之中，凭借本能与其他动物们一样享用大自然的恩惠，同时也经受着与自然动物一样的危险："孤独的、清闲的、并且时常会遭到危险的野蛮人，必定喜欢睡眠，并容易惊醒，如同其他不大用思想的动物一样，可以说，在不思想的时候，总在睡眠。自我保存，几乎是他唯一关怀的事情，他所最熟练的能力必然是为了制服他的俘获物或者为了不作其他野兽的俘获物，而以攻击和防御为主要目的的一些能力。"② 的确，小说中无论是身陷北海道深山的鸟儿韩还是流落森林中的余占鳌，他们没有熊的凶猛，没有狐狸的灵敏，但他们最终战胜了这或刚猛无比或狡猾多变的动物，他们用自身的行为证明着人类童年是如何在丛林法则的规约下，从动物群体中脱颖而出。莫言用人物向原始野性回归的方式找寻人类血迹斑斑却辉煌的童年踪迹，字里行间不乏对野性的肯定与敬畏。

野兽的精神也达到了令人类感到可敬可畏的地步。在《一匹倒挂在杏树上的狼》中，作者塑造了一匹千里寻仇的断尾老狼，因知命不久矣，为报当年断尾之仇，不远千里从长白山森林里一路寻仇来到中原腹地。章古巴大叔回忆了几十年前那场森林里群狼对他的围攻。那是一个狼的世界，它们有组织、懂礼节，遇到问题群策群力去解决，这让被围攻的人类不禁叹服，敬畏。从莫言对山林野兽的刻画中，我们看到他的赞赏态度，借此传达出对人类动物野性回归的态度。莫言钟情于野兽的野性，但它们毕竟只是高密东北乡的匆匆过客，长久扎根在这块土地上的，是乡里乡亲和一只只朝夕相处的家禽、家畜。

二　人类文明对野性的规约——从野性到驯顺的生命

牛、马、驴、猪、狗……作为家畜已被驯养数千年，它们出入人类

---

①　［法］卢梭：《论人类不平等的起源和基础》，李常山译，法律出版社 1958 年版，第 75 页。

②　同上书，第 81—82 页。

的家园，听命于人类的役使，忠实地为人类服务。它们没有自己的思想，只是人类生产生活的附属品。在人类体制的规约中，这些驯顺的生命早已失去了原有的野性，然而，莫言在作品中虚构了一群奇异的生命，它们一反现实常态，野性十足。这其中不乏莫言对在习以为常的驯顺中寻找、发现野性所寄予的希望，致使这群原本乖巧的生命生龙活虎，甚至灵异不凡；莫言对动物野性的消失缘由加以文学探寻，实际上是对人类动物野性思考的隐喻。

　　狗是从狼家族分化出来被人类驯化的动物，以其忠诚于主人的特质成为动物界中人类最亲密的朋友。或许是出于彰显野性的需要，莫言使这群忠诚之辈回归其祖先狼族的兽性，它们与人类为敌，争食人类的尸体，甚至咬食活人。莫言以食用人尸性情发疯为由，诱发出狗的原始野性："人血和人肉，使所有的狗都改变了面貌，它们毛发灿灿，条状的腱子肉把皮肤绷得紧紧的，它们肌肉里血红蛋白含量大大提高，性情变得凶猛、嗜杀、好斗；回想起当初被人类奴役时，靠吃锅巴刷锅水度日的凄惨生活，它们都感到耻辱。向人类进攻，已经形成了狗群中一个集体潜意识。"[1] 回归野性的狗群用凶猛、残忍的撕咬，回馈人类对其长久的奴役，这一手法有如模式般出现在莫言的多部小说中。第一次因食用人尸回归兽性的狗群出现于《狗道》，这是莫言首次大规模集中描写狗的场景，亦是发生在莫言文学世界中最大型的一次"人狗之战"。吞食了人肉之后的狗群，已与从前判若两种动物。它们不仅性情凶残，而且极度仇视人类；它们向人类发起了一次次猛烈的进攻，人类完全失去了昔日的主人地位，与这群野兽进行着最原始的丛林战争。狗群发起的战争相较于人类的智慧毫不逊色：在《狗道》中，足智多谋的红狗头领组织的战争"闪烁着辩证法的光辉，连智慧的人类也无可挑剔"。[2] 抢夺人的尸体作为食物，是狗群最初的要求，这种要求逐渐随着人狗大战而升级，它们在向野兽的回归过程中，不再仅仅捡食尸体，亦吞食活人，鲜活的生命转瞬间被狗群撕扯干净。在小说中，当人狗大战进入白热化阶段时，有过这样一段叙述："王光扔掉枪，转身往洼地跑去，十几条狗围住了他。

---

　① 莫言：《红高粱家族》，人民文学出版社 2012 年版，第 193 页。
　② 同上书，第 197 页。

那个小人儿在顷刻间便消逝了。吃惯了人体的狗早就成了真正的野兽，它们动作麻利，技巧熟练，每人叼着一块王光大嚼，狗的牙齿把王光的骨头都嚼碎了。"① 与这场乡野间的人兽大战一样，城市里同样发生着惨烈的人狗战争。在《丰乳肥臀》中，因为城市禁狗令的颁布，昔日主人的爱犬被弃置街巷，致使十几条被抛弃了的德国黑贝、藏獒、沙皮狗寄居在垃圾堆里，它们失去了曾经的精致生活，如今只能风餐露宿，时而撑得放屁屙稀，时而饿得弓腰拖尾，共同的遭际使它们结合成一个狗队，它们与城市环保局下属的打狗队结下了深仇大恨。充满仇恨的野狗对人类展开了疯狂的报复，成为打狗队员安全的巨大威胁，它们把打狗队长的小儿子从幼儿园众多儿童中准确无误地拖出来，毫不犹豫地瞬间吃掉了。这情形，与米兰·昆德拉笔下屡遭专制集权打击的狗的命运真有天壤之别：后者是人的牺牲品，没有机会和能力返回自己的野性和原始性。

一向温顺、老实、忠厚的驴、猪是几千年来中国农民饲养的主要家畜，然而当家畜们充满野性，回归到原始的兽性，也能够战胜恶狼。为了标榜原始动物的野性，莫言试图为野兽树碑立传。在《生死疲劳》中，西门猪从地道的家猪演变为骁勇善战的野猪王，源于西门猪的特殊性。它是动物的身躯，但身体内残存着人的智慧。人的思维使它远远优越于其他动物，它在猪群中成王只是情节发展的必然，没有任何悬念。莫言在猪王成长过程中，设计了一个巧妙的角色——刁小三。这或许是作者寄予更多深意的角色。刁小三是沂蒙山区纯种的野猪："瘦而精干，嘴巴奇长，尾巴拖地，鬃毛密集而坚硬，肩膀阔大，屁股尖削，四肢粗大，眼睛细小但目光锐利，两只焦黄的獠牙，从唇边伸出来。"② 这头未经驯化的野猪从一出场就表现出与众不同的姿态，当其他猪因长途坐车体力不支丑态百出时，刁小三"却悠闲地散步看景，宛如一个抱着膀子吹口哨的小流氓"。③ 它对人类的束缚从始至终都进行着顽强的反抗，这使人们在对付它的过程中绞尽脑汁。刁小三从被迫抓到运往杏林猪场的汽车上就开始进入与人类接触的生活中，接下来对它的每一次约束，都遭到

① 莫言：《红高粱家族》，人民文学出版社 2012 年版，第 198 页。
② 莫言：《生死疲劳》，作家出版社 2012 年版，第 208 页。
③ 同上。

了它的坚决抵抗，甚至当人类用枪弹对付它时，它竟敢叼起燃着引信的手雷回敬过去。刁小三的勇敢行径，树立了它在未来猪王——猪十六（即西门猪）心目中的英雄地位，使二者由敌人变成彼此忠诚的亲密战友。刁小三的野性是家生猪——猪十六所缺乏的。猪十六拥有人的思想与智慧，能够洞穿人类的一切诡计，但它从未想过逃离畜栏，不再受制于人，它要做的是成为家猪中的佼佼者，拥有壮实的身体，会表演讨人喜欢的特技，成为主人的爱宠，得到品质较好的食物——争得人类体制中的荣宠是它的最大追求。刁小三使它打开了眼界，野猪的桀骜不驯使它钦服，刁小三最终月夜逃离猪场的胆大包天行为彻底启发了猪十六的反抗意识，它也在一个月夜奔向了荒野，从此"脱离了人的统治，像我们的祖先一样，获得了自由"。① 刁小三很可能是莫言极为欣赏的角色，他在作品中曾经多次用"野兽"来形容它，可见对这只动物在野性这一隐喻的作用上寄予了厚望，这种情感在作品中时有流露："我感到这个杂种身上有一种蓬蓬勃勃的野精神，这野精神来自山林，来自大地，就像远古的壁画和口头流传的英雄史诗一样，流溢着一种原始的艺术气息，而这一切，正是那个过分浮夸的时代所缺少的，当然也是目前这个矫揉造作，扮嫩伪酷的时代多缺乏的。"② 在刁小三的影响下，猪十六真正成为了王者，带领二百多只野猪开始了充满血腥、智谋的丛林生涯，在它的身上体现着动物的原始野性与人类智慧的完美结合，这不能不说是人类萎顿生命对动物野性的一次召唤，是浮躁时代对返璞归真的迫切渴求。

驴在中国传统文化中，论速度不如马，比力气不如骡，但凭借优秀的耐力和较为低廉的价格，成为中国农村千百年来不可缺少的劳动工具。它曾经驮着戴凤莲去完婚，也曾把戴凤莲驮进了改变命运的高粱地，它是沙月亮组织的鸟枪队的坐骑，更是莫言农村题材作品中不可或缺的角色。在《生死疲劳》中，它一度成为主角。一出场便含冤惨死的地主西门闹在阴曹地府经历百般酷刑绝不改悔，阎王使其转世投胎为驴。这是一头非同寻常的驴：既有驴的身躯又有着西门闹的记忆。小说第五章是西门驴成长为成年驴后挥洒野性的第一次公开亮相。当西门驴眼看着前

---

① 莫言：《生死疲劳》，作家出版社 2012 年版，第 314 页。
② 同上书，第 219 页。

世的妻子被工作组殴打折磨索要西门家的财物时，它挣脱缰绳，冲出畜栏，大闹公堂，只见小说中这样写道："我直奔杏树而去，对那口釉彩缸飏起双蹄，哗啦一声响，彩缸破碎，几块碎片飞得比树梢还高，降落在房瓦上，发出清脆的声响。""黄瞳从正房里跑出来，秋香从东厢房里跑出来……黄瞳用脚踩住了我的缰绳，我一扬脖子，把他拖倒。缰绳抡起来，像条鞭子，抽在了秋香的脸上……我一横心，冲进了正房……屋里的坛坛罐罐都成了碎片，桌椅板凳四脚朝天或损失侧歪在地。""我，冲到院子里……我的心广大无边，再也不能受这小院的局限……我奔跑着，用最大的速度，积蓄着最大的力量，对着高墙上那道被夏天的暴雨冲出来的豁口，纵身一跃，四蹄腾空，身体拉长，飞出了院墙。"① 西门驴的力气和愤怒足以让它所向披靡，并且所到之处，给恶人以小惩，给弱者以慰藉。这场"闹厅堂公驴跳墙"被莫言描写得出神入化，然而，这只是西门驴施展野性的开始，接下来的"柔情缱绻成佳偶，智勇双全斗恶狼"，才真正把西门驴的野性与智慧推向了高潮，真正铸就了驴的传奇。这是一次野兽与野兽之间的厮杀，考验着动物的勇气、智慧、谋略与力量。在夜晚的沙梁，西门驴面对两只苍白的大狼，它毫无畏惧："我西门驴，嘶鸣着，斜刺里冲了下去，直奔尾随在我爱驴身后的那匹狼。我的蹄腿带着沙土，腾起一团团烟尘，带着居高临下的气势，别说是一匹狼，就是一只老虎，也要避我锋芒。那头老狼猝不及防，被我的胸脯顶撞了一下，翻了两个筋斗，闪到了一边。"② 狼是家畜的天敌，以狡猾、凶猛、残忍的特征行走于丛林，而西门驴遭遇的两条恶狼更是恶名昭著，勇猛非凡，借一打狼队员之口："这是两匹大灰狼，平原地区比较少见，是从内蒙古草原那边流窜过来的。这两匹狼一路作案，见多识广，狡猾诡诈，行为狼毒，流传到本地一个多月，就毁了十几匹大牲口，有马，有牛，还有一匹骆驼，下一步，它们就该吃人了。"③ 面对这两匹非同寻常的野狼，西门驴镇定自若，冷静筹划，果断出击，把狼从沙梁引向对自己作战有利的河滩，在河水中用铁蹄敲碎了狼的脑壳，结束了两狼的生命。

---

① 莫言：《生死疲劳》，作家出版社 2012 年版，第 41—43 页。
② 同上书，第 46 页。
③ 同上书，第 54 页。

在厮杀过程中，西门驴丝毫没有表现出家畜的驯顺，它如同深谙丛林法则的老手，尽情释放着野性，这一次对狼作战的全面胜利，使西门驴更坚定了要做"野驴"的想法，过"饿了啃青草""渴了饮河水"的自由生活，绝"不眷恋温暖的驴棚，追求野性的自由"①。

　　这是莫言对一头家驴的神话性想象，但的确是一次向野性的理想回归，这次回归使西门驴的生命力达到了极致的飞扬，然而接下来的经历，却使之走向生命的低谷，直至最终被饥饿的民众所分食。导致这一转折的事件发生在"西门驴痛失一卵"那一章中。狡诈的兽医许宝趁西门驴不备，割掉了它的一个卵子。许宝对气愤的主人公蓝脸说："实话告诉你，你的驴有三个卵子，我只取了一个，这样，它的野性会收敛一些，但仍然不失为一头血气方刚的公驴。"② 自从西门驴被"部分去势"之后，野性大减，甚至对异性也失去了兴趣，即使对异性的想象也发生在梦里与白氏约会，这欲望还是来自西门闹而不是西门驴。身体的人为改变，使西门驴改变了从前的性情，一度勇斗恶狼追求野性自由的它，如今再次行走于荒野时，一餐的野草和树皮便使之体会了做野驴的艰难，对粗糙食物的畏惧，对香喷喷的草料的思念，使它渐渐回到一头平庸的家驴。如果说许宝的这一刀割掉了西门驴的一卵，同时带走了西门驴无所畏惧的野性，那么西门驴真正变成一头忠实于人类的家畜，是从它成为县长的坐骑开始的。一个曾经有过贩驴经历的县长，对好驴爱不释手，成为县长的坐骑，自然是无上的荣耀。在县长"物质与精神"的双重调教下，"一头咬伤多人，臭名昭著的倔驴"变成了"俯首帖耳、聪明伶俐的顺毛驴"。至此，西门驴野性全失、完全驯顺，成为真正的家畜。就是这头曾经踢死恶狼的西门驴，到头来却被一只横穿山路的野兔惊吓，驴失前蹄，成为彻底丧失劳动能力的一头废物，最终惨遭饥民分食。莫言使这些现实中原本驯服的家畜充满野性，不能不说是一种理想的寄托和生命的隐喻；动物野性的消失发生在人对动物生命的强行干预中，当西门驴被纳入人类的体制束缚之内，便是它丧失野性与生命力的开始，这是莫

---

① 莫言：《生死疲劳》，作家出版社 2012 年版，第 51 页。

② 同上书，第 61 页。

言给予我们的启示么？

　　牛在中国文化中一直是隐忍、付出的象征。鲁迅曾经一反传统的打击驯良的狗，褒赞野性的狼，但对于隐忍耿直、默默付出的牛却偏爱有加。或许在漫长的中国文学史上，还没有出现过贬低牛的篇什。在莫言塑造的诸多动物中，牛称得上最为驯顺的家畜。在小说《牛》中，牛的生命变迁成为小说的主线，莫言用简短的篇幅讲述了牛——这一驯顺的生命，如何从鲜活生动到被人类折磨致死的整个过程。公牛双脊在遭到人类的野蛮去势之后，从"在东北洼里骑母牛时生龙活虎"的形象，变成"一瘸一拐，摇摇晃晃，像一个快要死的老头子"。① 被去势后，它血流如注；在需要人精心看护的时候，贪吃的人们却在为争食牛睾丸费尽心机；双脊遭遇了伤口的挤压，在需要被专门医治的情况下，队长为省钱，使用土办法，对牛的病情丝毫没有减轻，反而雪上加霜；在双脊连续几日几夜未合眼、滴水未进的状态下艰难步行 20 里到兽医站，却遭到闭门羹，在等待的夜里，双脊悄然死去。在无人类打扰的深夜，它终于可以自由地死去。牛的死是自身苦难的解脱，也是对人类恶行的控诉。通过《牛》，我们目睹了一个驯顺生命的消逝过程。牛是莫言全部作品中最驯顺、隐忍的动物，即使在《生死疲劳》这部以动物视角看人世，动物可以有充分话语权的作品里，牛依旧与众牲不同，保持着它一贯的驯顺、沉默。在《生死疲劳》这样一部"众牲喧哗"的作品中，莫言是通过年逾半百的蓝解放和历经西门闹、驴、牛、猪、狗、猴直至大头儿六次轮回转世的蓝千岁的对话展开叙述的（其中少量夹杂莫言的叙述）。大头儿的丰富经历和强势的性情，使他成为小说话语权的基本掌控者，然而在"牛犟劲"一部中，却没有了他的声音，他异常安静地听蓝解放讲述自己曾经历的一切。这不符合蓝千岁的性格。莫言之所以这样设计，自有他的深意：为了凸显西门牛的驯顺，他宁愿规避蓝千岁的霸气。西门牛的一生是隐忍、驯顺的一生，虽然它曾经有过几次英勇行为，但面对人的鞭打和侮辱，它几乎是忍而不发的，尤其是对西门金龙。这本是"一头魁伟的公牛，双角如铁，肩膀宽阔，肌腱发达，双目炯炯，凶光外

---

① 莫言：《牛》，《师傅越来越幽默》，上海文艺出版社 2012 年版，第 30 页。

溢"，① 却能够忍受双角被挂上破鞋，顺从地接受游街，这不同于它体内活跃着的灵魂——西门驴的不驯，更不同于西门闹的狂傲，也因为游街而痛失半只牛角。自从失去半只角后，公牛的性情大变；当西门金龙逼迫蓝脸牵牛入社，蓝脸顽抗到底，但西门牛没做任何反抗，它无奈地顺从。它用拒绝耕田来守护对主人蓝脸的忠诚，它选择逆来顺受试图唤醒人们邪恶的灵魂，最终，西门牛死在他前世之子——西门金龙的皮鞭之下。同为西门闹转世的西门牛，没有西门驴潇洒的姿态，没有西门猪火爆的性情。它没有一丝野性，唯一用来反抗人类虐杀的方式是静止不动，在面对西门金龙的毒打时依然不反抗、不逃脱，摇摇晃晃地支撑起遍体鳞伤的身躯，倒在自己热爱的土地上。这些驯顺的生命最终逃不过役使者一手制造的惨剧。

　　和人类殊死搏斗的狗相对应的，是对人类忠诚的驯顺家犬。较为典型的是《生死疲劳》中的狗小四。狗小四从一个月大被带到县城生活，正如它转世为蓝千岁后自己述说的那样："我是一条狗，却住在了人的房屋。"② 从被带进县城的第一天开始，注定它的一生是完全城市化、社会化了的生活，在它身上，再没有作为人——西门闹的记忆。它逐渐成长为一条威武的大狗，在人类社会里，忠心耿耿地为主人效力；在狗的世界中，它成为了全城的头领。但狗群的生活是完全文明化、社会化的，正如蓝千岁追忆狗小四生涯所感叹的："狗与人的世界毕竟是一个世界，狗与人的生活也就必然地密切交织在一起。"③ 狗的社会是人类社会的投射，仿照人的社会模式，狗小四当选为狗协会的总会长："无论是月光皎洁的夜晚，还是星斗灿烂的夜晚，无论是寒风刺骨的冬夜，还是蝙蝠飞舞的夏夜，如无特殊情况，我都会出去踩点、交友、打架、恋爱、开会……反正是人能做什么，我们就能做什么。"④ 至此，小说明确道出了狗的社会化。

　　无论是对动物的去势，抑或城市化，当动物被人类纳入体制中，动

---

① 莫言：《生死疲劳》，作家出版社 2012 年版，第 145 页。
② 同上书，第 380 页。
③ 同上书，第 394 页。
④ 同上书，第 395 页。

物也随之失去了自由与狂野的天性。莫言借助动物世界映射人的世界，通过动物的野性张扬试图唤起人类沉睡多年的动物性，以挽救"种的退化"危机，同时也经由动物野性的丧失过程，暗示人类野性消失的缘由。

莫言作品中还有一类动物，它们是唤起、激发女性情欲的灵异动物，女性也可以对它们产生情感。在小说《金发婴儿》中，女主人公被迫压抑的情欲在一只大公鸡雄壮强悍的生命面前喷薄而出，作品中这样描写道："公鸡在黄毛的怀里动了一下，脖子一歪，瞪着黄金般的眼睛瞅了紫荆一眼，这一眼如同一道电光，在紫荆的心上烫了一下，她的目光一下子被公鸡吸引住了。这是一只少见的漂亮大公鸡，遍身火红色的羽毛，像一团燃烧的火苗子。脖子上的细毛像剪开的丝绸条条，柔软又顺溜地垂下来。尾巴是一簇高挑着的绿翎毛。公鸡望着她，使她的皮肤灼热起来……"①"她把上身探过去，把公鸡接过去抱在怀里，像抱着一个婴孩。她用手抚摸着公鸡羽毛，心跳得急一阵慢一阵。公鸡羽毛蓬松柔软，弹性丰富，充满着力量。她摸着摸着，呼吸越来越急促，胳膊使劲往里收。公鸡拼命挣扎起来，尖利的脚趾蹬着她的胸脯，她感到又痛又惬意。"② 缺少夫妻欢爱的女主人公，未能从丈夫身上获得的情欲和快感，似乎从一只健壮的公鸡身上得到了幻想中的满足，人与动物婚配的民间故事原型隐约蕴藏在了小说中。

在2017年的莫言新作《锦衣》中，人与动物婚配的民间故事类型再次出现在作品中。作品的故事原型是"革命党举义攻打县城的历史传奇与公鸡变人的鬼怪故事融合在一起，成为亦真亦幻之警世文本"③。"以鸡代婿"的乡土风俗使人与动物婚配成为可能，令人玩味的是，在男主人公季星官正式以丈夫身份出现在女主人公宋春莲面前之前，宋春莲已经对曾经拜堂的那只公鸡产生了感情。在季星官到来之前，二流子、地方泼皮、贪官污吏都曾企图算计这个没有男人支撑的家庭。每次面临冲突的关键时刻，季家的铁爪公鸡在保护主人方面，都起到了非同凡响的作用：它啄得企图骚扰寡居季王氏的二流子刘四捂着脑袋逃走，赶走算计

① 莫言：《金发婴儿》，《欢乐》，上海文艺出版社2012年版，第131页。
② 同上书，第132页。
③ 莫言：《锦衣》，《人民文学》2017年第9期，第6页。

家财的王婆和官府的爪牙王豹，它在这个仅有两个女人的庭院中起到了看家护主的重要作用。尤其是宋春莲独自从城里挑盐返家途中遭遇知县衙内骚扰的过程中，公鸡为保护宋春莲身受重伤，当春莲得知丈夫已离开人世的消息后一度自寻短见，通晓人性的公鸡撞翻鸡笼，叼走春莲手上意欲自缢的红纱，演出"鸡扯人拽"的凄凉一幕。作品在第十一场"撞墙救鸡"中将人与鸡的情意推向高潮。骚扰未遂、贼心不死的知县衙内再次带人来季家捣乱，以关闭盐店相要挟，欲带走春莲。身负重伤的铁爪鸡再次勇斗恶霸，却遭擒获，春莲为救公鸡假意依顺，爪牙们放开公鸡的一刻，春莲以头撞向墙壁。其间春莲有这样的唱词："叫一声鸡兄你听真，你我此生有缘分。你前日奋不顾身将我救，春莲今日报你恩。"[1]此时，春莲完全把公鸡当成了与人类同等的生命来看待，为救公鸡牺牲自己在所不惜。也正是有了前面人与鸡情感的大肆铺垫，才使后来春莲轻易接受锦衣男子的呵护与爱情变得顺理成章。当这段"人鸡"情暴露后，春莲勇敢地申辩："我与神鸡成婚配，方圆百里人皆知。神鸡即是我的夫，季公子就是那神鸡。"[2] 在这段感情里，春莲对丈夫季星官归来的真相始终是不知情的，季星官为防止春莲无意暴露自己的革命党身份，始终以公鸡幻化人形的说辞与之相会，并以一袭锦衣披身，夜半来天明去，虽两情缠绻却始终未道明实情，春莲唱词曾有："你对我柔情似水恩重如山，你让我如生彩翼飞向云端。纵然你是公鸡变，我也陪你到百年。"[3] 最终春莲以自己的生命为代价烧掉锦衣拒绝情郎变回公鸡的一幕，揭示了春莲与情郎共同赴死的决心，同时也说明了她的确一直认为那件锦衣是有魔力的，可以使眼前的男子瞬间变成异类——公鸡。无论是对护主公鸡的感恩，还是对幻化人形鸡精的爱恋，这段感情是典型的"人鸡之恋"。

所谓"公鸡变人"的故事是莫言童年时期听过的鬼怪故事，故事的原貌大约是这样的：一户人家有一个独生女儿，生得非常美丽，到了婚嫁的年龄，父母托人为她找婆家，不管是多么有钱的人家，也不管是多

---

[1] 莫言：《锦衣》，《人民文学》2017 年第 9 期，第 33 页。

[2] 同上书，第 38 页。

[3] 同上书，第 36 页。

么优秀的青年，她一概拒绝。母亲心中疑惑，暗暗留心。果然，夜深人静时，听到女儿的房间里传出男女欢爱的声音。母亲拷问女儿，女儿无奈招供。女儿说每天夜晚，万籁俱寂之后，就有一个英俊青年来与她幽会。女儿说那青年身穿一件极不寻常的衣服，闪烁着华丽的光彩，比丝绸还要光滑。母亲密授女儿计策。等那英俊男子夜里再来时，女儿就将他那件衣服藏在柜子里。天将黎明时，男子起身要走，寻衣不见，苦苦哀求，女儿不予。男子无奈，怅恨而去。是夜大雪飘飘，北风呼啸。凌晨，打开鸡舍，一只赤裸裸的公鸡跳了出来。母亲让女儿打开衣箱，看到满箱都是鸡毛。莫言把这段故事与清末革命党回乡革命的历史并置交叉在一起叙述，使这段民间传说具有了现代性。革命党利用人们对"公鸡变人"的封建迷信的信奉作为障眼法，成功地在暗道制作弹药发动革命，但对于剧中人宋春莲来说，她也是迷信"公鸡变人"的民众之一，并且是切身经历者。

在《丰乳肥臀》中，狐狸作为男性的象征出现在龙青萍的幻想里。养鸡场场长龙青萍在无男性存在的个人世界里，迫切期望着异性的到来，性的焦渴使她产生了对公狐的性臆想，她渴望着有只公狐狸钻进她的被窝，每当狐狸来骚扰鸡场时，她总是会向鸡场方向空放一枪，根本无意捕捉或伤害狐狸。在我国传统文学中，"狐狸"始终以奇幻迷离的形象特点活跃于作品中。无论是在干宝的《搜神记》中："狐者，先古之淫妇也，其名曰阿紫，化而为狐。"抑或是冯梦龙的《太平广记》："狐五十岁，能变为妇人，百岁为美女，为神巫，或为丈夫与女人交接，能知千里外事。善蛊魅，使人迷惑失智。千岁即与天通，为天狐"，还是集刻写花妖狐鬼于大成的《聊斋志异》，"狐狸"幻化为人后始终为女性，正如一位汉学家所总结的那样："它（指狐）最主要的特点是作为色情的象征。两千多年来，数百个故事讲道：有一个书生在夜晚读书时，一个迷人的美丽少女来到他的房间，与他相爱。她每日朝逝夕来，书生便越来越虚弱，直到后来，一个道士告诉他，这个美女是狐狸精，她要吸干他的精气，以变成仙狐。"① 蒲松龄通过《聊斋志异》把狐女与读书人恋爱

① ［美］W. 爱伯哈德：《中国文化象征词典》，陈建宪译，湖南文艺出版社 1990 年版，第123 页。

的模式再次书写到了一个新的境界：《青凤》《婴宁》《小翠》《聂小倩》《汾州狐》《红玉》《封三娘》都是关于狐女的名篇，狐女成为聪明美丽、温柔善良、有情有义的美好化身。

深受传统文化影响的莫言在作品中把狐狸作为男性的隐喻和象征来魅惑女性，这并不能解释为偶一为之。除了狐狸，其他动物被想象成男性来淫惑女子的例子也比比皆是。在《红高粱家族》中，二奶奶曾被一只黄鼠狼迷惑："黑嘴巴雄性黄鼠狼的影子一直在她眼前晃动着，它对着她狞笑着，用它的刚劲的尾巴扫着她，每当它的尾巴触到她的肉体时，一阵兴奋的、无法克制的叫声便冲口而出。"① 无论在传统文学里还是在中国民间文化体系中，狐狸和黄鼠狼等一直被视为有灵性魅惑人的特殊动物，但作为男性象征却不常见。这或许是莫言有意为之，他更乐于把男性的元素与动物产生共通联想。在需要男性的文学世界里，动物可以作为男性的性别投射物满足女性的幻想，这或者可以解释为莫言用动物所隐喻的象征力量暗示了渴望与呼唤血性的回归。这是萎缩的人类生命力向动物生命获取援助的隐含方式，是莫言把人类生命强力与动物性相统一的文学阐释。

三 人与动物命运的对比描述——对荒诞历史的折射

从动物到人类的进化发展过程是一个否定自身动物性的过程，亦是对自身动物性进行劫持的过程。远古时期，人类作为自然的一部分，被自然劫持；在无法战胜的自然面前，人类只有屈膝投降，选择崇拜、供奉并献媚于神秘的自然宇宙，人类称其为"神灵"。为了不使自身冒犯神灵，他们对族人加以诸多禁忌，在禁忌中，人类逐渐把动物性隐藏起来，迈入文明的门槛。动物性作为人的自然属性，是相对于社会、文明来说的；动物性表现在个体生命上，应体现为一种自由自在的存在。然而，在文明社会中，人类逐渐发展为社会动物、政治动物、战争动物，相应的，遭遇到来自更多方面的劫持。人的动物性会被社会劫持，被政治劫持，被战争劫持，也许这是人对动物更加向往的地方。人的生命在自然面前，似乎越来越有力量，因为人类不同于其他动物，他们不会束手就

---

① 莫言：《红高粱家族》，人民文学出版社 2007 年版，第 306 页。

擒，他们懂得如何较为有效地躲避和预防。但在文明社会中，人类失去了其他动物应有的自由和无忧无虑。人类被动裹挟在历史的风浪中，无力挣脱，此时，人类的生命远没有动物自由。

《生死疲劳》充分展示了荒诞岁月中人不如畜的悲惨现实。当西门驴目睹其前身西门闹正妻白氏惨遭折磨时，愤怒地大闹公堂，面对四面八方围上来的人群和民兵拉动的枪栓，西门驴心想："我不怕，我知道他们会开枪杀人，但他们不会开枪杀驴。驴是畜生，不懂人事，如果杀一头驴，那开枪者也成为畜生。"① 因与地主西门闹扯上关系成为耻辱，也因与西门闹有关联会惹祸上身，作为西门闹的正妻——白氏——是西门闹枪决后被批斗、折磨得最惨的人。曾经娇生惯养的大家闺秀，被迫与男人们一同做她体力难以承受的重活，能诵千家诗的白杏儿，要不定期地忍受来自从前泼皮无赖现在转身变成高贵的贫雇农的谩骂和殴打，面对折磨，她除了苦苦哀求"村长，您开恩饶俺这条狗命吧……"② 余下的，也只有拷打中凄惨的哀号。而此时，西门闹转世为驴，驴的身躯使它肆无忌惮地大闹公堂，让人们束手无策，最终救下了白氏。在梦魇般的政治运动中人不如驴，人只能无奈地被裹挟其中承受苦痛，而此时受难的人多么希望自己是只动物，可以逃离这场血雨腥风。人类的人本主义思想使之高于一切动物，但是在黑白颠倒的荒诞年代，人或许不及动物，由时代带来的反常状况，西门猪深有体会。在《生死疲劳》中，养尊处优的西门猪曾用"猪时代"来指称这段荒诞的历史时期，并发出这样的感叹："我预感到自己降生在一个空前昌盛的猪时代，在人类的历史上，猪的地位从来没有如此高贵，猪的意义从来没有如此重大，猪的影响从来没有如此深远，将有成千成亿的人，在领袖的号召下，对猪顶礼膜拜。我想在猪时代的鼎盛期，有不少人会产生来世争取投胎为猪的愿望，更有许多人生出人不如猪的感慨。"③ "那年头政治第一，生产第二，养猪就是政治，政治就是一切，一切都为政治让路。"④ 同时，政治要对一部分

① 莫言：《生死疲劳》，作家出版社 2012 年版，第 42 页。
② 同上书，第 40 页。
③ 同上书，第 204 页。
④ 同上书，第 215 页。

人专政，那些被时代打成"地主、富农、伪保长、叛徒、反革命……"的人被管制多年，挨打受骂几十年，而养在畜栏里的动物作为生产资料被特殊保护，正如莫言在一次演讲中所说的那样：

> 在 20 世纪 70 年代初期，中国的农民生活在人民公社的体制内，个人没有行动自由。而几千年来与农民为伴的牛，成了人民公社的重要生产资料放在生产队集体饲养，个人没有饲养的自由。那时的牛是神圣的，不允许屠宰，即便是因病死去的牛，也要等公社的兽医来验定后，才可以分给社员食用。①

看起来，莫言对动物和人的对比是自觉的、有意识的。而与动物相对应的，是人的可悲处境，尤其是女人。对此，《丰乳肥臀》与《蛙》深刻诠释了女性的苦难。《丰乳肥臀》讲述了母亲的苦难，《蛙》书写了姑姑的灵魂深渊。在这两部作品中，莫言首先呈现的是加诸在肉体上的苦痛，肉体是物质层面的，它的本质与动物最为贴近，肉体所遭受的苦难多与饥饿、病痛相关，这些苦难可以来自自然也可来自社会。在《丰乳肥臀》中，生于清朝末年的母亲以九十五岁高龄终老，一生经历了中国的百年沧桑和巨变，从清末八国联军入侵到民国时期的军阀混战，从抗日战争到解放战争，再到解放后的反右斗争、"文化大革命"、改革开放、市场经济大潮等。在一系列翻天覆地、惊天动地的重大历史事件中，母亲不仅是亲历者，她还是事件的承担者，更是苦难的承受者。八国联军入侵时，母亲失去了挚爱双亲，从此成为孤儿，嫁入上官家后，性无能的丈夫却导致了母亲受尽婆婆的刁难与凌辱，另外还要忍受丈夫的拳脚相加。在连年混战的岁月里，母亲承受着饥饿、疾病、败兵的轮奸等肉体折磨。

除了肉体之苦，母亲还要经受心理—精神的苦难，精神层面是人类超越于动物的，精神苦痛也是人类自身所要承受的更为煎熬的苦难，相较于肉体的苦痛，这是更为深重的苦难。在作品中，最初加在母亲身上

---

① 莫言：《故乡那头神奇的牛——2003 年 10 月在京都大学会馆的讲演》，《莫言讲演新篇》，文化艺术出版社 2012 年版，第 87 页。

的精神煎熬是未有生育带来的被凌辱："鲁旋儿和上官寿喜结婚三年，肚子里还没有怀上孩子。她的婆婆指鸡骂狗：'光吃食不下蛋的废物，养着你干什么！'"①"你白吃了我们家三年饭，公的不给俺生，生个母的也算你能，可你倒好，连个响屁都没给我们放出一个来。养你这样的吃货干什么？赶明儿就回你大姑家去吧。上官家不能因为你绝了后！"② 面对婆婆的无理辱骂、丈夫的粗暴无能，鲁旋儿被逼无奈第一次走上了由姑姑一手安排的"借种"之路。从此，这个羞涩娇小的女人在粗砺生活的逼迫下，最终成为九个子女的母亲。

"求得一子"是母亲年轻时最大的心愿，最后生下的上官金童终于完成了母亲的心愿，但抚养九个孩子的巨大负担也让她无力承受。日军侵华期间，面临全家人即将被饿死的局面，母亲绝望地熬制了一锅掺入砒霜的萝卜汤，试图要一群被饥饿威胁的亲生骨肉喝下，包括她最得来不易视作珍宝的儿子金童，这一决定最终在孩子们的哀哭声中无奈作罢；然而，拥有活下来的勇气似乎并不足以应对苦难的生活，接下来的日子是继续带领这些小生命在饥饿的死亡线上挣扎，就如母亲被迫抚养大女儿襁褓中的婴儿时所念叨的："你们死的死，跑的跑，扔下我一个人，让我怎么活？一窝张着嘴等吃的红虫子，主啊，天老爷，你们说说看，让我怎么活？"③ 在动乱的年月，一个小脚女人如何喂养这没有劳动能力的十口人？母亲的绝望与哭泣变成了叫天不应的哀嚎。饥饿的残酷逼迫母亲不得不做出卖掉孩子的痛苦决定。或许，卖掉子女求得生存是灾年中许多父母的无奈选择，然而，当亲眼看到孩子被买走的情景，母亲的心是滴血的。看着俄罗斯贵妇买走七女儿上官求弟后，母亲病倒了，大病未愈，又亲眼看到四女儿为救一家人活命自愿卖身到妓馆，这是一个母亲怎样的悲哀！旧的伤痛还来不及愈合，新的打击早已扑面而来。终于熬到了可以解决吃饭问题的日子，但女儿们又因选择了不同政治集团的爱侣而骨肉相残，看着彼此视作仇敌的骨肉，母亲除了承受新的伤痛还能做些什么！相继卖掉两个女儿之后，母亲再次迎来的骨肉分离是一次

---

① 莫言：《丰乳肥臀》，上海文艺出版社 2012 年版，第 553 页。
② 同上书，第 556 页。
③ 同上书，第 125 页。

次的生死诀别：三女儿掉到悬崖下摔死了，二女儿、六女儿被炸死了，大女儿因打死孙不言被枪决，三年困难时期八女儿玉女为不拖累母亲悄悄跳河自尽，已改名为乔其莎的七女儿在灾荒中先被诱奸，然后食豆饼过量撑死了，五女儿在"文革"时自尽了，被遣返回乡的四女儿，财物被洗劫一空并遭到了残酷批斗，旧病复发而死。上官家花朵一样的八个女儿在母亲面前一支支凋落，当女儿们一个一个离世，母亲只能痛苦地承受残忍的现实。在历史的狂风巨浪中，母亲无法逃避更无处藏身。

肉体的伤痛是人和动物都要承受的苦难，随着社会的发展，文明的进步，人类慢慢懂得如何预防与回避来自自然的肉体伤害，这是人类高于动物的智慧与理性在发挥作用，但人类的精神苦痛并没有随着文明的进步而减少，并有与日俱增的趋势。随着物质的日益丰富，人类的精神世界日渐荒凉，这似乎是西方现代主义学中最为痛心疾首的话题。在以呈现民族苦难为叙事宏旨的莫言笔下，苦难更是用来投射与反思荒诞历史的一面镜子。尤其是伴随历史事件而来的一场场精神苦难，这的确是比生理肉体之苦更为深重且剧烈的。长篇小说《蛙》同样讲述的是一个女性的苦难，她的痛苦更多来自精神的折磨。故事的主人公姑姑——万心曾经是计划生育政策的执行者，她为强迫违反计生政策的妇女堕胎用尽了心思和"铁血"手段，然而这些当时顺应历史潮流的行为被姑姑晚年视作违背了人性和伦理，自认犯下不可饶恕的滔天罪责，陷入了灵魂性的苦难，以供奉泥娃娃来救赎自己。

另外，除了这些肉体与精神上的普遍苦难，女人需要承受的还有女性独有的分娩痛苦。在旧时代，女人地位卑微，在莫言营造的文学世界里，女人过着更加粗粝不堪的生活。她们的生命尚不如一只动物，莫言的多部作品都会重复一句话："人畜是一理"——这里的"人"专指女人。在《丰乳肥臀》一开篇，便是上官家的媳妇与母驴同时分娩，上官家的人都到西厢房给黑驴接生，留下上官鲁氏独自一人在炕上痛苦挣扎，周围回荡着她的呻吟声和满屋子苍蝇的嗡嗡声。再看来到驴棚的上官吕氏双膝跪在驴腹前，全然不避地上的污秽。庄严的表情笼罩着她的脸。她挽起袖子，搓搓大手。她搓手的声音粗糙刺耳，宛若搓着两只鞋底。她把半边脸贴在驴的肚皮上，眯着眼睛谛听着。继而，她抚摸着驴脸，动情地说："驴啊，驴，豁出来吧，咱们做女子的，都脱不了这一难！"①
一向粗鲁凶悍的上官吕氏也露出温柔的一面，原来她也可以作出"抚摸"
这样的动作，也可以"动情"，只是这些温柔都指向了一头即将分娩的母
驴。在上官吕氏的嘴里母驴成为"女子"被小心呵护，而那边真正的女
子——同样正值分娩的上官鲁氏却连牲口的待遇都没有。除了一群不懂
事的孩子，无人过问她是否疼痛，也没人知道她几度昏迷，难产的她曾
孤独地在死亡边缘挣扎了几个来回。这是莫言刻意营造的文学世界，却
也是对旧时代真实情景进行的再现，对于这种现在听起来非常荒唐的事
情，在当时中国农村却是普遍存在的现象。莫言曾说："在母亲们的时代，
女人既是传宗接代的工具，又是物质生产的劳力，也是公婆的仆役，更
是丈夫的附庸。"② 在荒唐的历史境遇下，极度恶劣的社会生存条件使人
类对动物由衷地羡慕，人类社会的进步使文明日益发达，而回馈给人类
本身的是越来越多的约束。与单纯在自然面前适者生存的动物相比，人
类的处境异常艰难，人类的动物性遭到了多方面的压制和摧残，这不得
不让人类对自身生存环境产生质疑，这是莫言对人类动物性处境的又一
层面的阐释。

　　同时，人类文明的覆盖程度已不仅仅是对人类自身的裹挟，它早已
波及对动物的强制性干涉。莫言把动物的生命亦纳入人类的体制规约中。
在他笔下，不仅是人类，甚至动物本身的属性、成长规律也遭到强行的
干涉，这道出了动物性在历史文明中的被制约状态。在《生死疲劳》中，
桀骜不驯的西门驴逃不过被分而食之的悲惨命运，西门牛躲不过被活活
烧死的结局，都揭示了社会历史发展中动物亦摆脱不掉"被文明化"的
命运。在《蛙》中，人的动物性——生育——遭到强加干涉，动物也难
逃如此厄运。农耕社会，人类摸索着开始役使牲畜顶替人力；为了能够
收敛动物的野性，更好地长期劳作，人们为成年牲畜"去势"，让它们失
去应有的生殖能力。在贫困年代，因无力喂养牲畜幼崽，更对牲畜的交
配严加看管，甚至因为残忍的去势结束了无数生命活力旺盛的动物的生

---

① 莫言：《丰乳肥臀》，上海文艺出版社 2012 年版，第 11 页。
② 莫言：《〈丰乳肥臀〉解》，杨扬编《莫言研究资料》，天津人民出版社 2005 年版，第 49
页。

命。这是对动物本性的强行扼杀。在作品《牛》中，双脊曾是出类拔萃的壮牛，有力量、有野性，但为了不使其交配，生产队长下令给双脊去势，医疗条件的恶劣、看管人员的玩忽职守，导致年轻体壮的双脊在短短几天里失去了生命。在荒唐的年代，这种干涉达到了荒唐的地步。《丰乳肥臀》展示了"文革"时期的当权派为博取政绩，对动物进行大肆强行胡乱人工交配的情景，虽有些夸张，却揭示了动物在人类社会中的不自由：在国营蛟龙河农场种畜场上，政治狂热者马瑞莲场长在指挥一场破天荒的杂交配种实验。她指挥配种员把马的精液给母牛授进去，牛的精子去包围绵羊的卵子，让绵羊的精子和家兔的卵子结合。在她的指挥下，驴的精液射进了猪的子宫，猪的精液射进了驴的生殖器官……闹剧是在革命的名义下进行的，而革命，刚好是自称文明的高级阶段或特殊形式。

对动物的书写旨在对人类社会的影射与表现，作品中无论是对动物野性的呼唤与彰显抑或是对野性消失缘由的探寻，不论是对人不如畜悲惨遭际的呈现还是对动物所受到的荒诞现实对待的罗列，作者的最终指向都是人类的历史文明和不合理的社会秩序，在作品中，作者安排了一群动物作为扰乱、颠覆人类秩序的力量，其中隐含着对人类通过动物性释放对抗不合理秩序的文学选择。早在《狗道》中，恢复兽性的家犬即开始了对人类既有统治的野蛮报复，使人与狗之间的斗争血肉横飞、异常惨烈；《四十一炮》中，作者继续赋予动物以机智和勇猛，但人与动物之间的斗争在一种较为轻松的氛围中展开。在这里，动物们轻松地把视其为鱼肉的人类搞得人仰马翻，在一片笑闹声中，解构了人类的控制，颠覆了人类与动物"食"与"被食"的关系，使人类这个自认为理性、文明、自大的家伙瞬间被动物玩弄，人类似乎又返回到与动物相搏的远古丛林之中。在小说中，为了"肉食节"的胜利召开，有盛大而隆重的动物游行、表演，然而"肉食节游行中出现的所有的动物图像，象征着的都是血腥的屠戮"。① 这些游行、表演的动物都是待宰的肉类，他们将被"文明"地宰杀、精致地烹饪以满足人类的口腹之欲。然而，就在游行井然有序的进行中，作品中的重要人物带着他的骆驼队、鸵鸟队出场了。骆驼从一上场作者就赋予它们怒气，而与后出场的鸵鸟队相比，骆

---

① 莫言：《四十一炮》，上海文艺出版社 2012 年版，第 119 页。

驼队显得老实、有秩序。二十四只鸵鸟一窝蜂拥进庙前的院子里，在这个特殊的空间，它们上演了一场对人类反戈一击的好戏："一个老兰公司的工作人员，被一只愤怒的鸵鸟一爪子打中膝盖。那人惨叫一声，一屁股坐在地上，手捂着膝盖，口出'哎哟'之声，脸色蜡黄，额头上满是亮晶晶的汗珠子。"① 在鸵鸟的疯狂抵抗下，骑在鸟背上的二十四个孩子全被甩到一边，"几个员工，慌忙上前去轰赶鸵鸟，但鸵鸟们不时尥起的像疯马蹄子一样的巨爪，让他们望之却步"。② 即使被激怒的老兰也不能制服鸵鸟，他"挽起袖口，亲自上前去抓，但他一脚踩在了一摊稀薄的鸵鸟粪便上，跌了一个四仰八叉"。③ 这惹得惧怕老兰的员工笑出声来，老兰则以身受重伤告一段落。此时鸵鸟以狂欢的姿态摆脱人类的掌控，扰乱了人类制定的秩序，在它们挣脱人的禁锢、恢复自由的过程中，尽显人类的百般丑态……小说《生死疲劳》中的动物视角完全可看作莫言小说狂欢人物变体达到了极致，文本中的主要叙述者是含冤而死的地主经六道轮回转世投胎的动物——驴、牛、猪等。随着时间的推移，由人转世的动物身体里的人性逐渐消失，越来越多并逐步完整的是各种动物的动物性。小说《生死疲劳》的叙事是通过六道轮回的转世模式展开的，人类经过六道轮回依次转世为不同动物的过程展示了佛家把所有生命形态都看成不断转变的过程，不仅如此，作品还传承了中国古代原始自然观中万物有灵的信仰，传达了当代世界生命平等的动物伦理。以各种动物的视角观照人的世界，同时以动物的视角打量同类的世界，在动物视角下，一切生命体处于同一平台，没有高级与低级、高贵与卑下的区别，打破了人类惯常的以自己为中心的世界观。在"驴折腾"的时代里，驴的直率、潇洒，对人类强权专制、欺凌弱小的反抗和抱打不平衬托了作为人类的无奈和悲惨境遇：第五章"掘财宝白氏受审闹厅堂公驴跳墙"中，作为动物的西门驴可以恣意地大闹审判公堂，而作为人的西门白氏只能无助地承受不合理的残酷对待，在"猪撒欢"一部中，"猪"的地位更是达到了空前的高度，"在养猪就是政治，把猪养好，就是向毛主席表

---

① 莫言：《四十一炮》，上海文艺出版社 2012 年版，第 135 页。
② 同上。
③ 同上书，第 136 页。

忠心"① 的话语氛围里，政治狂热者西门金龙表达这样的决心："从今以后，公猪就是我的爹，母猪就是我的娘！"② 叙述者不得不感慨："自己降生在一个空前昌盛的猪时代。"③ 猪的世界成为叙述的重心。在作者笔下，动物世界的精彩、丰富毫不亚于人类世界，在以不同动物为叙述者的叙说下，各种动物轮换着成为与人类相互衬托、辉映的主角。动物世界的精彩纷呈呈现，并且在对不同生命体世界的比照描绘中，显露出动物的真实、人类的虚伪，动物的高尚、人类的卑微，动物的自由、人类的禁锢。以动物的视角打量芸芸众生，我们会看到人类的可怜、可悲处境，进而使我们日常的价值观念翻转过来。这是对惯常写作叙述视角的颠覆，更是对动物性的表达与呈现。

第二节　人类动物性的文本呈现

马斯洛（Abraham Harold Maslow）把人的需求划分为五个层次，学界早已耳熟能详：生理、安全、社交、尊重和自我实现的需要。对人来说，它们是逐层递进的：只有生理和安全得到保障，人类才能进行社交、思考尊重与自我实现的需要。生理需要和安全需要不过是一种动物性需求。康拉德·洛伦兹（Konrad Lorenz）认为：动物具有四种本能，即食、性、逃跑和攻击。如果把动物的食、性视为等同于人类的生理需要，逃跑和攻击则相当于安全需要。人类的五种需要中最基本的两种是动物性的。正如文明与原始的动物性相对立一样，动物性不可能是文明社会人生活的常态，在作品中亦然。因而，为了诱导出人类的动物性，莫言为其营造、创设了种种特殊的生存环境，在这些文本中，我们会看到：在苦难历史的摧残下，人类对动物性的无奈退归或狂野张扬；在现代文明的压制下，人类向动物的异化甚至变形成动物。

一　"食"的动物性回归

关于人的欲望如何与动物的欲望相区别，科耶夫有过解说："对动物

---

① 莫言:《生死疲劳》,作家出版社 2012 年版,第 192 页。
② 同上书,第 194 页。
③ 同上书,第 204 页。

来说，最高的价值是它的动物生命。归根结底，动物的所有欲望都与保存生命的欲望紧密地联系在一起，而人的欲望超越这种保存生命的欲望……如果没有这种纯荣誉的生死斗争，也没有世界上的人。"① 在科耶夫眼里，人类与动物之所以不同，是因其对最高价值的理解和追求不同，动物的最高价值在于保存住自己的生命，并且所有的欲望和活动都与保存生命相关，而人类为精神领域的荣誉等价值追求的实现是可以放弃和牺牲生命的。人类向动物性的退化，无疑是向保存生命为根本使命的动物靠近。当然，人类向动物性回归和退守，需要外部环境的激化和催发，在极度艰苦的社会环境下，在以表现"存在"和"生存"为目的的文学世界里，人类丧失了选择的权利，被迫向动物性退归，这个过程是无奈、无助的。

在涉及 20 世纪 60 年代最初三年历史的作品里，莫言几乎都不可避免地谈到了饥馑，描写了人们是如何想尽办法寻找一切可以吃的东西：村子里被扒了一遍又一遍的树皮、草根甚至煤块儿。以展现 30 年代到 90 年代乡土历史人物命运的长篇巨制《丰乳肥臀》自然囊括了饥饿的 60 年代，在书中有这样的描述："在饿殍遍野的的一九六〇年春天，蛟龙河农场右派队里的右派们，都变成了具有反刍习性的食草动物。每人每天定量供给一两半粮食，再加上仓库保管员、食堂管理员、场部要员们的层层克扣，到了右派嘴边的，只是一碗能照清面孔的稀粥。"② 但当播种小麦时，为了防止人们偷食，麦种里就拌上了剧毒农药。所以，"当小麦长到膝盖高的时候，各种各样的野菜、麦草也长起来了。右派们一边锄地一边揪起野菜，塞进嘴里，咯咯吱吱地吃。田间休息的时候，人们都坐在沟畔，把胃里的草回上来细嚼。人们嘴里流着绿色的汁液，脸色都肿胀得透明"。③ 就在饥饿把生命逼迫得奄奄一息之时，人类的尊严也随之黯然失色甚至荡然无存，看来科耶夫的理论在此失效了。由过度饥饿而诱发的人类动物性凌驾于人类尊严之上的描写，在《丰乳肥臀》中表现得最为深切：曾留学俄罗斯的外语教师霍丽娜，出身名门，会在饥饿不

① ［法］科耶夫：《黑格尔导读》，姜志辉译，译林出版社 2005 年版，第 7—8 页。
② 莫言：《丰乳肥臀》，上海文艺出版社 2012 年版，第 409 页。
③ 同上。

堪的状态下为一勺菜汤委身于猥琐不堪的食堂炊事员张麻子；年轻、漂亮、不驯服的七姐乔其莎，会为了一块馒头而忽略张麻子的性侵犯。莫言对人的动物性有过凄怆的描述："她像偷食的狗一样，即便屁股上受到沉重的打击也要强忍着痛苦把食物吞下去，并尽量地多吞几口。何况，也许，那痛苦与吞食馒头的愉悦相比显得那么微不足道……她的眼睛里盈着泪水，是被馒头噎出的生理性泪水，不带任何的情感色彩……她的身体其他部分无条件地服从他的摆布来换取嘴巴吞咽时的无干扰……"①的确，"人的实在性只能是一种生物的实在性，它只有一种动物生命的内部方能得到构成和维持"。② 在极度饥饿的环境下，人类象动物一样获取食物，为了生存，他们放弃了一切属于人类的世俗礼法、道德，保全生命成为行为的最高法则。

在饥饿的吞噬下，母性的养育行为也要效仿动物行为才能完成。对子女无私的爱护是母性的天然表现，但在莫言的小说中，即使是对母亲的哺育行为，亦进行了动物性的文学回归。《丰乳肥臀》可谓莫言小说中书写与赞颂母亲最深沉的篇章。在饥饿的年代，母亲为维持全家的生存，不得不在公社磨房干活时偷偷吞食生粮，回来吐到盛满清水的盆子里，磨碎了喂养孩子。同样的情景也发生在《粮食》中，这不由得让读者联想到动物的反刍。那是人在饥饿逼迫下，倒退着"进化"为牛羊么？此情此景，笃信进化论的达尔文和他的信徒又该怎么说呢？在荒诞而饥饿的岁月，母亲的胃被迫却又是创造性地变成了储存粮食的口袋，依靠效仿、学习动物的"反刍"功能养育子女，维持家人的生存。

汪民安在论述身体与食物的关系时说："身体和食物断然不可分离，食物是身体的磐石般的基础，身体只有在食物的意义上才能完成各种各样的表意。对于身体而言，如果有什么图腾般的悲剧，那绝对就是饥饿，这是我们文明人的一个重复性的从未完全抹杀的伤痕。如果说，我们的文明能够在某个问题上达成无争议的共识的话，那就是对饥饿的消除和摒弃。"③ 在中国历史上，饥馑和战争是最常见的两大灾难，战争中总是

---

① 莫言：《丰乳肥臀》，上海文艺出版社 2012 年版，第 412 页。

② ［法］科耶夫：《黑格尔导读》，姜志辉译，译林出版社 2005 年版，第 686 页。

③ 汪民安：《身体、空间与后现代性》，江苏人民出版社 2006 年版，第 48 页。

最强的人获得胜利，饥馑中总是最弱小的人受难。无论是来自自然灾害抑或是来自人为因素造成的饥荒，最弱的受害群体大多是妇女和孩子。由于童年的饥饿经历，莫言对饥馑中孩子的状态更为熟悉，他回忆自己曾和家人、伙伴吃过各种青苔、树皮甚至煤块，而之所以他全家都没有饿死，全是依靠在供销社工作的叔叔背回来的一麻袋连猪都不吃的棉籽饼熬过来的，在连树皮和草根都找不到的岁月，这棉籽饼成了异常珍贵的救命灵药。"食"作为维系生命存在最基本的条件，是人类与动物共同的属性，为凸显人的动物性，当谈及"吃"的问题时，莫言通常会用动物的形态来描述人类对待食物的状态。《丰乳肥臀》有一段描写一群孩子抢食菜肴的情景：

> 沙枣花带头扔掉筷子，动了手，她左手抓着一条鸡腿，右手攥着一只猪蹄，轮番啃咬……一条明晃晃的猪腿，落在桌子中央，几只油亮的手，一齐伸过去。烫，都像毒蛇一样嘶嘶地吸气。但没人愿意罢休，又把手伸过去，抠下一块肉皮，掉在桌上再捡起来，扔到嘴里，胡乱嚼嚼，一抻脖子，咕噜咽下去，咧嘴皱眉头，眼睛里挤出细小的眼泪。顷刻间皮尽肉净，盆子里只剩几根银晃晃的白骨。抢到白骨的，低着头努力啃骨头关节上的结缔组织。抢不到的目光发绿，舔着食指。……他们的肚子里冒着绿色的气泡，发出像狸猫打呼噜一样的声响……①

随着吃的进行，孩子们的吃相逐渐由人渐变到动物，取食物的"手"也变成了"爪"，对婚宴美味的尽享最后演变为一群小兽抢食动物尸体的情景，这在莫言是有意为之的；而由"吃"显露的动物本质，则意在暴露孩子们"细长的腿，可怜的垂在板凳下"。② 这一小说情节以抗战胜利后国共内战即将打响为背景，连年的战乱，民不聊生，饿殍遍野，孩子们细长的腿见证着历史的灾难。透过他们的动物性吃相，我们看到的是历史的苦难底色，我们懂得作家书写背后的良苦用意。

---

① 莫言：《丰乳肥臀》，上海文艺出版社 2012 年版，第 194—195 页。
② 同上书，第 194 页。

　　从表面看起来，小说《丰乳肥臀》是以宏观的社会历史变迁和上官金童个人的成长经历为线索展开整个文本的叙述。然而，当我们稍加深入会发现，推动小说情节发展的重要动力是对人类动物性生存的维持。"食"与"性"是动物性的两大基本元素，此二者恰好构成作品情节向前推动的巨大力量，同时也成为故事的基本内核。作品中的大部分情节是在对食物的获取过程中展开并推进的。作为一部以诉说苦难为主题的著作，母亲自然成为小说从始至终的受难者，与母亲共同来完成苦难叙事的是上官家的女儿们。对于上官家的八个女儿，莫言按长幼次序传记般叙述着，随着年龄的增长，上官姐妹们按照历史中的大事件逐一粉墨登场，这也是作者把宏大的历史与小人物的个人命运结合在一处的手法之一。与其说上官女儿们的命运与归宿是美女对英雄的主动选择（大姐对抗日英雄沙月亮，二姐对抗日英雄司马库，三姐对捕鸟高手鸟儿韩），毋宁说决定这选择的根本原因与原则首先是动物性对生存的被动顺从与安排。大姐上官来弟带领妹妹们在河里摸虾子的时候，初见沙月亮，在全家姐妹面临"冻死"的危机一筹莫展时，沙月亮带来了皮毛冬衣，"沙月亮用动物的皮毛驯服了我的姐姐们"[①]，她们已经顾不得沙月亮的行为含有怎样的企图，更不理会母亲的大声斥责，"她们的手彼此抚摸着身上的皮毛，从她们的脸上可以看出，她们都沉浸在温暖里惊喜，都在惊喜中感到温暖"。[②] 此刻，什么道德、礼义廉耻，还有母亲的教训，都无法阻挡姐妹们如小兽般向温暖的自然倾靠。即使母亲拼死反对，来弟还是选择与沙月亮私奔了。司马库及时为饥寒交迫的姐妹打开冰洞，不仅取到了水，还得到了第一桶鱼，这使二姐上官招弟萌生了嫁给司马库的甜蜜念头，念头的驱动使二姐最终成为司马库的小老婆。鸟儿韩更是名副其实的食物提供者，他每日送给领弟的猎物成为上官家长期的食物来源。而在鸟儿韩被抓走，领弟设坛成为鸟仙后，就具有了勉强维持家人食物供给的能力，当她承担起这一责任的同时，她也承载起继续向前引领小说情节的重担。当鸟仙领弟也无法解决饥饿问题时，"食"的需要再次催生出卖掉七姐给俄罗斯贵妇，四姐把自己卖给妓院的惨痛情节。小人物

---

① 莫言：《丰乳肥臀》，上海文艺出版社 2012 年版，第 86 页。
② 同上书，第 82 页。

在大历史中总是显得微不足道，上官家的儿女们也逃不过任何历史阶段的无情裹挟。当母女还未能从卖女求生的悲痛中醒过神来，家中已被铁路爆炸大队临时征用，军队的到来使"食"不再是问题："大白菜炖猪肉不常有，白馒头也不常有，但萝卜熬咸鱼是常有的，巨大的窝窝头是常有的。"① 上官家的生活因得到了食物的保障而进入最佳时期。"饱暖思淫欲"，当解决了对食和暖的基本要求后，"性"成为"饱暖"后作品的主题。三姐与哑巴孙不言的性关系、五姐的"革命加爱情"都发生在这段衣食无忧的日子里，大姐与鸟儿韩的情欲狂欢出现在之后的50年代。当人们对"食"的需求解决之后，"性"元素成为作品情节的重要推动力量。

在另一部早期作品《红蝗》的结尾，莫言写道："饥馑伴随瘟疫，饥馑和瘟疫使人类残酷无情，人吃人，人即非人，人非人，社会也就是非人的社会，人吃人，社会也就是吃人的社会。"② 饥饿是人类一切问题的根本，从古至今，肠胃都不能得到冒犯，冒犯肠胃是不祥的，无论对于个人还是对于社会③。当生存面临绝境，当饥饿使人的生命岌岌可危时，一切社会性的法则都显得苍白无力；因为生存所迫，人无辜、无奈，却又无法控制地回归于原始的动物本性。用动物性维持生命的基本生存，是人类向苦难发出的最无奈也是最令人动容的抗争方式，尤其是面对战争、政治运动等人为方式带来的苦难，它们摧残生命也羞辱生命，它们不仅剥夺肉体的生命，还剥夺生命的尊严，这是人类的屈辱，更是文明的悲哀，作品由此向苦难发出最强烈的痛诉。可以说，莫言作品关于人类向动物性返还的情景描述是对荒诞历史所进行的最为激烈的挞伐。关于《丰乳肥臀》的创作，作者曾这样写道："在创作《丰乳肥臀》时，我去过两次教堂。小说中的上官金童也去过两次教堂，他在走投无路时，投向了上帝的怀抱。我不是基督徒，但我对人类的前途满怀着忧虑，我盼望着自己的灵魂能够得到救赎。我尊重每一个有信仰的人，我鄙视把自己的信仰强加给别人的人。我希望用自己的书表现出一种寻求救赎的

---

① 莫言：《丰乳肥臀》，上海文艺出版社2012年版，第139页。
② 莫言：《红蝗》，《食草家族》，上海文艺出版社2012年版，第113页。
③ 敬文东：《失败的偶像》，花城出版社2003年版，第275—293页。

意识，人世充满痛苦和迷茫，犹如黑暗的大海，但理想犹如一线光明在黑暗中闪烁。"① 身为作家的莫言不断以个人化的视角讲述历史，听闻的、亲历的抑或资料上看到的，他会以悲悯的目光凝视着过往的种种人事变迁、世道人心，虽然莫言没有直接对未来加以设想，但他对未来的忧虑、对理想的追寻从未停息。或者，依靠对苦难的提示与记忆，人们或能避免、防止再制造同样的苦难，使人类进入光明的理想状态。

对"吃"的描写是莫言作品的重头戏，饥馑的历史时期使人物为取得食物求得生存而向动物的退归，只是莫言阐释人类与食物关系的一个层面，与之相对应的，是物质丰富的八九十年代，人们对食的又一态度，依旧体现出人类对食的动物性需求。小说《四十一炮》中到处流淌着对吃的诉说，充斥着对吃所带来快感的描述。主人公罗小通是个视肉如命的人，在肉联厂工作期间，在老兰的允诺下，他可以每天随便吃肉，即使这样的生活，罗小通对吃肉从未感到过丝毫的厌倦，他甚至把对吃肉的感觉与性的需求和满足相等同，对此，文中写道："黄彪想帮我把荷叶打开，我摆手拒绝了他。他不知道，解开肉的包装，就像兰老大脱去女人的衣裳一样，也是一种享受。"② 对主人公吃肉时的快感，小说中有这样的描述："我低头看着美丽的驴肉，听到它愉快地叽咕声。我眯缝着眼睛，仿佛看到了这块肉从那头漂亮精干的小黑驴身上分离下来的情形。这块肉像一只沉重的蝴蝶，从驴身上飞出来，然后便在空中飞啊飞啊，一直飞到锅里，飞到橱里，最后飞到了我的面前。""然后它很温柔很煽情地说：'快些吃俺吧……'"③ 罗小通在吃肉时，都会边吃边为肉感动得流泪。不仅如此，作品中对一个白痴患儿只懂吃肉和睡觉的形象塑造，更展示了人类对食物的动物性本能，兰老大的儿子先天缺少心智，除了每日昏睡，唯一发出的要求就是"吃肉"，他的食量极大，甚至"肉孩子"罗小通也会自叹不如。作者对这一形象的设置似乎专门在阐释人类对食的本能性需求，对于这一形象的分析，后文中另有谈及。

---

① 莫言：《写给父亲的信》，春风文艺出版社 2003 年版，第 260 页。
② 莫言：《四十一炮》，上海文艺出版社 2012 年版，第 270 页。
③ 同上书，第 271 页。

二　"性"的动物性张扬

奥古斯都·倍倍儿在《妇女与社会主义》一书中写道："在人的所有自然需要中，继饮食的需要之后，最强烈的就是性的需要了。延续种属的需要是'生命意志'的最高表现。"① 食与性是人类生存与繁衍的基本需要，继"食"的基本需要，"性"紧随其后，成为个体生命最为基本的生物属性。关于食和性与身体的关系，汪民安有论述："身体有它自身的自然权利：食物和性。如果将食物和性作为身体的基本自然要求，那么，对食物和性的逆反，就是对身体的自然伤害。"② 对食的叛逆是对生命的剥夺，对性的叛逆也同样是对生命的物质载体——身体的伤害。严酷的社会环境使人为了维持生命的存在，被迫退归成动物获取食物，同样，不合理的社会秩序下，人类情欲会以向动物性的返归，来应对压迫、不合理，进而达到个体生命的圆满。把人类逼仄向动物回归，是残酷历史的杰作，同时，也是人类在用其底线——动物性，对一切外来苦难做出的最为坚强的反抗，向动物性的回归也显示了人类在苦难面前生命的坚韧与顽强。在莫言的作品中，关于人类的动物性回归，集中而具体地表现为对食、性的努力获取；对这些基本的生物性要求，莫言表现出极大的理解和宽宥，而当文明中的某些因素与其发生冲突时，他做出了尊重人类原始动物性的文学选择。在小说中，主人公对自然情欲的追求与饥饿状态下对食物的渴望，可谓平分秋色，或许还要更加耀眼夺目。

关于莫言小说中呈现出的生命意识与尼采"酒神精神"的契合，早有学者谈及。如果说，尼采是以生命和自然取代道德并以之作为最高法则的理论倡导者，那么，莫言则以他的一系列作品，对尼采的主张作出了深刻而生动的践行与回应。人类情欲的动物性返归，具体表现为小说中的人物无视或超越世俗礼法之上的爱情观。毋庸置疑，无论何种动物性的回归，都是人类对非人性遭遇的反抗，这种反抗或者是无奈被迫为之，或者是积极主动发起，这两种反抗态度使人物有了弱者和强者之分。如果说饥饿中向动物的回归是弱者无奈的自然反应，情欲中动物性的张

---

① ［保加利亚］瓦西列夫：《情爱论》，赵永穆译，三联书店1998年版，第21页。
② 汪民安：《身体、空间与后现代性》，江苏人民出版社2006年版，第47页。

扬则是强者勇敢的选择。创作于 80 年代中期的《红高粱家族》，不仅体现了日益萎顿的年代对原始生命强力的召唤，"种的退化"对野性、豪迈的礼赞，也是凸显这一特征的力作。自由的人性、欢畅的性爱、大胆的情欲放纵与张扬，也因此成为莫言小说创作一面猎猎招展的旗帜。与饥饿年代中的弱者相比，余占鳌和戴凤莲无疑是一对强者。在《红高粱》中，余占鳌与戴凤莲的结合被看做是摧毁封建礼法道德的一枚炮弹。强加在戴凤莲身上的是"父母之命、媒妁之言"带来的枷锁，为了换取男家的一头牲口，戴凤莲被迫嫁与患有麻风病的单扁郎，当经过三天以剪刀自卫的"新婚"生活之后，在回娘家的路上被"劫匪"劫持，"奶奶无力挣扎，也不愿挣扎"①。与麻风病人共处一室的三天生活，使那个曾经坐在花轿里为前途担忧、哭泣的弱女子"参透了人生的禅机"②。于是，"她甚至抬起一只胳膊，揽住了那人的脖子，以便他抱得更轻松一些"③。此时奶奶的举动已是对此前不幸遭遇的反抗，她要用性的放纵来报复加诸在身上的不公正待遇，所以，她根本不回应父亲的呼唤，任由劫匪抱进高粱地。当"劫匪"余占鳌撕掉蒙面黑布时，奶奶被"一阵类似幸福的强烈震颤冲激得热泪盈眶"④，潜藏在少女心中十六年的情欲迸然间炸裂了。任由身体做主，还情欲以自由，这是戴凤莲对悲剧生活的抗争，是她为自己的不幸遭遇选择的另一条反抗之路。

余占鳌与戴凤莲的幸福生活是在摧毁不合理、不公正秩序的过程中获得的，是强者所为。他们在高粱地里"白昼宣淫"，是对道德礼法的公开宣战；余占鳌杀害单家父子，霸占单家财产和女人，这些从传统道德维度看似伤天害理、罪恶滔天的行为，在作者价值判断的理解和宽宥之下，变得合情合理、快意恩仇。《丰乳肥臀》中母亲为了能在婆家生存，为了繁衍后代，跟八个男人野合生下九个儿女，母亲鲁旋儿在粗砺的生活环境中摸索出自己的生存感悟："人活一世就是这么回事，我要做贞洁烈妇，就得挨打、受骂、被休回家；我要偷人借种，反倒成了正人君

---

① 莫言：《红高粱家族》，人民文学出版社 2012 年版，第 61 页。
② 同上书，第 62 页。
③ 同上。
④ 同上。

子。"① 在这里生存高于伦理道德，作者对母亲没有丝毫讽刺，他称母亲为大地之母。对礼教的漠视，对文明的蔑视，对欲望的放纵，对情欲的追求，是对生命本身的尊重。《生死疲劳》中，蓝解放放弃大好前程，众叛亲离之下，选择与庞春苗不为世俗所容的爱情；在《丰乳肥臀》里，母亲的几个女儿都继承了母亲的自行其是作风，"一旦萌发了对男人的感情，套上八匹马也难拉回转"②，皆是在自身感觉的主导下，纷纷走上了自己追求的爱情、婚姻道路，为自己选择了归属。用人类对动物性的返还所彰显的自由情欲，取代不合理的传统道德来为生命立法，彰显了个体自然生命对社会理性的反抗。戴凤莲临死前对苍天的独白，可以看作莫言用生命与情欲的自由为社会立法的宣言书：

> 天哪！天……天赐我情人，天赐我儿子，天赐我财富，天赐我三十年红高粱般充实的生活。天，你既然给了我，就不要再收回，你宽恕了我吧，你放了我吧！天，你认为我有罪吗？……什么叫贞洁？什么叫正道？什么是善良？什么是邪恶？你一直没有告诉过我，我只有按照我自己的想法去办，我爱幸福，我爱力量，我爱美，我的身体是我的，我为自己做主，我不怕罪，不怕罚，我不怕进你的十八层地狱。我该做的都做了，该干的都干了，我什么都不怕。但我不想死，我要活，我要多看几眼这个世界，我的天啊……③

这是对束缚生命自由与自然情欲桎梏的挑战。同余占鳌杀害单家父子的行为相似，《筑路》中杨六九与白荞麦的欢爱，也以结束身体残败的丈夫的生命为前提。看起来，在莫言的文学想象中，在主人公寄居的生存空间形象显得过于残酷时，情欲的放纵和生命自由的彰显，有必要建立在剥夺他人生命的基础之上。这不禁让人联想到雄性动物在经过激烈撕咬后，胜利者对雌性的占有过程；动物界赤裸裸的弱肉强食场景与充满血腥气味的丛林法则，被莫言移植到小说对人物世界的书写之中。

---

① 莫言：《丰乳肥臀》，上海文艺出版社2012年版，第569页。
② 同上书，第382页。
③ 莫言：《红高粱家族》，人民文学出版社2007年版，第64页。

　　或许，戴凤莲和麻风病丈夫生下一群小麻风病人就是恪守妇道、礼法，符合传统伦理道德；或者，白荞麦为僵尸一样的丈夫死守一生，就是传统意义上的贞女贤妇。但是，因为空间形象的过于残忍，莫言更愿意摧毁这些摧残人性的枷锁，反对传统伦理对人的桎梏，用人类对动物性的返还所彰显的自由情欲，取代不合理的传统道德来为生命立法。斯拉沃热·齐泽克（Slavoj Zizek）说："道德事关我和别人关系中的对等性，其最起码的规则是'你所不欲，勿施于我'；相反，伦理处理的是我和我自己的一致性，我忠实于我自己的欲望。"① 这些道德以外的看似邪恶的欲望，诚如巴塔耶所揭示的那样：它"具有带领生命进行自我渗透和自我反思的特殊能力。虽然传统道德将其所歪曲，被世俗定义为'恶'。然而，恰恰相反，情欲隐含着生命整个过程的全部奥秘；不仅生命本身靠'性'和情欲获得更新，获得其时时存在的原动力和内外条件，而且'性'和情欲具有引导生命走向死亡的本能，促使生命在趋向于死亡的过程中，不断地体会到生命所隐含的'痛苦'也体会到生命本身不断地逾越经验界限的必要性"。② 在莫言的作品中，选择尊重自然感觉与情欲，无视所谓的伦理道德的情节俯拾皆是。小说《檀香刑》中，"高密东北乡最漂亮的姑娘"孙眉娘虽已嫁为人妇，却不可救药地爱上了县令钱丁，她的爱情如果放置在传统的道德伦理框架中衡量，无疑是严重的不守妇道，但作者对眉娘与情夫这份标准的地下情没有任何的责难态度，反而把它书写得美好且轰轰烈烈。眉娘自见了英俊儒雅的县令钱丁后患上了严重的相思病，她整天在县衙外打转，希望见到梦中情人，她对县令的痴心与痴情都化作猫腔的痴情调反复吟唱："我的亲亲……我的心肝……我快要把你想死了……你行行好……可怜可怜我吧……知县好比仙桃样，长的实在强！看你一眼就爱上，三生也难忘。馋得心痒痒。好果子偏偏长在高枝上，还在那叶里藏。小奴家干瞪着眼儿往上望，日夜把你想。单相思捞不着把味尝，口水三尺长。啥时节搂着树干死劲儿晃，

---

　　① ［斯洛文尼亚］斯拉沃热·齐泽克：《弗洛伊德——拉康》，何伊译，张一兵主编《社会批判理论纪事》第 3 辑，江苏人民出版社 2009 年版，第 8 页。

　　② 转引自冯俊《后现代主义哲学讲演录》，北京大学出版社 2003 年版，第 168 页。

摇不下桃来俺就把树上……"① 这情感变成了树下祈愿的喃喃低语："只要让他知道了我的心我情愿滚刀山跳火海，告诉他我情愿变成他的门槛让他的腿踢来踢去，告诉他我情愿变成他胯下的一匹马任他鞭打任他骑……我的相思我的情好似那一树繁花浸透了我的血泪，散发着我的馨香，一朵花就是我的一句情话，一树繁花就是我的千言万语，我的亲人……"② 这大胆露骨且炽烈动人的表白诉说着感天动地的爱恋，它不涉肮脏与纯洁，更与道德礼法无关，它只是单纯的男女之爱、性的吸引。这段情感的圆满对眉娘来说就是福："俺家里有一个忠厚老实能挡风遮雨的丈夫，外边有一个既有权又有势、既多情又多趣的相好；想酒就喝酒，想肉就吃肉；敢哭敢笑敢浪敢闹，谁也不能把俺怎么着。这就是福！这是俺那个受了一辈子苦的亲娘吃斋念佛替俺修来的福，这是俺命里带来的福。"③ 相较于戴凤莲、鲁璇儿等由生活所迫对性的反抗式生命爆发，孙眉娘对爱情与性的选择充满了主动性。

在《丰乳肥臀》中，大姐上官来弟的感情经历最为复杂和坎坷。她在伦理道德面前，几乎是毫不犹豫地选择放纵自身的感觉情欲。少女时代，她与一见便萌生爱情的沙月亮私定终身，不顾母亲反对，与之私奔；在沙月亮死后，她无法忍受情感与身体的寂寞，又与自己的妹夫司马库私通。司马库被杀后，由组织安排，上官来弟被迫嫁给先天哑巴又尽失双腿的残疾军人孙不言（曾经的三妹夫）。因不堪忍受凌辱，她继而投入三妹曾经的爱人——鸟儿韩的怀抱。对此，莫言通过其一贯的语言狂欢，为上官来弟的情欲放纵提供了极好的铺垫：

> 对于来弟这样一个经历过沙月亮、司马库、孙不言三个截然不同的男人的女人，对于她这样一个经历过炮火硝烟、荣华富贵、司马库式的登峰造极的性狂欢和孙不言式的卑鄙透顶的性虐待的女人来说，鸟儿韩使她得到全面的满足。鸟儿韩感恩戴德的抚摸使她得到父爱的满足，鸟儿韩对性的懵懂无知使她得到了居高临下的性爱

---

① 莫言：《檀香刑》，作家出版社2012年版，第128—129页。

② 同上书，第136页。

③ 同上书，第20页。

导师的满足，鸟儿韩初尝禁果的贪婪和疯狂使她得到了性欲望的满足也得到了对哑巴报复的满足。所以她与鸟儿韩的每次欢爱都始终热泪盈眶、泣不成声，没有丝毫的淫荡，充满人生的庄严和悲怆。他们两人在性爱过程中，都感到千言万语涌上心头……①

在这一系列看似乱伦的情爱过程中，上官来弟追求的是生命的放纵和感觉的欢畅、自由，在她的字典里，似乎没有道德伦理的存在。并且，这种欲望的实现对于来弟来说，是获得了一种内在的超越性力量，使她有了生存的勇气，她不再顾及孙不言的折磨甚至是生命威胁，不忧虑或畏惧将要陷入乱伦带来的罪恶之中。她在不断逾越中激荡生命，哪怕面向毁灭的极限求索，尽情享受充满庄严和悲怆的生命感觉。这种不顾一切、不论结果的行为的确符合韦伯对所谓的价值合理性行为范式的考量："通过有意识地对一个特定的举止的——伦理的、美学的、宗教的或作任何其他阐释的——无条件的固有价值的纯粹信仰，而不论结果。"② 重要的是，这一价值合理性行为作为一股强大的力量会唤起来自人类内心真实的决断性自明和反抗外界的巨大勇气。在"父母之命、媒妁之言"决定婚姻的年代，女人能够按照身体感觉决定爱情、婚姻，本身就是个乌托邦。但在此，乌托邦具有明显的合理性："乌托邦并不是可以被取消的事物，而是与人一样长期存在下去的事物"，只因为在那个封闭、荒唐、视女人为物的年代里，它在女性们"自身的结构中，具有一个基础"。③在叙说这些不合礼法的爱情时，在选择由自然情欲迸发出的爱情抑或是承担道德约束下的责任时，在叙述者的价值体系中，没有对他们做过多的道德审判，反倒给予了极大的理解和宽容。在《丰乳肥臀》中，年轻的母亲鲁璇儿因丈夫没有生育能力，不得不由一个娇小羞涩的姑娘，逼迫成到处翘着尾巴"借种"的女人；她从第一次被动借种时的惊叫、哭泣、羞愧，到后来主动借种，最终，成为与不同的男人生育了九个同母

---

① 莫言：《丰乳肥臀》，上海文艺出版社 2012 年版，第 383—384 页。

② ［德］韦伯：《经济与社会》上卷，林荣远译，商务印书馆 1997 年版，第 56 页。

③ ［美］保罗·蒂里希：《政治期望》，徐钧尧译，四川人民出版社 1989 年版，第 162—163 页。

异父孩子的彪悍女人。如果用传统的贞操道德来衡量，母亲已成为彻头彻尾的荡妇。莫言之所以不把母亲放在传统伦理道德框架中予以品评，或许是因为在他心中，还有更高的法则，那就是生存：性的动物性返归以维系生命为旨归，在生命面前，一切人间道德法则都要为之让路，何况是在那个残忍的年代。事实上，《丰乳肥臀》是唱给母亲的一曲赞歌，赞歌能够得以成立，全在于看似不合理的动物性回归。在此，动物性反而约等于人性；而之所以有这种情况出现，恰好来自不合理的社会空间给人——尤其是女人——带来的强大威慑力。动物性作为人的自然属性，它强调的是生存至上；相对于人的社会属性，它的确显得低级、可耻，但最低级的属性恰恰是维系生命形式的根本所在，为了更多外在的社会法则，人类可以藐视甚至无视它，但终究不能抹杀它的存在和价值。

此时，莫言为自己笔下人物选择的价值标准显然是处在"超越'社会'的善恶标准之外，站在更高的'人类'的立场上来审视自己所处的'社会'本身是否'道德'"①。从某种意义上来说，这是一个更为高级的立场，它已然超越我们身处的社会与道德标准，也可以说这是一个更为基本的立场，它关涉的是生命与生存本身。对于这样一种超越的立场与视角，福柯曾经"一再强调闯到法律和一切'正常'规范的'外面'的必要性和重要性。循着巴塔耶、尼采等人的思想轨迹，一再称自己的思想模式是'在外面思考'。②的确，弗洛姆与福柯说到了一处。"在外面思考"所形成的价值范式超越了常规的既定价值体系和标准，它不再拘囿于原有的价值局限，通过"在外面"的超越性审视，我们对待生命和生存有了异乎寻常的温柔态度。其实，在传统思想和道德规范以外的一切，早已存在，但这些行为与思想却不能被世人予以客观公允的评价，更谈不上美好与理想，"传统思想和道德，总是把法律和规范之外的一切，说成'虚空''死亡'或'异常'"。原因或许就在于，我们不能站在外面去思考，但是，"正是这些被正当论述说成'异常'的地方，充满生活的乐趣，也是审美创造的理想境遇，是最值得人们冒着生命危险去

---

① 甘阳编：《八十年代文化意识》，上海人民出版社 2006 年版，第 435 页。

② ［法］高宣扬：《福柯的生存美学》，中国人民大学出版社 2005 年版，第 15 页。

尝试和鉴赏的地方"。① 由此看来，这些理想境遇，需要我们适当地以
"在外面"的视域才能真正获得。

当人与动物一样生长在天地间，最重要也最根本的是怎样保存生命，
即对生命的渴望与维系，是动物性的本质，即如前科耶夫所论述的那样；
何况小说中的主人公都处于荒诞的年代，向动物性返还，就是胜利，虽
然这看似违背了正常社会里应该遵从的道德。在《食草家族》中，依旧
存在多处动物性与文明的冲突，四老爷和四老妈又构成了一对文明与动
物性较量的典型。作为食草家族的族长，四老爷是社会道德规范的合法
代表，他以四老妈口有铜锈为由，长期冷落其独守空房，以捉奸在床为
由名正言顺地休掉了四老妈，也因此葬送了四老妈年轻的生命。然而，
四老爷这位社会道德的代表却是个与红衣服小媳妇通奸在先，杀死阻碍
者老公公的凶手，为争情人兄弟反目成仇持枪相向，是个道貌岸然的伪
君子。与四老爷相比，四老妈更为真实、直率，可敬可爱。对于被休弃
的四老妈，叙述者作为一个评判者，这样说道："作为一个严酷无情的子
孙，站在审判祖宗的席位上，尽管手下就摆着严斥背着丈夫通奸的信条，
这条件甚至如同血液在每个目不识丁的男人女人身上流通，但在以兽性
为基础的道德和以人性为基础的感情面前，天平发生了倾斜，我无法宣
判四老妈的罪行。"② 显然，莫言通过叙述者所表达的立场超越了传统道
德的局限，他无疑是站在道德礼法以外的"在外面"视角来判断，从生
存本身的立场来看，他根本无法也不能够宣判四老妈犯有任何罪行。

在这些看似向动物性回归的情节中，我们更看到了人类与动物的区
别，诚如巴塔耶在《文学与恶》中所明确说明："人不同于兽，在于他们
遵守禁忌，但禁忌是模糊的。他们遵守禁忌，但也需要违反。违抗禁忌
不是由于他们愚昧无知：违抗要求坚定的勇气。违抗所必需的勇气是人
的成就。"③ 巴塔耶从又一层面宣布了人类与动物的区别在于对禁忌的遵
守与违抗，在莫言小说中，这些超越社会道德的欲望正充分表明了人类
本身所具有的"成就"性勇气，她们不仅使莫言的作品"填充了那些在

---

① ［法］高宣扬：《福柯的生存美学》，中国人民大学出版社 2005 年版，第 15 页。
② 莫言：《红蝗》，《食草家族》，上海文艺出版社 2012 年版，第 86 页。
③ ［法］巴塔耶：《文学与恶》，董澄波译，北京燕山出版社 2006 年版，扉页。

写实主义与理性思维的地图中，尚属'未知数'的人性疆域。"① 而且，她们开启了凝聚在人类内在的不依赖外部环境的超越性力量，并通过这种力量达到生命的自足。

三　人类的失语状态

外界的苦难造成人向动物的退化，这些退化者似乎成为行走于人群中的动物，他们几乎丧失人与其他动物之间在属性上的差异，来维持苦难中的生命存在。在《透明的红萝卜》中，主人公黑孩是个动物化了的人物，他的生活有如动物一样自然生长。黑孩原是个充满灵气的孩子，但在整部作品中，他如同彻底丧失了语言功能，一言不发，他不懂得爱与幸福这种人类的情感，甚至也不知道如何表达痛感，所以，他从不为受到的冤屈辩解，也从不为得到的呵护感恩。语言曾是历代哲人区分人类与动物的显著特征，"只有人是会说话的动物"②，这对希腊人来说是不言而喻的，对这一现象的认知早在《荷马史诗》中就已有所体现，对此，希斯（John Heath）曾指出：在古希腊，语言不仅仅是区分人与动物的尺度，更成为希腊主体与他者的分水岭。③ 凭借语言区分人与动物，是亚里士多德以降的哲人们的共同信念。失掉语言，人类就会堕落到动物状态，被迫失语、陷入沉默，这在古希腊意味着人在公共领域所能受到的最大羞辱④。

黑孩的失语无疑是他沦为动物的第一步。如果说失语是向动物退化的显著标志，那么黑孩在作品中的行为举止则是退化为动物的具体表现。黑孩是个行为古怪的孩子，面对小铁匠的折磨逆来顺受，像只受伤的小兽出没在人群里，人们除了称他"黑孩"外，无论是善意的昵称还是轻蔑的辱骂或是叙述者不经意间对黑孩的描述，都未离开动物，这些细节

---

①　王德威：《写实主义小说的虚构：茅盾，老舍，沈从文》，复旦大学出版社 2011 年版，第 268 页。

②　赵倞：《动物（性）》，北京大学出版社 2013 年版，第 39 页。

③　参见赵倞《动物（性）》，北京大学出版社 2013 年版，第 39 页。

④　John Heath, *The Talking Greeks*: *Speech*, *Animals*, *and the Other in Homer Aeschylus*, *and Plato*, Cambridge, University Press, 2005, pp. 282 – 292. 参见赵倞《动物（性）》，北京大学出版社 2013 年版，第 49 页。

或许更好地诠释和补充了黑孩的动物性特征："他的脚像骡马的硬蹄一样，"① "耳朵还会动，哟，小兔一样。"② 除此之外，美丽、善良的菊子姑娘多次用"小狗"来称呼备受她呵护的黑孩："看看你这小狗腿，我要一用劲，保准捏碎了……" "吃吧，你这条小狗!"③ "手是怎么烫的？……还咬我吗？看看你的狗牙多快!" "那神情和动作就像一只沿着墙边巡逻的小公猫"④ "……黑猴……你的爪子怎么啦?"⑤ 黑孩"没有亲娘跟着后娘过日子，亲爹鬼迷心窍下了关东，一去三年没个影"⑥ "爹走了以后，后娘经常让他拿着地瓜干子到小卖铺里去换酒。后娘一喝就醉，喝醉了他就要挨打，挨拧，挨咬"⑦。一个没有人教育并不会表达的生命，与动物几乎无异，他能够发出的只是人类最为原始的感受，或者说，莫言描写的是一种介于人与动物之间的似人非人的生命体会。在得到一个成年姑娘的关怀后，他只会在人跟前走来走去，吸吸鼻子以表达自己朦胧而模糊的情感；被石匠敲了头后，他只会用张开嘴巴这一下意识行为表达痛感，而当听出石匠敲击的节奏后，他本能的用头顶上去，配合这让人舒服的节奏；当黑孩抓起一块烧红的铁后，他只闻到一股肉烧焦的味道，听到嗞嗞啦啦的响声，但他不知道这是痛感。然而在大自然里，他却有异常灵敏的感觉：他能够感受到水里的鱼碰触他身体，能够听到庄稼的根须离开土地的声响。他就像来自大自然的一只小兽，对自然界有着超乎寻常的感觉，但他只能停留在感觉，用眼睛看、用耳朵听，接收这些来自外界的信息。在秋天里，黑孩"赤着脚，光着脊梁，穿一条又肥又长的白底带绿条条的大裤头子，裤头上染着一块块的污渍，有的像青草的汁液，有的像干结的鼻血。裤头的下沿齐着膝盖。孩子的小腿上布满了闪亮的小疤点"⑧。这几句对黑孩外表的简单描述，尤其是对那条裤头的描写，几乎囊括了黑孩苦难的日常生活，"污渍""青草的汁液"

---

① 莫言：《透明的红萝卜》，《欢乐》，上海文艺出版社 2012 年版，第 8 页。
② 同上书，第 9 页。
③ 同上书，第 22 页。
④ 同上书，第 12 页。
⑤ 同上。
⑥ 同上书，第 4 页。
⑦ 同上。
⑧ 同上书，第 2 页。

"干结的鼻血"，小小年纪拖着瘦弱的身躯到河边挑水，那鼻血是挑水滑倒时留下的印迹。外界的苦难会造成人的退化。

用失语来抵抗外界的苦难在其他当代作品中也是屡见不鲜的，张炜于 2016 年完成的长篇小说《独药师》中即有此种文学实践。清朝末年，养生世家老爷季昨非在乱世的重压下，患上了一种奇怪的失语症。在小说中，季昨非前后失语共三次，其中两次是因为对革命焦虑过度而引发的。视生命为至宝的独药师季昨非，亲眼看到了革命者起义的失败，一个个鲜活的生命骤然离去，所居地——半岛一度血流成河，他因此失语半个月。革命家义兄被捕遇难，季昨非再次失语。与其说季昨非的失语来自疾病，不如说他的失语是巨大精神压力下的主动缄默，这是面对乱世的无可奈何，是季昨非主动关闭了表达内心干预现实的话语通道。失语成为季昨非巨大心理压力和精神焦虑的身体表征，也是对现实的无奈反抗行为。失语是无声的，但同时又形成了另一种"声音"，这种"声音"传达着艰难决绝的命运选择。

如黑孩一般忍受着孤独、饥饿，受尽折磨的儿童形象在莫言的文学世界里屡见不鲜。《枯河》里的小虎，也是这样一个近乎失语的孩子，最终以结束生命来向苦难的社会发出反抗。造成一个正常孩子向动物的退化，是他经历的痛苦所致。莫言笔下的儿童形象多数带有作家自己童年的影子，20 世纪 60 年代的大饥荒造成了物质上的极度贫乏，"那时村里的孩子一个个都是细胳膊细腿，顶着一颗大脑袋，肚子大大的，呈透明状，隔着薄薄的肚皮仿佛就能看到里边的肠子在微微蠕动"[1]，所以，莫言会写下这样的形象："他的头很大，脖子细长，挑着这样一个大脑袋显得随时都有压折的危险。"[2] 漫长的饥饿摧残着、吞噬着孩子的弱小生命，而对孩子造成更大伤害的，是无爱的家庭带来的孤寂与无助。这些儿童最亲爱的父母是：只会用推石磨这样的繁重体力劳动来惩罚孩子的母亲，"揪住我的头发狠狠地抽了我两个嘴巴"的父亲（《石磨》）等。表现父母亲的凶狠、残暴不是莫言情感表达的初衷，更不是归宿，相反，这是

---

① 莫言：《小说是越来越难写了（对话）》，杨扬编《莫言研究资料》，天津人民出版社 2005 年版，第 6 页。

② 莫言：《透明的红萝卜》，《欢乐》，上海文艺出版社 2012 年版，第 2 页。

在书写一种特殊状态的爱、畸形的父母之爱，这种爱连接着特殊的时代背景：60 年代荒唐的政治高压使人们处于长期焦虑、不安之中，物质的贫乏与政治的压迫使父母处在强烈的压抑和发泄状态，在磨难中丧失理智的父母行为正是孩子的悲剧产生的根源。这也正是莫言始终关注与力图表现的内容："作家应该关注的，始终都是人的命运和遭际，以及在动荡的社会中人类情感的变异和人类理性的迷失。"①

如果说黑孩失语是向动物的退归，那么，《球状闪电》中的怪老头从故事开始的"别打我，我要飞"到故事最后干脆退化为"非人非兽的叫声，乜塔乌乌乌凹灰……乜塔乌乌乌凹灰……"② 则是人类退归向动物的又一典型。《球状闪电》是莫言表现传统与现代性冲突的力作之一，作品讲述了发生在 20 世纪八九十年代中国农村一个普通家庭的故事。由于作为现代性之传播者身份的外来者的闯入，使这个原本风平浪静的家庭掀起轩然大波，父子反目，夫妻不和。但是，令人感觉极为突兀的是，从故事一开始，就出现了这个"似人非人似鸟非鸟的怪物"③，这一怪物对情节的发展似乎没有起到任何推动作用，也不代表和参与传统与现代任何一方的思想与行为，似乎他只是背景画面的一部分，但作者对他的描述却不遗余力。之所以会出现这样的怪物，五麻子一段吓唬老头的表演道出了真相与缘由："五麻子从木钟上扯下红绸，扎在左臂上，凶凶地逼近老头，站定，一语不发，左胳膊夸张的举着。"④ 可见，瘦老头是荒诞年代受到政治迫害而神经错乱，当人类在无法承受外界的苦难时，潜意识中会寄希望于向动物退归；而动物不受世间束缚的自由自在，则是人类永远向往和渴求的。飞翔是鸟类的专长，也是人类千百年来艳羡并企图效仿学习的本领，这一动物性本领在《翱翔》中发生在女主人公燕燕身上。燕燕是旧时代换亲习俗的牺牲品，为了给聋哑的哥哥娶妻，父母把她换给未来嫂子的麻脸哥哥，在新婚之日，燕燕身体突然长出翅膀飞走了——这是对不合理婚姻制度的反抗。如果说向鸟儿回归暗示着人类对个

---

① 莫言：《我的〈丰乳肥臀〉——在哥伦比亚大学的演讲》，杨扬编《莫言研究资料》，天津人民出版社 2005 年版，第 59 页。

② 莫言：《球状闪电》，《欢乐》，上海文艺出版社 2012 年版，第 113 页。

③ 同上书，第 48 页。

④ 同上书，第 72 页。

人苦难的逃离，是对自由的向往，那么在《球状闪电》的结尾，最为令人动容的情节是全村的孩子都在学习飞翔，这是人类的一次集体逃离吗？

四　现代文明压迫下的"变形"

与 20 世纪六七十年代的物质匮乏、政治荒诞相映照的，是八九十年代后的物欲横流。一直以表现农民生活题材为主的莫言，对知识分子此时的处境感触颇深。在时代的冲击下，曾经指点江山、激扬文字的知识分子在现代生活中捉襟见肘，如履薄冰，精神上的高远、优雅与现实生活的琐屑、污浊之间的距离，使他们的人生充满了无奈、痛苦与挣扎，无尽的苦闷与焦虑致使他们上演一场又一场"变形记"，也许只有在变形为动物后，精神才会得以解脱。在小说《幽默与趣味》中，王三是个研究古代文学的大学教师，他思想里流淌的是古诗的"雄奇""诡异"，古人生活的"闲适"，然而，现实生活中的他却只能在琐碎烦扰的日常生活中苦苦挣扎，疲惫不堪。他整天面对的是拥挤逼仄的生活空间，凶悍暴戾的妻子，嘈杂喧嚣的城市，冷酷无礼的人群，到处充满了敌意与威胁，这使知识分子王三多次感觉与周围生活格格不入，在飞驰的车流中，他"感到自己的身体变成了一张单薄的纸，怎么也立不稳，怎么也挺不直，时而弯向前，时而弓向后……""随时都有可能被吸引到车轮下，被碾成团儿，被搓成卷儿"①，最后"在车流与气流中的巨大漩涡里扭曲成一股细绳，扭呀扭，愈扭愈热，终于扭断，终于燃烧，变成一股蒸汽，变成一缕白烟"②。在冷漠无情的人群中，他感到自己"好像一条挨了沉重打击的狗"③ "自己身体正在散发着动物园中的动物身上那种腐臭的味道""像只被热水猛泼着的鸡一样"。④ 最终在众人的追打中，身心疲惫、无处逃遁的王三在强大意念的催化下，神奇地变成了猴子。只有这样，他才能真正摆脱世俗的纷扰、无奈，去追求闲适与自由。王三向动物的回归是对苦闷现实的逃避，同时也是一种反抗：他以向动物的回归宣告他对

① 莫言：《幽默与趣味》，《怀抱鲜花的女人》，上海文艺出版社 2012 年版，第 389 页。
② 同上书，第 390 页。
③ 同上书，第 394 页。
④ 同上书，第 395—396 页。

这个世界的绝望。在物质文明发达至此的现代社会，知识分子本该作为精神文明领军行列中的一员，却以向动物的回归向世界告别，足见其中蕴藏的讽刺意味，也足见莫言对现代文明分裂性的否定与拒绝。

如果说王三是通过变成猴子向人类世界发出反抗，那么，《十三步》中的高中物理老师最终以把自己关在动物园的铁笼中来反抗文明社会的无处容身，这足以反映了知识分子在社会中不被理解、尊重，甚至被误解并成为被侮辱被损害的对象。在现实社会中手足无措、屡遭误解的物理老师，只有变作动物关在笼中，方能变成滔滔不绝的话语权拥有者，才能重拾作为知识分子的自信与勇气：精神精英在人群中无法生存，与动物共舞才是他们的位置，这是对现代社会与人的极大讽刺。莫言为解决人类在现代社会中的不适而选择的通过"变形"借以逃离的荒诞做法，不禁使人想到西方现代主义文人们试图逃离现实绝望时所做出的选择：借助或栖身于动物的身体。在众多的西方现代主义作品中，较为典型的是出现在卡夫卡笔下的生命个体的变形，"而在某种程度上，人与动物的身份也是可以互换的，比如葛里高利一夜之间就从人变成了一只甲虫"①。在写《变形记》五年前，卡夫卡在短篇小说《乡村的婚礼准备》中就触及了"变形"这一主题：主人公"我"打发"身子"穿上衣服去参加婚礼，"我"则像一只甲虫躺在床上，盖着毯子，轻松舒服地任凭轻风吹拂。这里的分裂与变形有其惬意的一面，为逃避虚华的现实世界，主人公把自己藏在甲虫的坚硬外壳之中，此时栖身于动物，不能不说是一种积极的选择；五年后的《变形记》中，作者第一句话就把主人公变成了动物——一只大甲虫，这也同样不能不看作作者为逃避外在的烦恼保护自我而做出的想象性表达。在卡夫卡的眼中，动物生命存在的自由性是令人艳羡的，它们不受任何社会理性的制约和束缚的生活，是人们无法企及的生存境界，当人们要逃离现实世界的时候，他们更愿意化作一只有着又厚又硬的外壳保护的甲虫。面对令人绝望的现实世界，像动物一样生存已是人类生存的常态，"在卡夫卡看来，人由于他们受到的局限而无法看清他们面对的存在的'真相'，无法看到事物的全貌，这就使他'退化'到了动物基本处境。卡夫卡小说中的动物形象是令人难忘的，无

① 格非：《卡夫卡的钟摆》，华东师范大学出版社 2004 年版，第 124 页。

论是面对猫和捕鼠器的耗子，还是地洞中那个可怜的动物，它们实际上与法院和城堡门前无助的 K 处境是完全相同的。正如那些在遥远的中国建造万里长城的工匠，他们既无法理解这一宏伟共创的意义，也无法看到它的全貌，他们所能看到的只是一些砖石。而在某种程度上，人与动物的身份也是可以互换的，比如葛里高利一夜之间就从人变成了一只甲虫。这一情境使我们联想到庄子'朝菌不知晦朔'的那个著名的比喻。"① 在绝望的现实中，像动物一样生存，这不能不说莫言受到了西方的影响，借助向动物的变形摆脱世俗的约束，彻底回归自由，借助于动物的身体摆脱现实的困扰也是一种诗意的栖居。

在莫言作品中，人物除了在食、性、失语、变形等方面实现动物性回归外，还有对人类从生理到心理感觉向动物的位移。在《生死疲劳》中，曾有过贩驴经历的陈县长自从当了县长之后，依然视驴若宝，在"文革"期间，他这一嗜好被造反派当作游斗的名目，他被迫骑着一头纸驴在全县的十八个集市被游斗。后来他回忆道：

> 他只要一踏着锣鼓点，搬弄这纸壳驴舞蹈起来，就感到自己渐渐地变成了一头驴，变成了全县唯一的单干户蓝脸家的那匹黑驴……他感到自己的双脚分杈成了四蹄，屁股后生出了尾巴，胸脯之上与纸毛驴的头颈融为一体，就像希腊神话中那些半人半马的神，于是他也就体会到了做一匹驴的快乐和痛苦……②

20 世纪六七十年代，中国社会经历的疯狂政治运动，使人失去了尊严，被迫变成动物，或许在动物的面具下，他才有存在下去的勇气。同时，小说人物经常亦真亦幻地置换了动物的生命感觉：《丰乳肥臀》中三姐幻想自己化作了鸟儿，像鸟儿一样进食，学鸟儿一样鸣叫，就连最后命丧悬崖，也是因为效仿鸟儿飞翔所致。在《十三步》中，在兔肉罐头厂工作的女工屠小英时常感觉到自己变成了流水线上待死的兔子，她能够感觉到兔子在每一个生产流程中的身体变化和随之产生的痛感。人有

---

① 格非：《卡夫卡的钟摆》，华东师范大学出版社 2004 年版，第 124 页。
② 莫言：《生死疲劳》，作家出版社 2012 年版，第 135 页。

动物的本相，也有动物的知觉，这证明人性的不可靠，证明社会化的人性在极端的时刻，走上了和动物性相平行甚至相重合的道路。

对人类动物性的书写是莫言早期作品就显现出的特色，并一直延续到晚近时期。从《红高粱家族》到《食草家族》对人由社会属性朝向自然属性回归，是从自发走到了自觉的阶段。《食草家族》是以家族为题材的小说创作，家族的特征首先是"食草"。莫言把食草动物才有的特征，直接赋予人类，并且人类通过食草能够达到净化灵魂的作用。食草的马、驴等动物与人类有了千丝万缕的联系，小说中始终环绕着人对食草动物的依恋之情。在《第六梦》中，马不仅救护人类，并幻化人类与人结婚，成为人类的母亲，将对食草动物的崇拜感情凸显了出来，而与之相对应的是人类对誓言的违背、对情感的损毁最终导致无法挽回的悲剧。和动物相比，人在建设中蕴含的巨大破坏性，真的具有优越性吗？这很可能是《食草家族》隐含的主题。

恩斯特·卡西尔（Ernst Cassirer）曾写道："对神话和宗教的感情来说，自然成了一个巨大的社会——生命的社会。人在这个社会中并没有被赋予突出的地位。他是这个社会的一部分，但他在任何方面都不比任何其他成员更高。生命在其最低级的形式和最高级的形式中都具有同样的宗教尊严。人与动物，动物与植物全部处在同一层次上。"① 令人感动的是，莫言为我们营造了一个关于生命的文学世界，他费尽心思，为人物创造出一个又一个介于生存与死亡之间的极致地带，用以剥掉人类身上最后残留的文明外衣，返归到远古人类与动物共享的生物属性。把人与动物放置于一个平台上进行观照，这在莫言早期的作品中即有充分而自觉的流露，正如在《球状闪电》中，作者借刺猬对人感慨似的想象，道出了深埋心底的想法："世界原来很小，这些人遥远的祖先和我遥远的祖先是亲兄弟。是岁月使我们生分了，疏远了。"② 这慨叹中，暗含着人与动物的同一性；与其站在社会性的角度把人类与动物截然分开，莫言更愿意选择自然性的视域，把二者作为同等的生命体来观照。但最重要的，依然是人处于荒诞和残酷的境遇之中，读者无法对他们的动物性举

---

① ［德］恩斯特·卡西尔：《人论》，甘阳译，上海译文出版社1986年版，第106页。

② 莫言：《球状闪电》，《欢乐》，上海文艺出版社2012年版，第65页。

止进行道德评判，因为在那种境遇下，唯有动物性才能拯救人性。相较于动物性，人性的脆弱和易于破败是不言而喻的事情。

第三节　人类兽性：动物性的沉疴

有感于生命的退化与衰靡，莫言呼唤人类向动物性回归，重新获得生命强力。然而，世上没有万金油，任何事物都存在两面性：人类的动物性使人类生命焕发奇光异彩的同时，也使人类的历史充满邪恶。动物本性决定着人类体内携带着一定的兽性因子，它在外界因素的催发下，会生成超越野兽的嗜血性，我们暂且称为"人兽性"，以区分于动物的兽性。"人兽性"的发作，使人类变得异常恐怖、狰狞，正如普鲁塔克曾说："当没有力量控制自己的狂暴时，没有任何动物比人更加凶狠残酷。"[①] 的确，因为人类先天具有理性，与只为感官所驱动的动物相比，"他凭借理性可以知道事物的关系，看到万物的原因，理解原因和结果的相互性质，作出类推，因而很容易审视其一生的整个过程，为生活的行动做必要的准备"。[②] 这一先天的优越性，使"人类在其完满时，是最优良的动物，但是如果违背法律和正义，他就是一切动物中最恶劣的；因为武装起不正义是比较危险的，人天生具有武装，这就是运用智慧和德性，他可以把它们用于最坏的目的。所以，如果他无德，就会凶淫纵肆、贪婪无度，成为最肮脏、最残暴的动物"[③]。对此，莫言曾在作品中写道："人，其实都跟畜生差不多，最坏的畜生也坏不过人。"[④] "一个人要是丧失了人性，哪怕是个孩童，也会干出比野兽凶残百倍的坏事。"[⑤] 对人类动物性呈现的多维度保有复杂的态度，正体现了莫言的智慧。对"人兽性"的呈现方面，莫言启用了对暴力、酷虐的描写，这些"人兽性"带

---

① ［古希腊］普鲁塔克：《希腊罗马名人传》，席代岳译，吉林出版集团有限责任公司 2009 年版，第 137 页。

② ［古罗马］西塞罗：《论义务》，王焕生译，中国政法大学出版社 1997 年版，第 1 卷，第 4 页。

③ ［古希腊］亚里士多德：《政治学》，颜一、秦典华译，中国人民大学出版社 2003 年版，第 35 页。

④ 莫言：《红蝗》，《食草家族》，上海文艺出版社 2012 年版，第 75 页。

⑤ 莫言：《生蹼的祖先们》，《食草家族》上海文艺出版社 2012 年版，第 200 页。

来的，是无终场的人间悲剧。

一　人类兽性的文本表现

莫言关于人类兽性的描写可谓冷酷、血腥、灭绝人性，作者也因为对这些酷虐场景的过度铺陈招致诸多误解和非议，甚至有外国记者曾询问莫言："你们中国人是不是本性里要比别的民族残酷？"对于德国记者的发问，莫言这样回答："人类的残酷是基本差不多的，无论一个现在看起来是多么和善的民族，他们灵魂深处都隐藏着残忍的一面，你们德国人现在看起来文质彬彬的，但是想想"二战"期间，德国人的残酷令人发指，难道那些德国人不是你们的祖先吗？另外我们看现在的日本人，一见面就是点头哈腰，九十度的鞠躬，但是想想日本在"二战"期间在中国和东南亚战场上，对中国人民和东南亚人民所犯下的暴行，跟现在的日本人之间会产生怎样的联想呢？"① 莫言的回答基本解释了"人兽性"的成因，他看到人类身体内普遍存留的兽性因子，并且这种兽性因子在外部环境的催发下会产生异变，导致的是暴行、惨剧，他会用文学诠释、演绎这一理解，使之更为生动、具体。早在《红高粱》中，就有活剥人皮的场景，《食草家族》中，莫言把这种酷虐的场景以更为具体、详细，更为血腥、暴力的方式呈现出来。在《二姑随后就到》中，天与地兄弟二人在短短几天中，以最惨无人道的手段，血洗了整个食草家族：他们开枪打死了大爷爷，剜掉大奶奶的眼睛，逼迫路人按斤两割大奶奶身上的肉，剁掉七奶奶的手脚，活埋七爷爷，用石磨砸死藏在井中的十四叔，点火烧死草垛里的三伯……更让人难以想象的是他们带来的四十八种酷刑，这里仅仅列举前九种：

> 第一种，彩云追月，也叫"戴驴遮眼儿"，这刑法的施行方法是：用利刃把受刑者额头上的皮肤剥下来，遮住双眼。第二种，去发修行，此刑的施行方法是：用一壶沸水，浇在受刑者头上，把头发一根也不剩地屠戮下来。第三种，精简干部，干部者，五官也，此刑即是用利刃旋掉受刑者的双耳和鼻子。第四种，剪刺猬，此刑

---

① 莫言：《与王尧长谈》，《碎语文学》，作家出版社 2012 年版，第 214 页。

的实施：用锋利剪刀将受刑者全身皮肉剪出一些雀舌状，像你们的娘过年时做面刺猬时那样。第五种，虎口拔牙，就是用钳子把受刑者的牙齿全部拔下来。第六种，油炸佛手——用滚油将受刑者的十指炸焦。第七种，高瞻远瞩——用滑车将受刑者高吊起来。第八种，气满肚腹——将气管子插进受刑者屁眼往里打气。第九种，步步娇——赤脚走二十面烧红的铁螯子……①

无论是《红高粱》还是《食草家族》，对酷虐场面的描写都透露出施虐者的凶残和有悖人道，它的非正义性会引起读者的极大愤慨，然而，在《檀香刑》中，酷虐被推入了历史的刑罚中，将残忍上升为展示皇家威严的神圣仪式，残忍于是成为一个王朝昌隆的象征，成为衡量一个刽子手技艺的标尺。在莫言的诸多作品中，对人类兽性表现的集大成者，莫过于《檀香刑》。作者对各种酷刑作用于肉体的恣肆铺陈，对肉体痛苦和精神痛苦的细微刻画，使作品成为一个考验人类承受痛苦能力的实验场。在《檀香刑》中，作者讲述了六次行刑的全过程，呈现了五种不同的刑术种类。第一次酷刑出现在少年赵甲来到京城寻找素未谋面的舅舅，却目睹了刽子手处决舅舅的场景，这次用的是"斩首"。第二次酷刑是年轻的赵甲协助刽子手余姥姥对盗窃国库金银的库丁处以"腰斩"。第三次是赵甲和余姥姥联合完成对私盗皇上七星枪的太监小虫子的"阎王闩"。第四次是对戊戌六君子进行"斩首"示众。第五次是到天津小站对刺杀袁世凯失败的钱雄飞处以五百刀"凌迟"。第六次是告老还乡后再次出山，对聚众造反的孙丙施以惊天动地的"檀香刑"。

从对六次行刑的过程、五种刑罚种类的描述中，展示的是刑罚的残酷性，施刑者的认真、细致、严谨，给受刑者带来的最大限度的肉体痛苦和精神折磨。与普通的"斩首"和"腰斩"相比，"阎王闩""凌迟""檀香刑"更为考究，对刑犯的折磨更为痛苦，对观众的刺激更为强烈。"阎王闩"的刑具是用熟铁打造的头箍拴上牛皮绳子，行刑效果是施刑者用力勒紧，使刑犯双目迸出，脑浆崩裂而亡，所以又称"二龙戏珠"。在惩处太监小虫子时，选择的刑罚"为的就是让小虫子受罪，就是要让那

① 莫言：《二姑随后就到》，《食草家族》，上海文艺出版社2012年版，第339页。

些个太监们看着小虫子不得好死，起到杀一儆百的效果"①，所以，本可以一袋烟就结束的施刑过程，被延迟了一个时辰。在两个刽子手的精心操作下，小虫子"那两只会说话的、能把大闺女小媳妇的魂儿勾走的眼睛，从'阎王闩'的洞眼里缓缓地鼓凸出来。黑的，白的，还渗出一丝丝红的。越鼓越大，如鸡蛋慢慢地从母鸡腔里往外钻，钻，钻……噗嗤一声，紧接着又是噗嗤一声，小虫子的两个眼珠子，就悬挂在'阎王闩'上了"。② 与小小的"阎王闩"相比，对钱雄飞的五百刀"凌迟"堪称"杰作"：从第一刀旋掉钱的右胸铜钱大小一块肉到第五百刀挖去钱的心头肉，结束其生命，作者整整写了十四页。那是一场别开生面的生死大戏，但与历史上曾经的凌迟相比，这已经显得颇不正规了。

> 书上说凌迟分为三等，第一等的，要割三千三百五十七刀；第二等的，要割二千八百九十六刀；第三等的，割一千五百八十五刀。……完美的凌迟刑的最起码的标准，是割下来的肉大小必须相等，即便放在戥子上称，也不应该有太大的误差。③

看到此，我们会联想到《二姑随后就到》中天与地兄弟二人逼迫路人按斤两活割大奶奶的肉的情景，原来天地二人的所作所为，只是对中国历史上凌迟刑罚笨拙的戏仿。最为重头的，是作为小说名字的"檀香刑"。作者对小说内容的轻重安排，也是刑罚残忍程度的表现，是向酷刑极致性的层层推进。为了满足德国总督克罗德的要求："一种奇特而残酷的刑罚，让犯人极端痛苦但又短时间死不了。"④ 有四十多年刽子手经验的赵甲经过冥思苦想后提出此刑罚。比起前面几种刑罚，"檀香刑"的刑具更为精致、典雅，"需要上好的紫檀木两根，削刮成宝剑的样子"⑤，待檀木橛子削好后，"要放在香油里煮起码一天一夜"⑥，然后，把刑具从犯

---

① 莫言：《檀香刑》，作家出版社 2012 年版，第 38 页。
② 同上书，第 47 页。
③ 同上书，第 192 页。
④ 莫言：《二姑随后就到》，《食草家族》，上海文艺出版社 2012 年版，第 92 页。
⑤ 莫言：《檀香刑》，作家出版社 2012 年版，第 93 页。
⑥ 同上书，第 94 页。

人的"谷道钉进去，从脖子后面钻出来，然后把那人绑在树上"①，这样，犯人要在三四天的时间里，受尽苦痛折磨才会死去。这是一种集高贵、典雅和残酷、血腥于一体的刑罚，是文明的溃疡和恶之花。从《红高粱》中活剥人皮的灵巧技艺，到《二姑随后就到》中四十八种刑罚的名目繁多，直到《檀香刑》中"阎王闩""檀香刑"的复杂、精巧甚至透着典雅的气息，莫言把酷虐演绎到了登峰造极的地步。这依次排列的酷虐手段与丛林中野兽的猛烈撕咬比起来，无不闪耀着人类的智慧之光。只有人类能够把身体内的动物性（兽性因子）发挥到如此"高度"，使人类成为最残忍行为的发明者和施行者，而与之相比，野兽的残杀显得太简单。

如果说酷虐是落后、愚昧、野蛮的标志，随着文明的发展，现代社会是以"温文尔雅"为特征的社会形态，然而，在高度发达的文明中，却发生了"吃人"的暴行，这与历史中加诸在人类肉体上的酷虐行为有过之而无不及。《酒国》讲述的是发生在 20 世纪 90 年代的故事：高级侦查员丁钩儿到酒国调查当地官员食用烹制婴儿一案，最终却沦为食婴者的共犯。"吃人"现象在人类历史中曾有发生，莫言继承了鲁迅作品的"吃人"主题以及"救救孩子"的呼声。有评论指出，鲁迅的"吃人"主题有一个大饥荒的历史背景，而莫言则是在物质相对丰富的九十年代提出这一命题的。这表明：即便摆脱了生存的困境，农民依然是官员人肉筵席上的菜肴，心甘情愿地奉上自己的骨血。② 与历史中的吃人不同的是，酒国的"食婴"体现了现代社会的特点：现代市场经济体制、高度精密的工具技术等现代社会引以为傲的产物，都贯穿在"食婴"的始终，它们使吃人变成了可能，并发展成一条产业链。端上餐桌供人们大快朵颐的"红烧婴儿"，只是这链条中的最后一个环节，其实，从婴儿被当作"人型小兽"在市场上出售，"吃人"就已经开始了；由检验员经过全面周密的质量检查，为所售商品进行分级等一系列条理周密的环节，这一市场功能体现着文明社会的细致分工，为兽行的发生提供了必要的条件。

---

① 莫言：《檀香刑》，作家出版社 2012 年版，第 93 页。
② 参见孔小彬《论莫言小说的中国想象》，《甘肃社会科学》2013 年第 2 期。

二　酷虐演绎的人间悲剧

莫言的精妙不止于描述各种酷虐场面的血腥、暴力，我们看到的也不仅是"人兽性"行为如何具体作用在一个个鲜活的肉体之上，感受由肉体之苦对神经的刺激，他要展现的，更是一场场由酷虐演绎出来的人间悲剧，这是一场又一场关于生命的悲剧，撼天动地。莫言用最残酷的方式，将一个又一个鲜活、美好的生命撕碎、毁灭，传递给人们精神的战栗，让人们从灵魂深处发出对"人兽性"的恐惧与拒斥。

（一）美好生命的殒灭

刑罚以对生命的戕害为目的，它是一个政权维护其统治的手段，统治者通过对反动作乱者、违反统治秩序者用刑，达到威慑百姓的作用，以顺其民。在莫言的作品中，"凌迟"是最能体现生命消逝过程感的刑罚之一。观者目睹了一个鲜活的肉体被一刀一刀脔割，生命被酷刑一点一点蚕食吞噬的整个过程。钱雄飞拥有匀称健美的身体，这是有四十多年刽子手经历的赵甲第一次见到的完美身体。他两刀旋掉钱雄飞的胸肉，"感到钱的肉很脆，很好割。这是身体健康、肌肉发达的犯人才会有的好肉"①。这样一个年轻、健壮、血气方刚的体魄，正值人生最好的青春年华，在经过刽子手赵甲五十刀之后，两边胸肌刚好被旋尽，此时，"钱的胸膛上肋骨毕现，肋骨之间覆盖着一层薄膜，那颗突突跳动的心脏，宛如一只裹在纱布中的野兔"②。五十刀之后，钱雄飞依旧是一张悲壮的面孔，紧咬牙关，当赵甲割掉钱的舌头后，钱仍在用喷溅着血水的嘴巴含混不清地大骂袁世凯。三百七十五刀过后，钱雄飞的大腿、双臂、腹部、屁股等部位都已被赵甲精准的刀法脔割殆尽，此时，钱雄飞的生命已经垂危了。在最后几刀分别割掉钱的耳朵、鼻子、眼睛之后，第五百刀切入钱的心脏，割下了心头肉，钱雄飞，一个健硕的身躯就这样消逝了。"凌迟"让人们目睹了一个由生到死的过程，在赤裸裸的脔割中，强悍的生命被一点一点扼杀，旺盛的生命之火一点点熄灭，这本身就是一个极端残忍的过程。当作者把如此鲜活、强悍的生命放置在酷刑之下，使之

---

① 莫言：《檀香刑》，作家出版社 2012 年版，第 194 页。
② 同上书，第 196 页。

消逝、殒灭，这不能不说是对读者精神的一大冲击，在这里，悲剧的作用得到了充分的发挥。

　　酷虐的刑罚对人类强悍生命的剥夺，是发霉的历史文明给人们留下的记忆，在现代文明社会中上演的，则是对稚嫩生命的屠戮。在莫言的作品中，婴儿是出现较频繁的形象，直接以婴儿为题的作品就有《金发婴儿》《弃婴》等，诺贝尔文学奖授奖词中关于莫言曾有如下的评语："在小说《酒国》中，最精致的佳肴是烧烤 3 岁儿童，男童沦为食物，女童因为被忽视而得以幸存。这是对中国计划生育政策的嘲讽，因为计划生育大量女胎被堕胎：女孩连被吃的资格都没有。莫言为此写了一整本小说《蛙》。"其中提到的三部作品，都与婴儿相关。这些婴儿有时以人的形象出现，有时被看作物。但婴儿的每次出现，都异常的沉重。莫言常把婴儿与小动物相类比，在《蛙》中把婴儿比作蛙，在《金发婴儿》中，当孙天球把婴儿掐死的瞬间，他听到了婴儿发出了几声"虎皮鹦鹉"般的叫声，在《红高粱家族》中，日军屠杀村民把一妇女刚成型的胎儿剖出来，像剥了皮的耗子一样挂在她肚子边上。这些弱小的生命在其家庭和社会中的遭遇是屡遭不幸，他们的形象是卑微的，可怜又任人宰割。尤其在《酒国》中，我们看到了更为惊悚的杀婴、食婴场面。随着社会的进步、财富的增长，婴儿成为经济社会的牺牲品。"食婴"成为人们炫富、享乐的一种方式。小说《酒国》让我们看到的是一个个可爱的婴儿被高科技文明化的方式宰杀、烹饪，稚嫩的生命成为消费者口中的美食。在宰杀之前，他们是那样鲜活可爱："他的圆圆的、胖嘟嘟的、红扑扑的小脸正好侧对着学员们""我们分明看到这是一个美丽、健康的小男孩。他的头发乌黑，睫毛长长，蒜头小鼻子，粉红的小嘴。粉红的小嘴巴嗒着，仿佛正在梦中吃糖果"①。这样一个惹人爱怜的小生命，转瞬间，在烹饪教授的指挥下，"被抬进一个特制的、鸟笼形状的架子上，架子上端有一个挂钩，可以与操作案板上方的吊环相连""肉孩在笼中，身体被禁锢着，只有一只又白又胖的小脚，从笼架下伸出来，显得格外可爱"②。等待着肉孩的，是被放出体内所有的鲜血，烹饪教授用一柄银光闪闪的

---

　　①　莫言：《酒国》，上海文艺出版社 2012 年版，第 213 页。
　　②　同上书，第 214 页。

柳叶刀，对着肉孩的小脚，切开"一线宝石一样艳丽的红血，美丽异常地悬挂下来，与他脚下的那只玻璃缸连系在一起"[①]。一个半小时过后，肉孩的血被控干，接下来，肉孩被尽可能完整地取出全部内脏，之后用70℃的水，除掉它的毛发……至此，一个粉嫩可人的生命被处理成烹饪待用的食材。

莫言塑造过太多美好的生命被人类以极其残忍的手段撕碎，他们强悍如钱雄飞、孙丙一样的英雄，娇嫩如《酒国》中的婴儿。还有一类生命，他们被扼杀在母体之中。在长篇小说《蛙》中，五六十年代的妇产科医生，人称"送子娘娘""活菩萨"的姑姑，在70年代的计划生育政策中，变成了人称"活阎王"的杀人狂魔。姑姑作为计划生育的基层执行者，在她手中，几年间，几千条未出母体的生命悄然殒没，这些尚未发出任何声响但同样经受了孕育过程的生命在人类的漠视中被扼杀。强调对生命的尊重凌驾于对一切社会道德、法则的遵守，是莫言一贯的价值诉求，《蛙》更直接抒发了作者对生命的敬畏感。作品以《蛙》命名，蛙与"娃""娲"同音，女娲是造人的始母女神，娃是人类生命脱离母体之后的起始阶段，而"蛙"本身更作为多子的象征，成为高密东北乡的图腾，被人们崇拜。作者通过隐喻的方式，将蛙与生命连在一起，这是一首对生命的礼赞之歌。小说中通过主人公姑姑的一段回忆，将蛙与人类生命的孕育过程建立起同构关联：

> 你出生的那天下午，姑姑在河边洗手，看到成群结对的蝌蚪，在水中拥挤着。那年大旱，蝌蚪比水还多。这景象让姑姑联想到，这么多蝌蚪，最终能成为青蛙的，不过万分之一，大部分蝌蚪将成为淤泥。这与男人的精子多么相似，成群结对的精子，能与卵子结合成为婴儿的，恐怕只有千万分之一。当时姑姑就想到，蝌蚪与人类的生育之间，有一种神秘的联系。[②]

姑姑这段话描述了人类生命的孕育过程，每一个生命都是经过如此

---

① 莫言：《酒国》，上海文艺出版社 2012 年版，第 215 页。
② 莫言：《蛙》，上海文艺出版社 2012 年版，第 309 页。

艰难、悲壮却又十分幸运的过程产生，因而每一个生命都是那么珍贵，理应被尊重、被敬畏、被珍视。然而，生命曾经遭到无情的戕害，这是人类对生命的犯罪，是对自身生存的否定，是对生命逻辑原点的毁灭，这会使人类对任何价值的追求都失去真正的意义，而造成这一悲剧的罪魁祸首，是人类本身，是"人兽性"。莫言用对美好生命的毁灭来引起人们对"人兽性"的强烈憎恶，进而思考其发生的根源所在，这是他煞费苦心呈现文学现象背后的深意。孙隆基在探析中国文化的深层结构时，将中国文化与西方文化加以对比，他说："如果西方文化可以算是一种'弑父的文化'的话，那么，中国文化就不妨被称为'杀子的文化'。""'弑父的文化'并不能算是'思维崇拜'，因为，即使在自然界，行将枯萎的事物也必须向新事物让路，才会保障自然界生机的延续。至于'杀子的文化'，则是一种不折不扣的'死亡崇拜'，因为它将新的生机加以摧残，去滋润行将就木的朽物。"① 新事物取代旧事物的更替法则是生命的规律也是自然规律，这样才能使世界永葆生机，生命得到延续。那些人为弑杀新生命的做法是对自然规律的背离，是人类对希望与前途的自毁行为。"救救孩子"在今天仍需高喊，这是所有尊重生命的作家的使命，莫言用暴露人兽性这种极端的方式在完成他的使命。

（二）人间道义的溃败

在《檀香刑》中，莫言借助酷刑展示的是一部人间道义溃败的历史，作品重点描写了三次酷刑的行刑过程，其中被行刑的犯人分别是：戊戌六君子、钱雄飞、孙丙。在小说中，作者没有对戊戌六君子的事迹做过多的介绍，自戊戌变法失败以来一百多年间，这几个历史人物的事迹早已深入国人之心，其中的慷慨悲壮、轰轰烈烈早已名留史册。这是六位有思想、有才华的爱国志士，在一群自私自利的官僚中，他们是忠君爱国的典型，"救亡图存、变法强国"是他们的初衷和目的，这一高贵的动机使历史和人民必定赋予他们以不朽的光荣，然而，这样一批爱国青年却死在反动者非正义的酷刑之下。如果说戊戌六君子以历史人物的身份在小说中一闪而过，那么，钱雄飞这个人物应是六君子化身的具体体现。他是高密知县钱丁的胞弟，是一个接受了先进思想，有理想、有抱负的

---

① 孙隆基：《中国文化的深层结构》，广西师范大学出版社 2004 年版，第 198 页。

年轻人，是一个留洋日本寻求救国良策的有为青年。他与胞兄钱丁不同，钱丁虽然意识到王朝的末日，却自欺欺人甘当行尸走肉，钱雄飞却是个敢作敢为的勇士。作为第一批留洋归国的精英，在康有为的心中，钱雄飞是个"满腹经纶、武艺超群"的人才；在袁世凯的口中，他"枪法如神，学识过人"。袁世凯赠他以金枪，委以骑兵卫队长的重任。因为试图为六君子报仇，钱雄飞刺杀清王朝的大奸臣袁世凯，刺袁失败，遭"凌迟"处死。以戊戌六君子和钱雄飞为代表的爱国青年的殒命，是人间正义的溃败，是美好事物被撕毁的典型模式。

孙丙是檀香刑的受刑者，是这台华丽大戏的主演者。在小说中，他是地道的民间英雄。年轻时的孙丙属于中国传统文化中的浪子形象，他拥有整个高密东北乡最好的嗓子，为偷师学艺，"曾经混到十几个外地的戏班子里去跑过龙套"并且"下江南，出山西，过长江，进两广"①。最终，把猫腔从最初哭坟讨饭用的小戏，发展成正规的地方戏曲。他的猫腔表演在高密东北乡达到了出神入化的境界，他可以把死人唱活的传奇在民间广泛流传。在妻儿惨遭洋人残害后，他被逼举旗造反。得知孙丙被抓，要被施以檀香刑，东北乡各阶层纷纷营救，先有乞丐帮的月夜劫狱，偷梁换柱，后有乡绅集体跪求请愿……乞丐小山子主动请缨替孙丙受檀香刑，单举人高举请愿折子长跪不起直至晕倒，众乡亲保护孙丙女儿眉娘免遭官兵抓获……这一切，都在说明孙丙是东北乡万民敬仰的英雄，对他处以极刑就是对民意的褫夺和践踏。并且作品用行刑刽子手赵甲的思想行为，反衬出没落王朝对民间道义的毁灭。作为几十年的刽子手，赵甲练就了心如止水、冷酷无情的职业心态，然而，对于上述三次行刑过程也饱含了情感。为了表示他对戊戌六君子的敬意，为了报答刘光第大人的知遇之恩，他带领徒弟们把锈得锯齿狼牙的"大将军"磨得吹发即断，使六君子可以享受到天下第一的无痛快刀；为了表达对好汉钱雄飞的敬佩，他把古老的凌迟刑罚做得一丝不苟；出于敬重亲家孙丙的为人，他为檀香刑的刑具做了精心准备，致力于使檀香刑成为最精彩的大戏，以使之和孙丙这人中龙凤相般配。从戊戌六君子到钱雄飞到孙丙，无论是为了国家的兴亡、民族的尊严还是民间的道义、个人的正义，

---

① 莫言：《檀香刑》，作家出版社 2012 年版，第 352 页。

都是对人间正义的捍卫，作品中所描述的几次酷刑，不仅是对一个个肉体生命的残杀，更是对人间正义的凌辱和鞭挞，刑罚中承载着道义的溃败历史。这是莫言要着力展示的主题，更是"人兽性"发作的载体，莫言再次用道义的溃败来演绎人类兽性大发的结果，引导人们一步步向兽性的发出点逼近。

（三）人伦情感的毁灭

亲情是世间最美好的感情，亲情的毁灭让人痛心疾首。莫言在作品中展示酷虐的同时，也演绎了一段段亲情的毁灭史，这种写作无疑使加诸在肉体上的残酷给人的精神以无以复加的疼痛。《生死疲劳》中，西门牛的丧生让人心痛不已，他死于西门金龙的兽行之下。在荒诞的年代，西门金龙为了发泄政治上的失意情绪，企图再创所谓的辉煌"政绩"，他以死来逼迫坚持单干的养父入社，对入社拒绝拉犁耕田的西门牛施以皮鞭和火烧，在暴行之下，西门牛悲惨死去。或许是源于对蓝脸主人的忠诚，或许是藏在它体内的西门闹的灵魂在作怪，西门牛被拉到生产队的田地上，拒绝耕田，西门金龙抡圆了四米长的使牛大鞭，将西门牛抽得皮开肉绽，最终将其活活烧死了。在"人本主义"为中心的世界里，人对动物的虐杀似乎司空见惯，但西门牛不是一头普通的牲畜，它是一具拥有西门闹灵魂的动物躯体，这样看来，就是父亲死在了亲生儿子的毒打之下。作者这样安排使一次原本单纯惩罚牲畜的行为升级为弑父，被政治权力异化的西门金龙活活打死由父亲转世投胎的西门牛。如果说金龙不明真相，兽性大发情有可原，那么，《食草家族》中天与地的兽行实在罪不可恕。天与地虐杀的，全部是与他们有着血脉相连的家族亲人。《檀香刑》中，莫言再次把人类兽性引发的酷虐行为设计在亲人之间，这次的施行者与受刑者之间是儿女亲家。赵甲、孙丙、钱丁三人虽然没有直接的血缘关系，却形成了以眉娘为中心的伦理亲属关系。在中国传统文化中，赵甲与孙丙之间的亲家关系中蕴含着丰富的情感成分和礼仪成分。然而，在强权的压制下，伦理亲情变得脆弱不堪，三人在皇权面前，由亲人沦为敌人。如何使刑罚更残忍，使刑犯更痛苦，如何把传说中的"檀香刑"付诸现实，再创大清第一刽子手的辉煌，是刽子手赵甲思考的全部内容；用孙丙的性命换取自己的身家性命甚至加官进爵，是知县钱丁不得不考虑的事情。他们看起来是对职业道德的最大尊重，却是以牺牺伦理亲情为代价。类似的情节在《丰乳肥臀》中也有出现。母亲上官鲁氏的女儿女婿们分别属于不同政党和集团，他们展开的是你死我活的生死搏斗。抗战刚结束，内战随即开始了。上官金童的二姐夫司马库率领他的抗日别动大队开进了村子，赶走了在此地驻扎的五姐夫鲁立人的爆炸大队。几年后，爆炸大队改编成团再次杀回来，司马支队全军覆没。司马库成了被追查的逃犯，他年幼的子女也成了对方砧板上的鱼肉。鲁立人在别有用心的土改干部的冷酷注视与命令下，下发了杀死两个亲戚孩子的命令，小说中这样描写道："鲁立人用拳头捶打着脑袋，悲凉地说：'穷苦的老少爷们，你们说，我鲁立人还是不是个人？枪毙这两个孩子我心里是什么滋味？这毕竟是两个孩子，何况他们还和我沾亲带故。但正因为她们是我的亲戚，我才不得不流着泪宣判她们的死刑。老少爷们，从麻木的状态中苏醒过来吧，枪毙了司马库的子女，我们就没退路了。我们枪毙的看起来是两个孩子，其实不是孩子，我们枪毙的是一种反动落后的社会制度，枪毙的是两个符号！老少爷们，起来吧，不革命就是反革命，没有中间道路可走！'"① 结果，司马凤、司马凰这对双胞胎姐妹都被一枪毙命。给自己的残暴行为找到一个冠冕堂皇的理由作为说辞，是政治运动中平步青云的奸佞小人的惯用伎俩，鲁立人正是此中的行家里手。他仅用一段用心的讲话便解释了杀害两个亲戚无辜的孩子的合理性：他杀的不是孩子，而是在消灭旧制度，似乎只有这样才是革命，否则就是反革命，而他正是行进在革命的道路上一往无前。

莫言曾感叹："人类进化至如今，离开兽的世界只有一张白纸那么薄；人性，其实也像一张白纸那样单薄脆弱，稍稍一捅就破了。"② 在小说《弃婴》里，作为知识分子的叙述者在还乡途中捡到一个被抛弃在向日葵地里的女婴，这一善良的行为却给他日后的生活带来无尽的麻烦和苦恼，也使叙述者陷入对人类自身行为的反思之中。在作品中，莫言把弃婴大致分为四类：家庭困难、无力抚养的，有缺陷的，"私孩子"，逃避"超生"惩罚被抛弃的女婴。把婴儿弃置荒野或直接致死的行为发出者无疑是婴儿的父母，在没有避孕措施的年代里，物质的匮乏、生活的

---

① 莫言：《丰乳肥臀》，上海文艺出版社 2012 年版，第 251 页。
② 莫言：《弃婴》，《白狗秋千架》，上海文艺出版社 2012 年版，第 304 页。

贫穷使父母无力抚养婴儿而被迫弃婴，是贫穷把人逼成了野兽，这种现象是社会环境造成的无奈行为。解放以后，随着社会的发展，人们的经济生活和卫生条件都得到了逐步的提高与改善，然而，在改革开放的80年代，弃婴再次被普遍发现就让人难以理解了。从表面上看，是计划生育政策把人逼成野兽，使本应慈爱的父母变成了杀婴的罪人，但深入考察会发现，这些弃婴绝大多数是女婴，她们或在母体时即被强制流产，或在出生后被遗弃、杀害。由此可见，造成"弃婴"悲剧的罪魁祸首是重男轻女的传统观念，农业文明中根深蒂固的传统观念才是人类兽行的根源。即使到了21世纪，社会还普遍存在这样丧尽天良的事件，如莫言在《弃婴》最后所写道："医生和乡政府配合，可以把育龄男女抓到手术床上强行结扎，但谁有妙方，能结扎掉深深植根于故乡人大脑中的十头牛也拉不转的思想呢?"① 经济的现代化，不能拉动人们思想的现代化，思想的现代化的确还有漫漫长路要走。

《酒国》中作为美食之王的"红烧婴儿"，需要经过高科技宰杀、艺术化烹制之后再供人享用，但婴儿作为商品最初是从父母的手中被出售的。在《肉孩》一节中，作者讲述了金元宝夫妇为了使儿子卖个好价钱，早起为婴儿洗浴的过程。这里有一段对话：

> 女人叹了一口气，问："就烧水吗?"
> 男人说："烧吧，烧两瓢就行了。"
> 女人想了想，说："多烧一瓢吧，洗得干净一点招人喜。"
> "你手下轻点，打出青紫又要降低等级。"
> "他爹，这水是太热了，烫红了怕又要降级。"②

夫妇二人为婴儿洗浴时关注的是"等级"的高低；在他们的思想里，根本不存在父母亲情，怀中的婴儿只是待卖的商品。这场景如鲁迅批判的"郭巨埋儿"："至于玩着'摇咕咚'的郭巨的儿子，却实在值得同情。他被抱在母亲的臂膊上，高高兴兴地笑着；他的父亲却正在掘窟窿，

---

① 莫言：《弃婴》，《白狗秋千架》，上海文艺出版社2012年版，第322页。
② 莫言：《酒国》，上海文艺出版社2012年版，第62页。

要将他埋掉了。"① 在酒国"吃人"的这条产业链上，如金元宝夫妇一般的父母为其提供优秀的货源，在市场经济体制下的社会分工中，他们充当了商品的"生产者"，是这些父母才使"吃人"行为成为可能，并发展壮大。在《蛙》中，执行计划生育的几年里，几千条生命消失了，这其中有正在母体中孕育的小生命，也有母亲的生命。作品中重点描写了几位母亲在这场国家政策与民间伦理冲突中丧生的过程，其中有张拳老婆耿秀莲、陈鼻老婆王胆、蝌蚪老婆王仁美。蝌蚪——小说的叙述人，与一生无儿无女的姑姑是至亲的人，然而姑姑在对王仁美——侄媳妇执行计划生育政策时，毫不留情。为了催逼躲藏在娘家的王仁美出来手术，她指挥工作组用拖拉机拉倒王金山邻居的树木、房屋，左邻右舍向紧闭大门的王家施压，王仁美被逼无奈走出家门，却死在引产的手术台上。王仁美的死，直接导致了蝌蚪母亲的病故，短短几十天里，王家遭受了两代女人的亡故，给这个原本还算幸福的家庭造成无法挽回的伤痛。是什么原因让人变成野兽，或者，是什么原因让人将人看作野兽，这是莫言的小说极力思考的主题。

无论是生命、道义还是伦理亲情，这些都被人类视为世间最宝贵的东西，莫言正是用制造"毁灭美好"的方法，来痛斥"人兽性"的罪大恶极，在人们被一场场悲剧刺痛灵魂的时候，会急于问责和反思，会探究何以使人类兽行一次又一次发生。对这背后根源的探索与挖掘，是莫言的深意，也是他创作的出发点，寻找到最终解决的方案，才是莫言创作的旨归。

---

① 鲁迅：《朝花夕拾》，江苏文艺出版社 2006 年版，第 37 页。

第 二 章

莫言动物性创作的资源探析

第一节　动物性与莫言的生命经验

莫言小说动物性创作的重要特征，是对个体生命的尊重；相对于人类的社会属性，个体生命首先是自然性的——生命的动物性是其存在的根本。之所以有这样的创作倾向，很可能与作家的生活经历息息相关。考察莫言的生活历程，我们会发现外部环境对人的影响十分深远。1955年，莫言出生在山东高密一个小乡村，在那里，他拥有一个充满饥饿感、孤独感、恐惧感的童年。或许海明威说得对："不幸的童年是作家的摇篮"，二十年的农村生活，让莫言对苦难和黑暗的体验尤为深刻，他见证了人性在极端环境下的朴素与复杂，这给他后来的写作铺就了前期的基础，他会在作品中揭示苦难之下人类的生存状态。

一　饥饿与孤独——书写人类动物性的两大思想源泉

莫言多次说过："饥饿和孤独是我创作的两大源泉。"[1] 这亦如贾平凹谈及当下作家创作题材时所说："因为贫穷先关心着吃穿住行的生存问题，久久以来，导致着我们的文学都是现实问题的题材""当一个人在饥饿的时候盼望的是得到面包，而不是盼望神从天而降，即便盼望神从天而降那也是盼望神拿着面包而来。"[2] 一个人只有在吃不饱的时候才会对

---

[1]　莫言：《答法国〈新观察报〉记者问》，《碎语文学》，作家出版社 2012 年版，第 249页。

[2]　贾平凹：《带灯》后记，人民文学出版社 2013 年版，第 360 页。

食物产生强烈的渴望，长时间的饥饿状态，使饥饿者对食物有一种特殊的关注，这是很自然的反应。莫言的童年时代经历了新中国成立后最为贫困、艰难的时期，饥饿使人们把最多的时间与精力用于填饱肚子："我们每天想的就是食物和如何才能搞到食物。我们就像一群饥饿的小狗，在村子里的大街小巷里嗅来嗅去，寻找可以果腹的食物。许多在今天看来根本不能入口的东西，在当时却成了我们的美味。我们吃树上的叶子，树上的叶子吃光后，我们就吃树的皮，树皮吃光后，我们就啃树干。那时候我们村的树是地球上最倒霉的树，它们被我们啃得遍体鳞伤。"① 长期的饥饿使莫言懂得食物的珍贵和获取食物的艰难，什么光荣、事业、理想、爱情，都是吃饱肚子之后才有的事情。在饥饿的岁月里，曾经发生许多因为吃而丧失人格、尊严的情景："为了得到一块豆饼，一群孩子围着村里的粮食保管员学狗叫。保管员说，谁学得最像，豆饼就赏赐给谁。我也是那些学狗叫的孩子中的一个。大家都学得很像。保管员便把那块豆饼远远地掷了出去，孩子们蜂拥而上抢夺那块豆饼。"② 这些亲身经历如同经久的梦魇挥之不去。"三年自然灾害"更在莫言的心里留下了无法磨灭的阴影。据莫言回忆，他和伙伴们有争食煤块的经历，这于常理是无法想象的，却是真实发生过的：

> 1961 年的春天，村里的小学校拉来了一车煤块，那种亮晶晶的东西我们不知道，一个孩子跑上前去拿起一块就咯嘣咯嘣地吃，香得很，大家伙一见就扑上去，每人抢一块吃起来，那味道的确好，直到现在我还能回味出来。大人们也来抢，结果一车煤块就这样让大家给吃完了。③

1961 年，中国正值"三年自然灾害"时期，饥饿的人们吃光了一切

---

　　① 莫言：《饥饿和孤独是我创作的财富——2000 年 3 月在史坦福大学的讲演》，《莫言讲演新篇》，文化艺术出版社 2012 年版，第 135 页。
　　② 莫言：《我的文学历程——2006 年 9 月第十七届亚洲文化大奖福冈市民论坛的讲演》，《莫言讲演新篇》，文化艺术出版社 2012 年版，第 67 页。
　　③ 莫言：《小说是越来越难写了（对话）》，杨扬编《莫言研究资料》，天津人民出版社 2005 年版，第 6 页。

可以吃下去的东西，接下来，他们把目光投注在不能吃的东西上。煤块本是不可食用的，饥饿中的人们却能把一整车煤块吃掉，这是多么可怕又可悲的社会处境！莫言把吃煤块的记忆带到了《蛙》中，把过往的辛酸换成一种愉悦的腔调，讲述着吃煤的快乐，饥饿的孩子们首先嗅到煤块发出的奇异香气，然后捡起小块，用舌头舔，品咂着，接下来小心翼翼的用门牙啃下一点点咀嚼着，再后来变成大口地咀嚼、猛烈地吞咽，空气里只剩下咯嘣咯嘣地啃、咔嚓咔嚓地嚼，孩子们脸上洋溢着兴奋、神秘的表情。吃煤的过程似乎很美好，如同一群小伙伴突然发现了一种新的美食，一种好玩的游戏，没有丝毫苦难、凄凉感，只有满足和兴奋。由于食物极度缺乏，人们对食物产生过种种幻想，一种可替代食物的美味出现在小说中。

在《铁孩》里面，两个孩子以吃铁来填补辘辘饥肠。他们发现铁是无与伦比的食品，舔起来咸咸的，酸酸的，腥腥的，有点像腌鱼的味道，嚼起来又酥又脆，越嚼越香、越吃越想吃。除了寻找替代品，莫言甚至幻想只要嗅到食物就可以解决饥饿问题的人种，这种想象出现在《嗅味族》里面。古人云："仓廪实而知礼节，衣食足而知荣辱。"在长期的饥饿中，人们思考的全部内容是如何生存下去，所谓的礼义廉耻、仁义道德被弃置一旁，在极度饥饿的环境下，人类世界与丛林中的动物世界大体无异，他们花费大量精力要做的，是如何获取食物来维持生命。《红高粱家族》里，在战争中被迫下到枯井中避难的姐弟，在极度饥渴的状态下，为喝一滩浊水，与井底占据浑水的癞蛤蟆对峙良久；为吃到井壁上的几朵小蘑菇，与井壁石缝中的蜈蚣做斗争。在饥饿面前，人类无限渺小，他要退归到原始状态与兽争食的斗争中。《丰乳肥臀》中的七姐乔其莎，曾是医学院的校花，在粗砺的生存环境中始终保持知识分子的清高气节，但在长期饥饿的威逼下，退尽清高的修养、回归成可怜的小动物。在饥饿面前，求生是唯一的尊严。另外，莫言不止一次写到母亲，无论在《粮食》还是《丰乳肥臀》，饥馑中的母亲效仿动物的反刍功能，用胃装回生豌豆，回来催吐，淘洗干净，以维持一家的生存。这不是作家偶一为之，苦难深重的母亲形象从未在莫言的记忆中消失，而且随着时光流逝越发清晰。他曾经在哥伦比亚大学的一次演讲中谈道：

我对饥饿有着切身的感受，但我母亲对饥饿的感受比我要深刻得多。我母亲上边有我的爷爷奶奶，下边有一群孩子。家里有点可以吃的东西，基本上到不了她的嘴里。我经常回忆起母亲把食物让给我吃而她自己吃野草的情景。我记得有一次，母亲带着我到田野里去挖野菜，那时连好吃的野菜也很难找到。母亲把地上的野草拔起来往嘴里塞，她一边咀嚼一边流眼泪。绿色的汁液沿着她的嘴角往下流淌，我感到我的母亲就像一头饥饿的牛。①

童年的饥饿经历和体验刻骨铭心，莫言会不经意间把这种体验带入作品中，饥饿年代给人留下的体验深入骨髓，饥饿把人逼迫回归至摇尾乞怜的小动物是莫言的亲身经历，于是，我们更加理解其作品中人物在特殊环境下对动物性的回归。

莫言喜欢把人与动物放在同一生命平台上进行观照、打量，在其营造的文学世界里，人类在动物面前似乎没有多少优势可言，尤其在被饥饿、战争、疾病、政治压迫等苦难包围时所显示出来的无助，而动物因其灵异的行为与出入空间的无禁锢，拥有人类向往的自由，获得了人类的钦慕、崇拜，甚至引发人类皈依于动物的情怀。与其他创作者相比，莫言的优势之一或许在于他对自然界的敏锐感知能力，莫言曾说："我的长处就是对大自然和动植物的敏感，对生命的丰富的感受，比如我能嗅到别人嗅不到的气味，听到别人听不到的声音，发现比人家更加丰富的色彩，这些因素一旦移植到我的小说中的话，那我的小说就会跟别人不一样。"② 我们会轻而易举地在他的作品中发现那么多与人类一样有生命、有思想的动物，《红高粱家族》中与人类周旋、拼杀的野狗，连足智多谋的人类都不得不佩服它们散发着智慧之光的战略战术；《马语》中蕴藏着丰厚生命智慧、口吐人言与叙述者讲述生存寓言的老马；《马驹横穿沼泽》中与人类通婚繁育后代的小红马驹；《球状闪电》中见证主人公生活轨迹，发出人兽同源生命感慨的刺猬；《一匹倒挂在杏树上的狼》中不远

---

① 莫言：《我的〈丰乳肥臀〉——在哥伦比亚大学的演讲》，杨扬编《莫言研究资料》，天津人民出版社 2005 年版，第 56 页。

② 莫言：《大江健三郎与莫言在中国》，《碎语文学》，作家出版社 2012 年版，第 29 页。

千里，追仇致死的东北丛林狼……到了《生死疲劳》，动物基本取代了人类的叙述视角，以多个动物的眼光来观照人类世界。当人类沉迷在自己的社会角色中无法自拔时，莫言会转入动物的视角，极为客观地审视人类这种动物的可悲处境。这使莫言的作品充满了魔幻色彩，使作品中的动植物充满灵性，这些并不是莫言刻意为之，而是与他童年的经历密不可分。

　　孤独和寂寞对于一个孩子来说是极为残忍的，当社会剥夺一个孩子上学的权利时，意味着把他抛弃在社会的边缘。由于20世纪60年代的政治原因，年仅十一岁的莫言被迫失学在家，当其他孩子在学校里读书甚至打闹、造反的时候，他只能一个人放牛于孤寂的旷野，与之相伴的只有身边的牛、天上的鸟、地上的草，无法跟人交流的处境使他不得不对牛说话，对着空旷的田野大喊大叫，躺在草地上看天空游走的云、掠过的鸟，趴在草地上看虫子打架，听着鸟鸣，幻想着云雀母亲哺育一只被自己偷换的麻雀幼鸟长大后会是怎样复杂的心情……牛多次出现在莫言的作品中，他曾有一篇专门以"牛"为题目的中篇小说，他自己也认为写得最多的动物是牛①。这都源于童年的放牛生活：

　　　　村子外边是一望无际的洼地，野草繁茂，野花很多，我每天都要到洼地里去放牛，因为我很小的时候已经辍学，所以当别人家的孩子在学校里读书时，我就在田野里与牛为伴。我对牛的了解甚至胜过了我对人的了解。我知道牛的喜怒哀乐，懂得牛的表情，知道它们心里想的什么。②

　　对牛的熟悉与对牛的想象，使牛成为他小说中最能够忍辱负重的生命之一。在放牧的旷野里，他学会了想入非非，他会莫名其妙的伤感，会听着鸟儿的叫声热泪盈眶，他会自言自语……他也同样会感受到许多

---

　　①　参见莫言《先人的故事——2006年9月在福冈市饭仓小学的讲演》，《莫言讲演新篇》，文化艺术出版社2012年版，第63页。

　　②　莫言：《饥饿和孤独是我创作的财富——2000年3月在史坦福大学的讲演》，《莫言讲演新篇》，文化艺术出版社2012年版，第136页。

美好的念头纷至沓来，孤独的他逐渐在动物植物的世界中成熟，逐渐体悟亲情、友情，甚至爱情，理解什么是善良……在他童年的心中，就蕴藏下这样的感觉：动物身上有诸多人的品质，人身上同样有动物的特性，人与动物之间存在着彼此相通的属性。童年经历和体验对莫言创作中对人类的动物性书写以及动物的人性刻画，都起到了至关重要的积淀作用。

莫言认为一个作家所有的著作都可以合成为自传，所有的人物都能合成作家的自我："如果硬要我从自己的书里抽出一个这样的人物，这个人物就是我在《透明的红萝卜》中写的那个没有姓名的黑孩子。"① 莫言如此概括黑孩子的特征："寡言、耐苦、强大的幻想能力、超人的视听知觉和恋乳的心理特征"，"所以他感受到的世界就是在常人看来显得既奇特又新鲜的世界"，并因此"开拓了人类的视野"，"丰富了人类的体验"。② 童年的饥饿、孤独使莫言的童年与作品中的黑孩子有了高度的同一性，以至于他默认黑孩子就是童年的自己。由此，我们也能够理解为何莫言作品中常以儿童视角打量成人的世界，充满幻想与荒诞。比如《四十一炮》中的罗小通，"身体已经长得很大，但他的精神还没有长大"。③ 他对少年时代的诉说则是源自拒绝长大的心理动机，而且"源于对成人世界的恐惧，源于对衰老的恐惧，源于对死亡的恐惧，源于对时间流逝的恐惧"。④《丰乳肥臀》中的"上官金童的恋乳症，实际上是一种'老小孩'心态，是一种精神上的侏儒症……他是一个灵魂的侏儒"。⑤ 童年的小说视角因此开拓了人类的视野，丰富了人类的体验。

二 恐惧——荒诞年代的经历，对人类兽性的见证与记录

莫言对人类动物性的书写不仅仅是对与动物相通的食、色的回归，突破羁绊和规范的野性的放纵，也包括向猛兽的凶残兽性的效仿和超越，

---

① 张清华、曹霞主编：《看莫言：朋友、专家、同行眼中的诺奖得主》，华中科技大学出版社 2013 年版，第 4 页。

② 季红真：《莫言小说与中国叙事传统》，《文学评论》2014 年第 2 期。

③ 林建法主编：《说莫言》（下），辽宁人民出版社 2013 年版，第 103 页。

④ 林建法主编：《说莫言》，辽宁人民出版社 2013 年版，第 51 页。

⑤ 张清华、曹霞主编：《看莫言：朋友、专家、同行眼中的诺奖得主》，华中科技大学出版社 2013 年版，第 89 页。

对于人类兽性的呈现是莫言小说较为突出的特征。从《红高粱家族》中日军活剥人皮，到《食草家族》中天与地兄弟二人带来的四十八道酷刑，再到《檀香刑》以酷刑贯穿作品始终，再到《酒国》中把"食婴"发展为一种精致的用以享乐的文化……使酷虐文化发展到新的极致。在人类的本性里潜藏着残忍、兽性的一面，当处于适当的环境、氛围中，这些一直被压抑的兽性就会膨胀、发展、壮大，战争环境是对人类兽性一次全面的激发和催化，战争本身就是对生命的掠夺。当生命沦为草芥，朝不保夕时，人类文明被弃置不顾，人类社会沦陷为最野蛮的地狱。所以战争中，侵略者的兽行令人发指，他们烧杀抢掠、奸淫妇女，无恶不作，战争的特殊环境使人性发生了最强烈的扭曲和异化，在这样的背景下，活剥人皮、奸淫妇女成为可能。无论是五个中篇连缀而成的《红高粱家族》，还是浩荡的史诗化长篇《丰乳肥臀》，战争的血腥和残酷都构成了小说生动的底色。20 世纪 30 年代日军侵华战争使一切惨绝人寰的场面得以上演，日军用刺刀挑死了花朵一样的小姑姑，轮奸了怀孕的二奶奶，活剥了罗汉大爷的皮，日军的屠村政策，使原本炊烟袅袅、祥和安谧的村庄几乎人种灭绝、横尸遍野，成为野狗出没、取食的天堂，昔日的主人此刻成为野兽口中的美味佳肴，战争使人类社会坠落到地狱的深渊。有关于战争对人性的摧毁，莫言曾有过这样的感慨："我想在当年的中国战场上，东南亚的战场上，那些杀人不眨眼的日军，实际上是一些被异化的、在战争的大环境下变成了野兽的这样一批人，如果这批人回到了正常的生活环境，那么他们很可能要忏悔他们过去的罪行。"[①] 由此可见莫言对环境的强调，特殊的、不正常的社会环境会使人性中被压抑的部分极度膨胀，从而导致惨剧的上演。作为一个写作者，莫言要做的，是对人性各侧面的深度挖掘，他会在作品中营造出极端的生存环境，包括自然环境和社会环境，刺激人性借以探求面临底线时人的真实反应，从这一意义上来讲，莫言的作品是当之无愧的人性试验场。之所以对环境的作用如此看重，他是有过亲身经历的。他曾经回忆 20 世纪 80 年代之前的中国状况：那时整个中国充满了"阶级斗争"，无论是城市还是乡村，总是有一部分人，由于各种荒唐的原因，压迫和管制另一部分人。莫言

---

① 莫言：《与王尧长谈》2002 年 12 月，《碎语文学》，作家出版社 2012 年版，第 199 页。

作为一个中农家庭的孩子深感这种压迫，他不仅在小学期间就失去了受教育的权利，更没有任何可能过上相对舒适的生活，而与之相反的，是一部分孩子由于拥有贫穷的祖先，拥有这些权利。给他造成恐惧的远不止这些权利的缺失，更多的是来自穷人当权者的监视和欺压。在他的记忆里，印象极为深刻的经历是常听到从村办公室里传出拷打所谓坏人的凄惨声音，这给莫言幼小的心灵留下了巨大的恐惧阴影，来自现实的活生生的例子远超那些鬼怪故事所带来的恐惧，这使莫言明白：

> ……世界上，所有的猛兽，或者鬼怪，都不如那些丧失了理智和良知的人可怕。世界上确实有被虎狼伤害的人，也确实有关于鬼怪伤人的传说，但造成成千上万人死于非命的是人，使成千上万人受到虐待的也是人。而让这些残酷行为合法化的是狂热的政治，而对这些残酷行为给予褒奖的是病态的社会。①

一切兽性行为的发生都是受到周围社会环境的影响所致，病态的社会政治使一部分人丧心病狂，失掉了人性中的良知和理智，他们的兽性大发使另一部分人成为被虐杀的对象。无论从何种意义来讲，"文化大革命"对中国社会都是一次浩劫，它使人们生活在黑白不分、是非颠倒的荒唐环境中，在荒唐混乱的年代里，莫言认识到：原来人凶残起来是任何野兽都无法比拟的，世上最可怕的动物就是人。在人人自危的岁月里，富裕中农成分的莫言一家如履薄冰，生怕年幼无知的他一句错话遭来祸患，而使一家人从此进入地狱般的生活。严酷的社会环境，使本应充满关爱的家庭变得冷漠、无情，父亲会因为担心他多嘴，对他大打出手，母亲也会对他横加打骂。这使年幼的莫言生活在一个无爱、无助的环境中。《透明的红萝卜》里面的黑孩、《枯河》里的小虎……都是莫言以自己童年生活的真实情景创作的。饥饿的物质环境，孤独无爱的精神世界，使一个孩子完全失去了童年应有的欢乐，过早迈向死亡，他们用死亡来向这个冷酷无情的社会发出最绝望的反抗。莫言在与王尧的谈话中，谈

---

① 莫言：《恐惧与希望——2005 年 8 月在意大利的讲演》，《莫言讲演新篇》，文化艺术出版社 2012 年版，第 110 页。

及作家与政治的关系时，曾表示不赞成作家以明朗的态度介入政治，但同时认为那类站出来干预社会、充当社会良心的作家是有必要存在的。至于他自己不想站出来的原因，他这样解释："我的性格可能不太适合扮演这种台前角色，以非文学的方式扮演社会良心，社会代言人的角色——由于父母的教育，由于社会的压制，导致我成年以后变成一个谨小慎微、沉默寡言的人，在公众场合不愿意出现，即使出现了也手足无措。我的天性不是这样，这是长期的压抑、长期不正常的社会环境造成的。"因此，他认为自己更适合以文学的方式表达，而"用非文学的方式说话，是我的性格难以做到的"。作为 50 后纯文学作家，莫言自然是经历过政治运动的，他不愿以个人身份直接介入政治也是长期的社会压抑造成了这样的状态。虽然他极为欣赏并尊重谔谔之士，但他还是选择"小说的方式，有感觉就诉诸形象"①，用文学的方式表达他对社会黑暗现象的严肃批判。

阶级斗争、政治斗争对人的迫害，给人心理造成的紧张和恐惧在莫言的多部作品中有所反映。在《嗅味族》中，因为怀疑自己的弟弟勒死了生产队的牛，兄弟们就要求断绝关系，以求免受牵连；《生死疲劳》中，为了向组织显示自己的忠诚、进步，与"落后分子"划清界限，西门金龙可以与养父脱离关系，为达成自己的所谓政治宏图，可以逼迫养父上吊，烧死亲生父亲转世投胎的牛。"我们曾经生活在一个充满暴力的年代，这个暴力不仅仅是指对人的肉体的侵犯，也不仅仅指人与人之间互相的残杀，也指这种心灵的暴力，语言的暴力。我觉得'文化大革命'这个就是一个社会动乱，整个社会都在动乱当中，这种真正的肉体暴力存在的，也就是说批斗啊、武斗啊，都存在过，我觉得最大的暴力还是一种心灵暴力，一种语言暴力。"② 虽然早已时过境迁，"文化大革命"的黑暗年代早已过去，"阶级斗争"也早已被废止，但所有的过来人还是会心有余悸。经历过精神暴力年代的莫言，会在痛定思痛之时，感慨人何以这样对待自己的同胞，人类的精神世界何以黑暗至此，兽性行为何以残忍至此，于是一部集中书写人性试验场的《檀香刑》面世了。莫言

① 张清华主编：《莫言对话新录》，文化艺术出版社 2010 年版，第 166—170 页。
② 莫言：《我的文学经验》，《莫言讲演新篇》，文化艺术出版社 2012 年版，第 173 页。

要表达的，不是一种刑罚对人的残酷性，他要说的是人类的一种黑暗的精神状态。在黑暗的意识里，有人渴望给别人施刑，有人心甘情愿地受刑，有人兴趣盎然地观刑，当这些善良平常的民众处于一种特殊氛围中，他们会流露出超乎想象的残忍，这是莫言对历史、对现实、对人性的深入思考。对于莫言这一代作家来说，曾经的政治斗争给生命留下的深刻记忆都是挥之不去的，在荒诞社会环境下见识到的人间百态和领悟到的人生真谛，都会化作小说的素材和创作精神出现在作品中。从这一层面思考，我们会更理解莫言在作品中呈现出那么多人类兽性表现的原因。

三　对礼教的冲破——重压下的反弹

莫言自幼受齐鲁文化的熏陶。山东是齐鲁文化的故乡，礼教的发源地，礼教的长期浸润使之早已内化为人们的心理机制世代沿袭下来，但难以规训的欲望、本能始终未能泯灭，并与以礼教为代表的文明之间上演了愈加激烈的斗争，正如弗洛伊德对"快乐原则"与文明之间张力存在的阐释："文明所控制和压抑的东西即快乐原则的要求，在文明本身中仍然继续存在。""快乐原则的完整力量，尽管遭到外部现实的挫折，或者尽管甚至压根儿不能实现，却仍不仅幸存于无意识中，而且这样那样的影响着替代了快乐原则的现实本身。被压抑物的这种回归构成了文明的禁忌史和隐蔽史。"①

齐鲁文化作为中华传统文明的优秀代表存在于中国的版图之上，齐鲁大地也是对传统的习俗、礼仪、道德观念保存最为完整、流传最为持久的文化地域。由于受到本土文化的浸润，莫言应该是个思想意识中自然流淌传统观念的创作者，他曾坦言："感觉自己更多地受到了儒家的伦常道德的约束，儒家的一些等级规范和行为规定，已经进入他的生活习惯中，成为他言谈举止的潜在标准。"② 然而，考察莫言的作品，我们会发现，从齐鲁大地上走出去的他，似乎在作品中有意拒斥并反抗着传统中的很多东西，或者说，他秉承着一种离经叛道的创作精神。曾经耳濡

---

①　［美］赫伯特·马尔库塞：《爱欲与文明》，黄勇、薛民译，上海译文出版社 2005 年版，第 10 页。

②　宁明：《莫言创作的自由精神》，博士学位论文，山东大学，2007 年，第 120 页。

目染的铁一样牢固的秩序、规范，被莫言用充满野性的文学生命冲破、击碎，曾经被高高供奉的神明，被莫言拉下神龛，在鲜活生命的面前，一切形而上的法则都遭到摒弃，只有生存和自由才是莫言践行的文学规约。在他的作品中，故事背景即使发生在传统礼教正盛的时代，其中的人物也不会恪守传统道德规范。《檀香刑》的故事背景发生在 1900 年前后，虽正值清王朝末年，但礼教对平民百姓的禁锢还是极为牢固的，作品中的孙眉娘就是在这样的氛围中，留着一双未遭到摧残的天足，身为人妇的她，整天思考如何与县令大老爷花前月下、耳鬓厮磨，并且这份爱情得到了隐藏在后台的叙述者的认同和赞许。眉娘天生丽质、生性浪漫，由于耽误了嫁期，不得已嫁与心智不全的屠夫，虽然日子富足，却春闺寂寞；高密新知县钱丁仪表堂堂、风度翩翩，夫人虽名门闺秀，却是个麻脸，二人相敬如宾，却缺少男女之情。眉娘初遇钱丁，二人便郎情妾意，经过百般努力，终于有情人每日偷情县衙府中。传统道德框架下的这段龌龊事在作品中，却被书写得极为美好，眉娘与钱丁终于找到各自的真爱，在欢爱中得到生命的满足。这本是两份无爱的不幸婚姻，作者轻易冲破了封建道德的禁锢，使两个相爱的人得到幸福。如果把二人的社会身份剥离掉，这是两个在欲火中煎熬的男女，如果以满足生命欲望与否作为行为道德的准则，他们的行为显然是对生命的尊重，在两种道德框架之下，莫言选取了后者。如前所述，对情欲的放纵体现的是人类对自身动物性中"性"的回归，正如文明与象征原始的动物性相对立一样，对动物性的张扬必然是对文明的否定，莫言对作品人物"性"的满足持肯定态度，使之必然会成为一种反抗道德秩序的武器。

　　不仅如此，本着对人的动物性的尊重，莫言经常使被迫陷入不幸婚姻的女人们得到应有的幸福。《红高粱家族》中，戴凤莲被迫嫁与家境殷实的麻风病人单扁郎，在近乎绝望的情况下，她幸福地把自己送给了"劫匪"——余占鳌。他们的做法快意恩仇，他们的故事构成了祖先的传奇。《天堂蒜薹之歌》中少女金菊陷入了婚姻的灾难，为了瘸脚哥哥能娶上老婆，三个农民家庭共同签订了换亲合约，金菊挣扎到最后不得已与心上人高马私奔，逃离了那个等待她的梦魇一般的婚姻牢笼。当然，并不是每个不幸的女人都有一个勇武的心上人临危相救，在没有"英雄"

出现的情况下,《翱翔》中的燕燕从身体里突然生出了一对翅膀,飞离那个埋藏着不幸的新房,对落后婚俗发出了最意想不到的反抗。而对礼教的控诉最为激烈、荡气回肠的是《丰乳肥臀》中的母亲。母亲为了能在婆家生存下去,不得不四处借种,与不同男人生下九个同母异父的孩子,母亲的痛苦是无以复加的,在她身上看到了旧时代女人的血泪处境。无论幸福还是自由的获得都来自反抗,这些可怜的弱女子,当陷入悲惨的生存困境之后,她们并不是听天由命、怨天尤人,她们都有挣扎,面对命运的不公平,她们都有反抗,无论是戴凤莲、眉娘、金菊、荞麦、燕燕还是鲁璇儿及她的众多女儿们,都在用相近的方式反抗旧礼教对女人的压迫和伤害。当封建道德成为禁锢人生命的枷锁,阻止人奔向幸福的脚步,莫言毫不犹豫地选择踢碎这些桎梏,还人以自由,而他用于攻击这枷锁的武器,是与文明道德规范相对立的动物性,用对动物性的释放满足生命的自足。正如陈思和所说:

> 民间的传统意味着人类原始的生命力紧紧拥抱生活本身的过程,由此迸发出对生活的爱与憎,对人生欲望的追求,这是任何道德说教都无法规范,任何政治条律都无法约束,甚至连文明、进步、美这样一些抽象概念都无法涵盖的自由自在。①

作者之所以会对封建婚姻如此痛心疾首,与亲历了家人陷入不幸而又无能为力有关。据莫言回忆,他的二姑姑就是这样一场封建婚姻悲剧的无辜受害者。二姑姑是个漂亮女人,从小父母双亡,由大爷爷做主嫁与一个家里有一头大牛、一匹大驴、一辆大马车、几亩好地的麻风病人,婚后不久,丈夫死了,二姑姑四十来岁也死掉了。不幸的遭遇也降临到大姑姑身上,大姑姑年轻远嫁,孩子夭折,紧接着丈夫离世,后改嫁与一个相好的村里人,却遭来家里长辈的强烈反对,长辈们无论如何也不原谅大姑姑的做法,封建伦理道德的深入骨髓使亲人之间产生了无法逾越的隔膜,这是拥有现代思想的莫言感到无限悲哀的。家族中的悲剧如影随形,影响着莫言的创作,在创设一个个苦难深渊的同时,莫言用人

---

① 陈思和:《中国当代文学关键词十讲》,复旦大学出版社 2002 年版,第 138—139 页。

物的反抗来释放胸中的悲哀与愤懑，哪怕是一个人与整个社会抗衡，他也会执着地支持人物到最后赢得应有的自由，而用来反抗社会礼教、束缚苦难的武器是文明的对立物——动物性的释放。

四 "本地人"身份——审美趣味的"农民性"倾向

学者樊星在《莫言的"农民意识"论》一文中论述了莫言小说的"农民意识"，在谈"农民意识"这一概念时，他说："应该说，这个问题在相当程度上就是重新认识'国民性'的问题。因为中国至今仍然是农民占了人口大多数的国家，因此，中国的'国民性'在很大程度上就不能不是'农民性'。"① 出身农民的莫言对农民的意识有过辩证的分析："农民意识中那些正面的，比较可贵的一面，现在变成了我们作家起码变成了我个人赖以生存的重要的精神支柱，这种东西我在《红高粱》里面得到比较充分的发挥。"② 而说到农民的"狭隘性"，莫言认为："狭隘是一种气质……农民中有狭隘者，也有胸怀坦荡、仗义疏财，拿得起放得下的英雄豪杰，而多半农民所具有的那种善良、大度、宽容，乐善好施，安于本命又与狭隘恰成反照，而工人阶级中，知识分子中，'贵族'阶层中，狭隘者何其多也。"因此，他提出"要弘扬农民意识中的光明一面"。③《红高粱》的"酒神精神"的确弘扬了农民性中光明的一面，他们快意恩仇、精忠报国。值得我们注意的是，"莫言小说不避火辣、'重口味'的爱情描写，从《红高粱》中著名的'野合'场面到《丰乳肥臀》标题的惊世骇俗以及小说对农村妇女叛逆形象的'重口味'刻画，再到'檀香刑'对酷虐文化的渲染，都在当代小说中格外引人注目，也充分体现了莫言的'重口味'个性"。④ 中国的广大农民是喜爱"重口味"故事的，从《三国演义》《水浒传》《西游记》这些混杂着"英雄故事"与"暴力叙事"的经典，到《聊斋志异》的魔幻叙事与情爱书写一直广为流传，皆是因为受到大众的喜爱才经久不衰。农民出身的莫言从

---

① 樊星：《莫言的"农民意识"论》，《长江学术》2014 年第 4 期。
② 莫言：《我的"农民意识"观》，《文学评论家》1989 年第 2 期。
③ 同上。
④ 樊星：《莫言的"农民意识"论》，《长江学术》2014 年第 4 期。

小就看过《封神演义》《水浒传》《三国演义》等经典作品，并且对作品熟悉到了一定的程度，不仅可以复述其中的主要情节，甚至对描写爱情的警句可以成段地背诵。他不仅从这些广为流传的古典名著中汲取了写作的营养，当时盛行的"红色经典"也对莫言产生了极大的启示。《三家巷》中的美丽少女区桃、《钢铁是怎样炼成的》中的冬妮娅，都成为莫言当时魂牵梦萦的形象，当然，莫言也从中了解了何谓爱情。作为农民占人口比重绝大多数的国家，农民性的审美倾向即国民性审美倾向，文化消费群体的整体偏向会向此方向倾斜。

莫言在作品中塑造的人物形象多为农民，因此一度被贴上了乡土作家的标签。他笔下的农民粗野、狂暴却富有原始正义感和生命激清。在中国历史上，除了表现农民起义为题材的作品，农民形象很少出现在文学史中，直到五四时期才有了乡土文学，作家往往将农村当作被改造的对象来写。乡村是落后凋敝的景象，农民是愚昧麻木的形象，亟待被改造被启蒙，农民的自私、狭隘、冷漠等缺点被身处外围的作家预设甚至放大，很少有作家站在农民的立场上来说农民的话，赵树理曾经创作过农民题材而被称为农民作家，但后来也终结了。无论在高晓声的《陈奂生上城》还是王安忆的《小鲍庄》中，农民都是沉默的，他们辛苦但却不会表达。与他们不同的是，莫言笔下的农民话特别多。农民对苦难的世界会发出愤怒的诅咒或宣言，如同戴凤莲和上官鲁氏对苍天的告白与呼喊，他们会滔滔不绝地倾诉自己的苦恼与辛酸，如《四十一炮》里的罗小通，以一种狂欢化的语言倾诉自己的故事、感情甚至是想象，很多时候他在一个人独白，但他不在乎是否有人听，他们似乎要把几千年来农民的沉默、委屈、苦难全部倾倒出来，那是农民的心声。农民的感情极为丰富，他们有血有肉、敢爱敢恨、敢作敢为，他们有缺点、错误，甚至是藏污纳垢，但他们能够全部表达出来。从农民的立场最真实地把它们呈现出来，这正是莫言"作为老百姓写作"的创作观念的文学践行。莫言书写的生命，是乡村的生命，人与牛、猪、狗、驴在生命的平台上同等地位，人类不是中心，他只是众多生命中的一个种类，生命之间可以相互沟通、交流，可以互相转化，犹如《生死疲劳》中的六道轮回，这也是莫言所追求的美学方向："强调原始生命力的浑然冲动和来自民间大地的自然主义美学。"① 这一美学追求成就了莫言作品中最有生命力的特征，对民间生命元气的书写，使他天马行空般的大精神大气象得到酣畅淋漓的表现。

莫言小说审美趣味的民间性或者说农民性特征，与莫言的农民出身密切相关。从中国乡土小说的传统上来看，鲁迅与沈从文各开创了一条道路，这是由他们各自不同的艺术追求与对乡土的认知结构决定的。鲁迅旨在"揭示社会的病痛，引起疗救的注意"，沈从文意在对"民族品德的发现与重建"，莫言与两位文学大师的乡土书写都有相似之处。然而，与二者不同的地道农民身份决定了莫言与两位前辈创作的显著区别，对此，学者程光炜有过精到的论述："说莫言与鲁迅、沈从文不同，首先是说他们重返农村的'决定性结构'的不同，由于认知结构不同，他们与农民的关系实际是不一样的。这只是外部观察。其次从小说的内部看，鲁迅和沈从文从未做过实实在在的农民，没干过农活。鲁迅因为祖父犯案跟母亲逃到乡下待过三个月，沈从文是凤凰县城的居民，他因从小当兵跟着军队在湘西沅水上下游一带换防，接触了一点乡下人的生活，所以他们是'外地人'的身份，不是'本地人'的身份。莫言小说与鲁迅和沈从文小说的不同，就在他完全是'本地人'身份，他对农活的细切手感和身体感觉，以及农活知识是非常内行的，一看小说就知道这是一个地地道道的本地人。"② 地道的本地人，地道的农民经历与曾经的农民身份使莫言更懂得乡村风物对于一个农人的意义，农活对于农人的身体感觉，土地之于农民的喜忧，还有与农人朝夕相处的动物生命，莫言曾说："因为童年的生活经历，我常常觉得一动笔，动物就会冲着我跑过来。"③ 在莫言看来，动物生命与人的生命是交融在一起的。所以从人到动物，从动物到人，借助文学形式来实现是畅通无阻的。

---

① 陈思和：《莫言近年小说的民间叙述》，杨扬编《莫言研究资料》，天津人民出版社 2005 年版，第 338 页。

② 程光炜：《小说的读法》，《文艺争鸣》2012 年第 8 期。

③ 莫言：《莫言谈动物》，《莫言对话新录》，文化艺术出版社 2012 年版，第 370 页。

第二节　动物性与莫言的地域经验

一　本土经验——文学与地缘

陈江风在《中国文化概论》中说："一个国家和民族所处的地理位置、居住地的地形地貌、山川河流、气候冷暖等自然地理环境，对文化的影响至关重要，特别是对早期文化的形成更为直接，是文化形成的重要因素之一。"① 地域文化以其独特的文化模式与价值理念，影响着特定地域中人们的生活方式、风俗习惯、行为气质和思想文化。的确，"由于受各种条件的限制，生活在农耕社会中的民众较少能接触到千里之外的文化物象"，② 故其地域内的文化就成为该区域民众最重要且最直接的精神文化来源。学者们早已注意到文学与地域文化之间的密切关系。程千帆在为《南北文学不同论》（刘师培著）的案语中说："文学中方舆色彩，细析之，犹有先天后天之异。所谓先天者，即班氏（按：班固）之所谓风，而原乎自然地理者也。所谓后天者，即班氏之所谓俗，而原乎人文地理者也。前者为其根本，后者尤多蕃变。盖虽山川风气为其大齐，而政教习俗时有熏染。山川终古若是，而政教与日俱新也。"③ 地域不仅指山水、土壤、气候等自然现象，还包括地面上的人文现象，二者构成文学之地缘。地缘，一种文化之链④。如果我们把荣格根据考古学和人类学提出的"集体无意识"理论应用于历史人文地理学的范畴，恰可以说明为什么同一地域的人都有大体相近的语言、信仰、风俗、习性以至心态，并能从中找到该地域的地理历史文化传统的印记。地域文化正是以这种"集体无意识"方式进入作家的文化背景之中，而与文学结下不解之缘⑤。一向被誉为京味作家的老舍先生谈论自己的创作时曾这样说过：

---

① 赵霞：《蒲松龄莫言比较研究》，《莫言：全球视野与本土经验论文集》，首都师范大学，2013 年 12 月，第 331 页。
② 张兆林：《非物质文化遗产保护实践中的商业活动探究》，《艺术百家》2018 年第 1 期。
③ 程千帆：《文论十笺》，黑龙江人民出版社 1983 年版，第 124 页。
④ 参见徐文海《科尔沁文化与科尔沁作家群》，《内蒙古民族大学学报》2009 年第 4 期。
⑤ 同上。

我生在北京，那里的人、事、风景、味道、和卖酸梅汤、杏儿茶的吆喝的声音，我全熟悉。一闭眼我的北平就完整的，像一张彩色鲜明的图画浮立在我的心中。我敢放胆地描画它，它是条清溪，我每一探手，就摸上条活泼的鱼儿来。济南和青岛也都与我有三四年的友谊，可是我始终不敢替它们说话，因为怕对不起它们①。

正因为生于斯、长于斯，才有在老北京生活文化的浸润下成长起来的老舍，其作品随处可见原汁原味的北京风韵。作家与生长地域的密切关系，造就了老舍的京味小说，成就了鲁迅的绍兴文化、沈从文的湘西风情、王安忆的上海风貌、贾平凹的商州系列……关于故乡与文学创作，莫言曾经在斯坦福大学的演讲《饥饿和孤独是我创作的财富》中谈道：当他年少时作为一个地道的农民在家乡贫瘠的土地上劳作时，他对那块土地一度充满了"刻骨的仇恨"。莫言说，"它耗干了祖先们的血汗，也正在消耗着我的生命。我们面朝黄土背朝天，比牛马付出的还要多，得到的却是衣不蔽体、食不果腹的凄凉生活"。当时他"曾经想着，假如有一天，我能幸运地逃离这块土地，我决不会再回来"。但仅仅两年之后，当他参军入伍后返乡探亲回到故乡的土地上时，他无法平复胸中的激动，"当我看到满身尘土、满头麦芒、眼睛红肿的母亲艰难地挪动着小脚从打麦场上迎着我走来时，一股滚热的液体哽住了我的喉咙，我的眼睛里饱含着泪水——那时候，我就隐隐约约地感觉到了故乡对一个人的制约。对于生你养你、埋葬着你祖先灵骨的那块土地你可以爱它，也可以恨它，但你无法摆脱它"。"人们可以爱故乡、恨故乡，却一刻也不能摆脱它，虽身在城市，灵魂却依旧在故乡徘徊，故乡的风景变成了小说中的风景，在故乡时的经历变成了小说中的材料，甚至故乡的故事、传说也成为小说的素材，这便是作家与故乡关系的形象表现。"②

莫言曾在"2014青岛文化艺术季"开幕式所做的《小说与故乡》演讲中提到一个法国翻译家，曾翻译了他很多作品，在一次巴黎的莫言作品研讨会上讲"莫言的大部分小说里边都有一条河，小说里的很多人物，

① 老舍：《老舍论创作》，上海文艺出版社1980年版，第109页。
② 莫言：《与王尧长谈》，《碎语文学》，作家出版社2012年版，第167页。

尤其是孩子，一出门之后，必定要沿着胡同往北跑，几百米就跑到一个河堤上去，然后再沿着河堤往西跑，跑大概100多米必定要跑到一个小石桥上去，过了石桥以后必定沿着一条宽阔的公路再往西走，这条公路就通往县城、通往省城、通往北京"。这条路线在小说里反复出现是莫言未曾意识到的，也是下意识的反应，这正是他故乡村子的路，莫言曾沿着这条路走过20多年。包括《红高粱》也是在真实故事上改写的，当年打日本的小桥桥头还在，战斗的激烈场面为村中善于讲故事的流传出许多版本。在小说中，土匪余占鳌带领乡民伏击日本军队，轰炸日本汽车，普通民众组织起来抗日在历史中曾经实实在在地发生过："抗战时期，高密东北乡几个僻远村庄的民众，曾以农具、猎枪为武器，配合地方武装，成功地进行了孙家口伏击战，歼敌39名，其中包括从平型关大战中逃生的板垣师团中将指挥官中岗弥高，有力地打击了日本侵略者的嚣张气焰。"① 莫言早期的小说，甚至使用现实生活中乡亲的原名，《红高粱》里有个叫王文义的，很怕死，当过逃兵，被打掉了耳朵，就说他的头被打掉了。现实生活中，王文义是莫言家的邻居，电影《红高粱》火了以后，王还曾找莫言父亲说过："我们两家还是老亲呢，我们处得也不错，他怎么会把我写成那样呢？"莫言父亲回来也跟莫言说："你以后千万不要把这些左邻右舍写到你小说里去，让人家一找说得我脸上像被耳光扇得一样，没法解释，只能说我也不知道我也没看，儿子大了嘛我也说不得他。"② 不仅是《红高粱》，莫言其他多部作品都是从故乡的历史传说中寻找素材再加工创作而成。小说《檀香刑》讲述了清末高密东北乡民孙丙抗击德国修铁路的故事，这一故事的原型发生在高密："清末，高密西乡民间英雄孙文，曾率众起事于乡野，手持大刀长矛，反抗朝廷，迫使德国人铺设的胶济铁路改道。"③ 作品中表现人类强悍生命力的故事人物——余占鳌、鸟儿韩等，都曾有逃离日本劳工营后深山求生多年的经历，而这一故事的原型就是高密人刘连仁，他曾从日本的劳工营逃出，

---

① 李淑芳：《莫言与高密的红高粱文化》，《山东档案》2014年第1期。
② 莫言：《小说与故乡》，张清华主编《莫言研究年编（2014）》，生活·读书·新知三联书店2016年版，第8页。
③ 李淑芳：《莫言与高密的红高粱文化》，《山东档案》2014年第1期。

在北海道山洞中过了 13 年的野人生活，在日常生活中，他只是高密井沟镇草泊村的一位普通庄稼汉。

在创作中回到故乡，让莫言意识到"回到故乡我如鱼得水，离开了故乡我举步艰难"。很多重要作品，都是莫言在故乡完成的。尤其是 1995 年春天，他开始"醒着用手写，睡着用梦写"，50 多万字的史诗杰作《丰乳肥臀》只用三个月完成初稿，40 万字的《生死疲劳》只用了 43 天完成。对于莫言，故乡是"血地"，"这个地方有祖先的坟茔，更重要的是要有母亲生我时候流的血"。① 从一出生，人们就与故乡这块土地建立了千丝万缕的联系，无论走到哪里，也无法忘记埋藏着祖先灵骨的那块热土，身体里流淌的是故乡的血脉，张扬的是故乡的性格禀赋。

莫言的家乡属古齐国属地，"齐文化的突出特点是巫文化与海洋文化融会的产物"。② 这种巫文化从先秦流传至今，绵延不断，这样的地域文化最适宜出产志怪故事，我国最早的志怪小说就是产生于齐地。关于齐地，典籍上早有记述："《庄子·逍遥游》云：'齐谐者，志怪者也。'孟子则有'齐东野语'之谓。《山海经》最早称为伯益所记，伯益，是东夷人也，即先齐人。《列子》称夷坚所记，夷坚亦齐人也。《汉书·艺文志》所录小说'十五家'中的《待诏臣饶心术》二十五篇，班固注云：'武帝时，师古曰：刘向《别录》云：'饶，齐人也，不知其姓，武帝时待诏，作书，名曰《心术》。'武帝时又有更为著名的小说家东方朔。唐人笔记小说家则有段成式。齐人中著名的志怪小说家可谓代不乏人"。③ 蒲松龄是之后继起而成为志怪、鬼神故事的集大成者。自古以来，齐地的地域特征和文化氛围已形成相当成熟的鬼神文化传统，作为齐文化的耳濡目染者，莫言深受其影响。莫言在与学者孙郁对话时这样介绍他的家乡："高密东北乡处在高密、平度、胶州三县交界之地，也是过去的一个荒凉之地，民国初年还没有多少人烟，县城周围一些日子过得不太好的人，打架打输了，破产了，或是犯下什么事了，就会跑到下面去。三县交界的地方，谁也不愿意管啊，互相推诿，谁也不会去普查这么一个村

---

① 莫言：《与王尧长谈》，《碎语文学》，作家出版社 2012 年版，第 167 页。
② 叶桂桐：《论蒲松龄在中国宗教史上的地位》，《蒲松龄研究》2003 年第 3 期。
③ 同上。

庄，另外这个地段生存比较容易，可以随便盖房子，开发上几亩荒地，在这样一种环境下，我想人与大自然会自然产生很多奇妙的关系，人更容易产生幻想，人跟鬼怪文化、动物植物之间的关系，比人烟稠密的城市里密切得多，亲切得多。我从小就是在这样一种聊斋文化的氛围中长大的，谈狐说鬼是我日常生活的重要一部分，而且我小时候也不认为他们说的是假话，是真的认为那是存在的。"① 齐地特有的鬼神文化传统与莫言家乡独具的荒凉自然环境加之松弛的社会管理，使他从小对鬼神传说深信不疑，童年的日常生活记忆和对自然生命的感受会在成年后的某一瞬间不经意地被触及，如同普鲁斯特偶然间尝到了小玛德莱娜点心，记忆的闸门顷刻间被打开，翻涌的浪涛会流汇成文学的大江大河，或亦如普鲁斯特所说，这种感觉并非来自外界，它本来就属于他自己。所以，当莫言在 20 世纪 80 年代接触到拉美的魔幻现实主义和欧洲的一些现代派小说时，他感到很震惊，因为他从小就是听着这样的故事长大的，这种风格对于齐地人来说再熟悉不过，他觉得很不服气："如果早知道小说可以这么写，没准《百年孤独》我可以写了。"②

在魔幻主义的启发之下，莫言的创作一发不可收拾，《金发婴儿》《球状闪电》《爆炸》……这些作品与其说闪烁着马尔克斯的影子，不如说是齐文化底蕴焕发出的光辉。在《怀抱鲜花的女人》《模式与原型》《红耳朵》《战友重逢》《梦境与杂种》《幽默与趣味》中，虽涌动着弗洛伊德、马斯洛等人的思想学说和理论，但齐文化重灵异、通鬼神的思想无处不在。到 90 年代，莫言越发远离西方叙事方法的影响，寻找到一条独特的写作之路，与此同时，他的"灵异"叙事方法达到了高峰，此时《拇指铐》《长安大道上的骑驴美人》《白杨林里的战斗》神秘莫测、鬼神难辨，《聊斋志异》的影子在其中越发凸显。作为齐文化的传承者，莫言将其文化精髓带入文学，使其在当下社会再度发扬。虽然身为古齐属地的现代子民，由于生长、生活的文化氛围格调不变，使其作品自然成为这种文化氛围中的产物，如果说先秦已降到蒲松龄这一集大成者记录描述的是齐地古已有之的生活状况和齐人的思维方式，那么莫言的感受

---

① 《莫言对话新录》，文化艺术出版社 2010 年版，第 208 页。
② 吴敏、蒲荔子：《我不是中国马尔克斯》，《东西南北》2011 年第 16 期。

除了传统的民间信仰，更多地应来自从小听到大的鬼怪故事。

二　对鬼怪故事的心怀敬畏到自觉"学习蒲松龄"①

莫言曾经说：丹麦之所以能产生安徒生那样伟大的童话作家，就在于那个时代没有电，而丹麦又是一个夜晚格外漫长的国家。灯火通明的房间里既不产生美好的童话也不产生令人恐惧的鬼怪故事。② 之所以这样说，是因为深有感触才有感而发。莫言在二十一岁之前一直生活在非常落后闭塞的乡村里，那里直到 20 世纪 80 年代才有了电，没有电的漫长岁月里，人们只能用蜡烛和油灯照明，由于极度的贫穷，这些能发出光亮的东西都变成了奢侈品，只有在重大节日才可以点燃。每当夜幕降临，整个村子黑得伸手不见五指，打发漫漫长夜的娱乐活动就是听老人讲故事。莫言曾说："我老家那个地方，盛产鬼怪故事，上了年纪的人，脑子里都装满了这些东西。"③ 农村普遍存在的泛神论思想在莫言的家乡表现得更为集中、浓烈。

如同马尔克斯有个会讲故事的祖母，莫言在成长过程中身边也不乏会讲故事的长辈，大爷爷的故事对莫言的创作产生了深远的影响。大爷爷是位自学成才的赤脚医生，在家乡颇有些名气。莫言没有见过大爷爷年轻时的样子，但晚年的大爷爷仙风道骨，一身麻料的衣服，挂着一根"石葛"，很像南极仙翁。由于外出行医，经常走街串户，知道百家事，大爷爷积累了丰富的阅历，开拓了广博的视野，自然脑子里积攒了说不尽的故事，随便一抓就是一堆，"莫言说他大爷爷讲的故事有 300 多个，稍作加工便能成为小说，到目前为止，他写入小说的才 50 多个"。④ 如美女蛇、小媳妇的故事，话皮子的故事等，这些故事多年后或者原封不动或者改头换面地进入了莫言的《草鞋窨子》《金翅鲤鱼》《红高粱》《丰乳肥臀》等作品中。在乡村度过青少年时期的莫言，曾介绍过自己家族长辈讲述过的故事，祖父一辈讲的多是神话故事，父辈讲的大都是历史故事，但无论何种故事，思维方式大抵属于具有原始思维的神话范畴。

① 莫言：《学习蒲松龄》，《学习蒲松龄》，中国青年出版社 2012 年版，第 1 页。

② 参见莫言《恐惧与希望——2005 年 8 月在意大利的讲演》，《莫言讲演新篇》，文化艺术出版社 2012 年版，第 108 页。

③ 莫言：《答法国〈新观察报〉记者问》，《碎语文学》，作家出版社 2012 年版，第 247 页。

④ 唐先田：《莫言是文化自觉自信的践行者》，《江淮论坛》2012 年第 6 期。

在老人的故事里，"狐狸经常变成美女与穷汉结婚，大树可以变成老人在街上漫步，河中的老鳖可以变成壮汉到集市上喝酒吃肉，公鸡可以变成英俊的青年与主人家的女儿恋爱"。① 公鸡变青年的故事是诸多故事中既美丽又恐惧的一个："一户人家有一个独生女儿，生得非常美丽，到了婚嫁的年龄，父母托人为她找婆家，不管是多么有钱的人家，也不管是多么优秀的青年，她一概拒绝。母亲心中疑惑，暗暗留心。果然，夜深人静时，听到女儿的房间里传出男女欢爱的声音。母亲拷问女儿，女儿无奈招供。女儿说每天夜晚，万籁俱寂之后，就有一个英俊青年来与她幽会。女儿说那青年身穿一件极不寻常的衣服，闪烁着华丽的光彩，比丝绸还要光滑。母亲密授女儿计策。等那英俊男子夜里再来时，女儿就将他那件衣服藏在柜子里。天将黎明时，男子起身要走，寻衣不见，苦苦哀求，女儿不予。男子无奈，怅恨而去。是夜大雪飘飘，北风呼啸。凌晨，打开鸡舍，一只赤裸裸的公鸡跳了出来。母亲让女儿打开衣箱，看到满箱都是鸡毛。"② 这样的故事给莫言的印象极为深刻，使年幼的他看到大公鸡会心生惧怕，看到英俊的青年会怀疑是否是公鸡变的。在莫言的作品中我们找到了这些故事的影子。在《罪过》中，淹死小福子的河水里，传说住着老鳖精家族，水里有大黑鱼幻化的大黑汉子，老鳖变幻的白发老翁，出将入相的鳖家子孙，发达先进的鳖精文明，形成了自成一体的独立王国……因为被水中世界吸引，淹死了追逐水中花朵的小福子，于是留下大福子在罪过中自责、忏悔。《金发婴儿》中，一只大公鸡竟能使在欲火中煎熬的女主角紫荆面红心跳、春心萌动。乡村少妇紫荆婚后一直承受着无性婚姻的折磨，对突然来到家中的大公鸡竟心生幻觉，在与公鸡的对视中，紫荆脸红心跳、心烦意乱，被公鸡尖利的脚趾蹬在胸口，她感觉既痛又惬意，公鸡雄性的力量与气势触动了紫荆饥渴的欲望，在与公鸡短暂地接触过程中，紫荆有心荡神摇的感觉。在新作《锦衣》中，公鸡与女子幽会的故事更是原封不动地移入作品。在《丰乳肥臀》中，当金童与龙场长在夏夜里独居于鸡场时，一向冷酷的女英雄龙

---

① 莫言：《恐惧与希望——2005 年 8 月在意大利的讲演》，《莫言讲演新篇》，文化艺术出版社 2012 年版，第 108—109 页。

② 同上书，第 109 页。

青萍望着金童所流露的温柔妩媚神情，使金童看到了一只母狐的形象："他听到龙场长哼了一声，侧目过去，便看到她的脸可怕地拉长了，她的牙齿闪烁着令人胆寒的白光。他甚至看到有一条粗大的尾巴正在把龙场长肥大的裤裆像气球一样撑起来。"①

黑夜给人恐惧的同时也赋予人无限的想象力，无尽的黑夜和鬼怪故事共同构筑了莫言最初的文学课堂。故事中的植物、动物都可以幻化成人，他们甚至都有可以控制人类心智的能力。这些故事对年幼的莫言产生了重大影响："它培养了我对大自然的敬畏，它影响了我感受世界的方式。"② 创作者最初的文学经验往往来自老人讲的故事，这些故事向上一连接，就与《聊斋志异》接上了，莫言谈到自己成年阅读《聊斋志异》时，发现其中不少故事都曾听过。莫言的家乡高密离蒲松龄的家乡淄川不远，相距二三百里，他从小听到的鬼狐故事也与《聊斋》大同小异，有时让莫言也分不清是先有《聊斋》，还是先有这些民间故事，有时让莫言也分不清是先有《聊斋》，还是先有这些民间故事。这或许正是民间神话传承的方式之一，由口头到书面再到口头，也是民间思想与文人创作的互动关系。这些故事引发了他对自然万物的敬畏："小说里如果出现了对动物的描写，那目的很明显，写动物还是为了写人。"③

人的动物性，动物的人性，除了民间文化的潜移默化，更明显直接的影响来自莫言的同乡——蒲松龄。在蒲松龄的笔下，花鬼狐妖的世界是人类世界的投影，表现和书写动物的聪明、善良是对人世黑暗、人心险恶的讽喻。如果说孔子不语"怪力乱神"，是将人与动物分开，那么，蒲松龄则将人与妖，与牛鬼蛇神沟通起来，是一次对人与动物的彻底融合。莫言在谈及自己的创作经验时，曾坦言对蒲松龄的学习，从开始不自觉地走上蒲松龄的创作道路，到后来自觉地以蒲松龄作为榜样进行创作。他曾多次坦诚地说："对我影响最大的是蒲松龄，我的老师是谁？是祖师爷爷蒲松龄。"④ 从莫言动物性创作的特点和倾向上来看，《聊斋志异》的确对他有着潜移默化的影响。对这个问题，现在分而述之。

---

① 莫言：《丰乳肥臀》，上海文艺出版社 2012 年版，第 400 页。
② 莫言：《写给父亲的信》，《超越故乡》，春风文艺出版社 2003 年版，169 页。
③ 莫言：《莫言谈动物》，《莫言对话新录》，文化艺术出版社 2012 年版，第 368—369 页。
④ 莫言：《我的文学经验》，《莫言讲演新篇》，文化艺术出版社 2012 年版，第 158 页。

　　人性与动物性的合体——"妖"（"精灵"）的启示。很多证据表明，莫言作品中关于万物有灵、人与动植物的合二为一的文学表达受到《聊斋志异》中妖形象的启发。《聊斋志异》中塑造了众多的精灵、妖精形象，一篇一个故事，一篇一种生物，从天上的飞鸟到水中的游鱼，从山中的虎豹到洞中的蛇鼠，讲述的精灵是由虫、鸟、花、木、水族、走兽幻化而成人，这些精灵、妖精亦人亦物、亦人亦妖，在它们身上体现的是千姿百态的生物特征和人性的结合，由动物幻化出来的妖，即是人与动物的统一体。作为异类，他们幻化成人形，与人类一样可以过着凡俗的尘世生活，和人类一样交往，谙熟人类的情趣。例如：作为鱼类幻化为人形的白秋练酷爱人间的诗词，对唐代爱情诗尤为钟情，并沉迷到可当做其精神食粮的地步。白鳍鱼白秋练因听到慕生舟中吟诗，音节铿锵动听，心生爱慕，以至"绝眠餐"而一病不起。当白秋练奄奄一息之时，治病的良药是慕生所吟之诗，文中说：

　　　　乃曰："君为妾三吟王建'罗衣叶叶'之作，病当愈。"生从其言。甫两过，女揽衣起曰："妾愈矣！"再读，则娇颤相和。①

　　由老鼠精幻化而成的少女阿纤，眉清目秀，温婉可人，而且善于囤积粮食，大荒年百姓绝粮之时，她把粮食从地洞里挖出高价卖出，使夫家过上了轻裘宝马的富贵生活，然而无法避免的动物本性是夜晚睡觉时磨牙。"妖"在本质上是异类，动物或植物等，却幻化成人形参与人类社会的生活，这是蒲松龄给莫言的启示之一，莫言笔下也不乏这样的形象，这使他的作品充满了魔幻、神幻的幻觉色彩。莫言的作品以现实主义为基础，但小说情节中总会有一些神化或妖化了的形象在其间跳跃，使故事变得更加扑朔迷离。《酒国》就是这样一个典型的例子，小说的背景发生在 20 世纪 90 年代，高级侦查员到酒国调查当地官员"食婴"一案，其间却出现了两个类似精灵的妖化人物，其一为嫉恶如仇、偷富济贫的少年侠士——鱼鳞少年，作品中一直以这一少年的体貌特征——鱼鳞来称谓他，他的身体特征体现了所谓的妖化，即人与动物的同一。身体生

---

　　① 蒲松龄：《聊斋志异》，岳麓书社 2012 年版，第 517 页。

有鳞片是鱼、蛇、穿山甲等动物的特征，此少年除了浑身生满鱼鳞之外与常人无异。鱼鳞少年在酒国中是个传奇："专干锄奸除恶、偷富济贫的好事。驴街上那些泼皮无赖都受过他的恩泽，敬之如天神爷爷。……晚上他在哪里干了什么，白天满城皆知。干部们提起他咬牙切齿，老百姓提起他眉飞色舞，公安局长提起他腿肚子抽筋。"① 而且鱼鳞少年的来去无踪更增加了他的神秘特质。除了鱼鳞少年这半神半妖的人物，莫言索性直接塑造了一个"妖精"形象，他在作品中就被称为：红衣小妖精。因为有这样的描述，作者在小说中还戏称这是所谓的"妖精现实主义"。红衣小妖精是被酒国的烹饪学院特购部收购来的"肉孩"之一，与其他肉孩的心理、思想、举止、行为截然不同，他有着婴儿般的身材体貌特征，却拥有超乎常人的成熟思维，他的做法中带着阴险、狡猾、狠毒、邪恶，他能够一瞬间使所有肉孩对他俯首帖耳，把看管的成年人玩弄于股掌之间，顺利组织起婴儿展开了一场暴乱逃亡。在这个过程中，他就是一个阴谋家，一个运筹帷幄的天才。他和鱼鳞少年一同成为《酒国》中被作者妖化了的人物，但这两个人物却是破坏酒国"食婴"现象的唯一力量，而无论是调查案件的侦查员还是文本的叙述者李一斗、"莫言"，最终都成为食婴的同流合污者。

在《丰乳肥臀》中也不乏这样的形象。三姐领弟失去了鸟儿韩后变成了半人半仙的"鸟仙"，虽不是身生羽毛、双翅，但她在化作鸟仙之后的形态、习性都与鸟类无异，她如鸟儿一样在树梢跳跃、鸣叫，食用鸟食，完全进入了鸟的境界："思想是鸟的思想、行为是鸟的行为、表情是鸟的表情。"② 在她身上体现了人与鸟的合一。这种人与异类同体的妖化特征在莫言的小说中层出不穷。在《檀香刑》中，作者借傻子赵小甲的特异视角，揭示了芸芸众生的生命本相，每个人的生命原型都是一个动物：眉娘是白蛇幻化而来，赵甲是黑豹子变幻而成，钱丁的本相是只白毛虎，袁世凯的本相是只圆壳乌龟，普通百姓的本相是猪狗牛羊等家畜家禽……所有人以动物的本质，人类的体貌行走于世，他们以人类的社会性方式生活、交往，但不时会显露出内在动物本质的属性特征，眉娘

---

① 莫言：《酒国》，上海文艺出版社 2012 年版，第 153 页。
② 莫言：《丰乳肥臀》，上海文艺出版社 2012 年版，第 116 页。

诱惑男人有传统蛇文化的特性，赵甲在为人处世中透出豹子的机敏与狠毒，家畜家禽的品性暗喻出百姓的被食者命运。

《聊斋志异》中的很多"妖""仙"都是人格化的产物，不时透露出人格的光辉。尤其是狐，他们是《聊斋》中写得最多，也是最动人的部分，狐精"多具人情，和易可亲"①。在蒲松龄笔下，狐精被高度人格化，在读者的感觉里，它们就是一个个活生生的人。他们有人的喜怒哀乐：如婴宁孜孜憨笑，似无心肝，但到了鬼母处，受到责备后又反笑为哭，令人动容。他们有人的思想感情：例如青凤既感耿生知己之情，又念叔父之恩，思申反哺之报。狐女会用以身相许、延续血脉的方式报答人类的恩情。在莫言的作品中，不乏"人与动物之恋"的情节。在《马驹横穿沼泽》中，他以向神话回归的方式，演绎了一场"人马"之恋，在穿越沼泽的过程中，一匹小马驹与一个小男孩患难与共、生死相依，日久生出了情愫，为使这段感情完满，小红马幻化成一个千娇百媚的姑娘与小男孩结成了夫妻，十几年后，由于男人背弃誓约，红马退回原型，从此消失不见。对异性的幻想和爱恋总是与动物的感觉交织混合在一起，在《红蝗》中，当叙述者跟随象征性诱惑的黑衣女郎时，他的脑子里出现的是对小马驹的回忆与想象："我跟随着黑衣女人，脑子里的眼睛看到那匹黑色的可爱马驹翻动四只紫色的小蹄子。四个小蹄子像四盏含苞欲放的玫瑰花。它的尾巴像孔雀开屏一样乍煞开。它欢快地奔跑着，在凹凸不平的青石板道上跑着，青石闪烁着迷人的青蓝色，石条缝里生长着极小但十分精神的白色、天蓝色、金黄色的小花儿。板石道上，马蹄声声，声声穿透我的心。"②在作者朦胧的意识中，这是人与动物之恋的又一衍化形式。

蒲松龄在作品中塑造了很多或才智过人、或感人至深的"义妖"形象，她们兼具美貌与才华，她们的心性超过世间的男子。在《狐谐》中，狐女对轻薄文人的嘲讽妙语连珠，令人捧腹绝倒。对狐女的塑造体现着小说家潜在的心理需求，陈寅恪对此曾有过精要的描述："清初淄川蒲留仙松龄聊斋志异所纪诸狐女，大都妍质清言，风流放诞，盖留仙以齐鲁

---

① 鲁迅：《中国小说史略》，《鲁迅全集》，人民文学出版社1993年版，第9卷，第209页。
② 莫言：《红蝗》，《食草家族》，上海文艺出版社2012年版，第13页。

之文士不满其社会环境之限制遂发遐想，聊托灵怪以写其理想中之女性耳。"① 从陈寅恪的论断中可以看出蒲松龄在塑造花妖狐鬼形象、绘制小说情节的过程中，充分渗透了一个落魄的封建文人对美好事物的精神寄托。用花妖狐鬼的忠义美好来反衬人类的虚伪、诡诈、无情无义也是蒲松龄的重要写作目的，作者试图用动物身上所体现出来的某些物性去启发人类的人性，用动物身上的某些光芒去启示人类的思维。如《蛇人》中有情有义的二青、《义犬》中知恩图报的狗、《螳螂捕蛇》中聪明机智的螳螂、《黑兽》中凶暴残忍的黑兽等，这些动物形象都完整地保留了它们作为动物所具有的一切形象特征，却又被赋予了一定的人格特性。借异类讽刺、警醒人类，是莫言与蒲松龄又一相通之处。《聊斋志异·小翠》中"异史氏曰：'一狐也，以无心之德，而犹思所报；而身受再造之福者，顾失声于破甑，何其鄙哉！月缺重圆，从容而去，始知仙人之情亦更深于流俗也！'"同样，在《蛇人》中，"异史氏曰：'蛇，蠢然一物耳，乃恋恋有故人之意，且其从谏也如转圜。独怪俨然而人也者，以十年把臂之交，数世蒙恩之主，转思下井复投石焉；又不然则药石相投，悍然不顾，且怒而仇焉者，不且出斯蛇下哉。'"② 以赞动物而贬人，揭露、讽刺人类的品行尚不如兽，是蒲松龄的惯用做法，用动物的美好暴露人类的丑恶，或用动物的全知全能暴露人类的局限性，也是莫言常用的手法。在《生死疲劳》中，莫言用驴、牛、猪等动物勇敢、智慧、有情有义来衬托人类的懦弱、愚蠢、冷酷无情，西门牛至死拒绝背叛主人的忠义，衬托着西门金龙对养父屡施毒手的无情无义；西门驴勇斗恶狼的举动，衬托着人类窃取动物战果的卑劣行径；狗小四对主人的忠贞不二、不离不弃，衬托着人类的朝三暮四、不可信赖。《马驹横穿沼泽》中更用人类对动物的背弃誓约，酿成了无法挽回的悲剧来说明人类的自我毁灭性。早在《食草家族》中，莫言就在与动物的对比中这样评价人类："人，不要妄自尊大，以万物的灵长自居，人跟狗跟猫跟粪缸里的蛆虫跟墙缝里的臭虫并没有本质的区别，人类区别于动物界的最根本的标志就

---

① 陈寅恪：《柳如是别传》，上海古籍出版社 1980 年版，第 75 页。
② 蒲松龄：《聊斋志异》，岳麓书社 2012 年版 11 月，第 15 页。

是：人类虚伪！"① 由于对自然的敬畏，民间故事中万物有灵观念的影响，使莫言在对待生命问题的文学处理方式不同于有着现代教育背景的知青作家。关于人畜交配，阿城曾在《大胃》中有涉及，胃口超大的大胃拒绝去县里的粮库工作，因为没有女人肯嫁给他，他宁愿留在老家，家里有母牛陪伴。对此，莫言与阿城的态度有所不同，在《马驹横穿沼泽》中，他把马驹幻化的妙龄少女描绘得美好动人，并用诗一样的语言赞美马驹这一人类的始祖母亲。在《十三步》中，作者还专门叙述了落魄书生被母猴救助生子的故事。

对动物的热爱，对动物性的呼唤，对动物自由生命的向往，对人类文明的失望，使莫言生出向动物皈依的冲动。在《食草家族》第二梦《玫瑰玫瑰香气扑鼻》中，不断出现 "ma！ma！ma！" 的呼唤，叙述者疑惑："我是不是在呼唤一匹马？我难道是在呼唤母亲？"② 此时，在叙述者朦胧的意识中，马儿和母亲连在了一起。这种思绪不断在作品中闪现，但模糊不明，直到《马驹横穿沼泽》，马儿成为人类的始祖母亲，她帮助人类——小男孩艰难地穿越沼泽，与小男孩结成夫妻，生儿育女。在近年完成的作品《蛙》中，明确透露出莫言对以 "蛙" 为图腾的强大生殖能力的崇拜和敬畏。"生殖" 是人类的动物属性，原始先民为求得生殖能力的强大，虔诚的崇拜多子多卵的动物，希望得到庇佑，获取神力。然而，随着文明的发展，这一动物性遭到了来自文明社会的强制扼杀。这或许印证了文明与动物性之间的那个不可调和的冲突，文明的每一步发展都是以对动物性的禁忌为代价，然而，为了文明的进步却又衍生出多少野蛮的行为呢？

如莫言所说："从精神上来讲，从文化上来讲，我跟蒲松龄是一脉相承的。当然是我承接了他的文化脉络。"③ 他对表现人物在困境下动物性的彰显、动物生命反射出的人性光辉等方面，都受到过以蒲松龄为代表的齐鲁文化根本性的影响，无论莫言的文学世界多么辽阔宽广，他的创

---

① 莫言：《红蝗》，《食草家族》，上海文艺出版社 2012 年版，第 84 页。

② 同上书，第 135 页。

③ 赵霞：《蒲松龄莫言比较研究》，《莫言：全球视野与本土经验论文集》，首都师范大学，2013 年 12 月，第 330 页。

作之根都牢牢地扎在高密东北乡这片广袤的土地上，这将成为他创作风格形成的重要资源。

第三节 动物性与莫言的阅读经验

一 马尔克斯——对万物有灵之门的开启

哈罗德·布鲁姆认为："一首诗、一部喜剧或一部小说无论多么急于直接表现社会关怀，它都必然是由前人作品催生出来的。"[①] 的确，任何作家的创作都会受到经典和前辈作家的影响，这包括本土在内的世界文学传统。正如艾略特所指出：任何一个艺术家都无法单独评价，必须注意到他在前人之间和含有"历史意识"的传统中的地位，"就是这个意识使一个作家最敏锐地意识到自己在时间中的地位，自己和当代的关系"。[②] 在中国，20世纪80年代中期开始的"寻根文学""先锋文学"正处于文学创作的"黄金阶段"，从长期的思想和文学禁锢中解放出来，在学习西方文学与继承传统资源的基础上朝着更深的精神向度和形式革命迈进。莫言的创作正发轫于此时。他对自己创作道路上所吸纳的多方资源和营养直言不讳："不大胆地向外国文学学习借鉴，不可能实现文学的多样化；不积极地向民间文化学习，不从广阔的民间生活中攫取创作资源，也不可能实现文学的多样化。"[③] 20世纪80年代是继五四以来又一次受西方思想影响最为剧烈的时代，80年代的"尼采热"、拉美文学爆炸等西方现代主义思想的涌入，使当时的作家受到了前所未有的冲击。作为80年代发轫的作家，莫言在立足本土，扎根民间资源的同时，深受西方文学影响；没有当时西方现代主义文学思潮的启发，不会形成莫言今日的创作风格。在丰富的西方资源中，被莫言本人与文学批评者们谈论最多的当属福克纳、马尔克斯，莫言曾把这两位文学巨匠比喻为自己创作道路上"两座灼热的高炉"，他们不仅在形式技巧上影响了莫言，更重要的是

---

① ［美］哈罗德·布鲁姆：《西方正典》，江宁康译，译林出版社2005年版，第8页。

② ［美］艾略特：《传统与个人的才能》，《二十世纪文学评论》（上），［英］戴维·洛奇编，葛林等译，上海译文出版社1987年版，第130页。

③ 莫言：《中国小说传统：从我的三部长篇小说谈起——2006年5月在鲁迅博物馆的讲演》，《莫言演讲新篇》，文化艺术出版社2012年版，第333页。

启发莫言形成了新的文学观念。当初登文坛的莫言还纠结于如何展现军旅生活以及用文学中的真善美来教育民众时，他后来应引以为傲的丰富文学矿藏还没有得到开采，域外文学的到来，使莫言发现了埋藏在自己体内的宝藏。

1984 年，莫言读到了福克纳的《喧哗与骚动》，他被福克纳复杂的乡土情结、庞大的家族史叙事结构、天马行空的叙述语言所吸引，福克纳使他如梦初醒："原来小说可以这样的胡说八道，原来农村里发生的那些鸡毛蒜皮的小事也可以堂而皇之地写成小说。"① 尤其"约克纳帕塔法县"直接影响并启发了"高密东北乡"的出现，正如莫言所说："他的约克纳帕塔法县让我明白了一个作家，不但可以虚构人物还可以虚构地理……受他的约克纳帕塔法县的启示，我大着胆子把我的'高密东北乡'写到了稿纸上。他的约克纳帕塔法县是完全的虚构，我的高密东北乡则是实有其地。我也下决心要写我的故乡，那块像邮票大的地方。"② 自从《白狗秋千架》中第一次出现高密东北乡，迄今为止，他的作品有一半以上是以东北乡为背景。在此空间里，莫言的风格得到了充分的展示和发挥，一系列成功作品之后，"高密东北乡"这一文学地理符号已作为中国文学史上的"原乡"之一，醒目地镌刻在中国文学版图之上。

1985 年，马尔克斯《百年孤独》的传入，真正开启了莫言的魔幻现实主义风格，使莫言在文学创作上更深层次地找到了自我。此外，莫言曾经多次谈到自己深受很多域外经典文学和文学家的影响，他对川端康成、三岛由纪夫极为推崇，与大江健三郎建立了深厚的友情。同样在 80 年代中期，当莫言读到《雪国》里"一只黑色壮硕的秋田狗，站在河边的一块踏石上舔着热水"时，眼前顿时出现了一幅生动的画面："仿佛能够感受到水的热气和狗的气息。"他豁然开朗："原来狗也可以堂而皇之地写进小说，原来连河里的热水与水边的踏石都可以成为小说的材料啊！"③ 这一感受直接影响了《白狗秋千架》的创作，小说开篇第一句就

---

① 莫言：《福克纳大叔，你好吗？》，《莫言讲演新篇》，文化艺术出版社 2012 年版，第 119 页。

② 同上。

③ 莫言：《神秘的日本与我的文学历程》，《莫言讲演新篇》，文化艺术出版社 2012 年版，第 103 页。

是："高密东北乡原产白色温驯的大狗，流传数代之后，再也难见一匹纯种。"① 对域外文学的涉猎，激发了莫言对本土资源的重新发现和自我开掘，他们之于莫言的意义是："我觉得好的作家的书它能变成另外一个作家创作的酵母。他可以通过一个情节，一句话，把另外一个作家过去一大团外在朦胧状态的生活照亮。这是我读西方好多作家一个非常强烈的感受，他的一句话可以让我写出一篇小说来。"② 这是莫言对域外文学影响的一个总体感受。之所以会产生这样的效果，是"因为他（域外作家）小说里所表现的东西与他的表现方法跟我内心里积累日久的东西太相似了"。③ 这些域外资源彻底改变了莫言曾经"为找不到东西可写而发愁"④的状态，深埋心底的生活经历像浩荡的江河一样奔涌而出，使他应接不暇，常常一篇小说还未完成，另一篇故事已迫不及待地构思出来。

域外文学与本土元素一同建构起莫言的文学大厦。关于本文的论题——莫言作品中动物性写作的域外资源问题，更多来自拉美马尔克斯的启示，甚至有人说莫言是"受马尔克斯影响最大的中国作家"⑤。之所以有这样的评价，是因为80年代纷纷问世的《金发婴儿》《球状闪电》《爆炸》一系列作品中明显闪耀着马尔克斯的影子。如同莫言从《百年孤独》中感受到马尔克斯认识世界、认识人类的哲学理念和呈现方式一样，莫言小说动物性创作受到了马尔克斯的启发。在谈及马尔克斯对自己的影响时，他这样描述："一个作家对另一个作家的影响，是一个作家作品里的某种独特气质对另一个作家内心深处某种潜在气质的激活，或者说是唤醒。"⑥ 他曾这样谈论马尔克斯："我认为他在用一颗悲怆的心灵，去寻找拉美迷失的温暖的精神家园。他认为世界是一个轮回，在广阔无垠的宇宙中，人的位置十分渺小。他无疑受了相对论的影响，他站在一个

---

① 莫言：《白狗秋千架》，上海文艺出版社2012年版，第199页。

② 周罡、莫言：《发现故乡与表现自我——莫言访谈录》，《小说评论》2002年第6期。

③ 莫言：《中国小说传统：从我的三部长篇小说谈起——2006年5月在鲁迅博物馆的讲演》，《莫言讲演新篇》，文化艺术出版社2012年版，第331页。

④ 同上。

⑤ 莫言：《先锋·民间·底层——与人民大学博士生杨庆祥对谈》，《碎语文学》，作家出版社2012年版，第305页。

⑥ 莫言：《中国小说传统：从我的三部长篇小说谈起——2006年5月在鲁迅博物馆的讲演》，《莫言讲演新篇》，文化艺术出版社2012年版，第331页。

非常的高峰，充满同情地鸟瞰着纷纷攘攘的人类世界。"① 在这里，我们可以看出：人不再是宇宙的中心，万物皆有灵性，人与万物平等。关于对马尔克斯的接受，莫言曾坦言："马尔克斯唤醒了、激活了我许多年的生活经验、心理体验。"② 莫言只读了十几页的《百年孤独》，就抑制不住心中的激动和兴奋，拿起笔来写自己的故事。在马尔克斯这里，他为自己积累多年的创作资源找到了一个合适的言说方式和渠道，更寻觅到一个强大的心理依托："我们经验里面类似的荒诞故事，我们生活中类似的荒诞现象比比皆是，过去我们认为这些东西是不登大雅之堂的，这样的东西怎么可能写成小说呢？这样一种小说怎么能传达真善美去教育我们的人民呢？既然马尔克斯的作品是世界名著，已经得到了世界承认了，我们看后就恍然大悟，甚至来不及把他的小说读完，就马上拿起笔来写自己的作品"，③ 与其他域外文学影响一样，马尔克斯开启了莫言的文学创作资源，但与其他人不同的是：莫言不仅学习到了马尔克斯的叙述方式，更重要的，是他对万物有灵精神的传递与文学表达，这也是本文探究的内容。在《百年孤独》的第一页上赫然写着"任何东西都有生命"，"一切在于如何唤起它们的灵性"。④ 在马孔多小镇上，一切灵异、怪诞的事情都会合情合理地发生，不期而至地到来，而这，正唤起了莫言头脑中封存已久的资源。

法国文学史家郎松说："真正的影响，较之于题材选择而言更是一种精神存在。而且，这种真正的影响，与其是靠具体的有形之物的借取，不如是凭借某些国家文学精髓的渗透。"⑤ 在《百年孤独》中，魔幻的情节俯拾即是：人与动物可以感觉相通，人类的旺盛情欲可以引发动物的疯狂繁殖，奥雷里亚诺第二把自家牲畜的超常繁殖解释为自己与情妇睡觉引起的；人类不仅可以与死去的鬼魂对话，还可以死而复生（吉普赛

---

① 莫言：《两座灼热的高炉》，《世界文学》1986 年第 3 期，第 58 页。

② 莫言：《先锋·民间·底层——与人民大学博士生杨庆祥对谈》，《碎语文学》，作家出版社 2012 年版，第 306 页。

③ 同上书，第 305 页。

④ 马尔克斯：《百年孤独》，于娜译，远方出版社 2000 年版，第 1 页。

⑤ ［法］郎松：《试论"影响"的概念》，［日］大冢幸男著，陈秋峰、杨国华译，《比较文学原理》，陕西人民出版社 1985 年版，第 32 页。

人墨尔基亚德斯），当然鬼魂亦可以随意行走在人类的生活空间里；吉普赛人带来的磁铁竟能够使铁锅、铁盆、铁炉等一切铁器紧随其后；霍·阿卡迪奥被杀后，他的血可以穿越街道，径直流向母亲乌苏拉的房子；俏姑娘雷梅苔丝抓住床单飞上了天空，蚂蚁吃掉了长猪尾巴的孩子；天空可以降下一连几年的大雨，锅里的水没有火可以自己沸腾，马孔多小镇最后在一阵狂风中消失不见……莫言只读了几页《百年孤独》，就迅速投入了由此而引发的激情写作中，如果他读完，相信这每一个精彩且充满魔幻的情节都会触动他敏感的文学神经，使他记忆的闸门被瞬间打开。这使他随后的几部作品充满了魔幻情节：《金发婴儿》中有让女人迷失本性的荷花娃娃，大风刮飞斗笠救了好人的性命，《爆炸》中出现了狐狸炼丹的故事，《球状闪电》中更出现了懂得人类感情的牛、刺猬等动物。不仅如此，与魔幻情节相伴随的，是人类凌驾于动物之上的传统思维模式被打破，使人类与动物同时作为生命体存在于同一个层面，人类回归向动物，动物也向人类靠近，有了人类的语言和思维。在《金发婴儿》中，人类的情欲可以被动物激发。这一方面使作品充满了魔幻色彩；另一方面，作者试图打破人与动物间的文明化阻隔，使人同时作为原始动物生命体被观照。《球状闪电》中出现了懂得人类感情的牛，具有理性思维甚至超过人类的刺猬，它不仅偶尔作为叙述者出现，还经常穿梭在小说情节的发展进程中，道出很多真谛性的道理；《爆炸》里出现了可迷惑人的狐狸，它把追赶它的那些属于人类文明世界的生命戏弄得人仰马翻，并对自以为是的叙述者给予了强烈的讥讽和蔑视，透过狐狸的目光，叙述者自惭形秽，灵魂在自我反思中得到了洗礼。这些情节的素材出自莫言童年的生活积淀，此后，这一充满幻觉色彩的写作风格成为莫言创作的重要标签之一，他把万物有灵、众生平等的文学实践发挥出一个又一个新高度。在此过程中，人的动物性得到了张扬，如余占鳌、戴凤莲、司马库、鲁璇儿、上官家女儿们、杨六九、白荞麦等。动物的人性、神性也得到了不同程度的表现：千里复仇的狼、与人斗争的狗、幻化为人类的马驹……到了《生死疲劳》，人与动物之间通过六道轮回的转世方式可以相互转换，动物视角的运用发展到登峰造极的高度，直到近作《蛙》，把人类远古时期对动物性的崇拜再次从历史尘埃中提取出来，让人们在玩味具有时代感的现实主义作品时，感受曾经的原始情结。

二　"种的退化"对"现代性危机"的呼应

不容忽视的是，在 20 世纪 80 年代，西方现代主义百年间发展起来的文艺思潮在短短几年内被中国作家共时性地吸纳并融合了，这在涉猎广泛、感觉敏锐的莫言身上表现更为明显。除了马尔克斯和福克纳等人的创作技巧和创作观念，我们依旧能够从莫言的作品中发现他对西方现代主义某些精神的回应。对强大生命力的赞咏是莫言自《红高粱》便表现出来的鲜明特点，对此，陈思和有过很直率的表达："莫言的创作风格一向强调原始生命力的浑然冲动和来自民间大地的自然主义美学。"① 在莫言的作品中，原始生命强力得到了强劲的呼唤与歌颂，这一切在小说世界中能够合情合理地发生，很大程度上是依靠人类对动物性的回归来实现的，这条回归之路不仅是一条通往原始生命强力的小径，更是作家应对现代性危机而探索的拯救之路，其中可以探寻出他与西方现代主义的某些精神遥相呼应。

1984 年之前，莫言的作品中还不具有现代主义特质，依旧是传统的写法，清新的荷花淀风格②。从 1985 年开始，莫言在创作上有了很大突破，具有鲜明现代主义特色的《透明的红萝卜》《金发婴儿》《球状闪电》《爆炸》等作品纷纷涌到读者面前。发生在莫言身上这一革命性的创作突变，与西方现代思想进入中国有很大的关联。对此，莫言说得十分诚实和诚恳："我读《南方高速公路》时，感到这篇小说的语言有一种摧枯拉朽的势能，就好像一条大河开了闸口，河水滚滚而下。我非常喜欢，拿起笔就写《售棉大道》，故事虽然是我的，但语言的感觉是人家的。《民间音乐》的情况也大致如此。语感找到了，故事似乎会自己向前推进。"③ 在另一处，莫言说得更为直率，似乎还不乏切肤之痛："对一个作家的真正限制并不是来自外部，而是来自作家的

---

① 陈思和：《莫言近年小说的民间叙述》，杨扬编《莫言研究资料》，天津人民出版社 2005 年版，第 338 页。

② 王恒升：《从齐文化的角度看莫言创作》，.《潍坊学院学报》2011 年第 5 期。

③ 莫言：《先锋·民间·底层——与人民大学博士生杨庆祥对谈》，《碎语文学》，作家出版社 2012 年版，第 304 页。

内心。"① 每个作家的心中都有很多关于文学的条条框框，这些规矩在对创作有所帮助的同时也有诸多限制："随着我们对西方文学的阅读，随着我们听到很多的当时非常先锋的一些批评家和作家的讲座，我们心里关于文学的很多条条框框被摧毁了，这种自我的解放才能使一个作家真正发挥他的创作才华，才能真正使他放开喉咙歌唱，伸展开手脚舞蹈。"② 在西方现代主义文学的冲击下，莫言以其强烈的破坏性与革命性，突破了传统的写作手法；他开始大量运用意识流、心理分析等西方现代主义手法，开发、使用新的叙事视角，对叙事时间随心所欲地调整，对叙事声音熟练地操控……这一切，使他以奇异的艺术世界解构了传统的审美方式与审美精神。而在精神内涵上，他对现代文明弊端的反对，对传统道德约束的挣脱，对野性生命力的张扬，向原始借助人类的动物性回归来拯救"种的退化"危机，也可以从西方现代主义思想中找到理论营养和理论资源。

现代主义是西方社会进入垄断资本主义和现代工业社会阶段的产物，是 20 世纪上半叶西方社会精神领域动荡不安的反映。现代主义者们热衷把现代人的物化、机械化、异化和精神危机大规模地表现于笔端，布雷德伯里（Malcolm Bradbury）曾经指出：现代主义"明显地尊崇历史循环论，倾向于启示论的、以危机为中心的历史观"③。维柯说："各族人民的本性最初是粗鲁的，以后就从严峻、宽和、文雅顺序一直变下去，最后变成淫逸。"④ 现代主义者们共同呈现了一个现代文明崩溃的图景：人类处在现代文明带来的种种罪恶之中，文明正在走向灭亡。作为现代主义思潮的早期代表，尼采是对现代人生存现状不满、失望、批判最为激烈的先行者之一。对现状的批判，对前景的探索，是尼采思想形成的主要契机。对于现代文明的症结，尼采主要从两个方面进行批判，这也是他认为现代人所处的困境与危机：生命本能的衰竭与精神生活的贫乏。在

---

①　莫言：《先锋·民间·底层——与人民大学博士生杨庆祥对谈》，《碎语文学》，作家出版社 2012 年版，第 305 页。

②　同上。

③　[英] 马·布雷德伯里、詹·麦克法兰编：《现代主义》，胡家峦等译，上海外语教育出版社 1992 年版，第 4 页。

④　[意] 维柯：《新科学》，朱光潜译，商务印书馆 1989 年版，第 127 页。

尼采的学说中，也许没有比"一切价值的重估"①更加震撼西方人心灵的了。很显然，"一切价值的重估"涵盖各个领域：宗教、哲学、道德、科学、文化、艺术等，但对道德的重估与批判始终是其核心。尼采认为西方传统道德即基督教道德的实质是对生命的否定，视肉体为罪孽，欲望为万恶之源。他说："上帝这个概念是作为与生命相对立的概念发明的，"②上帝是"生命的最大敌人"③，是"迄今为止对生存的最大异议"④，而"'上帝的王国'在哪里开始，生命就在哪里结束……"⑤在自然真理面前，道德的谎言特性显得不堪一击。对于基督教的道德观念，尼采做了毫不留情的清理，他称这种道德为"兽栏"，被圈禁在道德围栏中的人类终将失去原始兽性，而兽性的消失意味着生命的衰败。尼采认为基督教道德是对生命的极大犯罪，传播基督教的历史是人类的堕落史，当代西方文明是人类最堕落的时代，传统道德是造成人类生命力危机的一大根源。西方现代文明以基督教道德和发展器物的进步为主要内容，在进入高度物质化的时代里，尼采沉痛地意识到财富本身成为人类生存的目的。他说："一切时代中最勤劳的时代——我们的时代——除了愈来愈多的金钱和愈来愈多的勤劳之外，就不知道拿它的如许勤劳和金钱做什么好了，以至于散去要比积聚更需要天才！"⑥在现代社会中，人们为了增加财富疲于奔命、声嘶力竭，成就的只是一个丧失自我、丧失心灵的时代，为了外在的目的，却牺牲了内在的价值，在灵与肉的分离中，人性变得残缺不全。尼采借助查拉图斯特拉之口惊恐的说道："真的，我的朋友，我漫步在人中间，如同漫步在人的碎片和断肢之间！……我的

---

① ［德］尼采：《看哪这人》，《尼采全集》，1894—1926 年莱比锡版，第 2 卷，第 475 页，转引自周国平《尼采在世纪的转折点上》，上海人民出版社 2006 年版，第 197 页。

② 同上书，第 481 页，转引自周国平《尼采在世纪的转折点上》，上海人民出版社 2006 年版，第 219 页。

③ 同上书，第 420 页，转引自周国平《尼采在世纪的转折点上》，上海人民出版社 2006 年版，第 219 页。

④ 《尼采全集》，1894—1926 年莱比锡版，第 8 卷，第 101 页，转引自周国平《尼采在世纪的转折点上》，上海人民出版社 2006 年版，第 219 页。

⑤ 《尼采全集》，1894—1926 年莱比锡版，第 8 卷，第 88 页，转引自周国平《尼采在世纪的转折点上》，上海人民出版社 2006 年版，第 219 页。

⑥ ［德］尼采：《快乐的知识》，《尼采全集》，1894—1926 年莱比锡版，第 5 卷，第 60 页，转引自周国平《尼采在世纪的转折点上》，上海人民出版社 2006 年版，第 255 页。

目光从今天望到过去，发现比比皆是：碎片、断肢和可怕的偶然——可是没有人！"① 对时代的失望，使尼采高呼："这时代是一个病妇——让她去叫喊、骂詈、诅咒和摔盆盆罐罐吧！"② "今天的一切——坠落了，颓败了：谁愿保持它！而我——我要把它推倒！"③ 所以，尼采"反对机械、反对资本、反对被迫的选举，无非或当政府的奴隶或当颠覆政府的党派的奴隶的选举"。④

　　与之相呼应的，是莫言作品中描述的种种困境与危机，其中，"种的退化"是莫言小说批判现代文明弊端极为深刻的文学现象之一。关于"种"的思辨，是莫言几十年文学创作一以贯之的表现；"种的退化"则是他对现代人丧失血性、生命力萎顿的深沉忧虑。从《白狗秋千架》开始，文学地图上出现了"高密东北乡"这一王国。莫言用文字虚构出来的这个空间经历了清朝末年的政府腐败无能、外侮恣意入侵、民间义和团起义到民国时期军阀混战、抗日战争、解放战争、土地改革、大跃进、"文革"、改革开放直至新千年的百年历史。呈现几代人的生存状态与精神面貌是莫言早期作品的显著特征，《红高粱》和《食草家族》是其中的典型。《红高粱》以"我奶奶""我爷爷"到"我爹""我"祖孙三代人为轴心构成小说的人物谱系。"最英雄好汉最王八蛋、最能喝酒最能爱的"是以爷爷余占鳌为领袖的一干人，他们"爱幸福、爱美、爱力量"；不怕罪与罚，为自己的身体做主，敢作敢为是奶奶戴凤莲们的宣言书。这些充满原始力量的男女，在红高粱的海洋里演绎了一场场可歌可泣的生命传奇。余占鳌可以一怒之下杀死母亲的情夫，从此背井离乡、浪迹天涯；为得到戴凤莲，结果了患有麻风病的单家父子的性命。就是这样一个匪气十足的壮汉，当日本兵扫荡红高粱地、杀我同胞时，他可以带领乡邻轰炸日本汽车，刀劈日本兵，在轰轰烈烈的抗日战争中，书写着

---

① ［德］尼采：《查拉图斯特拉如是说》，《尼采全集》，1894—1926年莱比锡版，第6卷，第205页，转引自周国平《尼采在世纪的转折点上》，上海人民出版社2006年版，第255页。

② 《尼采全集》，1894—1926年莱比锡版，第8卷，第381页，转引自周国平《尼采在世纪的转折点上》，上海人民出版社2006年版，第256页。

③ ［德］尼采：《查拉图斯特拉如是说》，《尼采全集》，1894—1926年莱比锡版，第6卷，第305页，转引自周国平《尼采在世纪的转折点上》，上海人民出版社2006年版，第256页。

④ 周国平：《尼采：在世纪的转折点上》，上海人民出版社2006年版，第252页。

荡气回肠的人生篇章。然而，与他们生命中的野性、坚韧、豪迈、大气磅礴相比，"我爹"的生命底色显得十分苍白。在《狗道》中，"我爹"被狗咬伤一只睾丸后，虽然得以复原，但这一情节安排，却暗示了父亲一辈的原始旺盛生命力从此开始衰退、萎缩，为后来"种的退化"埋下了伏笔。而"我"作为故事的叙述者，祖辈们的现实生活只能出现在"我"的想象之中。"我"对生命力的感知完全依凭对缅怀祖先的历史来实现。"我"的现实生活是只能感觉到"机智的上流社会传染给我虚情假意"，拥有的是"肮脏的都市生活臭水浸泡得每个毛孔都散发着扑鼻恶臭的肉体"，祖先如狮虎般迅猛、生动的野性如今退化成家兔一样的温顺、驯良，这是关于"种的退化"主题表现最为集中、激烈的作品。但其出源与尼采对基督教世界的抨击有异曲同工之妙。在作品中，我爷爷、我奶奶的形象是最令作者心驰神往并着力塑造的形象。他们不仅出现在《红高粱家族》中，还出现在短篇小说《秋水》里。在《秋水》中，爷爷依旧是一个土匪，他杀人放火，拐大家小姐，从保定府逃到高密东北乡，他与俊俏的奶奶在这里生儿育女，成为东北乡最早的开拓者。《人与兽》的爷爷依旧是余占鳌，他的人生经历充满传奇色彩。抗战时期的余占鳌是位赫赫有名的土匪，但在一次战斗中不幸被俘并被运往日本做劳工，机智逃脱劳工营后，余占鳌成为隐匿在日本深山中的野人，一过就是十几年直至回到故乡。爷爷在深山中的神奇经历无疑彰显了顽强的血性和生命力。在《老枪》中，爷爷成了一个吃喝嫖赌的纨绔子弟，但奶奶是个女强人，当爷爷赌博输掉了田地和马，被奶奶一枪送命后，奶奶靠着自己的能力白手起家，独自支撑起一大家子人的生活。与爷爷奶奶们的传奇生涯相互对应的是儿孙们的"退化"，在《老枪》中，到了儿子、孙子，一辈不如一辈，连老枪都不会用了。

《丰乳肥臀》是莫言献给天下母亲的一部大作品。小说的主旨在歌颂母爱的广阔、深沉、伟大，但仍不乏"种的退化"主题的深度植入。从开篇对上官家的描述即呈现了一片阴盛阳衰的衰颓景象：上官吕氏是上官家的当家女人，她身材高大、体格强壮，是自家铁匠铺的主要劳动力。上官父子在打铁营生中，只能做上官吕氏的下手，二人如一对难兄难弟，双出双入，思想、行动极为统一，作者索性直接用"上官父子"来称呼其二人，在上官吕氏这个高大、强悍女人的气势下，本来瘦小的父子二人更显得猥琐不堪，借前来给驴接生的兽医樊三之口说："上官家母鸡打鸣公鸡不下蛋。"① 上官家唯一的儿子上官寿禧没有生育能力，这预示着上官家族的香火从此无以为继，这其实已经明确宣告上官家族在"种的延续"问题上，衰落、退化到了极致。儿媳上官鲁氏为求得在婆家的生存，与不同的男人生下了七个女儿，最终无法忍受丈夫的毒打虐待、奄奄一息的时候被神父马洛亚救下，二人相爱，生下了双胞胎：金童、玉女。上官金童是故事的中心人物，也是退化主题表现得最为明显的集中所在。经历了生育八个女儿的各种苦难之后，母亲视这个来之不易的儿子为珍宝。然而金童却从小就患上恋乳癖，成了一辈子长不大的男人。他不仅生理上的男人意识无法觉醒，心理上的软弱、不成熟，使这个金发碧眼、高大威武的混血儿终生一事无成。在小说中，关于金童软弱无能的情节比比皆是，其中女老板耿莲莲对他的谩骂尖刻、毒辣，却是道出了几分客观实情：

> 你是个十足的坏蛋，像你这种吊在女人奶头上的东西，活着还不如一条狗！我要是您，早就找棵歪脖树吊死了！马洛亚下的是龙种，收获的竟是一只跳蚤！跳蚤一跳半米高，您哪，顶多是只臭虫，甚至连臭虫都不如，您只像一只饿了三年的白虱子！②

父母优秀的基因造就了上官金童一副好皮囊，但这是没有任何生命力的空皮囊，不会抵御诱惑，也不会反抗压迫，面对世界的无常变化没有丝毫生存能力，浑浑噩噩苟活世上几十年，最终以皈依上帝为生命的归宿。《檀香刑》是发生在高密东北乡较早的故事。它以批判人的阴暗变态心理之深刻为人所知，也因其对残酷场景的过度描写引来诸多非议。然而，莫言在这部酷刑传奇中，把"种的退化"命题依然进行到底。相对于其他作品中的几代人构成的谱系，《檀香刑》中的人物血缘谱系结构略显单纯，"退化"主题发生在主人公赵甲和儿子赵小甲之间。赵甲是檀香刑这场酷刑的发明者和执行者，是小说的灵魂人物，作为满清第一刽

---

① 莫言：《丰乳肥臀》，上海文艺出版社 2012 年版，第 28 页。
② 同上书，第 481 页。

子手，他以精湛的技术把杀人场面变成最盛大华丽的演出，他把刽子手这一卑下、可怕的职业推向了最辉煌的地步，他也因此得到了无上的荣耀：慈禧太后赏赐他檀香珠和皇帝坐过的龙椅。这样的情节设计不无讽刺和荒诞的味道，却是一个王朝对一个刽子手空前绝后的嘉奖。然而，如此杰出的刽子手赵甲，只能有个心智不健全的儿子——赵小甲。父亲是刽子手中的天才，儿子只是个杀猪的；父亲聪慧绝顶，深谙世事人心，儿子只能活在关于"虎须"传说愚蠢的幻觉里。莫言曾在多部作品中，或隐或显地诠释着"种的退化"命题，编织着一个个关于退化的生命寓言。对于造成这一人类危机的根源，莫言曾经做出最为明确的说明。他在与王尧谈到《红高粱》时曾这样说道："《红高粱》实际上是对几十年来不正常的社会环境对人性的压抑的一种痛心疾首的呼喊。为什么我有痛感呢？我们这几代人越来越灰暗，越来越懦弱，越来越活得不像个男子汉，越来越不敢张扬个性，越来越不敢在自己的社会生活当中显示出个性色彩。人越来越趋同化，人好像都一样。这种东西你可以用人的性格来解释，更重要的还是因为不正常的社会环境对人性的压抑。"①

如果说莫言对现代文明带来的精神危机的书写是在西方现代主义思想感召下创作的，那么，对于物质困境的构建，则是本土作家经历特定时代生活的深刻感受。西方现代主义发生在物质丰富、精神空虚的特定时代，如尼采预示的那样，它重在表现与挖掘高度发达的物质文明给人类带来的精神、思想的匮乏，当它涌入中国，莫言并没有盲目地效仿、借鉴，而是在其影响下有自己的思考与沉淀。莫言的文学王国——高密东北乡——展现了清末到新千年百年间的历史，这一百年，对于中国百姓来说是多灾多难的岁月：改朝换代，兵匪作乱，自然灾害，外敌侵犯等，血腥是这百年历史最浓烈的底色和气味，动荡、饥饿、死亡是这一百年间国人最深刻的体会。有着童年饥饿经历的莫言，把特定时代留下的记忆再次编织在高密东北乡的文学史上，于是饥饿主题反复出现在作品中，这在小说中表现为对"食"的动物性回归，前文已有所呈现。在饥饿的岁月里，曾经发生许多因为吃而丧失人格、尊严的情景，莫言曾回忆为了得到一块豆饼，一群孩子围着村里的粮食保管员学狗叫的真实

---

① 莫言：《与王尧长谈》，《碎语文学》，作家出版社2012年版，第222页。

情形。事后，他的长辈严厉批评了他："嘴巴就是一个过道，无论是山珍海味，还是草根树皮，吃到肚子里都是一样的，何必为了一块豆饼而学狗叫呢？人应该有骨气！"① 这是作为人的尊严，也是人才有的风度，而不是动物所能够具备的品质。牢记尊严至上的莫言之所以刻意塑造出人向动物的回归，一方面展现了人在残酷环境下的一种无奈选择，另一方面他想表达更多的是对极度恶劣的社会环境的控诉。"种"不仅仅指生命存在与延续的能力，它更是生命存在的精神面貌，这一特性也使得人类区分于其他动物，我们可以把它理解为人类的基本尊严。在极度的饥饿状态下，人类回归成摇尾乞食的动物以自救，这是一种自然本能反应，也是无奈之举，而同时放弃了最宝贵的尊严，这是莫言对造成"种的退化""不正常社会环境"发出的强烈谴责。食物是生命存在的基础，缺乏食物，一切都将无从谈起，比如它直接影响"性"的进行、种的延续。对此，莫言有过清醒的看法：

> 其实饥饿和寒冷是彻底消灭性意识的最佳方案，一九六〇、一九六一、一九六二这三年，我所在的村庄只有一个女人怀过孕，她丈夫是粮库的保管员。到了一九六三年，地瓜大丰收，村里的男人和女人吃饱了地瓜，天气又不冷，来年便生出了一大批婴儿。——这正应了"饱暖生淫欲"的旧话。②

三　"原始拯救"感召下的"动物性发扬"

现代主义者既是现代荒原的描述者，又是迫切探索挽救人类危机之路、走出荒原的拯救者。对非理性的倡导，即是他们探索的一条拯救之路。西方现代主义文学是以非理性主义思潮的代表人物叔本华、尼采、柏格森的哲学思想为基础而产生的，他们的思想虽然各有侧重，但在强调人的自然属性、否定排斥社会属性方面是极为一致的。叔本华认为世界的本质是"意志"，而意志的核心在于追求生存；尼采和柏格森都把直

---

① 莫言：《我的文学历程》，《莫言讲演新篇》，文化艺术出版社2012年版，第67页。
② 莫言：《猫事荟萃》，《白狗秋千架》，上海文艺出版社2012年版，第363页。

觉与本能看作生命的本质因素，无论意志、直觉还是本能，作为非理性因素都是与社会理性相对的，与社会道德背道而驰的，所以他们都认定一切社会文明皆是与人为敌、与生命相冲突的。尼采是对非理性生命最为热情的讴歌者，而对于整个生命来说，肉体使生命具体可感，他曾这样赞颂肉体："这就是人的肉体，一切有机生命发展的最遥远和最切近的过去靠了它又恢复了生机，变得有血有肉……肉体乃是比陈旧的'灵魂'更令人惊异的思想，无论在什么时代，相信肉体都胜似相信我们无比实在的产业和最可靠的存在。""信仰肉体比信仰精神具有根本意义。"① 在围绕生命的价值判断中，肉体成为一个重要的尺度；"我们最神圣的信念，与我们最高价值相关的，始终不渝的信念，乃是我们肌肉的判断"。我们"要以肉体为出发点，并且以肉体为线索"。② 对于若干个世纪以来一直把人类问题诉诸理性的完善与文明的进步的西方社会来说，这无疑是思想领域翻天覆地的大革命，它不仅发现了人类内在的生命力，同时注意到理性与文明本身存在的诸多破绽。而要拯救这些由文明和理性带来的危机，势必启用它们的对立物——非理性因素。他们认为现代文明压制了人的原始生命力，只有将其释放出来，人类才能获得拯救，而非理性的生活存在于原始民族当中，与原始生活的碰撞会激发出现代人的原始野性，原始性是非理性的表现形式，现代主义者把拯救的途径寄托在对原始部落的想象性描述，希望从原始民族的生活里，提炼出拯救现代危机的生命精髓。

莫言小说中构建以人的动物性回归为表象的文学世界，某种程度上是对西方现代主义非理性主张的呼应；对动物性的文学表现，是其拯救现代危机的有力途径。莫言没有把拯救的方式寄托在对原始生活的重现，而是营造极致的生存环境，诱导出人类本身内在的生命动力——动物性，来进行自我拯救。这一拯救方式与现代主义的原始拯救是异质同构的。动物性作为人类与其他动物相通的生命属性，与社会文明是相对立的，正如巴塔耶经常谈到的那个著名悖论："人从根本上来说

---

① ［德］尼采：《查拉图斯特拉如是说》，尹溟译，文化艺术出版社1987年版，第114页。

② ［德］尼采：《权利意志》，张念东、凌素心译，商务印书馆1991年版，第178页。

就是动物，然而，人类只有否认自己的动物性，其自我身份才能得到确证。"① "人类既是动物性的一部分，又总试图将自己与动物区分开来，动物性总是在人类意识的边缘上空盘旋，将自己那闪烁的光亮照进无知的夜空。向超越的冲刺，整体一贯性那默默的命令，同时发生，这在区别（人类）自身的东西和人类从中区分出来的东西（性）之间，也标示了一种区别，一种不对称运动。无奈的是，作为动物的人还是不惜一切代价地熔凝到那卑下污浊、溶液般流动的物质中去，同时又不惜一切代价地拼命努力，渴望成为人。"② 从巴塔耶的论述中，我们看到人类步入文明的过程是何其艰难与挣扎，人类不断以禁忌为方式掩盖自身的动物性得以进入文明，社会文明要求原始、野蛮的生命表征从此被消灭掉，使人类社会进步为一个具有完美人性的境界，对于完美的人性来说，动物性是不存在的："圆满的社会人性从根本上排斥感官的混乱；否定它的自然原则，拒绝这个已知条件，只承认一座房子、地板、家具、玻璃窗渲染的空间，令人肃然起敬的人在其中穿行，他们既天真无邪不可侵犯，又温情脉脉不可接近。"③ 缺乏动物性的人性干净得一尘不染，但同时也丧失了生命的生动和色彩。现代社会总是以牺牲人的生命力为代价换取物质文明的进步，使之失去血性、活力、个性，变得麻木、千人一面。

在莫言的笔下，"我""上官金童""赵小甲"等都是被抽取了灵魂、生命力衰退的现代文明的象征，而与之相对应的祖先们的人生传奇则是拯救退化的途径。在《红高粱家族》中，二奶奶的一段话道出了现代人的衰退与亟须拯救："孙子，回来吧！再不回来你就没救了。我知道你不想回来，你害怕铺天盖地的苍蝇，你害怕乌云一样的蚊虫，你害怕潮湿的高粱地里无腿的爬蛇。你崇尚英雄，但仇恨王八蛋。但谁又不是'最英雄好汉最王八蛋'呢？你现在站在我面前，我就闻到了你身上从城里带来的家兔子气，你快跳到墨水河里去吧，浸泡上三天三夜——只怕河里鲇鱼，喝了你洗下来的臭水，头上也要生出一对家兔子耳朵！"④ 作为

---

① 汪民安主编：《生产》第三辑，广西师范大学出版社 2006 年版，第 41 页。
② 同上书，第 48 页。
③ ［法］巴塔耶：《色情史》，刘晖译，商务印书馆 2003 年版，第 41 页。
④ 莫言：《红高粱家族》，人民文学出版社 2012 年版，第 345 页。

现代文明的代表和象征，"我"害怕苍蝇、蚊虫、爬蛇，仇恨"王八蛋"行为，"我"害怕的是原始的自然环境，"我"仇恨的是彰显原始动物性所做出的反抗社会理性行为，而能够拯救现代危机的，恰恰是这些被现代文明仇恨与不容的原始动物性。或许莫言在不经意间说出了一个真理："但谁又不是'最英雄好汉最王八蛋'呢？"英雄好汉的行为是任何时代都极为崇尚的，包括现代文明，但它与社会理性拒斥的所谓"王八蛋"行为是同生共息的，这或许是关于文明与动物性之间关系最生动的文学阐释。在拯救生命萎顿，彰显人类生命力的过程中，莫言试图营造不同情境诱导人类向自身动物性的回归（如前文所述），鲁璇儿、乔其莎、戴凤莲、余占鳌……这一次次的回归，有力地抵抗、拯救外部环境带来的物质危机和退化产生的精神危机。另外，为了诱发人类的动物野性，莫言还创设了一个又一个极致的自然环境，在这里人类动物性得到了自然的迸发与张扬，这是一次对动物攻击性的自然回归。康拉德·洛伦兹（Konrad Lorenz）认为动物有四种本能：食、性、逃跑和攻击，此四者皆统一在"领地"的范畴下。攻击是维持物种生命延续的必要手段，攻击和领地是动物本能行为的一对重要范畴。占有领地，是一切动物生存、发展的基础，向其他野兽发起攻击是占有领地的重要手段。这一动物性行为在莫言的作品中赤裸裸地发生在迷失山林多年的鸟儿韩身上。鸟儿韩是《丰乳肥臀》中一个颇具传奇色彩的人物，被侵华日军抓劳工到日本，为逃避日本兵的追捕，躲入深山密林，最终迷失在深山十五年。在没有人烟的山林里，鸟儿韩凭借着自身动物性的复归生存下来，在这里一切社会法则无从谈起，动物界的丛林法则是唯一生效的规约，小说生动地描述了他是如何与狼搏斗，最终开辟了自己的领地。莫言有意设置了纯粹的人兽之争，他使人类回归自然，寻找与其他动物比邻而居时代的生命野性，这一由攻击占有生存空间的动物性进一步由自然环境延伸到社会环境——"我爷爷""我奶奶"带领乡亲为捍卫基本的生存空间与日军进行了最残酷的搏杀。与血性相连的动物性在不同的情境中回归，起到相似的拯救作用，即向退化的生命注入强力，拯救危机。这一用意常被作者在痛心疾首间不经意显露在外，例如在《丰乳肥臀》中就很明显，鸟儿韩和司马库作为复归并张扬动物野性生命力的最好例子，是作者设计意图用来拯救上官金童的"种的退化"的良药，这一用意从母亲的一句对儿子的怒斥中显露出来："你给我有点出息吧，你要是我的儿子，就去找她，我已经不需要一个永远长不大的儿子，我要的是像司马库一样、像鸟儿韩一样能给我闯出祸来的儿子，我要一个真正站着撒尿的男人！"① 可见，以上不论是出于何种意图的动物性回归、释放、张扬，都是对生命坚韧度的彰显，旨在展示面对求生，人类本身的生命强力——这是莫言式的拯救方式。

劳伦斯曾说："如果可能，我们必须发现真正的无意识。我们的生命在那里沸腾，先于任何精神。我们体内原初的沸腾生命，不存在任何精神改变的生命，这就是无意识。它是原始的，而根本不是观念的。它是我们应该赖以生活的自发起源。"② 生命是世界的根本，保存生命是寻求发展的基础，富有野性的生命力，是成为一个健全人的标志，也是战胜丑恶、创造美好世界的强大力量。对于拯救现代文明带来的危机，西方现代主义者把新生命的重塑和活力的激发寄托于原始想象，与之遥相呼应，莫言把对现代危机的拯救诉诸对人类动物性的回归，这是对西方现代主义的致敬，是来自世界的营养，它必然化作新的文学生命回馈给世界。

四　贾平凹关于"种的退化"书写

"种的退化"是莫言作品表现出的重要主题，也是同时期作家共同书写的文化现象。在继莫言的《红高粱家族》《食草家族》等以表现"种的退化"为主要内涵的小说之后，贾平凹于1998年创作的长篇小说《高老庄》亦成为关于"种的退化"文学阐释的重要代表，它再次延伸并拓展了这一主题。莫言塑造的形象是一个个喷薄着野性的强悍生命，他们身上凸显着人类的自然本能，作者通过赞颂人类的自然人性和人格用以批判现代文明和现代人的生命退化，并以此作为救治退化的良药。同样是书写"种的退化"，贾平凹与莫言有着不同的思考和精神所向，这使二者做出了截然不同的文学选择。

莫言与贾平凹都是从农村走出来的作家，对乡土题材作品的书写基

---

① 莫言：《丰乳肥臀》，上海文艺出版社2012年版，第454页。

② D. H. Lawrence, *Psychoanalysis and the Unconscious*, London：Martin Secker, 1923, p. 35.

本延续了鲁迅开创的乡土文学道路，对乡土的态度既眷恋又批判。莫言对故乡的情感爱恨夹杂、悲喜交加，因为恨这里的贫穷和苦难，所以要离开，因为眷恋与热爱，所以要回来。故乡就是那个无论爱也好恨也罢，一生无法割舍的"血地"。贾平凹在书写乡村时似乎从未离开过故乡。莫言对故乡的书写要么是城市的不肖子孙对乡村祖先生命传奇的回望，要么跟随着离乡知识者返乡的视角来进行，一如《白狗秋千架》，与之相比，贾平凹的《高老庄》的视角略有不同。离乡者高子路若干年后的回乡之旅，是带着城里的新婚妻子——西夏一块到来，也正是通过西夏——这个来自城市的乡村外来者一路查考，慢慢掀开了高老庄历史的神秘面纱。西夏以都市人的眼光和文化人的视角，对高老庄的人、事、历史文化进行了多日的考察和理性的反思，对高老庄人"种的退化"现象提出了带有现代理性思考的质疑与探寻。

《高老庄》的文学叙事始终在历史与现实的对比中游走，在乡土意识与现代文明的反差中向前推进。随着高子路与妻子西夏乘坐上返乡的汽车，现代乡村的景象逐渐呈现在我们眼前：高低不平、尘土翻飞的乡村土路、肮脏的生活习惯、陈旧不堪的庭院、破败的寺庙、年久失修的白塔等，这一切的描述都使高老庄充满了闭塞、落后与破败的气息。子路此次返乡的主要目的是为父亲过三周年忌日，父亲三年前死于胃癌，与父亲相仿，骥林爹死于鼻癌，劳斗伯患了肝癌，南驴伯得了喉癌……在高老庄，近年来患癌症的比例大幅增长，庄民们终日生活在癌症的威胁与死亡的恐惧中。曾经的高老庄是"沟畔里到处有古松，苔藓和蕨草就从树根到树梢附着了长，一嘟噜一嘟噜的藤蔓便垂下来，有红嘴白尾巴的鸟在里边叫"[1]，然而自从地板厂进驻村子之后，高老庄的自然环境遭到了严重的破坏和污染，昔日清新的世外桃源如今变成了破败肮脏的场所。环境污染不仅使人们患病增加，还导致庄民面临着断后的威胁：石头是个残疾、庆升夫妻生了一连串的怪胎、子路回乡后生殖能力逐步丧失……当下的高老庄人有一个显著的特点，就是个子矮小，然而在历史中，高老庄人并不矮，从西夏所搜集的画像砖中可以通过人与动物的大小比例推测出庄民在古代的身材是很高大的，这种种表现共同构成了高

---

① 贾平凹：《高老庄》，人民文学出版社 2008 年版，第 4 页。

老庄"种的退化"的文学表象。

伴随身体退化的是高老庄人精神信仰的退化。在历史中，高老庄人不仅高大威猛、孔武有力、驰骋疆场，而且他们团结一致、安居乐业，这些都在碑文等历史遗迹中充分得到见证。西夏刚来到高老庄就偶然在三治的后院发现了一块清朝嘉庆年间题额为"永垂不朽"的石碑，上面记录了高老庄在嘉庆年间屡遭匪寇，"首人同众修寨堡以为保障。工程浩大，一木难支。各捐己资，募化十方，善果周就"① 的历史。这段碑文寥寥几句，但字里行间传达出的精神力量却让人震撼，高老庄人曾经团结一心，抵抗外敌，最终取得了胜利。而如今的高老庄因为争夺一己私利，庄民自相残害，蔡老黑的葡萄园和苏红的地板厂之间为了争权夺利斗争不断，以致多次发生原始状态的械斗和集体性事件。古时的高老庄不仅在抵御外敌侵略时能团结一心，庄民的日常生活也是和谐和睦、其乐融融。在西夏发现的名为"高志孝五世一堂"的碑文中记录了这样的生活图景：明朝高老庄义民高武元一户八十二口"五世同居共一炊烟，男耕妇织循循如也""上事祖父，下抱孙儿，亲见七代，五世同堂，因乡民朴诚，不肯请旌自炫。然则高氏世为善士也，武元之能率其家业，遵乃祖也。使其子若弟一能如武元之遵乃祖者，传为家法则源远流长，崛起有不可限量者，岂仅称以乡善士已哉。夫妻扬忠厚以励风俗，司牧者之事也"② 。从碑文中可见，高老庄人的祖先可以五世同居一炊烟，几代之间和睦共处，然而相比之下，眼下高子路与庆来、狗锁、晨堂同属一爷之孙，关系却不和睦，与祖先相比真是羞愧得很，这让外来者西夏不禁发出感慨："一代不如一代了。"③ 碑文《烈女墓碣》记载了高老庄女子反抗外敌凌辱，刚烈赴死的悲壮场景："烈女高氏，高老庄农民高启彦之女，不知书，然娴礼节，寡言笑……嘉庆二年，适三省教匪猖起……悦其女之姿首，胁之行。女曰：'死即死耳，何从贼为。吾头可断而身不可辱。'贼怒，连矸数刀……语家人曰'吾自有正气，贼不能辱我也。'言

---

① 贾平凹：《高老庄》，人民文学出版社 2008 年版，第 11 页。
② 同上书，第 90 页。
③ 同上。

毕而卒其家。"① 在历史上，高老庄的女子贞节刚烈，她们重视女子的贞操品行，所以在敌匪面前，宁死不被辱。然而，如今的高老庄女子为了摆脱贫穷、享受物质生活，她们把出卖身体当作脱贫致富的捷径。其中，苏红就是这一人群的代表人物，她貌美多金，如今是地板厂的女厂长。但苏红的发家史却不堪入耳，她在省城坐台当小姐的经历永远成为她人生中的巨大污点，她不仅售卖自己的身体，还介绍高老庄其他妇女到省城从事这一行业，她们的华丽返乡吸引了一批批高老庄女孩子走上外出卖淫的道路。不论在身体上从高大魁梧到赢弱矮小的变化，还是事态人心、民风上的古今异样，都充分表现出了整个高老庄处在退化的困境中。历史中的高老庄曾经"把酒话桑麻，同乐太平世。祈天尧舜日，击壤而歌欸"②，如今的高老庄，用高子路的话说："高老庄和《水浒》中阳谷县一样有着矮人，有着争权夺利的镇政府，有着凶神恶煞的派出所，有着土匪一样的蔡老黑，有着被骂作妓女的苏红，有躺在街上的醉汉，有吵不完的架，有臭气熏天的尿窖子，有苍蝇乱飞的饭店……"③ 对此，贾平凹曾说："《高老庄》里的一些乡俗我之所以写到那些生活习惯的'脏'处，意在哀高老庄的不幸，这正是它们的文化僵死人种退化的环境。生活中常常有这样的例子，比如在人稠广众中，我的亲属和我的好友头发很乱眼角有屎，我会小声告诉他或暗示他理好头发和擦掉眼屎。"④ 面对现代高老庄人性的异化、人种的退化危机，作者在提出问题与忧虑的同时，以文学特有的方式暗示了拯救的方法。

　　小说中几个主要人物明显承载了作者对不同文化的思考并成为隐喻的对象。蔡老黑代表了充满生命强力的原始文明，在他身上有莫言笔下人物的血性，无论在体格抑或精神气概上，蔡老黑的表现都区别于高老庄人，在子路母亲的嘴里曾这样谈论他："脾性像土匪，现在还算好多了，年轻时才是惹不起，打坐牢出来……"⑤ 的确，蔡老黑做事有胆有

① 贾平凹：《高老庄》，人民文学出版社 2008 年版，第 126—127 页。

② 同上书，第 62 页。

③ 同上书，第 270 页。

④ 贾平凹：《写作是我的宿命——关于贾平凹长篇小说新著〈高老庄〉访谈》，《文学报》1998 年 8 月。

⑤ 贾平凹：《高老庄》，人民文学出版社 2008 年版，第 28 页。

识，经营几十亩葡萄园，一度成为高老庄镇的农民企业家。他对爱情热烈执着、敢爱敢恨，他深爱菊娃，在菊娃最艰难的时候照顾这对孤儿寡母，这使菊娃一直心存感激，他敢作敢为，敢打敢拼，是民间野性力量的象征。然而，蔡老黑却无法成为拯救高老庄退化的力量。蔡老黑与地板厂几次交锋的心理动机和斗争手段，都暴露了他狭隘的农民意识，就如同他对西夏所说："你是城里人，你不了解农村……在这地方，他人碗里的饭不稀，你碗里的饭怎么能稠?!"① 作品中几次重大的集体性事件都是蔡老黑挑动的。面对葡萄园经济的垮塌，蔡老黑没有自救的方法，他唯一的念想是挤走日进斗金的地板厂，他煽动几个庄民拦截前来考察的副县长，要求地板厂给高老庄修路，即使修路未成，地板厂也落得个为富不仁的名声。接着，他又利用农民贫穷贪小便宜的特点，煽动了集体毁林事件，按照蔡老黑的说法："自从有了地板厂，高老庄的生态环境就从此破坏了！……现在高老庄的栲树砍得差不多了，高老庄人要求提高木价，但王文龙不、苏红不，倒收购白云寨人运来的木头，他们是拿白云寨来压高老庄么！……这就发生过殴打白云寨贩木的人。殴打白云寨贩木的人，这应该引起镇政府领导的重视，应该从中寻出矛盾的深层原因，可只是整治高老庄人，也才导致了高老庄人为了和白云寨人争饭碗，发生毁林事件！"② 于是引出了群众的愤怒："王文龙和苏红是这场毁林事件的罪魁祸首！"③ 从这两次事件设计的动机来看，蔡老黑试图利用民愤、借助政府挤走地板厂，但政府处理的结果总是令他大失所望，最后蔡老黑利用背梁的死冲击了地板厂，这是一次集体性的打砸抢事件，在这次事件中，女厂长苏红遭到了人格的侮辱与践踏，蔡老黑也因严重违法四处逃窜。作为一个农民企业家，蔡老黑因不能及时适应现代经济模式的转型和发展变革，经营的葡萄园以破产收场，个人也因涉嫌煽动集体打砸抢、绑架案而被捕入狱。从整个人物性格特征和命运走向来看，蔡老黑所代表的民间野性力量无法承担起拯救高老庄危机的重担，一个无法自救的人何谈拯救他人呢！

---

① 贾平凹：《高老庄》，人民文学出版社 2008 年版，第 273 页。
② 同上书，第 293 页。
③ 同上。

　　高子路是个复杂的矛盾集合体，他身上有现代文明的熏染，更有根深蒂固的传统文化积习。接受了高等教育已经是大学教授的高子路，返乡后从日常行为到思想观念都回归为高老庄原始状态，尤其是陷入了与前妻的感情纠葛中无法自拔。作为从高老庄走出去的知识分子，他深谙农民的思维，但子路并没能运用他的教育优势启蒙帮助依旧蒙昧的乡民，他对妻子西夏参与高老庄民众事务的行为大加阻挠，明哲保身的观念和行事作风使子路对待恶势力持退避状态，与蔡老黑的敢爱敢恨相比，子路对菊娃的感情斩不断、放不下，却又不敢真正面对。并且，他在高老庄不能站在一个知识分子应有的高度去处事待人，他厌恶蔡老黑，只因为他对前妻菊娃展开了热烈的追求，他也厌恶地板厂厂长王文龙，因为王与菊娃也有感情牵绊。他不能给菊娃应有的爱，但也无法接受菊娃与其他男人相好。在私人感情的笼罩下，他戴着有色眼镜去看待蔡老黑以及与之相关的一切重大事件，他不让西夏去帮蔡老黑迎接外宾参观葡萄园，对蔡老黑自己掏钱修白塔不屑一顾，对蔡多次与地板厂的争斗失利更是毫无同情之心，这一切的一切皆因蔡老黑与菊娃的特殊情感关系。又因多次被西夏说中了心事，他与西夏发火吵架。最后，由于赌气西夏要留下来帮助蔡老黑，子路决定独自回省城。子路的返乡，除了给父亲过完三周年的忌日，没对高老庄及自己的家庭产生任何变革性影响。除此之外，子路的身体回高老庄后发生了变化，他的生殖能力明显变弱，可见在高老庄的环境中，子路不仅无法成为一个变革者与拯救者，他自己也变成了退化中的一分子。这些都决定了子路无心亦无力拯救高老庄的退化困境。

　　如果说作者有意在作品中设置了一个拯救的力量，作者应该是把拯救的希望寄托在了西夏所代表的新人身上。现代女性西夏来自城市，却丝毫没有城市姑娘的优越感，她对高老庄的历史和文化有着浓厚的兴趣，她多次重金购买庄民根本没在意的残碑旧砖，只为研究高老庄的文化，她对这里的历史文化有着纯粹的热爱。她一回乡就处在一个复杂的家庭关系中，但她能理解婆婆、疼爱丈夫和前妻的孩子、真诚地对待丈夫的前妻，在她身上尽显中国传统美德。在感叹患癌症庄民越来越多时，西夏和子路有过一段简短的对话，对话中表现出二者对相同问题不同层次的认识。高老庄人一直信奉白塔决定高老庄的风水，愚昧的庄民认为白

塔倒了，挡不住白云湫的邪气，所以病患不断，子路也哀叹："没有白塔
了，村里患癌病的人多，如今连塔基都没有了，还不知以后会发生什么
灾难？"西夏说："你也信这个？"子路说："高老庄怪事多，不信不由你
嗬！"西夏也觉得是，却说："患癌病的多会不会是水土的原因？高老庄
的人个子都矮，怕也是水土的事。"① 在这段对话中，子路的思维并没有
越出高老庄人的思维，他不能从一个知识者的角度科学地看待庄民患病
的现象，反而是西夏推测的理由更符合一个知识分子的思维方式和眼界。
西夏在处理高老庄事务时显示出卓越的才干与超人的智慧，她欣赏蔡老
黑的血性，但不喜欢他的粗鄙与狡猾，她能够辩证地看待地板厂的资产
运营方式，当蔡老黑等人谋划轰地板厂时，西夏曾做出理智的劝说："要
叫我说，我说一句，我对高老庄的具体情况并不了解，地板厂在这里，
地方上应该有个统筹规划，有计划有层次采伐树木来做原料，如果盲目
地只顾收购木头，势必对森林资源浪费和破坏很大，但你们去轰厂却是
错误的，如果人去的一多，谁能控制局面，那后果就不是想怎么着就能
怎么着了！"② 这几句话包含了西夏对蔡老黑等人所谋划行为的不认同和
劝阻，而且她还站在了一个知识分子的高度对地板厂所存在问题加以理
性的分析，西夏从政府对地板厂所应采取的行政作为入手，不涉及任何
一方私人感情，既客观又精当，能看出西夏在处理地板厂与高老庄环境
的问题上是有一定见识的。除此之外，西夏以人道主义的方式维护"妓
女"苏红做人的尊严。在地板厂受到庄民打砸抢的浩劫中，苏红被蔡老
黑辱骂，身体也遭到了其他无耻男人的糟践，正当一群粗鲁的庄民拉扯
苏红的衣裙时，西夏奋不顾身护住苏红，使庄民不敢再轻举妄动。她能
够洞见高老庄人的落后与迟滞，但她给予最大的理解与宽宥，并不断向
庄民输入现代气息。而且，她用自己的工作便利努力帮助蔡老黑脱离困
境，并最终获得成功，使蔡老黑破产的葡萄园起死回生，她以赤子的胸
怀与高老庄人和谐相处。更重要的是，西夏发现并反思了高老庄人退化
的秘密。她对高老庄的历史文化有着浓厚的兴趣，所到之处的碑文、画
像砖都被带回或当场记录研究，她发现了高老庄人迁徙的历史痕迹，千

---

① 贾平凹：《高老庄》，人民文学出版社 2008 年版，第 146 页。
② 同上书，第 296 页。

百年来庄民身体的退化，民风的凋敝，她对此做出各种各样的推测，反思退化的根本原因。当土生土长的子路决定回城再也不回来时，西夏决定留下来，她才是作者理想的化身，是拯救种的退化的希望。

莫言是有感于近年来，人们越来越缺乏血性，所以他试图营造各种情境激发人类的原始动物野性，意在拯救现代文明中逐渐萎缩的人性。《高老庄》通过"种的退化"的文学呈现，表现出作者对现代工业文明侵蚀乡村文明所带来的忧虑，同时，作者在描写乡间的风物、叙说乡俗民情的琐屑生活中也隐含了对历史文化痼疾的深沉忧思。高老庄人最足以自豪的事情是：自祖先从山西大槐树下迁徙以来，三十几代人仍能够保持纯粹的汉族血统。这是先人们历经血与火的洗炼而用武功纲常抵御外侮染指的胜利果实，对这一果实的维护是高老庄人的传统更是庄民的骄傲。而正是这一骄傲却成为现代高老庄的不幸。从四处搜集来的碑文和画像砖中可见，历史上的庄民并不矮小，西夏在追寻高老庄人退化原因的过程中得出结论：不与外族通婚是导致高老庄人退化的根本原因。对纯种血统的要求与保持是祖先出于对灭种危机的忧虑所作出的生存选择，曾经的道德伦理纲常是维护高老庄和谐、稳定的精神工具。然而，随着时代的变迁，这些古老而一成不变的历史传统在现代社会或成为发展的阻碍性力量。正如有学者论之："我们的民族文化虽然具有五千年的深厚积淀，但并不具有永恒不变的绝对合理与优秀属性。"① 西夏对纯汉族的文化有过如下的批判："长城是壮观，可你想没想为什么要修长城？大菜里讲究色形味，正是太讲究了食物的色形味才使汉人的脾胃越来越虚弱，体格不健壮的。有了孔子，有了儒教，人才变得唯唯诺诺……比如京剧呀，天下独一，熊猫呀，天下无二，可京剧里男人去扮旦角，小生不长胡子说话也像宦官，熊猫呢，腰胖胖的，腿短短的，就是不能生育，连怀孕也是百分之一的效率！""纯粹的汉人太老了，人种退化了！"② 作者不断在碑文中透出对优秀历史文化的怀恋与追寻，又通过新人西夏道出了对历史文化痼疾的忧患与批判，这正如贾平凹在小说后记中所说："我

① 张兆林、束华娜：《基于文化自觉视角的非物质文化遗产保护与新文化创造》，《美术观察》2017 年第 6 期。

② 贾平凹：《高老庄》，人民文学出版社 2008 年版，第 108 页。

终生要感激的是我生活在商州和西安两地，具有典型的商州民间传统文化和西安官方传统文化孕育了我作为作家的素养，而在传统文化中浸淫愈久，愈知传统文化带给我的痛苦，愈对其中的种种弊害深恶痛绝。"
"我或许不能算时兴的人，我默默地欢呼和祝愿那些先蹈者的举动，但我更易于知道外面的身上正缺乏什么，如何将西方的先进的东西拿过来又如何作用，伟大的'五四'运动和'五四'运动中的伟人们给了我多方面的经验和教训。"① 从这段话中，我们可以明确知道贾平凹写《高老庄》所要表达的思想，有对传统文化痼疾的批判，有如何对外来文化进行有效吸纳的思考等。

在《红高粱家族》中，开头与结尾是理解莫言关于"种的退化"文学主题的关键所在。"我痛恨杂种高粱。……在杂种高粱的包围中，我感到失望……可怜的、孱弱的、猜忌的、偏执的、被毒酒迷幻灵魂的孩子，你到墨水河里去浸泡三天三夜——记住，一天也不能多，一天也不能少，洗净了你的肉体和灵魂，你就回到你世界里去。在白马山之阳，墨水河之阴，还有一株纯种的红高粱，你要不惜努力找到它。你高举着它去闯荡你的荆棘丛生、虎狼横行的世界，它是你的护身符，也是我们家族的光荣的图腾和我们高密东北乡传统精神的象征。"② 对纯种红高粱的寻找与对杂种高粱的痛恨，可见莫言提倡追寻民族纯正的文化生命力量。同样，《丰乳肥臀》中的上官金童也是个令人失望的"杂种"，借用作品人物语言："马洛亚下的龙种，收获的竟是一只跳蚤"，金童高大魁梧的外表之下却是懦弱的灵魂和无可救药的恋乳癖。无疑，上官金童的孱弱隐喻着文化对刚性元素的缺乏，即对莫言一贯赞颂的野性生命力的现代亏缺，这种野性需要到苍茫的历史中去寻找："这野精神来自山林，来自大地，就像远古的壁画和口头流传的英雄史诗一样，洋溢着一种原始的艺术气息，而这一切，正是那个过分浮夸时代所缺少的，当然也是目前这个矫揉造作、扮嫩伪酷的时代所缺乏的。"③

同样是阐释"种的退化"，且都包含从身体能力到精神面貌的多方面

① 贾平凹：《高老庄》，人民文学出版社 2008 年版，第 360 页。
② 莫言：《红高粱家族》，人民文学出版社 2012 年版，第 346 页。
③ 莫言：《生死疲劳》，作家出版社 2012 年版，第 221 页。

退化表象，然而对其退化原因的探寻却是不同的。莫言是出于感慨民族的不肖子孙丧失了祖先的某些优良传统，呼唤回到传统中去继承优秀的文化基因，寄希望用原始回归的动物性激扬日渐萎缩的人性；贾平凹担忧传统文化中的痼疾与沉疴阻碍了民族的发展与进步，警醒人们对糟粕的祛除，对外来优秀文化进行有效吸纳。然而，无论何种文学表现，两位作家都有着相似的寄托，同样出于拯救世态人心的知识分子立场，试图探讨民族的出路，他们所传达的文化精神立场是一致的。

第 三 章

莫言小说动物性写作呈现
出的理性思考

第一节　动物性与现代文明

　　动物性与文明之间的关系是复杂的，莫言在对其进行文学呈现的过程中表现出他深刻的理性思考。一般地说，文明是人类有目的地改造世界实践活动的成果，它包括物质和精神两个方面。莫言对文明的态度似乎是矛盾纠结的，相对于曾经的贫穷、落后、愚昧，他向往物质文明给人们带来的富足、方便、舒适，然而，随着文明的进步带给人类越来越多的精神异化、生命力衰退，使莫言排斥否定文明带来的弊端，进而对文明本身进行思索和批判。

一　文明对动物性的压制与异化

　　因为以"种的退化"的生命哲学思想作为指导，莫言的作品呈现出膜拜历史、忧患未来的文学表现。然而，有过深度饥饿感经历的莫言对物质进步的向往却是不能轻易否定的，这种情绪不时从作品中流露出来。《蛙》开篇描写的，是一群因极度贫困而饥饿难耐的孩子集体吃煤的情景："我们每人攥着一块煤，咯咯崩崩地啃，咯咯嚓嚓地嚼，每个人的脸上，都带着兴奋的、神秘的表情。"① 这看似荒诞的情节，却是作者莫言的亲身经历，物质的极度匮乏使人的生存遭到了巨大的威胁，对物质的

----

① 莫言：《蛙》，上海文艺出版社 2012 年版，第 8 页。

渴慕成为人们满足感官的最大追求，随之产生了对先进技术的向往。《蛙》用大量篇幅描绘人们对飞机、飞行员的神化，尤其是夸张飞行员的饮食："陈鼻说他妈妈在哈尔滨时见过苏联的飞行员，都穿着麂皮夹克，高筒麂皮靴子，镶着金牙，带着金表，吃列巴香肠，喝啤酒。粮库保管员肖上唇的儿子肖下唇（后来改名为肖夏春）则说，中国的飞行员吃得比苏联飞行员还要好。——他为我们开列了中国飞行员的食谱——好像他是给飞行员做饭的——早晨，两个鸡蛋，一碗牛奶，四根油条，两个馒头，一块酱豆腐；中午，一碗红烧肉，一条黄花鱼，两个大馇馇；晚上，一只烧鸡，两个猪肉包子，两个羊肉包子，一碗小米粥。每顿饭后还有水果，随便吃，香蕉、苹果、梨、葡萄……吃不了可以往家拿。飞行员的皮夹克都有两个大口袋，为什么？为了装水果设计的……"① 在饥饿年代，食物成为最诱人的东西，人们对飞行员生活的神化，透露出时代的烙印，同时反映的信息是先进的科技伴随着物质的极大丰富，对层出不穷的美食的向往是人们对科技发展的企盼，先进科学技术与落后传统文化之间的矛盾也在强烈的对比中呈现出来。在描述姑姑与老娘婆的接生过程中，在姑姑冷静、科学的新法接生对比下，凸显了传统老娘婆方法的野蛮、愚昧和恐怖，以此传递出先进医学技术的优越性。"现代社会被定义为一个文明的社会，而一个文明的社会又理解成一个大多数的人类丑陋和病态，以及人类内在的残酷和暴力倾向都已经被消除或至少受到了压制的社会。公众对文明社会的印象不是别的，而是一个没有暴力的社会；也即一个温文尔雅的社会。"② 然而，现代社会不仅造出了物，也造出了对物的需求。物质的空前富足导致现代社会中人对物永不满足的追求，对品质永不厌烦的精益求精，这种心理催化了新技术的不断生成，也使无数兽性行为得以激发，"食婴"即是现代文明滋生的兽行。

在《酒国》中，物质文明的进步带来了生活水平的提高，"吃"不仅仅为了饱腹，更是一种艺术欣赏，于是有了烹饪学院的诞生与繁荣。烹调家为了满足人们日渐刁钻的口味，刻苦钻研、翻新花样，当消费者

① 莫言：《蛙》，上海文艺出版社 2012 年版，第 24 页。
② ［英］齐格蒙·鲍曼：《现代性与大屠杀》，杨渝东等译，译林出版社 2002 年版，第129 页。

"吃腻了牛、羊、猪、狗、骡子、兔子、鸡、鸭、鸽子、驴、骆驼、马驹、刺猬、麻雀、燕子、雁、鹅、猫、老鼠、黄鼬、狷狮"① 之后，他们想到了吃小孩，因为小孩的"肉比牛肉嫩，比羊肉鲜，比猪肉香，比狗肉肥，比骡子肉软，比兔子肉硬，比鸡肉滑，比鸭肉滋，比鸽子肉正派，比驴肉生动，比骆驼肉娇贵，比马驹肉有弹性，比刺猬肉善良，比麻雀肉端庄，比燕子肉白净，比雁肉少青苗气，比鹅肉少糟糠味，比猫肉严肃，比老鼠肉有营养，比黄鼬肉少鬼气，比狷狮肉通俗"。② 崇尚理性精神、效率原则、科学思维的现代文明不是"食婴"的充分条件，但毫无疑问是必要条件。没有现代文明，"食婴"是不可想象的。正如美国人类学家罗伯特·路威说："在知识之累积这方面，已经有了很大的进步。在科学研究者的心理方面，从冰鹿时代以来没有根本的变化。在科学道德上，最近百年表示着一个退化的时代。"③ 在肉孩的宰杀和烹饪过程中，无不见现代科学技术的工具性价值，充满理性的科学技术摒弃了人类感性的情感反应，酿造大学新研制的味道甘甜、酒精度奇高的酒浆使肉孩在宰杀前被麻醉入睡，直到被烹制成为桌上的美食亦不会发出哭喊和反抗，这一手段的使用抑制了人类的同情心。物质文明给人带来了太多的诱惑，但它并不必然给予人幸福，鲁迅在《文化偏至论》中，揭示过物质文明的失衡状态给人带来的恶果：

> 递夫十九世纪后叶，而其弊果益昭，诸凡事物，无不质化，灵明日以亏蚀，旨趣流于平庸，人惟客观之物质世界是趋，而主观之内面精神，乃舍置不之一省。重其外，放其内，取其质，遗其神，林林众生，物欲来蔽，社会憔悴，进步以停，于是一切诈伪罪恶，蔑弗乘之而萌，使性灵之光，愈益就于暗淡；十九世纪文明一面之通弊，盖如此矣。④

---

① 莫言：《酒国》，上海文艺出版社 2012 年版，第 99 页。
② 同上。
③ ［美］罗伯特·路威：《文明与野蛮》，吕叔湘译，三联书店 1984 年版，第 258 页。
④ 鲁迅：《文化偏至论》，《鲁迅全集》，人民文学出版社 2005 年版，第 1 卷，第 57 页。

文明首先是工具的进步，即为获取和增加生活必需品的工具的进步，社会进步使更多人的需要得到了满足，"但进步的加速似乎与不自由的加剧联系在一起。在整个工业文明世界，人对人的统治，无论是在规模上还是在效率上，都日益加强"①"人对人的最有效征服和摧残恰恰发生在文明之巅，恰恰发生在人类的物质和精神成就仿佛可以使人建立一个真正自由的世界的时刻"。② 弗洛伊德对此阐释得很清楚，他用本能理论、快乐原则，为我们说明了文明对人类动物性的压制和异化过程："文明以持久地征服人的本能为基础""人的本能需要的自由满足与文明社会是相抵触的，因为进步的先决条件是克制和延迟这种满足""人的历史就是人被压抑的历史。文化不仅压制了人的社会生存，还压制了人的生物生存；不仅压制了人的一般方面，还压制了人的本能结构。但这样的压制恰恰是进步的前提"。③ 人类的生物本能是动物性的一部分，弗洛伊德论述了文明与本能之间压抑与被压抑的关系，动物性作为原始、野蛮、落后的表征被文明压制，并且强调"压制才是进步的前提"，然而，长久的压制会带来稳定和谐的持续局面吗？文明意味着物质的丰富、精良的医疗卫生条件、庄严的宗教信仰、动人的艺术氛围和优雅的音乐旋律，同时也意味着奴隶制、剥削、战争和死亡集中营。文明的确在以前所未有的势头压制人类体内属于前社会的动物性，从这一视角考察文明，它与动物性、野蛮、原始是相对立的。然而，当我们反观文明时会发现，把文明和野蛮想象成对立面是错误的。"当今时代，如同这个世界的大多数其他方面一样，野蛮受到了比以往任何时期都要有效的管理。它们还没有，同时也不会退出历史舞台。创造和毁灭同是我们所谓文明的不可分割的组成部分。"④ 当由于文明的压制而造成一种关于所谓野蛮的隐蔽历史时，另一种更为野蛮的行为在公开地创造着："随着时光的流逝，人类最残酷的冲动还是确定不移地被减弱的，但是对自然冲动的弃绝并未导致一种

---

① ［美］赫伯特·马尔库塞：《爱欲与文明》，黄勇、薛民译，上海译文出版社 2005 年版，第 1 页。

② 同上书，第 2 页。

③ 同上书，第 7 页。

④ ［英］齐格蒙·鲍曼：《现代性与大屠杀》，杨渝东等译，译林出版社 2002 年版，第 13 页。

伟大的改造。尼采认为这反而'导致了一种变态'。"① 尼采所说的这种"变态"与弗洛姆所谈的"异化"有着异质同构性，它们皆由社会存在所致：当二者与动物性结合在一起时，都会产生令人无法想象的恶果。在弗洛姆的字典里，异化最初来源于人们对一块"木头"的崇拜："对偶像崇拜意味着人的被奴役。他们嘲笑偶像崇拜者，指出这些崇拜都是从一块木头开始的：木头的一半被用来烧火做饭，另一半就被做成一个偶像，然后被大加崇拜。其实这只是一件出自他自己手下的一块木雕，却对他具有无尚的权威。他把自己的全部力量注入这块木头，将自己掏空来赋予这块木头以力量。然后，再通过臣服于这块木头来安慰自己。在现代的哲学语言中我们称这种现象为异化。马克思和黑格尔所说的异化正是这个意思：人对物的服从，失去自我，失去自由和由这种服从而产生的偏见。我们有自己的偶像，那就是财富、权力、物质生产、消费品、荣誉、地位等一切使现代的人成为奴隶的东西。"② "文明是作为有组织的统治而取得进步的。"③ "在这样的社会里，人越来越退化成为一个无足轻重的东西，一个附属品，一个别人手中的玩偶。他不用做决定，不用负责任，只需按照别人的指令行事。在他的生活里，思想、情感和想象力越来越萎缩。他终日所想的只是这类问题：怎样才能爬上去？怎样才能挣更多的钱？至于怎样才能成为一个人他是从来想不到的。"④

在莫言描写酷虐行为的作品中，很好地诠释了社会存在对人类动物性的异化过程。施虐者表现出的"铁面无私""大义灭亲"令人印象深刻。在他们心中，对王朝、国家的忠诚永远占据最重要的位置，这早已成为他们心中那块神圣的木头——用来崇拜、供奉的偶像。赵甲"是京城刑部大堂里的首席刽子手，是大清朝的第一快刀、砍人头的高手，是精通历代酷刑并且有所发明、有所创造的专家。他在刑部当差四十年，

---

① ［美］詹姆士·米勒：《福柯的生死爱欲》，高毅译，上海人民出版社 2003 年版，第 297 页。

② ［美］埃里希·弗罗姆：《生命之爱》，罗原译，国际文化出版公司 1988 年版，第 111—112 页。

③ ［美］赫伯特·马尔库塞：《爱欲与文明》，黄勇、薛民译，上海译文出版社 2005 年版，第 25 页。

④ ［美］埃里希·弗罗姆：《生命之爱》，王大鹏译，国际文化出版公司 2001 年版，第 140 页。

砍下的人头，用他自己的话说，比高密县一年出产的西瓜还要多"。① 我们对他从业四十多年的职业经验大致可以总结为：受刑者物质化，施行者神圣化。成为一名优秀的刽子手需要眼中无人、心中无人，即眼前的受刑者不是一个有精神的人，他（她）只是一个物质的人，与任何动物无异的血肉之躯。资深刽子手余姥姥曾说："一个优秀的刽子手，站在执行台前，眼睛里就不应该再有活人；在他的眼睛里，只有一条条的肌肉，一件件的脏器和一根根的骨头。"② 刽子手心理上自然就去除了对人的同情与不忍，亦自然而然地平心静气；刽子手只需要按照具体刑罚的要求、步骤，把活干好即可；一旦把受刑者当活人来对待，就会影响工作的效率与效果。这样的职业心理失范在赵甲的刽子手生涯中也曾发生过，从业四十多年的赵甲，早已练就了一颗残酷、冰冷的心，早已视人作物，然而在他的记忆中，依旧有让他心慌的时刻，那是被派往天津小站凌迟刺袁未遂的钱雄飞。值得注意的是，以凌迟为惩罚的手段，早已使这项死刑的目的脱离了对生命的结束和终止，它给犯人以及观者带来更多的是折磨身体的痛楚和对刑法的畏惧。此时"身体不仅是惩罚的终点，还是愤怒和羞辱的媒介，这就是为什么，在处置那些罪大恶极的人的时候，不仅仅是让他的生命快速地消失，还要反反复复地折磨他的身体的原因。在此，对生命的惩罚变成了对身体的惩罚，生命的苦痛变成了身体的苦痛"。③

然而，负责行刑的刽子手赵甲被钱雄飞健硕美好的身体惊呆了，也被他临刑前的表情和姿态威慑住了："他执刑数十年，亲手做过的活儿有近千件，但还是第一次见到如此匀称健美的男性身体。罪犯隆鼻阔口，剑眉星目，裸露的身体上，胸肌发达，腹部平坦，皮肤泛着古铜色的光泽。尤其是这个家伙的脸上，自始至终挂着嘲讽的微笑。赵甲端详他时，他也在端详赵甲。弄得赵甲心中惭愧，仿佛一个犯了错误的孩子不敢面对自己的家长。"④ 眼前如此鲜活的生命、潇洒的模样使赵甲居然无法进

---

① 莫言：《檀香刑》，作家出版社 2012 年版，第 3 页。
② 同上书，第 185 页。
③ 汪民安：《身体、空间与后现代性》，江苏人民出版社 2006 年版，第 39 页。
④ 莫言：《檀香刑》，作家出版社 2012 年版，第 185 页。

入"目中无活人，视人为物"的状态，直到钱雄飞"灰白的嘴唇颤抖不止"，掩饰不住的恐惧恢复了赵甲的职业荣耀："他的心在一瞬间又硬如铁石，静如止水了。面对着的活生生的人不见了，执刑柱上只剩下一堆按照老天爷的模具堆积起来的血肉筋骨。"① 看起来刽子手并不是天生残忍无情，之所以能够练就如此冷酷、铁石心肠的心理背后有强大的精神支撑，那就是对权力的服从，并使这种服从上升为至高无上的荣耀。福柯说："在任何社会里，身体都要受到极其严厉的权力的控制。那些权力强加给它各种压力、限制或义务。"② 人的身体不断受到权力的干预、控制，使自身的各种力量被强加上一种驯顺的功利关系。这种干预、控制的手段基本体现为"纪律"，这是权力用来支配人体的技术，"其目标不是增强人体的技能，也不是强化对人体的征服，而是要建立一种关系，要通过这种机制本身来使人体在变得更有用时也变得更顺从，或者因更顺从而变得更有用""人体正在进入一种探究它、打碎它和重新编排它的权力机制"。③ "纪律"是任何社会实现对民众统治所使用的投入少、成本低却收益显著的重要手段，它是人类社会文明的成果之一，对纪律的是否服从成为衡量体制内民众基本素质的标准，服从纪律、对权力的驯顺行为被体制赋予有用、有价值，而对权力的违逆，会被社会视作"反贼""反革命"等被消灭，"在权力主义的伦理中不服从是唯一的原罪，而服从是唯一的美德"④。赵甲的杀人行为是对国家权力的顺从，他也因此种行为变得对社会有用，他个人的社会价值是通过刑场的精彩表演来实现的，在拿起屠刀的那一刻，他感到"起码是在这一刻，自己是至高无上的，我不是我，我是皇上皇太后的代表，我是大清朝道德法律之手"⑤。此时，赵甲的精神被王朝的荣耀胀满，如同鼓起的船帆，接下来的只是细致、认真、一丝不苟地完成他手中的艺术品，他有条不紊地进行着凌迟所需要的那五百刀"他操刀如风，报数如霄，那些从钱身上片

---

① 莫言：《檀香刑》，作家出版社 2012 年版，第 189 页。

② ［法］米歇尔·福柯：《规训与惩罚》，刘北成、杨远婴译，三联书店 2003 年版，第 155 页。

③ 同上书，第 56 页。

④ ［美］埃里希·弗洛姆：《生命之爱》，罗原译，工人出版社 1988 年版，第 136 页。

⑤ 莫言：《檀香刑》，作家出版社 2012 年版，第 190 页。

下来的肉片儿，甲虫一样往四下里飞落。他用两百刀旋尽了钱大腿上的肌肉，用五十刀旋尽了钱双臂上的肌肉，又在钱的腹肌上割了五十刀，左右屁股各切了七十五刀"。① 如此繁重的劳动和钱雄飞临刑不惧的高贵姿态，使赵甲一度支撑不住，但高度的敬业精神不许他中途罢手，袁世凯对行刑程序的打乱，他完全可以顺势将钱的生命草率结束掉，"但责任和道德不允许他那样做，他感到，如果不割足刀数，不仅仅亵渎了大清的律令，而且也对不起眼前的这条好汉"②。看起来，以权威、荣誉为代表的文明不仅作为一种外在的客观约束存在，"同时又作为一种内在化的力量，对个体施加影响，因为社会权威已被吸收进了个体的良心和无意识之中，并作为他自己的欲望、道德和满足的东西在起作用"③。在这里，社会存在的异化功能和文明社会伴随而生产出的所谓纪律、荣誉等驯顺机制同时发挥着作用，在它们的共同作用下，一个有思想的人变成了杀人的工具。

更让人震惊的是，当人被异化为工具后，他能够把这种工具性内化为一种精神传递下去。由于权威约束机制的内在化，赵甲对自己的职业产生由衷的热爱感和庄严感，他曾经对儿子说："别人瞧不起我们这一行，可一旦干上了这一行，就瞧不起了任何人，跟你瞧不起任何猪狗没两样。"④ 既然眼前的受刑者不再是人，只是有生命的动物，赵甲杀人与儿子小甲杀猪、屠狗在本质上就是相同的。然而二者又大不一样："同样是个杀字，杀猪下三滥，杀人上九流。"⑤ 赵甲极力劝说儿子改行，跟随自己学习这门神圣的技艺，以光耀门楣。每当谈及自己的刽子手职业时，赵甲总是心怀神圣与庄严。历朝历代刽子手的行规：在行刑前用鸡血涂抹手脸，此后"我们是皋陶爷爷的徒子徒孙，执行杀人时，我们根本就不是人，我们是神，是国家的法"⑥。站在刑场上的刽子手见了皇帝也不

---

① 莫言：《檀香刑》，作家出版社 2012 年版，第 200 页。

② 同上。

③ ［美］赫伯特·马尔库塞：《爱欲与文明》，黄勇、薛民译，上海译文出版社 2005 年版，第 34 页。

④ 莫言：《檀香刑》，作家出版社 2012 年版，第 70 页。

⑤ 同上。

⑥ 同上书，第 40 页。

用参拜，可见此刻的至高无上性。他曾在面见袁世凯和慈禧太后时慷慨地说道："小的下贱，但小的从事的工作不下贱，小的是国家权威的象征，国家纵有千条律令，但最终还要靠小的落实……只要有国家存在，就不能缺了刽子手这一行。眼下国家动乱，犯官成群，盗贼如毛，国家急需手艺精良的刽子手……"① 赵甲也凭借精湛的技艺被慈禧太后赞为"刽子手中的状元"，并带着太后赏赐的檀香珠和皇上赏的龙椅，以七品官的待遇告老还乡荣归故里。执行檀香刑是赵甲回乡后第一次出山，他把这次出山看作对皇上太后、国家的尽忠，看作对自己一世英名的完美成全，是自己事业的再次辉煌。在赵甲的意识里，我们看到一个生存在体制内的人如何把体制加诸给他的纪律发展成荣誉，"通过荣誉，纪律取代了道德责任。惟有组织内的规则被作为正当性的源泉和保证，现在这已经变成最高的美德，从而否定个人良知的权威性"②。

国家赋予个人的荣誉，在个体的心中会上升为最崇高的规则与感情，它超过一切个人情感，甚至会使个人将生死置之度外，在对组织的服从过程中，《蛙》的主人公姑姑的确做出了一定的个人牺牲，她的心理要比赵甲更为复杂。姑姑出生在旧中国，成长在新中国，父亲是曾经和白求恩一同工作过的党内军医，作为革命烈士的后代，姑姑放弃了很多可以远走高飞的机会，选择继承父业留在高密东北乡，成为20世纪50年代开始工作的新技术妇产科医生。姑姑对工作极度热忱，对事业极其忠诚，凭借精湛的接生技术，被东北乡人赞为"送子观音""活菩萨"。不久，新中国成立后的第一个计划生育高潮掀了起来，姑姑成为公社卫生院妇产科主任，兼任计划生育领导小组的副组长。为了开展计划生育，姑姑积极宣传："这是党的号召，毛主席的指示，国家的政策。毛主席说，人类应该控制自己，做到有计划的增长。"③ 作为"不孝有三，无后为大"的信奉者，民众无法接受计划生育政策，姑姑在群众中的威信明显下降："连我们村那些深得了她的恩惠的女人们也开始说她的坏话。"④ 然而，姑

① 莫言：《檀香刑》，作家出版社2012年版，第297—298页。
② ［英］齐格蒙·鲍曼：《现代性与大屠杀》，杨渝东译，译林出版社2002年版，第30页。
③ 莫言：《蛙》，上海文艺出版社2012年版，第55—56页。
④ 同上书，第55页。

姑不为所动，仍旧以饱满的热情坚持宣传工作；面对恶意地指责、谩骂、攻击，姑姑无动于衷，她对侄子侄媳说：

> 我告诉你们，姑姑尽管受过一些委屈，但一颗红心，永不变色。姑姑生是党的人，死是党的鬼。党指向哪里，我就冲向哪里！……现在有人给姑姑起了个外号叫活阎王，姑姑感到很荣光！对那些计划内生育的，姑姑焚香沐浴为她接生；对那些超计划怀孕的——姑姑对着虚空猛劈一掌——决不让一个漏网！①

正如战争改变了杉谷义人的父亲一样，如果没有战争，他将是一位前途远大的外科医生，然而战争改变了他的命运，改变了他的性格，使他由一个救人者变成了杀人者。国家政策的变化，改变了姑姑的命运和性格，不变的是她对事业的忠诚，曾被男友在日记中称为"红色木头"的姑姑，为执行计划生育政策，不惜流血牺牲。随着计划生育的白热化发展，姑姑们的行为和手段日渐狠毒，她们从开始的宣传、教育发展到血腥地阻止，在这个对抗斗争的过程中，姑姑曾多次遭到被计划者的毒手。张拳是东风村无人敢惹的强汉，对公社的计划生育动员工作不以为然，人们都把目光集中在张拳妻怀有第四胎的肚子上，尤其是那些生了二胎就被强制放环被计划生育的、生了三胎就被强制结扎做了绝育手术的，更对张拳家怀了四胎愤愤不平，在周遭的压力和众目睽睽之下，对张拳家的计生工作更显得重要，对其执行政策的成功与否直接关系着今后工作的开展局面。虽然如此，张拳蛮不讲理的态度，动辄拼命的行为使公社无计可施。面对此种情况，姑姑直视张拳那张狰狞的脸，带着助手小狮子一步步向他逼近。首先迎接姑姑的是张拳三个女儿的死缠烂打，紧接着是张拳的当头一棒，血从小狮子给姑姑包扎的一层层绷带中渗出来，把周围人看呆了，张拳一家的嚣张气焰顿时被扑灭了，民兵们把张拳按倒在地，妇女干部们把张拳女儿一一制服。姑姑并不计较个人伤痛，她还是晓之以理地给张拳讲执行政策的必要性：人口不控制，必然会导致缺衣少食，很多孩子受不到应有的教育，人口素质难以提高，国家会

---

① 莫言：《蛙》，上海文艺出版社 2012 年版，第 87 页。

陷入贫困状态，为了国富民强的国家大事，姑姑有甘愿献出生命的决心。张拳老婆后来死在逃离工作组被追捕的过程中，姑姑却没有因为一条人命的失去改变自己的工作态度，不惜使用野蛮的手法控制人口的出生，她把逃避计划生育的群众当成敌人来剿灭，这里面包括普通群众，也包括她的亲人，在一场场斗争中展示了姑姑过人的智慧、胆识和谋略，更显示了她的"铁面无私""大义灭亲"。

姑姑和赵甲是莫言虚构的不同历史背景下两个符号化的人物，赵甲在作品中表现出来的舐犊情深、姑姑曾经的"送子娘娘"美誉，都表明他们和其他正常人一样，有爱心、有同情心，有常人的一切感情，并不是天生就杀人如麻、嗜血如命，是什么使他们变得如此冷血无情？我们可以回到人类本身的动物性上面来寻找答案：人类的动物性包括与生俱来的嗜血性；嗜血性在动物身上表现为弱肉强食、残酷的肉搏相争，当动物在攻击过程中把同类对手击败之后，就会收敛自己的攻击行为，这是极为原始的状态。然而在文明社会，文明会把这种原始的内驱力理性化，进而滋生出更为野蛮的行为举动，侵略性作为一种动物属性，是人与动物间相通的，然而它们却以不同的表现形式和生成动机出现在二者身上。对此，弗洛姆做出了较为客观、中肯的分析：动物的"侵略性与生理需要相一致，它为某个动物或某个种族的生存服务，只有当外在的力量威胁到动物的利益（如生命、食物、与异性结合、地盘等）时，才会被激发起来。这种侵略性是动物身上的一种潜力，只会对某些信号做出反应"[1]。动物的侵略性是符合生理需要的一种反应，在人类的侵略性中包含来自动物祖先遗传下来的侵略性，它属于一种自卫本能，只有当出现某种刺激时才会实现，它是生命应对外部威胁的一种直接反应；同时人类还有一种独有的侵略性，这是一种"人为的残忍和对生活本身的仇视"[2]。人与动物相一致的生理性的侵略性是由"他（它）们共同的神经结构所决定的。但是，人的自卫反应，或称之为侵略性，比动物的更强烈""人比野兽更残忍，更具破坏性。野兽中没有性施虐狂，也不与生活本身为敌；而人类的历史中充满了不可想象的残忍和破坏的记录，使

---

①　[美] 埃里希·弗洛姆：《生命之爱》，罗原译，工人出版社 1988 年版，第 59—60 页。

②　同上书，第 60 页。

人对自己强烈有力的侵略性无可置疑。然而，这种超过野兽的侵略性并不是出于我们的本性，也不是来源于人类的动物祖先，而是来源于人类特定的社会存在"①。这是弗洛姆对人类兽性给出的解释，人类的动物本质决定了人必然从动物那里遗传到一定的兽性因子，具有先天的侵略性，但这只是身体遭到威胁时做出的正常反应，不足以支撑人类的兽性行为。真正起到发扬、异化动物性侵略行为的，是社会存在本身。当人类体内的兽性因子被冠以文明范畴中的"正义""光辉"名目后，兽性才会在文明社会中得到变本加厉的张扬和异化。从社会存在的权力、荣誉等对人的异化，到纪律等机制对人的驯服，再到社会存在本身对人类体内兽性因子（动物性）的催化和激发，使人成为制造惨剧的刽子手。人是自然性和社会性的统一体，然而人的社会性往往会约束人的自然性，社会存在一方面压抑人类自然属性中的某些元素，另一方面，它会以难以预测的方式发展甚至异化人类的另一些属性。当兽性被荣誉的勋章装点的同时，人类内在的动物性同情被抑制，动物性的同情，是正常人在看到肉体受到折磨时都会自然产生的，而施虐者之所以能够摒弃、抑制身体里面的动物性同情，凯尔曼认为：

> 反对暴行的道德自抑在三种条件下会受到损害，这三种条件无论单独出现还是放到一起都会起作用：暴力被赋予了权威（通过享有合法权利的部门的正式命令来实现）、行动被例行化了（通过规章约束的实践和对角色内容的精确阐述来实现）、暴力受害者被剥夺了人性（通过意识形态的界定和灌输来实现）。②

这是纳粹分子对犹太人进行种族大屠杀之后，社会学家对暴行进行反思时的分析结果。无论是赵甲还是姑姑，施虐者能够战胜动物性同情，战胜世俗的不理解，皆源于第一种条件——暴力被赋予了权威。对上级指令的服从，对组织福利的献身，高于其他一切奉献和承诺。对文明社会来说，个人行为与组织的完全认同是纪律所要达到的目的所在，这意

---

① ［美］埃里希·弗洛姆：《生命之爱》，罗原译，工人出版社1988年版，第59页。

② ［英］齐格蒙·鲍曼：《现代性与大屠杀》，杨渝东译，译林出版社2002年版，第29页。

味着必须消除独异个人行为，当个人利益与组织利益发生冲突时，以牺牲个人利益来保全组织利益，而这种牺牲自我利益的行为被组织意识形态表征为超越任何道德需求的德行。韦伯把人们对这一德行的遵从定位为公仆的荣誉："因为他尽心尽责地执行上级权威下达的命令的能力而被授予公仆的荣誉，就好像这些命令与他自己的信念是一致的。即使当这些指令在公仆看起来似乎是错误的，即使公仆们有所抗议，上级权威仍然会不屑一顾地坚持这些指令。"① 对公仆来说，这种行为意味着"最高意义上的道德戒律和自我牺牲"②。

　　除去组织权威的精神支撑之外，施虐者理直气壮施暴的心理因素还包括暴力受害者被剥夺了人性这一条件。纳粹分子在屠杀犹太人的过程中，他们在心理上已经被意识形态浸透：世界上有两种生命，"有价值的生命"与"无价值的生命"，犹太人即为无价值的生命，"犹太人是'粘菌'（虐原虫）无形的粘王，从远古时期就存在并蔓延到整个地球。因此对犹太人进行隔离只能是一个不完全的措施，只是通向最终目标路途上的一个站点。如果不把德国的犹太人清除干净，这个问题就不可能结束。即使犹太人居住在离德国边界很远的地方，他们仍然会继续侵蚀和分解全人类的自然逻辑。希特勒命令他的军队为了日耳曼种族的至高无上而战斗，他相信他所发动的战争是以全部种族的名义、为按人种组织的全人类做贡献的战争"。③ "在纳粹集中营里，生命的意义、价值和形式被剥夺了，它被降低到身体——动物的状况。在集中营里，在生命被身体化的时候，在赤裸生命诞生的场所，刺世的权利完全没有得到反射，相反，权力却在肆无忌惮，它让这种身体——生命毫不隐讳、无所顾忌地消失。""将生命还原为动物——身体，还原为赤裸生命，这既是各种屠杀和侮辱身体的基本技术性前提：这些动物性的身体，可以被肆意地处置而不受到任何的惩罚；这同样也是各种私人权利获得肯定的技术性前提。"④

---

① ［英］齐格蒙·鲍曼：《现代性与大屠杀》，杨渝东译，译林出版社 2002 年版，第 91 页。
② 同上。
③ 同上书，第 92 页。
④ 汪民安：《身体、空间与后现代性》，江苏人民出版社 2006 年版，第 31 页。

同大屠杀相类似，赵甲"目中无人"的境界即是这一说法的很好明证：刑台上陈放的只是一堆筋络、皮肉、骨架，他们丝毫不具备人的特征，他要做的是按律例的具体要求分解这些皮肉组织；在《蛙》中，姑姑对超生孕妇穷追猛打，在她的思想中，出了"锅门"就是一条生命，而在母亲身体里孕育的还只是块肉，同样是这一说法的很好证明；《酒国》中，烹饪学院的教授在宰杀婴儿时，不断向同学们强调：他们不是人，他们只是人形小兽，更是很好的证明。

施暴对象的非人化特征使施暴者在施虐的过程中心安理得，如大屠杀一样，不仅兽行不会使道德背负起罪恶的负担，相反，它成为人类的正义事业供人孜孜以求。赵甲从事的事业是一个王朝兴衰的标志，用他自己的话说："这行当，代表着朝廷的精气神儿。这行当兴隆，朝廷也就昌盛，这行当萧条，朝廷的气数也就尽了。"① 当他把这个卑贱的行业与国家利益、荣誉紧密联系在一起时，刽子手的行为立刻焕发出光芒，他会把这个与国运休戚相关的事业做到精益求精。姑姑在追逐、捉拿一个个超生者的过程中，除了服从党的指示、执行国家的政策，更重要的是在她的心中，"计划生育"是为国为民的正义之举。种种兽行如同大屠杀一样并非历史偶然，它们对人类造成的无法言说的恐怖，会令人不得不怀疑它们可能远不仅仅是一次历史失常：

> 远不仅仅是人类进步的坦途上的一次偏离，远不仅仅是文明社会健康机体的一次癌变；简而言之，它们并不是现代文明和它所代表的一切事物的一个对立面。我们猜想（即使我们拒绝承认），大屠杀只是揭露了现代社会的另一面，而这个社会的我们更为熟悉的那一面是非常受我们崇拜的。现在这两面都很好地、协调地依附在同一实体之上。或许我们最害怕的就是，它们不仅是一枚硬币的两面，而且每一面都不能离开另外一面而单独存在。②

---

① 莫言：《檀香刑》，作家出版社 2012 年版，第 50 页。
② ［英］齐格蒙·鲍曼：《现代性与大屠杀》，杨渝东译，译林出版社 2002 年版，第10 页。

二　兽性对文明的反扑

弗洛伊德曾说："人的首要目标是各种需要的完全满足，而文明则是以彻底抛弃这个目标为出发点的""在外部现实的影响下，动物的内驱力变成了人的本能""动物性的人成为人类的惟一途径就是其本性的根本转变"①。正如动物到人的伟大转变是依靠"否定性"这一客观模式一样，人类自有文明以来，一直在拒斥自身的动物性。同样的情况也出现在莫言的小说中。莫言是个对自然性与社会性、原始与文明、传统与现代性思考颇多的作家，从早期的作品《食草家族》中，即可见其对于这种二元问题思索过程的文学践行。如果说《红高粱家族》是莫言有感于"种的退化"，对原始野性、生命力的呼唤，借助人物对动物性的回归来彰显生命的血性和鲜活，借以疗治时代的患疾，那么，《食草家族》呈现的是动物性在遭遇文明的过程中，血淋淋的挣扎。在动物性动因的驱使下形成的本能与文明之间构成了一对根本性矛盾，在动物性受到压抑的同时，它也会以自己的方式发出反抗，这种反抗对文明是有破坏力量的，"本能之所以有破坏力量，是因为它们无时不在追求一种为文化所不能给予的满足，这是一种纯粹的、作为自在目的的满足"②。正如莫言在《食草家族》的"后记"中说的那样："本书也是疯狂与理智挣扎的记录。"③ 由六个梦组成的《食草家族》一书的确透出作者思想中不同风潮之间的博弈，与他在纷乱中的焦虑和挣扎。回归原始动物性是莫言为救治退化危机寻找的一剂良药，在《红高粱》等作品中得到大肆的张扬和歌颂，它得到了超道德的宽容与评价，凌驾于一切社会文明之上，这是一种理想状态；而在《食草家族》中，作者把动物性的回归放置在人类社会的发展过程中，呈现了动物性与文明较量的过程，这也是他对这一问题思索的过程，他为我们呈现了动物性如何被文明压制、拒斥，同时也展示了被异化后的动物性对文明的疯狂反扑，这其中有作者深深的忧虑。

---

① ［美］赫伯特·马尔库塞：《爱欲与文明》，黄勇、薛民译，上海译文出版社 2005 年版，第 7 页。

② 同上。

③ 莫言：《食草家族》，上海文艺出版社 2012 年版，第 353 页。

在《食草家族》中，一度被赞颂的原始动物性在此似乎受到了质疑，它频频被推上享有话语权的文明社会的审判台。生蹼返祖现象是动物性在人类身上留存的表征，在食草家族中，生蹼的祖先遭到了来自社会文明残忍的剿灭与杀戮。食草家族的历史上，由于近亲交媾导致手脚生有蹼膜的孩子不断降生，于是族里的有识之士严禁同姓通婚，一对生有蹼膜的男女青年在禁令颁布的第二年公然住在一起，"这一对蔑视法规的小老祖宗是被制定法规的老老祖宗烧死的"。① 然而几百年前的火刑并不是对生有蹼膜惩罚的终结，它仅仅是个开始。在第三梦《生蹼的祖先们》中，"像太阳一样照耀着食草家族历史的皮团长"② 宣布："革命啦！革命啦！你们懂不懂？从今以后，凡手脚上生蹼者，一律阉割。有破坏革命者，格杀勿论！"③ 在皮团长的指挥下，四年间有四百个生有蹼膜的男孩被集体阉割。生蹼现象作为罪孽的象征不见于天日，"生蹼"祖先也不断被后世子孙审判，他们在后世子孙面前为生有蹼膜而"眼里流露出凄凉""哆嗦"，对子孙的以礼相待，他们"感动的唏嘘"以至"哭泣"。

生有蹼膜象征着动物性在人类身上的残余显现，它势必会被象征着进步的文明力量"消灭"掉，这是人类历史上动物性的命运。对生蹼祖先施加火刑，是文明对人类动物性进行全面剿杀的暗喻，对于文明与动物性的较量，动物性一败涂地。正如文明与动物性的关系一样，文明的每一次进步，只会使动物性被掩盖得更加完整、彻底。然而，在文明对象征野蛮的动物性进行执法的同时，暴露了它自身致命的野蛮和虚伪，所以莫言感慨这是"惨无人道的兽行、伟大的里程碑、肮脏的耻辱柱、伟大的进步、愚蠢的倒退"④。在第三梦中，叙述者临终前与"通仙入魔，古今中外，天文地理，色色都知晓"的儿子的一段对话："人为什么要生蹼呢？""人为什么不要生蹼呢？""人都是不彻底的。"儿子的回答令爸爸陷入了沉思："人都是不彻底的。人与兽之间藕断丝连。生与死之间藕断丝连……人在无数的对立两极之间犹豫徘徊。如果彻底了，便没有了

---

① 莫言：《红蝗》，《食草家族》，上海文艺出版社 2012 年版，第 37 页。
② 莫言：《生蹼的祖先们》，《食草家族》，上海文艺出版社 2012 年版，第 207 页。
③ 同上书，第 178 页。
④ 莫言：《红蝗》，《食草家族》，上海文艺出版社 2012 年版，第 38 页。

人。因此，还有什么不可以理解？还有什么不可以宽容？还有什么不可以一笑置之的呢？"① 在此，我们再一次看到了作者的态度：动物性作为人类生命不可分割的一部分，必将与人类历史同存，这是不可更改的事实。但人类文明却又以不可阻挡的决绝态度拒斥它的存在，这是个可怕的悖论，因此，作者依旧选择站在宽宥动物性的立场，对人类文明进行了批判：

> 正像任何一项正确的进步措施都有极不人道的一面一样，这条规定，对于吃青草、拉无臭大便的优异家族的繁衍昌盛兴旺发达无疑具有革命性的意义，但具体到正在热恋着的一对手足上生着蹼膜的青年男女身上，就显得惨无人道。②

尼采说："当我们在发展自己的美德的同时，也不自觉地发展了我们的错误。而很显然，过度的美德与过度的罪恶一样，能毁灭一个民族。"③ 人的历史就是人被压抑的历史，人类文明是以对动物性的压制为代价踽踽而行，文化不仅压制了人的社会生存，还压制了人的生物生存，不仅压制了人的一般方面，还压制了人的本能结构，但这样的压制恰恰是进步前提。而压制通常反映在力比多上。④ 原始的动物性似乎消失殆尽，而此刻，动物性正以一种出人意料的异化形式，凶猛地向人类反扑，指向文明，它所具备的强大的兽性力量可以摧毁稳定的自我，同时它也能摧毁人性所建立的世俗世界。

莫言在《食草家族》开篇时说：《食草家族》"表现了我对蹼膜的恐惧"。他对人类的动物性抱有极为复杂的态度：一面歌颂着它给生命带来的野性和力量，一面担忧它被异化后发生的兽行。相较于文明对动物性的残酷消灭，异化的后者对前者进行了灭绝人寰的讨伐。这在小说中表

---

① 莫言：《生蹼的祖先们》，《食草家族》，上海文艺出版社2012年版，第226页。
② 莫言：《红蝗》，《食草家族》，上海文艺出版社2012年版，第36页。
③ ［德］尼采：《历史的用途与滥用》，陈涛，周辉荣译，上海人民出版社2005年版，序言第2页。
④ ［美］赫伯特·马尔库塞：《爱欲与文明》，黄勇、薛民译，上海译文出版社1987年版，第3页。

现为"复仇"主题。《食草家族》的系列中篇亦有关于"复仇"的文学阐释。从第三梦开始,一句"弟兄们,报仇去,杀死皮团长!"[1] 吹响了动物性向文明反扑的号角,虽然这次起义被皮团长的部队镇压了,但为人类动物性向社会文明全面反攻奏响了序曲,为后面《二姑随后就到》中惨绝人寰的屠戮作下了铺垫。在《二姑随后就到》中,天与地兄弟俩对族人的疯狂虐杀是动物性的"变态",是被压抑的动物性异化为兽性对人类的全面反攻。先天生有蹼膜的二姑的降生,给整个家族带来了"恐怖混合着敬畏的复杂情绪",尚在襁褓中的二姑被遗弃在野兽出没的庙门口,但试图借野兽之口消灭家族耻辱的计划最终落空,二姑被送回了家中。吃狗奶长大的二姑,一副虎狼模样,她十岁那年六枪打死了老爷爷,接下来发生的,是她与食草家族不定期的生死斗争。销声匿迹二十年后,她的儿子天与地来到高密东北乡,对族人展开了惨无人道的杀害。《食草家族》以一连串的故事,呈现了动物性与文明之间最为激烈也是最为直观的斗争过程。莫言用生动的文学书写展现了被压制的动物性对人类文明的反扑过程,这个过程异常残酷、凶猛,让人类葬身自身兽性的旋涡来不及喘息。动物性作为人类的基本属性而存在,同时作为原始、落后、低级、愚昧的综合体被放置在文明的对立面,长久地遭到人类的拒斥和漠视,在文明的华丽外衣之下,人类误以为已经脱离了动物本性,进而完全否定自身的动物性,莫言试图通过这样一种触目惊心的文学方式凸显出这一属性的存在、这股力量的强大,并且强调它会是人类文明潜在的巨大威胁,它所具备的力量足以摧毁文明苦心构建的稳定与和谐,甚至摧毁人类的世俗世界。莫言道出了一个事实:被文明压制的动物性只是暂时隐藏,不会如人们所想象的那样已经销声匿迹。正如恩格斯所说:"人来源于动物界这一事实已经决定人永远不能完全摆脱兽性"[2],动物性会伴随人类社会的始终,长久地压制人类动物性是一种违反天然、违背自然、拒斥生命本然的作法,最终只会导致它的蓄势反弹,它会以令人难以预料的猛烈势头向人类文明反扑过来,人类应该正视动物性的存在,

---

① 莫言:《生蹼的祖先们》,《食草家族》,上海文艺出版社 2012 年版,第 217 页。

② 《马克思恩格斯全集》,人民出版社 1995 年版,第 3 卷,第 442 页。

"他们只有正视这一事实，才有希望成为一种更为明智、更为成功的动物"①。动物性不仅意味着落后的原始性、嗜血性，更蕴含着可贵的生命力量，人类努力探索的是如何发展我们的文明，积极地诱导它而不是一味地抹杀它，进而使这股力量更为有效地为现代文明服务。

三　对鲁迅传统的继承　对国民劣根性的批判

在人类兽行施行的过程中，除去施暴者与受暴者的二元对立模式，总少不了"看客"的角色，刑台之上与台下的看客构成了生产者与消费者的二元关系。酷虐的暴行一边在刽子手与刑犯的共同努力之下，演绎成具有审美特质的演出仪式，一边又在以满足看客虚伪、邪恶的心理的观看中被当作戏剧消费。在"看"的过程中暴露出来的阴暗心理，把人类的嗜血兽性推上了极致。《檀香刑》是莫言描写看客嘴脸、挖掘看客心理最为集中、尖锐的作品。在描写的六次刑罚过程中，看客无一次缺席，刽子手与刑犯的整个行刑过程在看客的围观、喝彩、唏嘘中，演变成一场场生动的舞台演出。刽子手是整个行刑过程中的施暴者，是残忍行为的发出者，然而在刽子手看来，比他们更为凶狠的其实是"看客"。

对看客行为、心理的揭示与批判是莫言对鲁迅文学传统的继承。应该说，当代小说一旦谈到中国社会本质和国民性的有关问题时，有意无意间就会延续鲁迅的创作主题。20 世纪 80 年代的小说创作，多少都受到外国文学与中国现代文学的影响，对于"五四"以来的文学传统，莫言从文学作品到创作心理都离鲁迅是最近的。莫言曾坦诚地谈起鲁迅先生对自己创作的影响：《酒国》《枯河》等作品是内化鲁迅创作思想的集中体现，尤其是《酒国》中肉孩、婴儿宴席等描写是对鲁迅批判精神的忠实继承，使该作品成为当代中国吃人的寓言。《檀香刑》中的刽子手、看客是对鲁迅作品中看客文化的延续与发展。鲁迅先生早在 20 世纪二三十年代已对看客的形象、心理进行了深刻的揭示：他们是一群"无聊"的"庸众"，"来自四面八方""密密层层""如槐蚕爬上墙壁，如蚂蚁要扛鳌头""拼命的伸长脖子""竟至于连嘴都张得很大，像一条死鲈鱼"，好奇、看热闹不是他们的最终目的，他们要满足的是嗜血的欲望："他们

---

① ［英］莫里斯：《裸猿》，刘文荣译，文汇出版社 2003 年版，第 97 页。

已经预觉着事后的自己的舌上的汗或血的鲜味"①。在作品《药》中，砍头的现场，鲁迅对看客有如下的描述："老栓又吃一惊，睁眼看时，几个人从他后面过去了。一个还回头看他，样子不甚分明，但很像久饿的人见了食物一般，眼里闪出一种攫取的光""（老栓）仰起头两面一望，只见许多古怪的人，三三两两，鬼似的在那里徘徊；定睛再看，却也看不出什么别的奇怪""老栓也向那边看，却只见一堆人的后背；颈项都伸得很长，仿佛许多鸭，被无形的手捏住了的，向上提着。静了一会，似乎有点声音，便又动摇起来，轰的一声，都向后退；一直散到老栓立着的地方，几乎将他挤到了"。② 在《阿Q正传》中，鲁迅把他们喻作山中的一只只饿狼："那是山中的一只饿狼，永是不近不远地跟定他，要吃他的肉。他永远记得那狼眼睛，又凶又怯，闪闪的像两颗鬼火，似乎远远的来穿透他的皮肉；有着他从来没有见过的更可怕的眼睛，又钝又锋利，不但已经咀嚼了他的话，并且还要咀嚼他皮肉以外的东西，已经在那里咬他的灵魂了。"③ 为了形象地说明看客的卑劣嘴脸和嗜血兽性，鲁迅用饿狼捕食猎物的状态来形容他们观赏时的心理，但饿狼是为了满足生存需要的生理反应，看客只是为了某种心理的安慰，"暴君治下的臣民，大抵比暴君更暴；暴君的暴政，时常还不能餍足暴君治下的臣民的欲望""暴君的臣民，只愿意暴政在他人的头上，他却高兴，拿'残酷'做娱乐，拿'他人的苦'做赏玩，做慰安""从幸免里又挑出牺牲，供给暴君治下的臣民的渴血的欲望，但谁也不明白"。④ 鲁迅在这里将看客与暴政、暴君结合在一起，显然带有文化启蒙的色彩和作用，却也明确显示了人类的残酷性。

鲁迅当年读了《申报》上有关记录湖南屠杀共产党人、大批民众围观的消息后，不禁感慨："我一读，便仿佛看见司门口挂着一颗头，教育会前列着三具不连头的女尸，而且至少是赤膊的，——但这也许我猜得不对，是我自己太黑暗之故。而许多民众，一批是由北往南，一批是由

---

① 鲁迅：《复仇》，《鲁迅全集》，人民文学出版社 1981 年版，第 1 卷，第 162 页。

② 鲁迅：《药》，《鲁迅全集》，人民文学出版社 1981 年版，第 1 卷，第 441 页

③ 鲁迅：《阿Q正传》，《鲁迅全集》，人民文学出版社 1981 年版，第 1 卷，423 页。

④ 《鲁迅全集》，人民文学出版社 1981 年版，第 1 卷，第 366 页。

南往北，挤着，嚷着……再添一些蛇足，是脸上都表现着或者正在神往，或者已经满足的神情。"① "我临末还要揭出一点黑暗，是我们中国现在（现在！不是超时代的）民众，其实还不很管什么党，只要看头和女尸。只要有，无论谁的都有人看，拳匪之乱，清末党狱，民二，去年和今年，在短短的二十年中，我已经目睹或耳闻了好几次了。"② 鲁迅对国民劣根性之"看客"心理的洞悉可谓深刻、痛心疾首，笔下刻画了看客充满邪恶且贪婪的嘴脸和灵魂。

在《檀香刑》中，看客的嗜血性再次得到生动的呈现。在斩首"舅舅"时，"刑台周围的闲人们嗷嗷地叫起来，他们对这个死囚的窝囊表现不满意。孬种！软骨头！站起来！唱几句啊！""汉子，汉子，说几句硬话吧！说几句吧！说'砍掉脑袋碗大个疤'，说'二十年后又是一条好汉'！"③ 跟鲁迅笔下的看客麻木、伸颈、张嘴、又凶又怯不同的是，《檀香刑》中的看客积极主动、张扬地参与到这场演出的互动中来，他们不是要看到一个一般性的行刑过程，他们要的是能够使他们满足更多欲望产生更大快感的一场表演，如余姥姥所说："你如果活干得不好，愤怒的看客就会把你活活咬死"，同样，如果刑犯过度地喊叫或一声不吭也不好，"最好是适度地、节奏分明地哀号，既能刺激看客的虚伪的同情心，又能满足看客邪恶的审美心"④。刽子手余姥姥数十年职业生涯使他悟出一个道理："所有的人，都是两面兽。一面是仁义道德、三纲五常；一面是男盗女娼、嗜血纵欲。面对着被刀剐割着的美人身体，前来观刑的无论是正人君子还是节妇淑女，都被邪恶的趣味激动着。""观赏这表演的，其实比我们执刀的还要凶狠。"⑤ 看客的行为、心理会让我们再次责难身体内无法泯灭的兽性残存。人们在观看中满足的是嗜血的兽性快感。人有此快感，这不仅存在于文学作品中，在中外历史上也的确存在过，有资料表明：在古罗马的角斗场上，当观赏到人与人或人与野兽之间的殊

① 鲁迅：《铲共大观》，《鲁迅全集》，人民文学出版社1981年版，第4卷，第105—106页。

② 鲁迅：《铲共大观》，《鲁迅全集》，人民文学出版社1981年版，第4卷，第106页。

③ 莫言：《檀香刑》，作家出版社2012年版，第56页。

④ 同上书，第195页。

⑤ 同上。

死搏斗，情绪最兴奋、叫声最热烈、最激昂的是那些平时最懂得温婉礼节的贵妇和淑女们，当人们看到搏斗中的一方满脸鲜血、满身伤痕地倒在地上时，是他们情绪达到激动、亢奋顶点的时刻；另外，中外两大非常著名的行刑地点：中世纪时欧洲宗教裁判所的行刑台和中国清代的北京菜市口，每次行刑无不是万人空巷。① 在"文革"期间，为了警戒老百姓，也曾有汽车拉着犯人到各个村庄去游行的情形，为了让老百姓受教育，审判一个人要开万人的公审大会，但奇怪的是，一旦罪犯成为被看的对象后，他的罪恶就自动消解了，留给老百姓的是劳动休息时的谈资，没人去看遵纪守法问题，看的是热闹。可见，看客的行为与心理具有世界普遍性，它不仅仅是中国国民性中的沉疴，还与人类动物性的原始遗留有关。

虽然说人类体内的嗜血性来自于动物遗传，但观看同类或异类被虐杀获取快感，却是动物所没有的："一种动物当其与同类争斗而将对手击败后，它便会很快地收敛自己的攻击行为，决不会将对手置之死地而后快，也不会因与同类争斗而其乐无穷；当它看到自己的同类在被第三者残杀时，它可能事不关己、无动于衷，但决不会去看热闹，并且从中获得一种嗜血的愉悦和虐他的快感。"② 这种兽性的嗜血心理在《檀香刑》中有过清晰的揭示，在"凌迟"刑罚的行刑过程中，刽子手要向观众展示从刑犯身上脔割每一刀下来的肉，这样做的用意，据刽子手赵甲分析：

> 一、显示法律的严酷无情和刽子手执行法律的一丝不苟。二、让观刑的群众受到心灵的震撼，从而收束恶念，不去犯罪，这是历朝历代公开执刑并鼓励人们前来观看的原因。三、满足人们的心理需要。无论多么精彩的戏，也比不上凌迟活人精彩，这也是京城大狱里的高级刽子手根本瞧不起那些在宫廷里受宠的戏子们的根本原因。③

---

① 万方：《人类距离动物究竟有多远》，《书屋》2003 年第 9 期。
② 同上。
③ 莫言：《檀香刑》，作家出版社 2012 年版，第 191 页。

前两点解释了刑罚之公开性和仪式性的用意，第三点道出了看客的残酷本质。莫言把这一场场代表王朝权威的酷刑当作华丽的大戏上演，换取的不是震慑民众，反而变成满足看客的邪恶心理的演出，这无疑是对传统刑罚的讽刺，对历史权力的颠覆。当莫言把酷刑变成表演，把刑台变成戏台之后，观刑者自然而然转变为戏剧的看客，封建专制用以炫耀皇权的酷刑的威慑力量在看客的观赏目光中被消解掉。"看客"具有一种天生能够解构庄严的能力，鲁迅描述看客最常用的词是"赏鉴"，因为有了看客，被看者被迫成为表演者，于是他们生命中神圣而庄严的举动在看客的"赏鉴"中，变成了表演、作秀。鲁迅曾为那些被看的所谓"独异个人"抱不平，并用拒绝演出，使其无戏可看的方式对看客进行"复仇"。在莫言的笔下，看客继承了"赏鉴"的目光，他们会因为刽子手与刑犯合作不够精彩而大骂，同时也遗传了看客的消解庄严的功能——无论被看者是谁，他们用"赏鉴"的目光解构了"独异个人"的神圣庄严，也用"赏鉴"解构了封建皇权的威严。对此，鲁迅曾这样议论道："到现代，枪毙是早已不足为奇了，枭首陈尸，也只能博得民众暂时的鉴赏，而抢劫、绑架、作乱的还是不减少，并且连绑匪也对别人用起酷刑来了。酷的教育，使人们见酷而不再觉其酷，例如无端杀死几个民众，先前是大家都会嚷起来的，现在却只如见了日常茶饭事。"[1]　看起来，统治者一向引以自豪用来威慑百姓的酷刑对现代看客已完全失去了它的效力，酷的教育，不仅没有起到统治者所期待的教育作用，持久的酷虐刑法反而使民众对此产生了免疫力，对待酷虐如家常便饭，又或者它只变成了民众眼中的一场表演，以供玩赏（赏鉴）。与鲁迅不同的是，莫言在注意看客邪恶心理趣味的同时，他进一步指出了这一心理成因的形成机制，即造成如此扭曲人性的正是病态的历史文明。莫言笔下的看客一方面在呈现人性溃败的场景时揭示了人类的兽性心理，另一方面用反讽的方式对古老文明中的成果提出了质疑，优秀的文化是指引人类控制兽性走向人类理性的重要途径和手段，然而，当一个文明把人类的兽性充分激发并张扬、强化，使人类社会蜕变成猛兽出没的丛林，这种文明是该遭到质疑的。莫言通过铺陈

---

① 鲁迅：《南腔北调集》，《鲁迅全集》，人民文学出版社 1981 年版，第 4 卷，第 484 页。

一场场无比残忍的酷刑，展示专制皇权背后血淋淋的吃人本质，以及借此对民众兽性的激发过程，让我们重新面对古老文明时，不再为文明古国的美誉而沾沾自喜，我们看到伴随文明的每一个脚印，暴露了更多的野蛮，那些曾被当作历史文明中精髓的东西，暴露了同时也加剧异化了人类体内的兽性因子。

莫言对看客的描写是对鲁迅文学传统的继承。然而，鲁迅的叙述旨归在于批判国民劣根性，并引以疗救；为了救治国民的"看客"劣根性，鲁迅站在被看者的角度"复仇"。鲁迅说："社会太寂寞了，有了这样的人，才觉得有趣些。人类是喜欢看戏的，文学家自己来做戏给人家看，或者绑出去砍头，或是在最近墙角下枪毙，都可以热闹一下子，且如上海巡捕用棒打人，大家围着去看，他们自己虽然不愿意挨打，但看见人家挨打，倒觉得颇有趣的。"① 所以，鲁迅以一种令人匪夷所思的方式对看客展开复仇，甚至不惜付出生命"既不拥抱，也不杀戮"就这样对立着"干枯而死"作为代价，以使群众无戏可看，用看者与被看者身份的置换、看与被看角度的对调来瓦解看客的心理。不同于鲁迅，莫言的小说更多的是对文明的批判。鲁迅笔下，因为有了看客，所以才有了被看者的被迫演出，《檀香刑》中，是统治者先安排了演出，后有了看客。所以，当鲁迅用拒绝演出来消解看客行为时，莫言用毁掉演出瓦解专制王权的威严：在孙丙被用了檀香刑，受尽痛苦折磨却延迟死亡的时间只待作为献给德国通车庆典最精彩的表演时，这场刑罚无疑变成了贡献给腐败王朝与侵略者最华丽的大戏，屈辱生存的县令钱丁对统治者的命令不敢违抗，他无法救下身受酷刑的孙丙，既然无力阻止这场酷虐大戏的上演，他决定提前终止它，即在大戏进入高潮前杀死孙丙，以此来粉碎统治者期待已久的演出高潮。由此可见，小说的旨归在高潮处出现，对"戏剧"的制造者也是看客双重身份的权力阶层的沉重一击，是莫言的用意所在。

社会进步、文明发展的同时也给人类带来了无法想象的灾难。"对（人和动物的）生命的破坏随文明的发展而发展，而对人的残忍、仇恨和

---

① 鲁迅：《文艺与政治的歧途》，《鲁迅全集》，人民文学出版社 1981 年版，第 7 卷，第 119 页。

科学的灭绝也随消除压迫的真实可能性的增加而增加。"① 弗洛伊德说：
"我们所谓的文明本身应该为我们所遭受的大量痛苦而负责，而且如果我
们把这种文明放弃或者回到原始状态中去，我们就会幸福很多。"这或许
也是那些曾经主张回归黄金时代的思想家们的主张，是莫言忧患未来而
膜拜历史的思想根源。文明的发展应该是以承诺和兑现给人类自身一个
和谐、平等、自由的社会为原则，然而当我们回望人类的文明史不禁会
懊丧，文明所滋生的野蛮是野蛮人不曾具有的。正如吕叔湘所说："文明
人的'文明'和野蛮人的'野蛮'往往很难分别高下。"② 当自大的人类
为自己的文明成果沾沾自喜的时候，考察我们所谓的野蛮人的社会生活
后，或许应该自省一下我们的文明进化的方向是否出现了问题和偏差。
美国人类学家罗伯特·路威说：

> 进化不是自发的，只有逢某种特殊的——而且大体说来是不容
> 易有的——原因登场，才会有新变化——而且新变化发生以后那个
> 生物野性更适宜生存，也许因此毁灭。这条原则也适用于文化。没
> 有相当的原因，变化不会发生，这个变化也许是变好——任取这个
> 涵义广泛的字的任何意义——也许是变坏。往往一种变化的本身很
> 可取——例如豢牧冰鹿之俗或都市生活——但是它搅乱了旧时所已
> 养成的良好平衡。弃旧迎新的一切可怕的麻烦都来了。西方文明应
> 付城市生活问题已有七世纪之久，成绩可不能说是很高明。男男女
> 女成群结队往城市里来的时候，农民社会所已养成的平衡被打破了。
> 结果是拥挤、污秽、疾病，盗匪，不安全。当然这些东西没有能阻
> 止都市生活的继续，可是就社会的和谐这方面说，城市社会比乡村
> 社会低落得多了。③

与这些代表人类原始状态下的部落生活相对应的，是高度文明化的

---

① ［美］赫伯特·马尔库塞：《爱欲与文明》，黄勇、薛民译，上海译文出版社 2005 年版，
第 66 页。

② ［美］罗伯特·路威：《文明与野蛮》，吕叔湘译，三联书店 1984 年版，第 2 页。

③ 同上书，第 260 页。

现代都市。如果说文明的进步应该带来一个更为安定、和谐的社会环境，那么现实的调查将会给这一论调迎头痛击：据调查，在 1750 年，伦敦市盗匪猖獗，市民大为所困。对此，历史学家把原因归咎于街道黑暗和警备不足等情况。然而，若干年后的当下，城市的街道已是大放光明，而且在稍微重要些的城市拥有大量的警察，"然而纽约和芝加哥的盗案还是层出不穷，匪徒以机关枪自卫，才不怕你的警察。这还是太平时代。警察罢岗的时候，像早几年波士顿的例子，大都市简直像个疯人院"。① 然而，"在印第安人里头，杀人之类的事情寻常是没有的。没有牢狱，没有法官，也没有具有强制力的警察（除部族合猎时），他们居然能很和睦地过活"。② 令人惊叹的是：初民能够维持和平生活最重要的原因是舆论的作用："初民最爱面子；最爱的是人家夸奖，最怕的是人前丢脸"。③ "初民惟恐人家说他是财奴，宁可牺牲他的一半家财；倘若吃醋是犯忌的，他宁可牺牲一个心爱的老婆；倘若拼命是可以获得众人夸奖的，他也愿意拿性命来拼。为什么野蛮人虽无宪法，无牢狱，无警察，无天启之宗教，却并不一天到晚在那里你杀我我杀你，你抢我的老婆，我拐你的妹妹，就是因为这个道理。"④ 人类学给我们提供了太多可以佐证的成果：与原始初民生活相似，俾格米族人一直生活在中非的丛林里，靠狩猎为生，他们把猎取野兽的丛林视为养育自己的母亲，因为不懂得保存食物的方法，他们便不保存，没有多余的东西使这里不存在私人财产，更不要说私有制，在他们的生活中，连续几天打不到猎物的情况经常出现，但他们从不怨天尤人，他们相信丛林母亲。俾格米人没有首领，因为他们不需要哪个人的发号施令，同时也认为这样会让人的生活变得索然无味，人们只按照自然的安排和周围环境的要求去生活，因此这里也就不存在文明社会的等级差别和剥削。俾格米人有着平和的家庭生活，虽然他们遵守一夫一妻制，但婚前的性生活是被允许的，女人怀孕后，二人就可自然结为夫妻，离婚也是相当容易的事，但人们往往

---

① ［美］罗伯特·路威：《文明与野蛮》，吕叔湘译，三联书店 1984 年版，第 138—139 页。
② 同上书，第 139 页。
③ 同上。
④ 同上书，第 140 页。

白头到老。这里的人们很容易得到满足，他们认为自己所拥有的足以安度幸福生活。① 相较于原始部落人生活的简单、心态的安然平和，现代人在欲望的泥淖里挣扎的场景时刻浮现在我们眼前，当我们比较文明发展进程中的事实或许会更理解莫言对现代文明人的生动评价：

> 人类是丑恶无比的东西，人们涮着羊羔肉，穿着羊羔皮，编造着"狼与小羊"的寓言，人是些什么东西？狼吃了羊羔被人说成凶残、恶毒，人吃了羊羔肉却打着喷香的嗝给不懂事的孩童讲述美丽温柔的小羊羔的故事，人是些什么东西？人的同情心是极端虚假的，人同情小羊羔羔，还不是为了小羊羔羔快快长大，快快繁殖，为他提供更多更美的食品和衣料，结果是，被同情者变成了同情者的大便！你说人是什么东西？②

现代文明的进步带给人们的是与日俱增的虚伪和邪恶，这不禁让人怀念原始的质朴与美好。由此，我们也更容易理解西方现代主义者用回归原始来拯救现代文明的危机的根由，理解莫言用膜拜历史、张扬人类动物性来拯救种的退化危机的选择，这些做法是现代知识分子在忧患现代社会问题时所提供的一种诗意的理想方式。

关于鲁迅对莫言的影响、莫言对鲁迅的学习已有不少学者提及并作出相关论述。学者王学谦曾在《莫言与鲁迅的家族性相似》一文中谈到了二者基于相似的人生观、世界观形成了相似的生命叙事风格。他把两位文学巨匠分别比喻为一匹天马，如果说鲁迅像一匹鬃毛迎风飞舞的黑色天马，莫言则是奔腾在狂风暴雨中野性难驯的天马。关于二者的相似性比对分析得不一而足。

鲁迅酷爱猫头鹰，他给自己第一部杂文集《坟》的封面就设计了一只猫头鹰，甚至猫头鹰成为鲁迅的绰号，有关于此，沈尹默曾有过传神的描述"他在大庭广众中，有时会凝然冷坐，不言不笑，衣冠又一向不

---

① 参见［美］埃里希·弗洛姆《生命之爱》，罗原译，工人出版社1988年版，第61—62页。

② 莫言：《红蝗》，《食草家族》，上海文艺出版社2012年版，第84页。

甚修饰，毛发蓬蓬然，有人给他起了个绰号，叫猫头鹰"。① 同时，鲁迅呼唤猫头鹰式的文学："只要一叫而人们大抵震悚的怪鸮的真的恶声在那里！"令人震悚并引起人恐惧感的文学声音是鲁迅的追求，所以他在文坛上发出的第一声"呐喊"，便是狂人的咆哮，凄厉而慑人心魄。巧合的是，莫言也曾以猫头鹰自许，他曾说自己的散文就是猫头鹰的叫声："一个写了文章发表的人，其实也是一只蹲在树上鸣叫的鸟。猫头鹰叫声凄凉，爱听的不多，但肯定还是有爱听的。画眉鸟声婉转优美，爱听的很多，但肯定还是有不愿听的。我的这本集子，基本上可以认定为猫头鹰的叫声，喜欢我的就买，不喜欢我的，白送给你你也不会要。"② 莫言与鲁迅相似的文学追求与文学主张，使二者有了相似的文学创作。如果把《狂人日记》的基本叙事构架看成鲁迅文学创作的原点和基础，我们会看到一个二元对立的叙事构架：强悍的个人英雄对混乱无序的外部世界的反抗。同样，如果我们把《红高粱家族》作为莫言创作的基本叙事结构，也会看到一个二元结构：强悍的草莽英雄对战争、死亡、礼教等一切外部苦难的反抗。鲁迅笔下强悍的个人英雄不仅体现在试图推翻吃人筵宴的狂人身上，还有放火烧毁愚妄的吉光屯的疯子，以及胡言乱语揭破世间残酷的陶老头等。莫言作品继草莽英雄余占鳌、叛逆女性戴凤莲之后，有反抗苦难的上官鲁氏，追求自由爱情的孙眉娘，敢作敢为的司马库、鸟儿韩等一系列人物，使莫言的作品形成了反叛人物的画廊。

《酒国》是中国当代吃人的寓言，同时也是关于生命的悲剧。鲁迅曾在《狂人日记》里揭示的"吃人"悲剧，在莫言的《酒国》中再次上演。如同莫言对鲁迅看客文化的继承与发展，他把批判的旨归指向病态的社会文明，《酒国》批判的矛头依然对准了丑恶的社会。病态的社会与文明催生了人类邪恶而残酷的欲望，人类的欲望使这个社会变得更加丑恶不堪，这是一次周而复始的恶性循环。吃婴儿的事件以及婴儿的筵席被复杂的叙事结构和见证者醉酒的状态表现得亦真亦幻、似有若无，但

---

① 沈尹默：《鲁迅生活中的一节》，房向东编《活的鲁迅》，上海书店出版社 2001 年版，第 314 页。

② 莫言：《写给父亲的信·猫头鹰的叫声——〈莫言散文〉自序》，春风文艺出版社 2003 年版，第 129 页。

由此造成的恐怖气氛始终充满作品的字里行间，这如同狂人从中国历史的字缝里看到的"吃人"二字一样惊悚。又或者是否真的食婴不那么重要，它的象征力量在于浮现出社会中黑暗残忍的欲望。而最让人绝望的是，深知酒国黑暗的叙述人莫言抵挡不住诱惑，成为酒国的同流合污者，这是莫言对酒国的深深绝望，也是他对自我的深度解剖和灵魂拷问。这再次与狂人的自我解剖惊人的相似："四千年来时时吃人的地方，今天才明白，我也在其中混了多年；大哥正管着家务，妹子恰恰死了，他未必不知在饭菜里，暗暗给我们吃。我未必无意之中，不吃了我妹子的几片肉。"① 学者孙郁曾指出：莫言是与鲁迅相逢的歌者，鲁迅对莫言的启示不仅仅停留在文本元素层面，而是"人生境界的渴望"，莫言对鲁迅的呼应是气质和个性的呼应。莫言对于鲁迅所说的"不但剥去了表面的洁白，拷问出藏在底下的罪恶，而且还要拷问出那罪恶之下真正的洁白来"② 深表认同，并认为这是区分一个作家是否优秀的标志。关于拷问灵魂，莫言发出疑问："为什么我们从来不向自己发问？我们有没有勇气来对自己的灵魂进行深刻的、毫不留情的解剖？"这一思想意识使莫言的创作精神最大程度地向鲁迅的思想核心"内省""忏悔"意识靠近。莫言曾说："鲁迅之所以是一个伟大的人，就是他在批判社会的时候，同时能够批判自我。"③ 这种由自我剖析得来的罪人意识在《蛙》中得到了充分的展现。莫言在《蛙》的序言中写道："只描写别人留给自己的伤痕，不描写自己留给别人的伤痕，不是悲悯，甚至是无耻。只揭示别人心中的恶，不袒露自我心中的恶，不是悲悯，甚至是无耻。只有正视人类之恶，只有认识到自我之丑……才可能具有'拷问灵魂'的深度和力度，才是真正的大悲悯。"④ 由此发出"他人有罪，我亦有罪"⑤ 的沉重哀叹，他在茅盾文学奖的领奖词中一再表达了对"罪感"意识与"批判自我"精神的叙事追求。

---

① 《鲁迅全集》，人民文学出版社 1981 年版，第 1 卷，第 432 页。

② 《鲁迅文集散文诗歌卷》，中国商业出版社 2016 年版，第 271 页。

③ 莫言：《把自己当罪人来写作》，刘慧编《光荣序列著名军旅文学作家访谈录》，解放军文艺出版社 2013 年版，第 320 页。

④ 莫言：《蛙》，上海文艺出版社 2012 年版，第 3 页。

⑤ 同上书，第 343 页。

庄森曾在《胡适·鲁迅·莫言：自由思想与新文学的传统》一文中谈到："胡适、鲁迅、莫言虽是从不同的角度为新文学作出贡献，但都有一个共同的思想资源——自由思想。这种自由思想的核心是不迷信权力，不畏惧权贵，保持个人的人格独立、个人的思想自由、个人的社会责任，即敢于独立思想，敢于承担责任，蔑视权威，坚持真理，体现在文学思想或文学创作上，作家保持一种精神的独立，自主的理性思考，构建真实的文学世界，展示社会现实中或被刻意掩饰、或被刻意扭曲、或被刻意粉饰的事实，传示作家的批判精神，向读者展示真、善、美。"① 鲁迅是时代的斗士，他不畏强暴、敢于抗争，致力于反抗传统批判国民劣根性，旨在文化启蒙。他的作品中有辛苦麻木的农民闰土、胆怯愚昧的祥林嫂、精神胜利法的阿Q、买人血馒头的华老栓，有吃人者和被吃者，还有无数的看客等，他们是鲁迅批判的对象，也是他要疗救的对象。鲁迅不仅以一个作家的身份而且更重要的是以一个知识分子的面孔，向当时的世界发言，《狂人日记》《孔乙己》《药》等作品成为以个性解放、独立自主为核心的文学革命的实有成绩，鲁迅的文学创作为新文学奠定了坚实的基础。

当代作家的生存环境与鲁迅的时代已是大相径庭，然而从作家莫言身上依旧能看到对自由思想的承继与发扬，莫言的自由表现在他的反叛与对现有价值体系的颠覆上，他欣赏并迷恋野性，即使对孩子与父母的关系，他仍提出孩子应该"像狼一样的反叛""我崇拜反叛父母的孩子，我认为敢于最早地举起反叛义旗的孩子必定是乱世或者治世英雄的雏鸟。一般来说，伟大人物的性格里一定有反叛的因素，在成为英雄之前，首先要成为叛逆"②。这些关于自由、反叛的元素投注在莫言的创作中表现为颠覆性与超越性。当他的作品涉及阶级矛盾的历史时，他"是站在一个比较超阶级的立场和观点上的，对我们的过往的历史，进行了个性化的描写。我们过去写战争文学，写历史文学，往往都是要站在鲜明的阶级立场上。我们写抗日战争，毫无疑问，要站在八路军、新四军的立场

---

① 庄森：《胡适·鲁迅·莫言：自由思想与新文学的传统》，《当代作家评论》2014 年第6 期。

② 莫言：《像狼一样的反叛》，《家教博览》2001 年第 8 期。

上，要站在共产党的立场上。我们要讲战争思想肯定要讲毛泽东的军事思想。作家仅仅是个讲述故事的人，作家的思想，作家对历史的判断，作家的个人的观点是不允许在这种历史和战争的小说中出现的。我觉得从《红高粱家族》开始我就在做这样的反叛，就想在小说里面淡化这种阶级的意识，把人作为描写的最终极的目的，不是站在这个阶级或是那个阶级的立场，而是站在全人类的立场上。不但把共产党当成人来描写，而且也要把国民党当作人来写，不但要把好人当人来写，也要把坏人当人来写"①。莫言在《红高粱》的写作策略上的确与正统的红色经典不同，作为八路军的胶高大队并不是红高粱主要被书写的对象，胶高大队的形象也与红色经典中的八路军形象有很大差距。抗战题材作品叙事的一般模式是八路军英勇抗日，老百姓救助八路军伤员，军队和百姓结下了深厚的感情，与之相对的是国民党破坏抗日，掠夺百姓等。莫言把共产党的游击队、国民党的部队都推到了幕后，他描写的是土匪抗日，一帮乌合之众袭击日本汽车，这些内容在此之前的作品中少有涉及。中国人喜欢写历史小说，从古到今的历史小说中基本就是一系列的帝王将相史。莫言作品关于历史的叙事改写或颠覆了历史小说传统，他强调了民间的在场，即把历史民间化了。他笔下的历史不再是意识形态式的，也不是党派史、政治史，而是凸显民间英雄的民间史，他的作品因此而被称为新历史小说。

　　如果说莫言的颠覆性在《红高粱》中还隐隐约约，《丰乳肥臀》则把颠覆式写作发挥到淋漓尽致。首先表现在它对红色经典中普遍存在的价值观念的颠覆。在红色经典中，革命者都品德高尚、反动人物都人品低下，这是常见的人物处理方式。然而，在《丰乳肥臀》中，莫言打破了阶级立场、政治身份与个人品德挂钩的模式。出身财主、后来成了国民党军官的司马库，被塑造成一个英雄好汉形象。一出场，司马库就因阻拦日本兵进村而炸桥受伤，虽行为鲁莽，思虑不周，但敢作敢为、可敬可爱；他虽好色，姨太太成群，还与大姨子上官来弟偷情，却从不祸害乡里欺男霸女；他为人仗义慷慨，看到冰面上取水艰难的上官姐妹，司

① 莫言：《我的文学经验——2007 年 12 月在山东理工大学的讲演》，《莫言讲演新篇》，文化艺术出版社 2009 年版，第 164 页。

马库不假思索出手相助，也是这样的举动，使上官招弟不可救药地爱上了他，发誓一辈子追随他；曾与他有染的女人都是真心真意爱他，即使他成为被通缉在逃的犯人，曾经相好的崔凤仙仍不顾性命为他通风报信。司马库本已出逃，他可以离开高密东北乡远走高飞，但听闻丈母娘及家人被自己所累，受到严刑拷打，明知是县公安布下的陷阱，他还是心甘情愿地跳进去了……在司马库临刑前，母亲曾这样评说他："他是混蛋，也是条好汉。这样的人，从前的岁月里，隔上十年八年就会出一个，今后，怕是要绝种了。"① 共产党独立纵队团政委蒋立人，上官盼弟的丈夫，为纪念牺牲的战友将自己的名字改为鲁立人。在与皇协军作战时，为使皇协军旅长沙月亮反正，使用计谋控制其女沙枣花，最终布下陷阱引来沙月亮。抗战胜利后，司马库带队伍返乡，赶走了鲁立人的爆炸大队，仅打死打伤十余人，施行的是恐吓战术，而鲁立人再次杀回来时，使司马库全军覆没，并伤及无辜百姓。也是鲁立人，在土改中为求自保追求自己的政治前途，下令杀害了无辜的孩子司马凤和司马凰。正如来弟所说"拿个小孩子做文章，不是大丈夫的行为"②，鲁立人的行为称不上光明磊落，无论他是善于谋略的性格还是出于无奈的形势，在行事作风上都算不得英雄好汉。而且，他的个人道德品质比汉奸沙月亮也不如。沙月亮是上官来弟的丈夫，抗战时期曾是鸟枪队的队长，后来投降日寇，成为皇协军的旅长。鸟枪队长沙月亮追求上官来弟时遭到了母亲的强烈反对，面对爱情的阻碍，他给上官全家送皮衣过冬，连夜打来野兔挂满上官家院子以示自己必娶来弟的诚意与决心。司马库与沙月亮这两个人曾是母亲心目中真正的男子汉，她曾经用此二人来激励毫无男子气概的上官金童。然而，如果从红色经典或主流意识形态的历史观来看，沙月亮是皇协军的旅长，历史上的皇协军是日本侵华期间协助日军侵略中国人民的汉奸，但小说中对沙月亮的政治身份着墨不多，除了皇协军与鲁立人队伍发生冲突外，并无沙月亮祸害百姓助纣为虐的情节。与鲁立人的处处算计、阴险狡诈相比，沙月亮倒算得上光明正大、有情有义，他为了救妻子和孩子，只身一人进入鲁立人设下的圈套，最终被击败自杀。

---

① 莫言：《丰乳肥臀》，上海文艺出版社 2012 年版，第 343 页。
② 同上书，第 151 页。

孙不言作为共产党的英雄，对上官来弟来说却是个恶魔，性无能的孙不言对待来弟使尽了各种虐待手段，令来弟在与孙不言的婚姻中生不如死。

在这部作品中，莫言并未考虑阶级、政治因素，甚至也弱化了民族立场，颠覆主流意识形态和红色经典的价值观念，或者说作者的关注点不在于历史，不在于还原真实，而是把一切统摄在生命价值、生命哲学的范畴之内。与生命本身比较起来，阶级、政治甚至民族都显得狭隘。超越世俗、不受礼法限制，颠覆习以为常的道德伦理也是莫言自由主义的重要表现。在莫言的作品中，关于偷情、乱伦、滥交的情节随处可见。《红高粱》以爷爷奶奶在高粱地的白昼宣淫为莫言作品的个性解放奏响了序曲，此后在《丰乳肥臀》《檀香刑》《生死疲劳》中，此类情节得到大肆上演。上官鲁氏与自己的姑父、来村里赊小鸭的、江湖郎中、杀狗人、和尚以及传教士分别交合，生下了一群儿女。令人咋舌的是，她与姑父的"第一次"竟然是姑姑唆使安排的。老年的上官鲁氏再次当起了儿子上官金童的皮条客，为了让儿子能成为一个真正的男人，她多次安排金童与独乳老金交合。除此之外，司马库与来弟偷情，来弟发起情来逼迫上官金童摸乳，金童多次对几个姐姐有不伦的念头，母亲精心掩护来弟与鸟儿韩的私通等。在《檀香刑》中，孙眉娘与干爹私通，《生死疲劳》中也不乏偷情、乱伦、私通的情节。凡此种种，作者并没有任何的谴责和道德伦理方面的批判，反而把这些人物塑造成了正面形象。对于上官鲁氏，莫言曾有过这样的评说："书中的母亲，因为封建道德的压迫做了很多违背封建道德的事，政治上也不正确，但她的爱犹如澎湃的大海与广阔的大地。尽管这样一个母亲与以往小说中的母亲形象差别甚大，但我认为，这样的母亲依然是伟大的，甚至，是更具代表性的、超越了某些畛域的伟大母亲。"①

莫言的自由主义还表现在他对传统美学的颠覆。肮脏污秽之物、残酷暴虐至极的场面，在传统文学中是不常见的，鲁迅甚至认为毛毛虫、鼻涕、大便等污秽之物是不能写的东西，但莫言对丑陋、肮脏详加描述，《红蝗》中对于肮脏的描绘，《红高粱》对活剥人皮的叙述，《檀香刑》对酷刑的极致书写，都给读者带来了极大的感官冲击和刺激，莫言也因

①　莫言:《丰乳肥臀》新版自序，上海文艺出版社 2012 年版。

此遭到了各种非议，对传统美学的颠覆和挑战使不少学者从审丑的角度研究莫言的作品。莫言写这些内容有自己独特的创作追求，他的目的是对所谓的庄严和神圣进行解构，对虚伪的存在发出挑战。不仅颠覆传统、经典，他对当下的意识形态也进行了解构，在《十三步》中，莫言对尊师爱教、动物保护、舍己救人、英雄崇拜等这样一系列的意识形态精神都进行了毫不留情的解构，并在荒诞夸张的现实场景中穿插人兽交合的民间故事。但无论莫言如何颠覆经典、解构传统的价值体系，他的自由主义都有自己的价值支撑，那就是人道主义和个体生命价值本位，进一步说，莫言把生存置于至高无上的地位。

第二节　动物性与人类理性

一　理性缺失的困境

当人们在摧毁旧的价值体系，无疑也在参与建构新的价值标准。莫言所建立的宏观历史是充满压迫的苦难史，在重重重压之下，动物性作为人类的一种反抗方式存在，它对已有的苦难、禁锢都是一个打击，起到了巨大的破坏作用，莫言注意的是反抗时的痛快，但这样的做法建设性不强，这些不是符合理智、符合逻辑的方式，因此也不会得到合乎逻辑的理想结果，继而建立一个新型的合理的文化秩序。莫言对历史解构有余而建构不足，简单地说就是破坏性大于建设性，而导致这一困境或危机的是人类理性的欠缺。

（一）无法应对理性世界的困难和危机

莫言为日益退化、萎顿的生命注入强劲的生命活力，不惜过度渲染、强化祖先们对人类动物性毫不伪饰的张扬，这是他用来激活种的衰败的一种方法，使人们能够回归一种生命如初的原生状态，找寻那份生命借以存在的最初动力。然而，把这种领会生命的方式作为一种人生体验和历史精神则有不妥之处。毫无疑问，莫言的文学世界对旧有的生存秩序进行了彻底的破坏和颠覆，在他的笔下，最为理想的人物是余占鳌、戴凤莲、司马库、鸟儿韩、孙丙以及那么多以对动物性的张扬来反抗旧秩序的人物，这也是莫言为拯救"种的退化"而为民族注射的强力剂，在这些人物身上，我们看到了一个个鲜活、丰盈的生命，敢作敢为、敢爱敢恨的生命品质，他们蔑视礼法、道德、一切人间法则，用喷薄的生命强力演绎了一场场可歌可泣的生命传奇。然而，当动物性主宰了人类，势必造成人类对理性的远离，这与人类社会的理性特征是相悖的。所以当他们陷入来自理性社会的矛盾、困境时，会变得软弱无力、束手无策。余占鳌们生命中有勇往直前的拼劲、刚性，但缺少回旋的韧性。有论者指出："我们对他们的钦佩总是停留在外部形象动作的剽悍和行为的中规中矩（合乎'义'这一简单的游戏规则），认为他们体现了某种生命力的充盈和爆发，足以和我们今天人性的萎靡、苍白相对照。但我们毕竟感到，在今天要模仿那些顶天立地的人物来处世行事将会是多么天真、愚蠢和异想天开。那些人物不能给现代人的内心生活和精神世界提供更多丰富的粮食，他们自己的内心就是平板的、简单的，犹如一些孩子。"① 当余占鳌带领乡民反击日寇的入侵、实践他激越生命的高潮过后，面对全军覆没、横尸遍野的惨状，他的头脑中闪现的是结束自己以告别这个无法面对的世界："爷爷从身边找到那支手枪，拉开枪栓，压进一条子弹，一松栓子弹上膛，钩一下机，啪啦一声响，一颗子弹飞出膛。爷爷说：'豆官，咱们……找你娘去吧……'" 在父亲的清醒反抗和拖拽下，爷爷只是无助地被父亲拖着自言自语："到哪里去？到哪里去？"② 血性刚猛的余占鳌在面对现实世界带来的打击是如此不堪一击，当杀人越货不能解决眼前的危机时，他会变得局促不安，手足无措，现实的困境之于他有如"一大团千丝百缕地交织在一起的乱麻线，越择越乱，怎么也理不出一个头绪"③，他能做的只是"几次手按住枪把，想告别这个混蛋透顶的世界"④，很自然，在余占鳌的影响和感召下，他的儿子豆官依旧传承父亲的面对理性世界的无助："他一辈子都没弄清人与政治、人与社会、人与战争的关系，虽然他在战争的巨轮飞速旋转着，虽然他的人性即使能在某一瞬间放射出璀璨的光芒，这光芒也是寒冷的、弯曲的，掺杂着某种深刻的兽

---

① 邓晓芒：《灵魂之旅》，湖北人民出版社 1998 年版，第 139 页。
② 莫言：《红高粱家族》，人民文学出版社 2012 年版，第 159—160 页。
③ 同上书，第 204 页。
④ 同上。

性因素。"① 从这里可见，莫言已经意识到动物性的张扬面对来自理性世界危机的脆弱与无能为力。

余占鳌出于对情欲的满足，杀单扁郎父子，与戴凤莲结合，这是一种来自动物性的需求，而不是精神性的厮守，我们无法要求一个被动物性占据全部生命的人"忠贞不二"，按照动物性的情欲法则，他很快会"移情别恋"，于是，他很自然地发现了恋儿（我的二奶奶）。余占鳌与恋儿的爱恋是更为彻底、纯粹的动物性欲望，作品中的恋儿："身体健壮，腿长脚大，黑黝黝的脸上生两只圆溜溜的眼睛，小巧玲珑的鼻子下，有两片肥厚的、性感的嘴唇。"② 他们疯狂地爱了三天三夜。凭借动物性的驱策来行动的余占鳌没有思考这样做的结果会是怎样，他更不会思考将来存在的隐患，所以他也无力阻止悲剧的发生：因为无力调节两个女人之间的矛盾，无暇兼顾两个家庭的幸福与安全，致使日军扫荡的过程中，独居的恋儿被轮奸，女儿被摔死。《丰乳肥臀》中的司马库是莫言极为欣赏的小说人物，当之无愧成为他作品人物系统中张扬动物性、展现生命强力的代表。司马库秉承了余占鳌的敢爱敢恨、敢作敢为，是又一个既英雄好汉又王八蛋的典型形象，他在动物性情欲的催发与自我满足中，与妻姐来弟偷情成功之后，继而调戏妻妹念弟，在他满足自身情欲的同时留下了一个混乱的家族关系，而当母亲问罪于他，如何安置被其占有的妻姐来弟时，敢作敢为的司马库却只能"双手搓裤子"，显示出在满足私欲之后，应付现实世界的能力不足。《檀香刑》中孙丙是又一响当当的英雄汉，作为民间戏曲——猫腔的戏班班主，他带头演绎的猫腔大戏在乡民的众声应和中，使整个世界的生命形态被还原为动物的世界，这场大戏在反抗德国侵略者、维护民族权益的正义旗帜下达到最高潮，是底层民间生命形态对压迫的反抗仪式。然而，这本应出自生命的庄严反抗却在孙丙近乎荒诞并愚蠢可笑的行为中变成了一场虚幻的反抗，面对残酷的流血战争，他采取的策略却建立在戏剧的表演性上，他把自己想象成英雄岳飞在世，在戏剧虚幻的状态下进行现实的战争，势必以失败收场。不仅如此，孙丙把戏剧梦进行到底，他要以自己的死来实现英雄梦，

---

① 莫言：《红高粱家族》，人民文学出版社 2012 年版，第 157 页。
② 同上书，第 258 页。

身在囚牢的他，执意承受酷刑，使前去劫狱搭救的几条生命白白葬送，他的一意孤行和率性武断只能毁掉了义民的义举，成全了清政府与洋人的勾当。张扬生命强力的代表最后生命的黯然结局与之激扬的生命过程是完全不同的，余占鳌轰轰烈烈的一生却以从北海道回来后痴痴呆呆的状态收场，率性潇洒的司马库最终死在了当权政府的枪口之下，如山林野兽一样凶猛的鸟儿韩偷情、杀人之后被判处死刑，孙丙最终被施以檀香刑，这些以动物性的张扬反抗旧有秩序的英雄们，并不能通过他们的方式战胜理性世界加诸的苦难和困境，最终都在理性世界里倒下了。他们不能依靠他们的行为从根本上改变现实世界，更不能挽救现代社会所面临的危机，所以《翱翔》中的身生双翅逃婚的燕燕最终被乡民射下枝头，《筑路》中的杨九与白荞麦在现实社会中的结局只能是不知所终，《幽默与趣味》中变成猴子的王三最后又还原到那个不堪生存重负的知识分子来结束故事，正如有论者所说："莫言的本意似乎就是为了展示生命自身的原生本相，并不是为了审视或思考生命的意义，所以在他的全部叙述中，一切生命体基本上都退回到了自然本位，所有的'人'的种种行为都显示为在纯粹本能欲望驱使下的盲目与冲动，而不是那种经过了"理智"过滤之后的'合逻辑'的结果。"① 的确，未经过理性思考的行为必然产生一个不具有理性的结果，这种结果势必是混乱的、没有秩序的。

（二）陷入反道德反生命反人性的怪圈

人的自然存在是社会存在的基础，自然生命是社会得以存在、发展的根本，然而它不能替代人类生命的全部，人与动物的最大区别在于人的社会属性，社会属性表现为人与人之间的关系，它最大的成就在于有社会以来逐步形成并发展起来的文明，莫言过多地强调人类的动物性欲望与满足的合理性，过分漠视道德秩序的历史文明，还是有失偏颇的。当人类的原始动物性占据了人类的整个生命，而无视这一生命的整体性时，就会自然而然忽略社会属性范畴中的人与人之间的关系，即人的欲望、要求、利益达到自身满足的同时就会对他人产生一种恶与攻击性，在这一生命达到飞扬的时刻会造成对他人生命的戕害和掠夺，这是过度强调张扬原始生命特性不可避免的后果。《红高粱》中，余占鳌为满足自

---

① 黄云霞：《作为当代文学史事件的"莫言现象"》，《当代文坛》2013 年第 1 期。

身的欲望需要，不惜以杀害单家父子性命为代价来实现，当我们沉浸在余占鳌们的生命大欢喜时，我们会忽略了无辜受害的单扁郎父子的生命，尤其在麻风病人的头衔下，在"丑男儿娶俊妻家门大祸"① 的唱词和曹梦九的"想她一个如花美女，嫁给一个麻风病人，也是大不幸，勾通奸夫，情有可恕"② 的权威说辞之下，他们自然落入"罪有应得"的期待视野之内，他们成为主人公余占鳌和戴凤莲获得幸福与自由的阻碍理应被彻底铲除。《筑路》中，杨六九为和白荞麦在一起，夺走了病榻上荞麦丈夫的无辜生命。作为一个张扬生命强力的代表，余占鳌们在实现自身生命强力的过程是以损害、牺牲他者的权益为代价的，甚至可以说是以他者血淋淋的生命浇灌出余占鳌们的生命之花。释放动物性本是以人为本、以生命为本的文学实践方式，而带来的结果却包含着对他者生命的践踏，残暴的反人道反生命逻辑。有感于传统道德桎梏对人的压迫和损害，莫言试图启用与之相对立的人类原始动物的张扬来反抗道德的枷锁，这应该是合情合理的，然而，动物性的张扬却造成了人类丑恶的又一怪圈，从反对非道德走向了又一非道德，这是人类本身的悲剧困境。对动物性的肯定，即是对人类理性的远离，生活在现代社会的人离开了理性的支撑是不可能存在下去的。

莫言笔下的英雄好汉会在放纵生命欲望的过程中摧毁世间的一切条条框框，当这位巨人站在被自己破坏的残垣瓦砾中茫然四顾时，看到的只有支离破碎的世界，他并没有建立起理想的家园，甚至失去了曾经的容身之所，如同年仅四岁的豆官所隐约感觉的那样："高密东北乡从来就没有不是废墟过，高密东北乡人心灵里堆积着的断砖碎瓦从来就没有清理干净过，也不可能清理干净。"③ 这里是祖先生存、改造过的地方，但始终不能更改这块土地的"废墟"本质，距离建设还路途遥远。正如陈晓明所说："（莫言）他的小说本身是反智性的，这无可厚非；但他应该有更强大的智性才能反得彻底，并反出他自己的思想力量。"④ 从摧毁到

---

① 莫言：《红高粱家族》，人民文学出版社 2012 年版，第 80 页。
② 同上书，第 136 页。
③ 同上书，第 161 页。
④ 陈晓明、唐韵：《莫言获诺贝尔文学奖的中国意义》，《解放军艺术学院学报》2013 年第 2 期。

建设这是一个复杂且长期的过程，在莫言的几部启用人类理性来拯救世俗危机和现实困境的作品中，我们看到了他新的探索，例如《生死疲劳》中，蓝脸出现了，他对信念的坚守，使这个人物成为莫言对人性挖掘的新的代表，他所坚持的是人类特有的理性品质，也因为有这样的人存在，人类才不会堕落，社会才能够真正的进步。此后的《蛙》是又一体现人类理性特征的力作，作品中充满了罪感心理和忏悔意识，其中的几个主要人物诸如姑姑、"我"、杉谷义人等都表现出这种精神特征，使人物形象更为复杂、立体，这是莫言创作的总体趋势走向。

二　忏悔的力量

"人不是一件东西，他是一个置身于不断发展过程中的生命体。"① 与其他动物相比，人类是唯一能够对自身加以反思的生命体，苏格拉底说：人是有理性的动物。这一界定使西方思想界第一次把动物和人类彻底区别开，动物性使人类与动物共处于同一个生命的平台，而理性的生存状态使人类成为万物的灵长。"人的思想可以超出他对生理需要的满足，而去探求他本身的存在和他周围的、脱离他的存在而存在的世界。这就是说，人不仅有动物也有的智力，并且还有理智，并以它来观察客观实在。"② 人类既能"堕落为更低级的野兽"（in inferiora quae sunt bruta degenerare），又可以"根据灵魂的决断，在神圣的更高等级中重生"（in superiora quae sunt divina ex tui animi sentenria regenerari）③。因为人类的独特理性，使人类本身处在一种"文化生存"中，使人类能够有意识地尽力摆脱自身所处的各种困境，包括去拯救人类兽性所造成的灾难。

"在人类的所有激情中，唯有真正的忏悔和与之相伴的羞愧能使旧有的罪恶不再屡屡重犯。在没有忏悔的地方，无罪的幻觉就会滋生。"④ 对于人类本身具有难以泯灭的邪恶兽性，反思、忏悔、救赎等思想行为成为对人类陷落的拯救方式。在《辞海》中，"忏"是梵语 Ksama 的音译，

① ［美］埃里希·弗洛姆：《生命之爱》，罗原译，工人出版社 1988 年版，第 102 页。
② 同上书，第 103 页。
③ ［意］米兰多拉：《论人的尊严》，梵虹谷译，北京大学出版社 2010 年版，第 21 页。
④ ［美］埃里希·弗洛姆：《生命之爱》，罗原译，工人出版社 1988 年版，第 106 页。

"忏摩"的略称，"悔"是它的意译，合称"忏悔"。原为向人发露自己的过错，求容忍宽恕之意。佛教制度规定，出家人每半月集合举行诵戒，给犯戒者以说过悔改的机会，遂成为专以脱罪祈福为目的的一种宗教仪式。① 忏悔是人类特有的思想方式，它建立在反思的基础之上，它是人类对自身无法挽回之错误的深刻认识，对自身罪恶的自我谴责，是人类超越动物的优秀品性。人类携带着兽性本能从原始一路走来，兽性因为外部因素的刺激而一度强化、异化，人类社会并没有因此陷入深渊不能自拔，人类的理性对强大兽性的牵扯起到了有力的制衡与掣肘，它推动人类社会这驾老车艰难前行，虽蜿蜒曲折，却异常坚定。在西方宗教意识领域，"忏悔"是个能够触及人类灵魂的概念，然而，"千百年来人们一直生活在一个'强权即公理'的社会中，从而使忏悔的精神黯然失色了"②。在不合理社会文明的引领下，人类很多美好的品质在逐渐丧失，在文学创作中呼唤美好的再现，是作家义不容辞的责任。大江健三郎在与莫言谈话中曾经这样说道："我们的文学，我觉得最初是要有对人的信任。我认为表现出确信人类社会是在从漆黑一片向着些许光明前进是文学的使命。""小说不能没有光明的结尾，不能是不相信人的，不能没有对人的——那是从你的小说中也能得到的——生命力的发现和喜悦。""所谓文学，很幸运是以显示对人的希望、对人类社会的信赖为终结的、是让故事圆满结束的。""莫言先生也是，把重点放在了表现值得信赖的人上面。"③ 不仅大江健三郎对莫言作品持有肯定其寄予希望态度在里面，莫言自己也曾经谈及："文学我想就是这样，告诉人们这个世界的绝望，但是让大家也明白，我们在绝望当中也有希望。"④

　　与西方相比，中国传统文化缺乏宗教意识和忏悔意识，"忏悔"意识因此成为文学作品的可贵品质。莫言与王尧的对话中曾经有这样的内容："我甚至认为作家这个职业应该是超阶级的，尽管你在社会当中属于某个阶层，但在写作时你应该努力做到超阶级。你要努力去怜悯所有的人，

---

① 参见《辞海》缩印本，上海辞书出版社 2000 年版，第 1190 页。
② ［美］埃里希·弗洛姆：《生命之爱》，罗原译，工人出版社 1988 年版，第 106 页。
③ 莫言：《大江健三郎与莫言在中国》，《碎语文学》，作家出版社 2012 年版，第 30 页。
④ 严锋：《莫言谈文学与赎罪》（访谈），《东方早报》2009 年 12 月 27 日。

发现所有人的优点和缺点。中国缺少像托尔斯泰、陀思妥耶夫斯基那样的作家，多半是因为我们没有怜悯意识和忏悔意识。我们在掩盖灵魂深处的很多东西。"① "像陀思妥耶夫斯基的《罪与罚》，再放 50 年，尽管读者没有到过俄罗斯，也没有经历过农奴制，看了以后还是会感觉到一种震撼，触及到灵魂。也就是说，它写到了我们灵魂深处最痛的地方。"②从对话中不难看出，莫言对托尔斯泰和陀思妥耶夫斯基极为推崇，他们甚至成为莫言创作学习的样板，所要追求的目标和创作价值取向所在，而他们写作中最打动莫言的品质应该是对怜悯、忏悔以及触及灵魂等思想意识的展现。在中国现代文学史上，鲁迅是新文学以来掀起忏悔精神、实行自我解剖文学思考的伟大践行者，莫言作为鲁迅的忠实追随者，受到的影响颇为深刻，尤其表现在对人性的揭示与忧虑方面。鲁迅对人性自身完善的价值提出了质疑，对人类本身的罪恶进行了无情的谴责，以批判国民劣根性的方式疗救人性的痼疾，这样的文学表达使作品充满了"沉重的现代色彩的忏悔"③。陈思和早在 1986 年就指出：直到五四时期，《狂人日记》的出现是对中国传统文化忏悔意识欠缺的伟大填补。莫言的近作《蛙》使人们多年以后又重拾"人的忏悔"的话题④。整部作品以计划生育为精神事件和历史背景，反映了人们在一定历史环境中的生存状态和精神轨迹。作品中相继出场的各个人物身上表现了一个共同的特征：对曾经犯有罪过的忏悔与救赎。莫言曾坦言：在完成这部作品时最大的感受是"他人有罪，我亦有罪"⑤。姑姑是《蛙》的主人公，是个有着复杂精神轨迹的人物。她本是个天不怕地不怕的唯物主义者，用叙述者万足的话说："这个世界上似乎没有她怕的人，更没有她怕的事。""但我和小狮子却亲眼看到她被一只青蛙吓得口吐白沫、昏厥倒地的情景。"⑥胆大包天的姑姑，何以被一只青蛙吓晕？这要追溯到她退休前夕的一次

---

① 莫言、王尧：《莫言王尧对话录》，苏州大学出版社 2003 年版，第 186 页。

② 同上书，第 289 页。

③ 陈思和：《中国新文学的整体观》，上海文艺出版社 1987 年版，第 352 页。

④ 参见罗兴萍《重新拾起"人的忏悔"的话题——试论〈蛙〉的忏悔意识》，《当代作家评论》2011 年第 6 期。

⑤ 莫言：《蛙》，上海文艺出版社 2012 年版，第 343 页。

⑥ 同上书，第 181 页。

酒醉夜归，这一次"经历"使姑姑的精神从此进入另一个境地。

> 姑姑说她行医几十年，不知道走过多少夜路，从来没感到怕过
> 什么，但那天晚上的蛙声如哭，仿佛是成千上万的初生婴儿在哭。
> 姑姑说她原本是最爱听初生儿哭声的，对于一个妇产科医生来说，
> 初生婴儿的哭声是世上最动听的音乐啊！可那天晚上的蛙叫声里，
> 有一种怨恨、一种委屈，仿佛是无数受了伤害的婴儿的精灵在发出
> 控诉。①

这次似幻非幻梦魇般的青蛙大围攻，使姑姑受到了前所未有的惊吓，事后姑姑身上起了一层疱疹，大病一场，病好后，全身蜕了一层皮。"脱皮换骨"后的姑姑患上了青蛙恐惧症。这一事件之后，姑姑嫁给了被青蛙追逐中救命的恩人——捏泥人艺人郝大手，过起了与郝大手携手捏泥娃娃的晚年生活。姑姑对蛙的恐惧来自灵魂深处，这是沉积在姑姑灵魂深处忏悔情绪的一次总爆发。"蛙"与"娃"谐音，对于蛙的恐惧，即是对娃的惧怕，这是姑姑多年来为葬送在自己手中两千多条小生命的一次集体凭吊，是对自己曾犯下的罪孽的悔过。从表面上看，执行计划生育的几十年中，姑姑一直充当着冷面、冷血的活阎罗，然而，在她的内心深处，每做掉一个非法的小生命，都会堆积起一重罪恶感。姑姑晚年闭上眼睛，眼前就会浮现出早逝的每一个生命，在她的描述下，一个个栩栩如生的泥娃娃在郝大手的手里诞生，姑姑把两千多泥娃娃供奉在一个屋子里，借以赎罪。

计划生育是国家发展到一定历史阶段中必须执行的一项基本国策，它关系着人民的生活质量、国家的前途。然而，当强硬的理性政策与悠久淳朴的民间伦理发生冲突时，作为国家政策的执行工具，姑姑无疑是个被民间视为仇敌的牺牲品。当姑姑在为自己沾满血腥的双手感到忏悔时，我们仍不能简单把姑姑的忏悔理解为她在为历史背负罪感。她之所以晚年陷入深深的忏悔、受尽煎熬，更准确地说，应来自她对自己曾经的极端态度与行为的自我谴责。在政治占据首位的年代里，"根红苗正"

---

① 莫言：《蛙》，上海文艺出版社 2012 年版，第 214 页。

的姑姑曾是时代的宠儿，然而飞行员男友王小倜戏剧性地叛逃台湾，给姑姑带来了巨大的灾难。王小倜的叛逃不仅给姑姑造成终身的感情伤害，而且使姑姑接下来将面临周围人的嘲弄、组织的质疑，并以此为起点成为批斗大会的"重头节目"。为此，她曾割断动脉以示清白，然而这已无济于事。为显示对组织的绝对忠诚，她丝毫不顾及个人的得失与安危，这种念头的驱使下，在计划生育的执行过程中，姑姑毅然决然地做出了那么多看似铁面无私、实则冷酷无情甚至阴险可怕的行为举动。当姑姑面临退休，从忙碌一生的事业上退离的时候，她才第一次对自己的人生历程做出全面的回顾、检查与反思，与此同时，一直被压抑在灵魂深处的良知喷薄而出，这是姑姑进入晚年忏悔、救赎生活的正式起点。人类兽性在社会文明的外部刺激下会使人类做出无比疯狂的事情，然而人之所以为人的可贵之处在于人类的自我反思与觉醒。"正因为人具有理性，他才能以批判的眼光来检视自己的行为，认清什么有利于自己的发展，什么不利于自己的发展。他尽其所能使自己的智力和理智和谐共生，最后达到幸福的境界。"①

在《蛙》中，为了爱情，王肝出卖过父亲，使藏身猪圈的父亲被工作组轻而易举地找到做了结扎；他对王仁美的出卖，牵引出后来一系列事情并导致王仁美母子身亡；他对袁腮的出卖，使这个昔日的老同银铛入狱，而当他单恋的女人——小狮子，最终与万足牵手在一起，王肝似乎从痴恋中醒来。尽管他给自己找了无数个冠冕堂皇的理由："举报非法怀孕是公民的职责""为了祖国可以大义灭亲"②，但都无法安慰他愧疚的内心。杀人凶手的罪恶感像绳索般紧紧捆缚着他的灵魂。他在王仁美的坟前烧纸钱以慰死者，向万足夫妇诉说自己的罪孽，其实都是在安抚自己的良心，使内心得以片刻的安宁。为了自我救赎，王肝决心向万足诉说他精心编造的谎言，他谎称被追捕的王胆早已逃离东北乡、远走高飞，想借此向姑姑等计生人员施放烟雾弹、转移视线。这样做表面看起来是为了帮助妹妹王胆拖延时间，实质上这是他迷途知返所做出的第一件救赎自己的事情，虽然这一谎言很轻易地就被小狮子等人识破，但

---

① ［美］埃里希·弗洛姆：《生命之爱》，罗原译，工人出版社1988年版，第107页。

② 莫言：《蛙》，上海文艺出版社2012年版，第162页。

在王肝的生命中，却成为忏悔和救赎的起点事件值得纪念。

陈鼻是作品中的重要人物之一，莫言在他的身上花费了大量笔墨，倾注了饱满的感情。作者从陈鼻出生写起，直到故事的结束，陈鼻亦成为作品的线索人物之一。五代单传的陈鼻和所有农民一样，拥有子孙绵延祖宗香火的浓重思想。他和妻子王胆为生育二胎与姑姑们的周旋斗争可谓惊心动魄，也把故事推向了高潮。他们与姑姑斗智斗勇，这让老谋深算的姑姑也措手不及。但王胆最终还是留下不足月的早产女儿死在潜逃的路上，这使陈鼻一蹶不振。那个当年头脑精明、身材魁梧的汉子沦为依靠出卖身体（在堂吉诃德的餐馆里扮演堂吉诃德）谋生，曾经倒卖烟草发家的他靠向客人讨要香烟度日……他假装失忆、故作疯癫，作践自己的身体，但这一切都是为了忏悔。以王胆的身体状况根本不适合再次生养，但传宗接代、求子心切的的陈鼻从未考虑妻子的死活，即使把王胆的死因归结在姑姑等计划生育执行者身上，陈鼻的内心依旧无法逃避自我良心的谴责。多年来陈鼻对自己所做的一切折磨、作践行为，都是一种罪感对内心的摧残所致。

同样的情形也出现在莫言的短篇小说《罪过》中。大福子与弟弟小福子在河边玩耍，他眼看着五岁的弟弟跳入河中去追逐一朵红花，没有阻拦，也没有呼救，在众人跳入水中救小福子时，留在岸上的大福子回想："小福子在扑向河中红花那一刹那——他摇摇摆摆地扑下河，像只羽毛未丰的小鸭子——我是完全可以伸手把他拉住的，我动没动过拉住他的念头呢？我想没想过他跳下河去注定要灭亡呢？"[1] 此时的大福子以七岁孩童的朦胧意识感到自己的罪过，于是在等待的过程中，他捡起一块生锈的铁片，"我用右手捡起那块铁片，用它的尖锐的角，在疮尖上轻轻地划了一下——好像划在了高级的丝绸上的细微声响，使我的口腔里分泌出大量的津液。我当然感觉到了痛苦，但我还是咬牙切齿地在毒疮上狠命划了一下子，铁片锈蚀的边缘上沾着花花绿绿的烂肉，毒疮崩裂，脓血咕嘟嘟涌出，你不要恶心，这就是生活，我认为很美好，你洗净了脸上的油彩也会认为很美好。"[2] 用自虐的方式使肉体感到痛苦的同时，

---

① 莫言：《罪过》，《白狗秋千架》，上海文艺出版社 2012 年版，第 287 页。
② 同上书，第 288 页。

精神上得到片刻的解脱，这是一种简单的赎罪方式，大福子将这种方式进行到底。弟弟因为救援不及时，淹死在了河里。随着自虐行为的升级，我们看到大福子内心深处悔过的加重、罪感的浓烈，一个七岁孩子因为对弟弟死亡感到的愧疚，心理上的严重失衡使他把自己牢牢地锁在自责的枷锁之内，他使用各种方式虐待自己，以使自己感到心理上的平衡，而之所以有此负罪感，缘于一个孩子的嫉妒与自私。在作品中，作者星星点点地透露出，大福子与小福子的差别："小福子眼珠漆黑，嘴唇鲜红，村里人都说他长得俊，父亲也特别喜欢他。"①"小福子的腮上凝结着温暖的微笑，我的牙齿焦黄他牙齿却雪白，他处处比我漂亮，任何一个细枝末节都有力地证明着'好孩子不长命，坏孩子万万岁'的真理。"②小福子从小就有英俊可人的外貌，聪明伶俐的性格，处处得父母的偏爱，年长两岁的大福子对此一直心怀怨愤；父母对弟弟的夸赞与偏爱给大福子的成长道路留下了难以抹去的阴影，需要爱需要肯定的大福子长期以来对弟弟积留下诸多的怨恨，小孩子的嫉妒导致了悲剧和忏悔的发生。正如俄狄浦斯弄瞎自己的双眼以惩罚"杀父娶母"的罪过，大福子用想象性的自我割弃舌头，来赎罪。因为自责，他装成哑巴，把自己封闭起来，此时人类的良知在一个幼小的生命中显露它的灵光："我从坐在草垛边上那时候就朦朦胧胧地感觉到：世界上最可怕最残酷的东西是人的良心，这个形状如红薯，味道如臭鱼，颜色如蜂蜜的玩意儿委实是破坏世界秩序的罪魁祸首。"③ 这个良心正是人的心智，它会毁灭一个世界，也能拯救一个世界。

　　单纯依靠动物属性，人类只会成为世界上最为粗野的动物，人类兽性会使整个世界彻底沦为罪恶的深渊，人类理性中的"忏悔"成为拯救人类恶行、完善人类自身精神的重要渠道。卢梭的《忏悔录》被托尔斯泰誉为"18世纪世界的良心"，进而托尔斯泰向世界宣布："只有经过忏悔，人才有所进步。"④ 面对当时俄罗斯社会的黑暗现状，托尔斯泰试图

① 莫言：《罪过》，《白狗秋千架》，上海文艺出版社2012年版，第281页。
② 同上书，第291—292页。
③ 同上书，第288页。
④ 《列夫·托尔斯泰文集》，汝龙等译，人民文学出版社1989年版，第17卷，第60页。

用"忏悔"的方式为社会的困境探索一条消除罪恶之路，同时他用作品演绎出忏悔是洗刷灵魂污垢、复活人性的最好方式。"忏悔"作为人类对曾经犯有过错的反思，不仅作为一种宗教行为，更不是一种出现在文学作品中的近似理想的空谈，他在付诸现实中，对推动社会精神的进步起着巨大的作用。"忏悔"也是莫言用文学来拯救人类恶行的方式之一，其中人物的忏悔行为不是针对某一个人或某一阶级，它应指向人类普遍对自身局限性的理解和表达，从莫言对个人具体忏悔的描写去总结历史的经验和教训，从而对人类在今后从根本上为制止类似灾难的发生做出重要的思想启蒙。

三　对信念的理性坚守

"当没有力量控制自己的狂暴时，没有任何动物比人更加凶狠残酷。"[①] 人类可以成为世界上最可怕的动物，他可以疯狂到毁灭一个世界，然而，作为万物之灵长，他依然具备重建一个新世界的本领，这得益于人类宝贵的理智，也得益于人类的许多美好品质，其中包括忏悔与救赎，也包括坚守与执着。坚守一份信念，使之成为行动的力量源泉，同样是人类持续发展的原动力之一。作为有大悲悯情怀的作家，莫言在揭露人性中黑暗面的同时，没有忘记对人类一些宝贵品格的挖掘与发现。莫言说：

> 我认为敢于展示残酷和暴露丑恶是一个作家的良知和勇气的表现，只有正视生活中的和人性中的黑暗与丑恶，才能彰显光明与美好，才能使人们透过现实的黑暗云雾看到理想的光芒。[②]

揭示黑暗与罪恶是为了更有效地走向光明与美好，莫言会在人性的泥淖中埋藏一颗珠贝，等待我们去发现它的光亮。蓝脸，《生死疲劳》中一个普通农民，就是这样一颗在泥淖中闪光的珠贝。批评家李敬泽说：

---

① ［古希腊］普鲁塔克：《希腊罗马名人传》，席代岳译，吉林出版集团有限责任公司2009年版，第53页。

② 莫言：《我的文学历程》，《莫言演讲新篇》，文化艺术出版社2012年版，第69页。

"《生死疲劳》是执着的颂歌和悲歌。"① 蓝脸是整部小说中执着的代表，他为了自己坚守的信念，背负肉体与精神的双重折磨几十年。蓝脸——"原西门闹家长工，解放后一直单干，是全中国唯一坚持到底的单干户"，在作品开头的主要人物表中，作者这样介绍蓝脸。这是一个面对各种土地的政治运动而誓死守卫自己土地的故事，联想到半个多世纪以来的土地政策，蓝脸拼死对土地的捍卫令人感慨万千。费孝通先生通过考察几千年的中国乡村状况得出结论："从农业本身看，许多人群居在一处是无需的。耕种活动里分工的程度很浅，至多在男女间有一些分工，好像女的插秧，男的锄地等。这种合作与其说是为了增加效率，不如说是因为在某一时间男的忙不过来，家里人出来帮帮忙罢了，耕种活动中既不向分工充分发展，农业本身也就没有聚集许多人住在一起的需要了。"② "生活相倚赖的一群人不能单独地、零散的在山林里求生。在他们，团体是生活的前提。可是在一个安居的乡土社会，每个人可以在土地上自食其力的生活时，只在偶然的和临时的非常状态中才感觉到伙伴的需要。在他们，和别人发生关系是后起和次要的，而且他们在不同的场合下需要着不同程度的结合，并不显著的需要一个经常的和广被的团体。"③ 因此，在乡土的中国社会里是没有团体的，历史上极端的乡土社会模式就是老子理想中的："鸡犬相闻，老死不相往来。"这正好能解释蓝脸作为一个标准中国农民思维的传统模式，也是他捍卫土地的理由。

相对于新中国的土地政策，蓝脸的存在显得既荒诞又庄重、既令人可怜又让人尊敬。沈从文曾说："人人都若有一种不可理解的力量在支配。"④ 作为古典农民的活化石，蓝脸对土地有着视为生命的迷恋之情，支撑他几十年的根本动力就是他辛勤耕种的那块仅仅一亩六分的土地，对土地的持有，是农民心底最牢固的情结。如果说人类历史只有五千年的话，农耕史却已占据了三千年，相对于短暂的工业文明，农耕文化古

---

① 李敬泽：《"大我"与"大声"——〈生死疲劳〉笔记之一》，《当代文坛》2006 年第 2 期。
② 费孝通：《乡土中国》，《费孝通文集》，群言出版社 1999 年版，第 2 卷，第 3—4 页。
③ 同上书，第 29 页。
④ 沈从文：《致沈虎雏、沈龙朱》，《沈从文全集》，北岳文艺出版社 2002 年版，第 19 卷，第 267 页。

老而厚重，"赋予土地一种情感的和神秘的价值是全世界的农民所特有的态度"。① 特别是对于中国这个农业古国来说，对土地的崇拜、土地意识早已根植在传统文化的骨髓之中。费孝通说得很精彩："以现在的情形来说，这片大陆上最大多数的人是拖泥带水下田讨生活的了。"② "靠种地谋生的才明白泥土的可贵，乡下的'土'是他们的命根，在数量上占着最高地位的神无疑是土地。"③ 莫言对此体会很深："几千年以来中国改朝换代、农民起义，围绕的核心问题都是土地。土地兼并再均分，反反复复。1949 年之后，农村的变迁实际上还是土地的问题。"④ 在走集体合作化的道路上，蓝脸不顾一切对土地固执的坚守是莫言对中国传统农民与土地关系的深情回望，也是言说土地意义的生动展现。李敬泽曾说："现代文学以来，土地在不同时期的乡土写作中都是一个意义中心，它是历史的焦点，也是农民可以安身立命的终极价值。"⑤ 在作品即将结束的时候，一切就好似蓝脸墓前的碑文："一切来自土地的都将回归土地。"⑥ 蓝脸用生命固守的一亩六分地变成了家族的坟茔，在那里，依次埋葬着西门闹六道轮回转世托生的动物遗体与蓝脸一家五十年间相继离去的成员。来自土地的终将回归土地，不论他曾经离开土地多远，最终还是要回到这个自然的怀抱中来："直接靠农业谋生的人是黏着在土地上的。"⑦ "向泥土讨生活的人是不能老是移动的。在一个地方出生的就在这地方生长下去，一直到死。不但个人不常抛井离乡，而且每个人住的地方常是他的父母之邦。生于斯，死于斯的结果必是世代的黏着。这种极端的乡土社会固然不常实现，但是我们的确有历世不移的企图，不然为什么死在外边的人，一定要把棺材运回故乡，葬在祖茔上呢？一生取给于这块泥土，死了，骨肉还得回入这块泥土。"⑧

① ［法］孟德拉斯：《农民的终结》，李培林译，中国科学出版社 2005 年版，第 128 页。

② 费孝通：《乡土中国》，《费孝通文集》，群言出版社 1999 年版，第 2 卷，第 1 页。

③ 同上书，第 2 页。

④ 莫言、李敬泽：《莫言 VS 李敬泽：向中国古代小说致敬》，2005 年 12 月 29 日，新浪读书网（http://book.sina.com.cn.）。

⑤ 同上。

⑥ 莫言：《生死疲劳》，作家出版社 2012 年版，第 509 页。

⑦ 费孝通：《乡土中国》，《费孝通文集》，群言出版社 1999 年版，第 2 卷，第 2 页。

⑧ 同上书，第 18 页。

　　这的确是表现农民与土地之间无法割舍的恋土故事，宽泛地说，这更是一个坚守自由的文本。蓝脸只是作者小说人物谱系中坚守自由精神的一个。蓝脸坚持的传统农民对土地的持有信念，更是一个人自由选择的权利。对于蓝脸的坚守，叙述者蓝解放这样说："我们单干，完全是出自一种信念，一种保持独立性的信念。"① 当亲生儿子蓝解放为了"要闯社会，娶老婆，走光明大道"决定入社时，哭喊着劝说固执的父亲："你一人单干下去，到底有什么意义？"蓝脸平静地回答："我就是想图个清静，想自己做自己的主，不愿意被别人管着！"② 用叙述者西门猪的话说："只有当土地属于我们自己，我们才能成为土地的主人。"③ 从这些话语中，我们读到的是"独立""自由""主人"，蓝脸几十年的苦难坚守诠释着人类争取自由的一往无前。自由意味着独立，对权威的毫无畏惧，对自己选择的坚持守护，是人类体现自身生命价值的高级形态，也是人类与动物的重要区别，有了对自由的追求与把持，凸显了人类超越于动物的优秀品质。尽管人类来自动物，与动物之间有极为相似的生理结构，甚至我们可以在动物身上发现精神性质的痕迹，"看到温柔或残忍，疯狂或易怒，勇敢或怯懦，恐惧或大胆，高尚的精神或卑鄙的狡诈，就智力而言，它们可以说是精明"。④ 尽管人类的体内保持着动物性的存续，兽性因子还是会在外界因素的刺激下发作，然而人与动物间的差别是不容忽视的，关于这一点的谈论不仅仅是人类中心主义者，甚至包括启蒙时代倡导"返回自然"、向原始回归的卢梭，在极力肯定人类的动物属性之余，也如此界定了人与动物之间的区别：

　　……人与其他动物有一点不同，即在野兽的活动中，大自然是惟一的施动者，而人则能也以自由施动者的身份参与他自己的活动。野兽靠其本能决定取舍，而人则自由自在，随心所欲。所以，野兽从不背离为它制定的规则，即使那样会对它有利，它也不这样做，而人则

---

① 莫言：《生死疲劳》，作家出版社 2012 年版，第 169 页。
② 同上书，第 171 页。
③ 同上书，第 282 页。
④ ［古希腊］亚里士多德：《动物志》，吴寿彭译，商务印书馆 1979 年版，第 17 页。

常常背离这些规则，招致伤害……构成人类与兽类之间的种差的不是人的悟性，而是人的自由施动者身份。大自然支配所有动物，兽类服从支配，人同样也感受到大自然的影响，但人自认为有服从或不服从的自由，而主要就是由这种自由的意识显出人的灵魂的灵性。①

按照卢梭的看法，人之所以有别于动物、高于动物，在于他的自由与自主，即使在人仍为动物的原始状态，这条关于"自由""自主"的状态标准依然成为人所以为人的标志。人类依靠自由自主的力量使之脱离了自然动物群体，随之建立了属于人类自己的社会群体，但在这个群体中，一部分人又可悲地"退化"为动物，从此人类进入奴隶社会时期。有人说，"一开始就必定有两种不同类型的奴隶：一种是单独地依附于一位主人像一头家犬一样，另一种是共同地在一起像牧场上的畜群一样。这一群体自然被看做最古老的奴隶"②"根据黑格尔对为寻求承认而战斗的论述，只有当一个主体由于害怕死亡而牺牲自由并屈服于作为胜利者的他者时，主人和奴隶的地位才得以形成。在这种情况下，主体丧失了自己的自治地位，从而成为类似于物的东西"③。不同时代的思想家对奴役与被奴役关系的产生、确定所持的看法惊人的相似，对尼采来说，奴性的特征就是对伙伴的依赖，卢梭说："只有当人们相互依赖，即人们的相互需要把他们联系在一起时，才能形成奴役关系。不先让一个人落入离了别人不能生活的处境，就不可能使他沦为奴隶。而在自然状态下就不存在这种处境，因为在这种状态下，人人都不受束缚，最严酷的法律也是一纸空文。"④ 但人类社会生产的进步，使人们必然步入对于别人的依赖中，就这样进入了奴隶社会。如果按照卢梭的观点，人与动物最大的分别在于人的自由性与自主能力，那么一旦人类由于对别人产生依赖而失去自由的时候，人再次退化为动物，对此，卢梭有过这样的论述："动物既然都有感觉，也就都会有观念，它们甚至能在一定程度上把观念组织起来。在这一

①　[法] 卢梭：《论人类不平等的起源和基础》，陈伟功、吴金生译，北京出版社 2010 年版，第 81 页。

②　[德] 伊利阿斯·卡内蒂：《群体的权力》，三联书店 1994 年版，第 78 页。

③　汪民安主编《生产》第三辑，广西师范大学出版社 2006 年版，第 43 页。

④　[法] 卢梭：《卢梭的民主哲学》，吉林出版集团有限责任公司 2014 年版，第 107 页。

点上，人类与兽类的差别仅在于程度的不同。有些哲学家甚至指出，某种人与某种人之间的差别，比某种人与某种动物之间的差别还大。因此，构成人类与兽类之间的种差的不是人的悟性，而是人的自由施动者身份。大自然支配所有动物，兽类服从支配，人同样也感受到大自然的影响，但人自认为有服从或不服从的自由，而主要就是由这种自由的意识显出人的灵魂的灵性。"①，卢梭进而从天赋人权的角度提出"人的基本天赋——生命和自由"，每个人都可以享受生命和自由，而且至少可以肯定无权放弃它们。放弃自由，人就降低了自己的人格；放弃生命，就是消灭本身的存在。因为任何世俗的财富都不能补偿生命和自由的丧失，所以无论以什么代价放弃生命和自由，都是既违背天理又违背理性的。

在古希腊时期，自由已经是当时社会公认的价值观念，是雅典民主社会的实质所在。柏拉图曾明确提出自由就是"不受任何压力所迫""做你喜欢做的事"②。柏拉图对人的选择权和判断权给予充分肯定，并认定这是自由人的标志性权利。人类依靠自由自主的力量使之脱离了自然动物群体，随之建立了属于人类自己的社会群体，但在这个群体中，会由于自主性的丧失，一部分人又可悲地"退化"为动物。在蓝脸坚守的过程中，我们看到的，是他对享有充分民主权利的向往，更是人类对其所以为人的品质的守护。蓝脸对自由的执着追求，不禁让我们想起莫言作品中较早出现的余占鳌、戴凤莲们，他们用动物性的张扬对不合理规范的反抗，带着浓厚的个人英雄主义色彩，与他们相比，蓝脸的做法更闪耀着理性之光，用莫言的说法是"做'我奶奶'容易做'蓝脸'难"。③蓝脸与整个社会、历史的几十年隐忍抗争，透出的是人类巨大的理性能量，相较于非理性换取的混乱局面，从人类理性出发的坚守必然迎来一个属于理性的结局，这也是莫言创作历程中，不同阶段呈现对人性不同的探索层面与维度。

---

① ［法］卢梭：《论人类不平等的起源和基础》，李常山译，法律出版社 1958 年版，第 83 页。

② 谢文郁：《自由与生存——西方思想史上的自由观追踪》，上海人民出版社 2007 年版，第 29 页。

③ 莫言：《我写小说，小说也写我——与〈中国空港〉记者赵学美对话》，《莫言对话新录》，文化艺术出版社 2012 年版，第 187 页。

第 四 章

动物性表达与莫言创作在
内蕴形式上的完美契合

第一节　狂欢化与动物性的异质同构

狂欢是莫言小说创作的重要特征，对于这一认定，学界似乎已达成了共识。莫言把他与生俱来的叛逆精神和天马行空的狂欢个性、颠覆传统的狂欢思维反映在创作中，使他的作品从形式到内蕴都透着狂欢气息。狂欢所具有的颠覆理性、文明、秩序的旨归与本文谈及的动物性相契合；狂欢的场景会成为释放、张扬动物性的场景，狂欢化的人物成为展现动物性的人物，狂欢的时空体会成为张扬动物性最合适的空间。

随着进入文明社会的脚步渐行渐远，人类的动物性被遮掩得越来越彻底，人类被不断增多的社会属性包裹得不要半点原始肌肤，社会性自然而然成为人类与动物相区别的最大特性。因为动物性的原始特性使文明人耻于提及它与自身密不可分的关系，在人类文明的进程中，它被放逐在最为边缘的领域漂浮不定，与此相反，占据人类意识领域的，是以人类理智为中心的形而上学，这是文明社会的核心规范。古希腊时期，由柏拉图、亚里士多德等人建构的以强调中心、权威、等级、规则为核心的世界观，一直雄踞西方意识领域几千年之久，正如恩格斯所说："在希腊哲学的多种多样的形式中，差不多可以找到以后各种世界观的胚胎和发生过程。"① 由古希腊一路行来，整个西方的文化史就在一个"中心

---

① ［德］恩格斯：《自然辩证法》，于光远等译，人民出版社 1984 年版，第 26 页。

主义"取代另一个"中心主义"的过程中悠悠度过：理念、神权、人性、科学、语言、符号、文本、读者、结构、解构……依次坐庄，不断更换的是中心的内容，保持不变的，却是由与中心的空间距离决定的权威性与等级的高低所形成的思维模式。这种"中心主义"的思维模式，严格区分二元对立，在强化等级、权威的同时，试图压制一切非权威的力量、因素，直接导致一个单一、片面、缺乏生机的世界形成，于是我们看到西方世界一次次陷入僵死的泥沼不能自拔："上帝死了"，"作者死了"，"读者死了"……在死亡的重重阴霾下，巴赫金宣布："没有任何绝对僵死的东西：任何涵义都会有自己复活的节日。"① 正如研究巴赫金诗学理论的杰出学者所说："巴赫金的难题在于：他对我们的思维方式提出了要求，要我们改变用来进行思维的基本范畴。为了理解巴赫金，我们必须更改习以为常的方法，在接触他之前，我们曾用这些方法认识任何事物。"② 这其中所提到的"习以为常的方法"即是"中心主义"的思维方式，巴赫金用来改变人们几千年来的思维模式所用的武器，是始终伴随主流意识存在的边缘世界观——以狂欢节的世界感受为基础的狂欢意识。欲拯救这个固定的、呆板的、僵死的世界，唯一的方式是打破禁锢整个世界的思维定式、认知模式、价值规范和一切权威、等级制，即对现有社会文明秩序进行颠覆。对人类中心主义的颠覆，即是解放一切被弃置在边缘地带的价值观念，使它们能够处在同一平台进行对话，而不是一方对另一方的压制与扼杀。在这一理念的倡导下，人类的动物属性再次进入现代人的视野，在观念的演讲台上有了一席之地。在狂欢精神的烛照下，动物性回归到意识领域的同时，我们注意到一个巧合：狂欢意识与动物性在基本精神、内涵上有着惊人的一致性。社会文明是对文化的建构，是秩序的达成，而狂欢文化是对秩序的解构，是个体生命自由、平等、放纵的体验，它崇尚人类的原始本能要求，而这诸多特性与动物性有着异曲同工的价值取向，所以，当狂欢意识在推翻、颠覆、解构现有的秩序、规范、价值的同时，它张扬的是人类的自然本

---

① 夏忠宪：《巴赫金的狂欢化诗学研究》，北京师范大学出版社 2000 年版，第 18 页。

② ［美］凯特琳娜·克拉克、迈克尔·霍奎斯特：《米哈伊尔·巴赫金》，语冰译，中国人民大学出版社 2000 年版，第 5 页。

性——动物性。

巴赫金的狂欢化理论是建构在对狂欢节和中世纪民间文化的研究基础之上逐步形成的。他在论述文艺复兴时期法国作家拉伯雷时曾指出，拉伯雷的美学观念与欧洲占主流地位的资产阶级美学观念是不同的，他代表的是民间的美学观，这个民间是粗俗的，他把人的力量物质化，写所谓"下半身"的旺盛生命力，所以在欧洲，拉伯雷的传统是被遮蔽的。他与莎士比亚、塞万提斯齐名，但欧洲中产阶级并不喜欢他，拉伯雷受到宗教的迫害，作品也被禁止。但是，巴赫金认为正是由于拉伯雷的这种民间性，才使他的作品具有了非文学性，也就是说，"他的众多形象不符合自 16 世纪末迄今一切占统治地位的文学性标准和规范，无论它们的内容有过什么变化。拉伯雷远远超过莎士比亚或塞万提斯，因为他们只是不符合较为狭隘的古典标准而已。拉伯雷的形象固有某种特殊的、原则性的和无法遏制的'非官方性'：任何教条主义、任何专横性、任何片面的严肃性都不可能与拉伯雷的形象共融，这些形象与一切完成性和稳定性、一切狭隘的严肃性、与思想和世界观领域里的一切现成性和确定性都是敌对的"。① 由此看来，拉伯雷的美学观念就是对现有的、已完成的规范的颠覆。拉伯雷用民间美学的粗俗姿态对抗欧洲资产阶级美学，在巴赫金看来，"拉伯雷就是这种民间狂欢式的笑在世界文学中最伟大的体现者和集大成者"。②

巴赫金的狂欢化诗学强调"颠覆"，"他用'笑'、'向下运动'、'讽刺性模拟'、'小说性'、'杂语性'、'民间性'、'双声话语'等因素颠覆旧世界，创造新世界"。③ 狂欢式世界感受的主要精神：颠覆等级制，主张平等、民主的对话精神，坚持开放性，强调未完成性、变易性，反对孤立自足的封闭性，反对僵化和教条④。"它们显示的完全是另一种，强调非官方、非教会、非国家的看待世界、人与人的关系的观点；它们似

---

① ［苏联］巴赫金：《拉伯雷的创作于中世纪和文艺复兴时期的民间文化》，《巴赫金全集》第 6 卷，李兆林、夏忠宪等译，河北教育出版社 1998 年版，第 2—3 页。

② 同上书，第 15 页。

③ 夏忠宪：《巴赫金的狂欢化诗学研究》，北京师范大学出版社 2000 年版，第 21 页。

④ 参见夏忠宪《巴赫金的狂欢化诗学研究》，北京师范大学出版社 2000 年版，第 68 页。

乎在整个官方世界的彼岸建立了第二个世界和第二种生活。"① 而所谓
"第二个世界"和"第二种生活",是相对于现实存在的"第一种生活"
来说的,现实生活的有限、残酷甚至异化,呼唤人们极力建构拯救生存
状态危机的第二种生活,它是无限的、自由的、虚拟的,能够暂时使欲
望得到满足、自由得以实现的世界,它可以是人类精神的栖息地,也可
以是现实生活的避难所。狂欢的神奇力量就在于它能为人提供一次暂时
拒绝官方世界的机会,同时赋予人们一个理想世界的承诺,如单世联
所说:

> 巴赫金赋予狂欢节以与官方的意识形态和精英文化对抗的力量,
> 它打破一切牢笼的"公众广场",它颠倒一切等级秩序的"笑",它
> 放荡肉体欲望的生命自由,它把确定置于多义和不确定之中等等,
> 具有远远超出审美范围之外的政治——文化意义,狂欢节是解放的
> 世界:世界不再可怕,而是极端的欢快与光明。毕竟,人类在文明
> 的紧身衣中憋得太久了,以至于给予了至善至美理想的艺术形式也
> 似乎是一种桎梏。黑格尔说审美有令人解放的性质,尼采、马尔库
> 塞都曾从艺术中寻求人的幸福,但只有巴赫金把这一切说透了。生
> 活有它的强制和压迫,不可能天天是狂欢节,但如果有那么一个片
> 刻、一个瞬间,我们走出一切社会体制、文化规范、功力计较,朗
> 声大笑,尽兴吃喝,痛快淋漓,自由奔放,纵恣自己的欲望,随意
> 自己的身体,生活不才真的值得了吗? 即使不可能真的身临其境,
> 那么在我们心境中,在我们的幻想中,也总该有这一点憧憬,有这
> 一点向往。它没有改变我们的生活世界,但至少启示着我们,人类,
> 就其可能和应当来说,是可以有另一种生活的。②

生命本身是动物性的、非理性的,它的基本法则是自由,这是狂欢
所阐释的状态,也是狂欢所能够给予的状态,或者说"狂欢是自由生命

---

① [苏联]巴赫金:《拉伯雷研究》,李兆林、夏忠宪译,河北教育出版社1998年版,第
6页。

② 单世联:《西方美学初步》,广东人民出版社1999年版,第632页。

的张显；狂欢的深层意义是人的自由"①。它是对潜藏在人体内动物性原始欲望的一次集体性宣泄，是对压抑在人类心灵深处的"无意识"的直接表达，狂欢为释放人类动物性提供了一个合情合理的契机和场合，尽管狂欢会被人贴上诸如"想象催生的神话"② 这样虚幻、空头的标签，但它仍作为一个乌托邦理想，成为人类继续生存下去的重要精神支撑。关于狂欢化是如何转化为文学语言的，即文学的狂欢化，巴赫金曾这样说：

> 狂欢节上形成了整整一套表示象征意义的具体感性形式的语言，从大型复杂的群众性戏剧到个别的狂欢节表演。这一语言分别地，可以说是分解地（任何语言都如此）表现了统一的（但复杂的）狂欢节世界观，这一世界观渗透了狂欢节的所有形式。这个语言无法充分地准确地译成文字的语言，更不用说译成抽象概念的语言。不过他可以在一定程度上转化为同他相近的（也具有感性的性质）艺术形象的语言，也就是说转化为文学的语言。狂欢式转为文学的语言，这就是我们所谓的狂欢化。③

文学的狂欢化的特点是显而易见的，例如对狂欢型节庆活动的直接描绘。狂欢，正如法国哲学家列斐伏尔所阐释的那样，"在狂欢中，人们可以获得一种崭新的生存，它打破了一切伦理道德规范和理性限制，大量出自于本能、情感和欲望的越轨行为弥散着强烈的快感和新奇，它使人们恢复到前现代社会那种人与自然欢聚一堂的热烈与和谐中"。④ 对人类动物性的张扬、审视、考量是莫言作品的一个突出特色，在对动物性进行表现方面，他自然而然地使用了与之异质同构的文学狂欢化表达方式。莫言"身上有压抑不住的狂欢精神"，他的小说的"狂欢化倾向并不仅仅是一个主题学的问题，而同时，甚至更重要的是，还是一个风格学

---

① 洪晓：《狂欢：自由生命的张显——论巴赫金的狂欢理论》，《巢湖学院学报》2004 年第 5 期。

② 阎真：《想象催生的神话——巴赫金狂欢理论质疑》，《文学评论》2004 年第 3 期。

③ ［苏联］巴赫金：《陀思妥耶夫斯基诗学问题》，白春仁、顾亚铃译，生活·读书·新知三联书店 1988 年版，第 175 页。

④ 宋春香：《他者文化语境中的狂欢理论》，中国社会科学出版社 2009 年版，第 145 页。

（或文体学）上的问题。从某种意义上讲，狂欢化的文体才真正是莫言在小说艺术上最突出的贡献。"① 叛逆的个性使莫言在文学王国里推翻道德规范、文明秩序、传统的审美观念，打碎文明的禁忌，重建一个新世界，在这里"有形的政权、无形的道德、残酷的现实、动荡的时事，统统奈何不了他们"②，这里的法则和秩序是纯民间的（与官方相反的），它是土匪余占鳌们的世界，是被颠覆官方秩序的世界，它会通过儿童、傻子、精神病人们的视角展示出来，在批判旧有规范、价值观念的同时，充分展示了人类的动物性本质。

第二节　情节的狂欢与动物性表现的契合

一　狂欢节庆为动物性表达提供了场景

在狂欢节式的活动中，"一切劳作均告停息，一片狂欢节庆气氛笼罩于世，奴隶可与主人同席共饮，自由交谈，狂欢暴饮"。③ 狂欢是对现有文明秩序的暂时颠覆，但我们绝不能把它仅视作对政治、文化对立斗争的折射或反映，我们更应该注意到它是对人类本能情感的释放和宣泄，它使"人性中隐性的一面被揭示并表现出来"④，使人能在压抑和束缚的文明桎梏下，暂时寻求到精神自由的表达渠道。彼德·勃克曾说："从现实或象征的意义上看，狂欢节有三个主要主题：食物、性和暴力。"⑤ "食色乃人之两大本性，食色欲望为狂欢的原动力，食色本能的宣泄是狂欢最基本的表现形态。"⑥ 对人类本能需要和情感的表达，是狂欢的要义所在。巴赫金在对拉伯雷的小说进行研究的时候，发现了狂欢对夸张表现饮食、筵席的浓墨重彩，凸显饮食的重要，即是对生命物质性的彰显。对此巴赫金说：

---

① 张闳：《莫言小说的基本主题与文体特征》，《当代作家评论》1999 年第 5 期。
② 张志忠：《莫言论》，北京联合出版公司 2012 年版，第 72 页。
③ 夏忠宪：《巴赫金的狂欢化诗学研究》，北京师范大学出版社 2000 年版，第 65 页。
④ ［英］约翰·斯道雷：《文化理论与通俗文化导论》，杨竹山、郭发勇译，南京大学出版社 2006 年版，第 133 页。
⑤ 宋春香：《他者文化语境中的狂欢理论》，中国社会科学出版社 2009 年版，第 105 页。
⑥ 万建中：《狂欢：节日饮食与节日信仰》，《新视野》2006 年第 5 期。

这个肉体来到世界上，它吞咽、吮吸、折磨着世界，把世界上的东西吸纳到自己身上，并且依靠它使自己充实起来，长大成人。人与客观世界的接触最早是发生在能啃吃、磨碎、咀嚼的嘴上。人在这里体验世界、品位世界的滋味，并把它吸收到自己的身体内，使它变成自己身体的一部分。人这种觉醒了的意识，不可能不集中在这一点上，不可能不从中吸取一系列最重要的，决定着人与世界相互关系的形象上。这种人与世界在食物中的相逢，是令人高兴和欢愉的。在这里是人战胜了世界，吞食着世界，而不是被世界所吞食。人与自然界界限的消除，对人来说具有非常积极的意义。①

在巴赫金看来，拉伯雷笔下的巨人没有一个不是吃肉的英雄，饮酒的好汉，"庞大固埃式的乐天君子，生活得神清气和，四体舒泰，心情欢畅，每日里大碗喝酒，大块吃肉"②。

饥饿的童年经历，使"食"这一话题成为莫言作品中绕不过去的主题。莫言善于抓住一切与饥饿相连的感觉与想象，他关注一切与"吃""消化"甚至"排泄"相关的人类物质性特征。在《透明的胡萝卜》开篇即围绕队长那张塞满抃饼大葱的嘴巴展开描写，"人们一齐瞅着队长的嘴"，似乎所有人热衷的不是队长发布的重要通知，而是那张咀嚼着的嘴巴，那"两个腮帮子像秋田里搬运粮草的老田鼠一样饱满地鼓着"③。这张被食物胀满的嘴巴，是饥饿年代中人心向往的幸福。深具狂欢气质的莫言，对食物的钟爱，不会仅仅满足于此，他会用更盛大的仪式来宣告他对"食"的热爱。这或许有如莫言所说："所有在生活中没有得到满足的，都可以在诉说中得到满足。"④ 于是，我们会多次在他的作品中看到关于筵席的描述，那里有数不尽的山珍海味、美食珍馐、美酒佳酿、琼浆仙醪，在他作品中会出现"肉食节""猿酒节""吃肉比赛"……关于"肉食节"，小说叙述者罗小通的解释为：

---

① ［苏联］巴赫金：《拉伯雷研究》，李兆林、夏忠宪译，河北教育出版社 1998 年版，第 325 页。

② 夏忠宪：《巴赫金的狂欢化诗学研究》，北京师范大学出版社 2000 年版，第 73 页。

③ 莫言：《透明的红萝卜》，《欢乐》，上海文艺出版社 2012 年版，第 1 页。

④ 莫言：《四十一炮》，上海文艺出版社 2012 年版，第 401 页。

是一个由我们屠宰村发明的节日。十年前我们——主要是我，把这个节日发明了出来，然后就被镇上霸占了去。镇上搞了一届，又被市里抢夺了去。……肉食节要延续三天，在这三天里，各种肉食，琳琅满目；各种屠宰机器和肉类加工机械的生产厂家，在市中心的广场上摆开了华丽的展台；各种关于牲畜饲养、肉类加工、肉类营养的讨论会，在城市的各大饭店召开；同时，各种把人类食肉的想象力发展到极限的肉食大宴，也在全城的大小饭店排开。这三天真的是肉山肉林，你放开肚皮吃吧，能吃多少就吃多少。还有在七月广场上举行的吃肉大赛，吸引了五湖四海的食肉高手。冠军获得者，可以得到三百六十张代肉券，每张代肉券，都可以让你在本城的任何一家饭馆，放开肚皮吃一顿肉。当然，你也可以用这三百六十张代肉券，一次换取三千六百斤肉。在肉食节期间，吃肉比赛是一大景，但最热闹的还是谢肉大游行。①

这该多么像拉伯雷的描写！在谢肉游行中，一辆辆装饰各种动物图像的彩车载着盛装华彩的青年表演精彩的歌舞，使整个游行充满了节日的欢庆气氛，在表演的队伍后面是一队队动物，它们披红戴绿，在驯兽师的指引下，变幻着花样繁多的步伐。骆驼队、鸵鸟队的出场，更是给游行带来珍稀动物的生气；鼓声、锣声、呐喊声、音乐声此起彼伏，场面十分热闹。游行队伍一眼望不到边。无论是吃肉比赛、谢肉大游行还是肉食节，每一场都以吃肉为内容的盛会使人的"食欲"得到空前的满足。"猿酒节"直到作品结束也没有正式举办，但在作品人物李一斗的介绍下，可见其盛况：绿蚁重叠、十八里红、红鬃烈马、东方佳人、一见钟情、火烧云、西门庆、黛玉葬花等，美酒佳酿品种繁多、琳琅满目。"在狂欢节上，人们不是袖手旁观，而是生活在其中，而且是所有的人都生活在其中，因为从其观念上说，它是全民的。在狂欢节进行当中，除了狂欢节的生活以外，谁也没有另一种生活。人们无从躲避它，因为狂欢节没有空间界限。在狂欢节期间，人们只能按照它的规律，即按照狂欢节自由的规律生活。狂欢节具有宇宙的性质，这是整个世界的一种特

---

① 莫言：《四十一炮》，上海文艺出版社 2012 年版，第 101 页。

殊状态，这是人人参与的世界的再生和更新。"①

在莫言的作品中，狂欢节式的场景屡见不鲜，《檀香刑》中的"花子节"是典型的狂欢节式的集会："每年的八月十四这一天，是高密县的叫花子节。这一天全县的叫花子要在县衙前的大街上游行三个来回：第一个来回唱猫腔；第二个来回耍把戏；第三个来回，叫花子把扎在腰间的大口袋解下来，先是在大街的南边，然后转到大街的北边，将那些站在门口的老婆婆小媳妇用瓢端着的粮食、用碗盛着的米面分门别类地装起来。"② 更为可贵的是在这三天里，"高密县的叫花子是老大"，他们身穿龙袍、头戴冲天冠，坐在叫花子抬着的藤条椅上，在众叫花子的簇拥下，大摇大摆行进在昔日耀武扬威的官兵面前，即使县太爷的仪仗队碰上叫花子的游行队伍也要退避让路。在这三天里，叫花子"自成王国任逍遥"。对他们而言，任何行为毫无僭越之嫌。"叫花子"是任何社会中的最底层人，他们以乞讨为生，吃的是残羹剩饭、穿的是破衣烂衫，他们习惯了在世人的白眼中生存，也养成了自轻自贱的性情，过着最没有尊严的生活，尝尽了由社会等级、阶层不同，贫富差异带来的痛苦。在"叫花子节"里，他们可以抛掉一切社会捆缚的枷锁，颠覆一切日常秩序，从人人践踏的最底层翻越到称王称帝的最高层，正如巴赫金所说："在狂欢节广场上，支配一切的是人们之间不拘形迹地自由接触的特殊形式，而在日常的，即非狂欢节的生活中，人们被不可逾越的等级、财产、职位、家庭和年龄差异的屏障所分割开来。"③ 此时，人仿佛为了新型的、纯粹的人类关系而再生，暂时不再互相疏远。人回归到了自身，并在人们之中，感觉到自己是人。叫花子们在狂欢的节庆里重新找回做人的感觉，体会与其他人原初是平等的物种，在这个过程中，人类自然的属性颠覆了社会属性的规约、限制，张扬的是来自动物性自然生命的平等状态。

《丰乳肥臀》中的"雪集"是狂欢节的又一变体，"雪集"严格意义上称为"雪节"，是东北乡充满神秘、奇妙的"雪上的集市、雪中的交

---

① ［苏联］巴赫金：《拉伯雷研究》，李兆林、夏忠宪译，河北教育出版社1998年版，第8页。
② 莫言：《檀香刑》，作家出版社2012年版，第312页。
③ ［苏联］巴赫金：《拉伯雷研究》，李兆林、夏忠宪译，河北教育出版社1998年版，第12页。

易、雪的祭祀和庆典""是一个必须将千言万语压在心头、一开口说话便要招灾致祸的仪式。在雪集上，你只能用眼睛看，用鼻子嗅，用手触摸，用心思体会揣摩，但是你不能说话。至于说话会带来什么样的后果，没有人问，也没有人说，仿佛大家都知道，大家都心照不宣"①。虽然整个雪集以"禁声"为禁忌，而不是巴赫金所描述的狂欢节上的众声喧哗，然而它具有与狂欢节同样的全民性特征，与狂欢节相契合的精神品质。在"雪集"中禁止了人类独有的"语言"。"语言"曾是人类引以自豪的特征，而在"雪集"里，开口说话是会招致祸患的严重禁忌，与此相对应的是"牲畜们随便叫唤"。"雪集"中最特别而神圣的节目，是"雪公子"的"摸乳"仪式。被奉若神明的"雪公子"在抚摸女人乳房的过程中，为她们祈福。在整个"雪集"里，人们从语言、思想、行为方面颠覆了文明世界的秩序，这一系列日常社会中不可能出现的现象，在"雪集"中顺理成章，人们乐此不疲地信守执行。在整个世界的日常秩序被解构的过程中，作者更为浓重的一笔是"摸乳"仪式。他把这一文明社会日常生活中回避或有所遮掩的事情放大为一个盛会，把本属于"色"领域的行为涂上了神圣、纯洁的色彩。作者一向擅用对动物性的张扬来批判封建文化的流毒，对"摸乳"行为的大肆渲染，同《红高粱》中的"白日宣淫"有异曲同工的妙处——它们在针对封建假道学的虚伪性上，都起到了批判、讽刺的功用。

二　高密东北乡——一个张扬动物性的必然空间

在探索、挖掘人性的文学践行中，对人类之动物性的多维表现成为莫言创作的显著特征，他通过人物向食、色的动物性回归，语言、行为的动物性退化，感觉的动物性位移，甚至人变形为动物等文学方式，打破人与动物间的文明壁垒，使人类一次次向动物退归。在这个过程中，莫言的旨归在于揭露逼迫人退归为牛羊的残酷历史，痛斥恶劣社会环境给人带来的戕害。同时，他凸显了生命的坚韧，在用民族伤痛叩问历史的过程中，高扬文学自身对现实压迫和精神困境的反抗力量。为此，莫

---

① 莫言：《丰乳肥臀》，上海文艺出版社 2012 年版，第 283 页。

言营造了各种极致的文学空间，以催发人类动物性的出现；他苦心构建的文学空间——高密东北乡，完全可以和福克纳的"约克纳帕塔法镇"、马尔克斯的"马孔多"相媲美。他以童年乡土体验为创作基点，把乡土空间塑造成融个体困厄、民族苦难、历史创伤为一体的具有审美风格和文学想象的叙事空间，成为展现中国人生存苦难的生死场，是莫言观照人类生存状态的集结地。同时，这一空间也为莫言小说的动物性表达提供了温良的土壤，使这一文学书写成为必然。

　　"高密东北乡"是莫言故乡平安庄所属河崖镇的民国旧称，此地处于平度县、胶县和高密县交界处，因为是个"三不管"地区，直到20世纪初还是蛮荒一片。一条胶河从高密穿县而过，平原地区的平缓地势，使这一地带每年夏天都会洪水泛滥，浊浪滔天的大水成为莫言童年无法磨灭的记忆，也成为小说中惯于描绘的重要自然环境。莫言家所在的平安庄是个只有几十户人家的偏僻小村庄，但这里却有一座天主教堂，一个不远万里来传教的瑞典教父。幼年时期，最刻骨铭心的感觉是饥饿和孤独。于是，在大人去干活的白天，童年的莫言游荡在村中寻找可以吃的东西。有时他"能在一窝蚂蚁旁边蹲整整一天，看着那些小东西忙忙碌碌地进进出出，脑子里转动着许多稀奇古怪的念头"①。"高密东北乡"作为一个文学地理空间被确认下来，始于1985年。"1985年是莫言找到自己的一年，因而也是急于表现与宣泄的一年……也正在此时，他的立足故乡的'邮票'意识悄然萌发——《白狗秋千架》首先打出了'高密东北乡'的旗号；而《秋水》则写了这个村庄的繁衍史，里面的爷爷和奶奶就是'高密东北乡'的夏娃和亚当，《秋水》就是'高密东北乡'的'创世纪'。"②莫言曾坦言，他建立"高密东北乡"这一文学王国的灵感来源于福克纳，福克纳的故乡叙事给了莫言启示，作家可以这样写作，可以通过描写某个地域内的故事，来反映带有普遍性的人类情感与经验。当然，作家所构建的创作空间，并不完全是物质的，"它还是心理的和想象的，这两种空间的相互牵引和渗透，正构成'空

---

　　①　莫言：《超越故乡》，《会唱歌的墙》，人民日报出版社1998年版，第231页。
　　②　朱向前：《深情于他那小小的"邮票"——莫言小说漫评》，孔范今等编《莫言研究资料》，山东文艺出版社2006年版，第121页。

间'一词的基本涵义"①。

虽然与纯粹追求空间形式的小说创作不同，然而值得注意的是，莫言强调对人物行动背景空间的设置。这样，会使一个纯环境担任起叙述情节的任务，它不再作为一个单纯的空间背景被保存下来，而是成为创作者自我确认的寓意的一个表现。正如纳撒尼尔·霍桑的《带有七个尖角阁的房子》一样，因为整出戏都是在房子范围内完成的，作为背景空间的"房子"对作品的普遍性影响，使人物的创造抑或情节的安排都显得次要。莫言小说大部分以高密东北乡为背景空间，这一空间的整体氛围笼罩并影响其内部人物的行为与情节的推进状态。空间是人物活动的场所，它必然会影响人物的性格、行为以及命运的走向，当作品人物的追求与其所处空间的客观需要趋于内在一致时，空间对叙事主体的叙事功能会起到强化的作用。对此，敬文东曾说：

> 任何一种人化的空间形式，都有它特定的、命定的意识形态（或称超强所指）；失去了意识形态，空间也就不再是人化的而是自然化的了。就是在这个维度上，我们可以下一个并不算胆大的结论：任何一种人化的空间形式因此具有了它所规定的价值取向，从伦理价值、美学价值直到政治价值，都有特定的指标、内涵、口吻、姿势和成色；空间注定会将它随身携带的价值强行赋予每一个被该空间框架、被该空间胁持的人。具体地说，就是要将这种特定的价值（即超强所指、意识形态），安放在每一个人的自我内核之中，强迫每一个人对这种性质的自我进行认同。②

莫言对人物的动物性表达提供了必然的空间，或者说，空间给人物的动物性行为提供了预先的限定意义，这一空间与人物的和谐统一过程，则凸显了文本空间的叙事功能。

食、色是人类动物性的两大基本特征，在莫言的众多作品中，表现

---

① 王小明：《从建筑到广告——最近十五年上海城市空间的变化》，《热风学术》2008年第1期。

② 敬文东：《从铁屋子到天安门》，《上海文学》2004年第8期。

此二者最为集中的作品当属《四十一炮》。我们不妨以此为例，阐述空间的叙事功能。在小说狂欢化的叙述者"炮孩子"罗小通的诉说之下，文本在当下与回忆的时空里来回闪跳，讲述者身处的空间是供奉着"五通神"与"肉神"的寺庙，当下时间状态下的一切场景，皆发生在这座寺庙中。解析寺庙空间意义的关键，是了解其间供奉的神灵："五通神"。此神本是五个神。莫言这一说法应该来自《聊斋志异》，因为在其后的文字中，他借作品人物甜瓜之口，谈及了马通神的文字出处。《聊斋志异》中的五通是至淫之灵物："南有五通，犹北之有狐也。然北方狐祟、尚可驱遣；而江浙五通，则民家美妇辄被淫占，父母兄弟皆莫敢息，为害尤烈。"① 他们皆以美男子的形象出现，专门淫人妻女，后来被万生所杀的"三通"乃一马二猪，被万生砍断一足的"一通"则不知为何物。蒲松龄在文末评道："五通青蛙，惑俗已久，遂至任其淫乱，无人敢私议一语，万生真天下之快人也。"②

莫言对"五通神庙"有这样的描述："这样一座供奉着五个性能力超人、被古代知识分子骂为'淫神'的小庙。"③ 很显然，他在小说中，是取了五通神在《聊斋志异》中的本意，使象征着强大性欲的五通神被祭祀在神庙里。莫言主要提到的只有五通之一——人首马身形象的马通神。马通神也是蒲松龄在《聊斋志异》中重点讲述的。他在五通神中排行第四，因为他对典商妻——阎氏的屡次淫惑，致使典商赵弘一家"俱不聊生"，才引来"赵之表弟，刚猛善射"的万生，杀掉他，"视之则一小马，大如驴"。在《四十一炮》中，庙宇中人面马身、性欲强大、淫惑无数女子的神像马通神幻化为小说人物兰老大。兰老大的生平有如马通神附体，玩弄了无数的女人，是个能够"在一天之内与四十一个女人交合的奇人"。④

在叙述者半癫狂、半魔幻的诉说中，兰老大在小说的尾声部分果然幻化成一匹马，极尽狂欢之能事：

---

① 蒲松龄：《聊斋志异》，岳麓书社 2012 年版，第 490—491 页。
② 同上书，第 492 页。
③ 莫言：《四十一炮》，上海文艺出版社 2012 年版，第 22 页。
④ 同上书，第 211 页。

观众和演员刚刚散尽，兰大官跳上了戏台。……兰大官脱光衣服，让生殖器昂然挺立起来。……就有六个金发碧眼的裸体女人走上台来，躺在台上，排成一排。兰大官依次与她们交合，女人们怪声怪气的喊叫着……总共上来四十一个女人。在漫长而激烈的战斗过程中，我看到忙得不亦乐乎的兰大官，身体不时地变幻成马。他肌肉发达，四肢有力，喉咙里发出"咳儿咳儿"的嘶鸣。①

作品始终在暗示兰大官与马通神的一体化，直到此处，终于在他与四十一人的交合狂欢仪式中，现出了原身——马，即马通神的原型。

另外一个即将与五通神同时被供奉在此神庙中的是肉神。从文本来看，透过"炮孩子"罗小通的狂欢诉说，肉神的来历与他息息相关，或者说人们供奉的肉神就是他自己的神像。罗小通从小不是个寻常的孩子，他对肉有着特殊的感情，在他的脑子里："肉是有容貌的，肉是有语言的，肉是感情丰富的跟我进行交流的活物。它们对我说：来吃我吧，来吃我吧，罗小通，快来啊。"② 整部作品多次出现对罗小通吃肉过程中与肉交流的场景，两次最为集中、详细的描写分别发生在小通第一次偷偷去肉联厂吃肉和第一次吃肉比赛现场，他每次都被肉感动得热泪盈眶：

　　我听到它们呼唤着我的名字，对我诉说，诉说它们的美好，诉说它们的纯洁，诉说它们的青春丽质……我们是属于你的，我们只愿意属于你。我们在沸水锅里痛苦地翻滚时，就在呼唤着你……罗小通，亲爱的罗小通，您是爱肉的人，也是我们肉的爱人，我们热爱你，你来吃我们吧。我们被你吃了，就像一个女人，被一个她深爱着的男人娶去做了新娘。来吧，小通，我们的郎君，你还犹豫什么呢？……我吃你们。我流着眼泪吃你们。……哭泣着的我吃着哭泣的肉，我感到吃肉的过程，变成了一种精神上的交流。③

---

① 莫言：《四十一炮》，上海文艺出版社 2012 年版，第 101 页。
② 同上书，第 379 页。
③ 同上书，第 217—219 页。

　　整个文本所处的空间，是供奉着代表人类两大动物属性"色"与"食"的庙宇，创作者赋予这个特定空间以特殊的价值意义，即是对"食"与"色"的崇拜与敬畏。这一空间特点势必使发生的故事被"胁持"其中，人物对此意义及价值有着本质上的自我认同。正如汪民安所说："与其说个人和空间相互影响，不如说，空间对个人具备一种单向的生产作用，它能够创造出一个独特的个体。对个人而言，空间具有强大的管理和统治能力。"①

　　除了两大与神紧密相连的重要人物——兰大官、罗小通外，其他人物亦不同程度地沦陷在食色之中，不能自拔：传统浪子气质的父亲与村中巨头老兰因争夺酒馆老板娘——野骡子，结下了多年的仇怨，终于父亲抵制不了"色"欲的诱惑，抛妻弃子，选择与情妇野骡子私奔到东北的大山林中，母亲耐不住青春寡居，适时投入老兰的怀抱，老兰与范朝霞明目张胆地在理发店欢爱，在食色崇拜的浓重氛围下，以人物为中心编织的情节自然离不开二者。虽然作品在罗小通的疯狂诉说下，跳跃在不同的时空里，显得魔幻、纷繁、错乱，但无论哪一个时空，都是与食色相关的描述与联想，小通会因为在野骡子那里能吃到肉（食），支持父亲背叛母亲的偷情行为（色）；因为与母亲生活中没有肉吃而憎恨母亲，除了小通之外，作品中出场最多的是和他同父异母的妹妹——娇娇。娇娇聪明可爱，最突出的特点是能吃肉，在哥哥的影响下，她似乎也能听到肉说话的声音，而文本中明确指出与小通吃肉的本事旗鼓相当的，是兰大官早夭的儿子。对于这个角色，叙述者罗小通也不得不感慨："这个孩子是个吃肉的天才，比当年的我还要厉害。"② 这同样是个"肉孩子"，除了吃肉，没有其他欲望，最终在饱食了一顿肉后，毫无痛苦地在睡梦中酣然离开人世。

　　这个角色也许会让读者有些意外，兰大官以性欲超人而著称，他的儿子却是个地道的食欲超常者，但这样安排或许更能透露出食色的不可分割性。其实，在作品中"食"与"色"常常交织在一起，不可分离，作品经常出现蒙太奇效果，在"食"与"色"的镜头之间来回切换，前

---

① 汪民安：《身体、空间与后现代性》，江苏人民出版社 2006 年版，第 104 页。
② 莫言：《四十一炮》，上海文艺出版社 2012 年版，第 211 页。

一个画面还是"肉孩子"在寺庙前尽情吃肉，下一个画面马上切换到歌星与兰大官在酒店地毯上翻云覆雨；"肉孩子"罗小通与肉的感情已由"食"跨入了"色"，当他在吃肉的过程中与肉交流时，他与肉的关系已不仅仅停留在吃与被吃的关系上，他多次把肉视为女人，在他的想象里，肉呼唤他为爱人、郎君，他吃肉的过程也是把爱人揽入怀抱的过程。单纯的"食欲"已经进入了情欲，即罗小通的吃肉过程是满足"食"与"色"双重欲望的过程。可见，这座寺庙成为与人物行为相互协调一致的空间，在叙事过程中，起到了象征和强化的功能。

诚如王德威所言："莫言的小说多以家乡山东高密为背景，笔下融合乡野传奇、家族演义、情色想象于一炉，磅礴瑰丽，实在引人入胜。高密东北乡也因此成为 20 世纪末中国最重要的文学原乡之一。"① "高密东北乡"首次出现在短篇小说《白狗秋千架》中，但这一小说空间生产的"创世纪"应该发生在《秋水》中。莫言在作品里写道：

> ……爷爷年轻时，杀死三个人，放起火，拐着一个姑娘，从河北保定府逃到这里，成了高密东北乡最早的开拓者。……寻常难有人来。我爷爷带着那姑娘来了。那个姑娘很自然地就成了我的奶奶。他们是春天跑到这里来的，在草窝子里滚过几天后，我奶奶从头上拔下金钗，腕上褪下玉镯，让爷爷拿到老远的地方卖了，换来农具和日用家什，到洼子中央一座莫名其妙的小土山上搭了一个窝棚。从此以后爷爷开荒，奶奶捕鱼，把一个大涝洼子的平静搅碎了……陆续便有匪种寇族迁来，设庄立屯，自成一方世界——这是后话。②

东北乡在"我爷爷""我奶奶"到来之前，是个与世隔绝的空间，这里有的只是"大涝洼子""小土山"，没有人类社会活动的痕迹，更不会受到人类社会法则的干扰和约束，于是，两个不为社会所容纳的人（杀人犯）能够在此安居乐业，过上正常的生活。作为此空间的开拓者，他

---

① 王德威：《狂言流言，巫言莫言——〈生死疲劳〉与〈巫言〉所引起的反思》，《江苏大学学报》（社会科学版）2009 年第 3 期。

② 莫言：《秋水》，《白狗秋千架》，上海文艺出版社 2012 年版，第 186—187 页。

们的身份决定了这个空间的定位，后来陆续迁来的"匪种寇族"，更使这个独特的空间充实起来。这个空间成分的组成决定它必然成为一个正常社会的放逐地，旧有空间秩序破坏者的桃花源，既然旧有空间秩序在这里不起作用，意味着这里也是一个人的自然性大于社会性的空间。

在小说文本里，这是一个自足的独立王国，在这里，没有一个能够长久压倒一切的权威规范，无论是《红高粱》《丰乳肥臀》，还是《檀香刑》《生死疲劳》《四十一炮》等，发生在高密东北乡的故事中，不存在一个恒久、稳定的外在道德规范、秩序，也没有一个作者有意标榜的"高大全"式的供人学习参照的样板式人物形象。在血海一样的红高粱地里穿梭、出没的是土匪：杀人越货；他们是英雄：精忠报国；他们道德失范：白昼宣淫……这块被红高粱包围的土地被叙述者界定为："无疑是地球上最美丽最丑陋、最超脱最世俗、最圣洁最龌龊、最英雄好汉最王八蛋、最能喝酒最能爱的地方。"①

在对东北乡这一文学空间进行生产的过程中，莫言注意到对"时空体"的构建。所谓时空体，是指"文学中已经艺术地把握了的时间关系和空间关系相互间的重要关系"②。时空体的构建使在其他场合空间不可能发生的事情，在此变为可能。在狂欢笔法的写作世界里，它是颠覆现实世界的有效手段。莫言的文学王国——"高密东北乡"构成了一个独特的"时空体"，除了它本身的空间特征——荒蛮粗陋，作者赋予它与之相匹配的离乱岁月。王德威早已注意到莫言的高密东北乡所提供的历史空间，他说："以高密东北乡为中心，所辐辏出的红高粱族裔传奇，因此堪称为当代大陆小说提供了最重要的一所历史空间。"其中的历史空间"指的是像莫言这类作家如何将线性的历史叙述及憧憬立体化，以具象的人事活动及场所，为流变的历史定位"③。对此，凌云岚说："地方乡土王国一经确立自己的历史纬度，对地理历史空间的整合完成之际，则可视为'独立'王国，创作者或可以此'国'为象征，完成其对人类历史的

---

① 莫言：《红高粱家族》，人民文学出版社 2012 年版，第 2 页。
② ［苏联］巴赫金：《小说的时间形式和时空体形式：历史诗学概述》，白春仁、晓河译，《巴赫金全集》，河北教育出版社 1998 年版，第 274 页。
③ ［美］王德威：《千言万语何若莫言》，《当代小说二十家》，生活·读书·新知三联书店 2006 年版，第 217 页。

整体想象。"① 莫言对这些历史时间段的选择，为空间的营造起到了强化作用，为人物行为的合理性提供了可靠的依据，地理空间与时间纬度相互融合，使文学空间真正立体、丰满且厚重起来，作家也可以通过对历史空间的书写给自己提供一个更富私人性的历史言说方式。莫言在设置小说环境时，有意赋予了东北乡一个剥离于传统伦理价值规范的独立时空体系，这一时空体中充盈的价值和意义，是生命存在的自由和生命欲望的彰显。"空间和空间的政治组织表现了各种社会关系，但反过来又作用于这些关系。"② 也就是说，社会形成和创造了空间，但又受制于空间，空间反过来形塑着社会构型。社会和空间就存在这样一种基本的辩证关系。在《丰乳肥臀》中，母亲的行为严重违反了传统道德，然而，这位母亲却是作者极力歌颂的大地之母。可见，作者对母亲的评价，并没有放置在一个传统伦理道德的框架之下；这一评价的合理性，可在母亲所处的时空体中寻找到依据。生长在清末的母亲鲁璇儿按照传统女子的规范长大成人，却正逢改朝换代，传统伦理观念随着帝制中国的土崩瓦解，遭到来自不同方向的质疑和抵制，进而成为被新政府打击、批判的对象。对于这场新旧文化之间的矛盾冲突，《丰乳肥臀》中也有所体现，礼教社会女子备受夸赞的三寸金莲被看作"封建余毒，病态人生"③，裹着三寸金莲、走起路来如弱柳扶风的传统美女，被批判为"肩不能挑、手不能提的怪物"④。在旧制被批判得体无完肤的同时，新制却没有建立起来：六名年轻女子带来了别开生面的"天足"表演：

> "她们留着齐额短发，上身穿着天蓝色大翻领袖衫，下身穿着白色短裙，裸露着光滑的小腿，脚穿白色短袜、白色回力牌胶鞋。""女子们排成一队，对着众人鞠了一躬，然后都横眉立目地说：我们是天足，我们是天足，身体发肤，受之父母——她们在地上蹦跳着，并高高地抬起脚，向人们炫耀着长长的脚板——能跑能跳行动自如，

① 凌云岚：《莫言与中国乡土小说传统》，《文学评论》2014 年第 2 期。
② 汪民安：《身体、空间与后现代性》，江苏人民出版社 2006 年版，第 104 页。
③ 莫言：《丰乳肥臀》，上海文艺出版社 2012 年版，第 549 页。
④ 同上书，第 550 页。

不受那小脚残废苦——她们跳着跑着——封建主义戕害妇女视我们
如玩物，我们放足，放足，撕毁裹脚布妇女解放得幸福。"①

新政府展示的新派女子的"天足"表演，被古旧思想的乡民们视为
"野驴蹄子"②；新政府试图推行的新政策在乡民的哄闹中，不得不惨淡收
场。作者就是为高密东北乡选取了一个价值标准混乱的时代，安排母亲
在这一失去衡定价值体系的时空体里生存，使母亲没有一个牢固的外在
法则可以直接依凭，唯一坚不可摧的信念是如何继续生存。在一个没有
标准、价值体系的社会环境下，人类如同行走在丛林中的动物，遇到生
存阻力，他的应急措施来源于本身的动物属性。对于母亲来说，只能凭
靠直觉——来自身体本身的自然反应能力，应对一切苦难。在接下来的
内容里，这一时空体的特色并没有改变，始终处在一个混乱、失范的氛
围中，母亲的女儿们在选择生活、伴侣的过程中，不会听从父母之命、
媒妁之言，只忠于自己的身体、本能反应。在乱世中，她们纷纷与不同
的政权势力者结合，在你方唱罢我登场式的政权频繁更迭中，姐妹亲人
成为仇敌。我们无法判断上官的女儿们选择行为的对错，在混乱的年代
与空间里，或许听命于生命本身才是生存的基本原则。空间可以被有意
图地用来锻造人，规训人，统治人，能够按照它的旨趣来生产一种新的
主体。③ 所以，这里不会有田园牧歌式的情怀与情调，没有柔情缱绻、花
前月下的优雅，有的是离乱中与生存密切相关的物质性、本能性的需求，
在这里，一切统一在生命意志的自由伸张之下。在高密东北乡这块荒蛮
的土地上，有来自时代造成的一切灾难：战乱、匪患、饥荒、政治动荡、
市场欺骗，封建流毒对女子命运的主宰和生命的戕害，面对多灾多难的
生活，东北乡人进行顽强的抵抗，在与苦难的对抗中，显现出人类生命
的粗砺状态，在苦难的催化下，激发出人类动物性的多重表现，这其中
有食、色、自由等。

---

① 莫言：《丰乳肥臀》，上海文艺出版社 2012 年版，第 550 页。
② 同上。
③ 参见汪民安《身体、空间与后现代性》，江苏人民出版社 2006 年版，第 105 页。

巴赫金说："人以及他生活中一切行为、一切事件与时空的世界有着一种特殊的关系。这一特殊的关系，我们可以归结为：质量水准（价值）同时空规模（量）是相符的，形成正比。这意味着一切有价值的东西，一切优质的东西，应该把自己的优质体现在时空的优势上，应该尽可能扩展，尽可能存在得长些；而且真正优质的东西必然会有力量在时空上扩展；一切劣质的东西（小的、可怜的、无力的），就应该完全被消灭，应该无力抗拒自己的灭亡。在价值（不管是什么样的价值，如食品、饮料、真理、善良、美丽）和时空规模之间，没有相互的敌视，没有矛盾；它们互相构成正比关系。所以一切善良的东西都要成长，在所有方面成长，也向所有方向成长。它不能不成长，因为它的性质本身决定了这一点。相反，恶劣的东西不会成长，而是退化、衰竭、死亡。"①

在这里，巴赫金明确阐述了时空体与所处其中的人物行为、事件的密切关系，创作者赋予整个时空体的价值意义与相应性质的人物行为、事件成正比，符合此意义之下的行为、事件会得到尽可能的蓬勃发展，而与之相矛盾的，只会被弱化、被消灭，莫言作品中人物思想行为与所处空间的关系亦然，与空间意义相一致的行为会得到促进、发展，反之，与之相背离的会遭到退化、灭亡。

文学空间的叙事功能，会使其内在的人物、情节被笼罩并裹挟其中。然而，文学作品的空间价值意义是创作者赋予的，"空间的意识形态并非空间本身一开始就具有的，而是特定性质的空间生产者专门为空间生产出来的必需品"。② 正如在《摩尔·弗兰德斯》里，有许多不可计算的亚麻和黄金，在鲁滨逊·克鲁索的小岛上，则堆满了各种值得注意的衣服和金属器具，基于对背景空间作为一种普遍有效的力量的认识，创作者有目的地构建作品的物质空间为其统摄情节和人物服务。按照米歇尔·福柯的空间对人的规训功能理论：在一个密闭空间内部的监视和规训，可以将个体锻造成一个新的主体形式。现代社会形成了各种各样的机制，

① 巴赫金：《小说理论》，白春仁、晓河译，河北教育出版社1998年版，第363页。
② 敬文东：《空间纪事》，《上海文学》2004年第8期。

这些机制都表现出一个密闭的空间特征来——正是这些空间的封闭性，使监视和规训成为可能。文学空间对其人物的规训功能会如期实现。① 张扬人类动物性以问责历史灾难，是莫言作品的一大特征，作品自然要为这一文学目的营造必要的文学空间。莫言把这一价值意义赋予了他建立的独特文学空间——高密东北乡。

对"食"与"性"的描写只是作者借以问责历史、反思文明、悲悯人类生存处境的表象进行的文学呈现，也就是说，时空体的构建与选择是为发扬动物性提供条件，同时，动物性的表现则为作者的思想表达提供载体。"食"是生命状态的最基本需求，之所以界定其为动物性欲望，科耶夫有过解说："对动物来说，最高的价值是它的动物生命。归根结底，动物的所有欲望都与保存生命的欲望紧密地联系在一起，而人的欲望超越这种保存生命的欲望……如果没有这种纯荣誉的生死斗争，也没有世界上的人。"② 从科耶夫的阐述中可推知：当人类的欲求仅为了满足生命的存续，此时，他是动物性的。在高密东北乡这一空间中，发生在人与食物间的关系，恰恰诠释了人类一种动物性的欲望和要求。

在这一空间中，20 世纪 60 年代的历史时间，人类由于极度饥饿再次退归为动物的文学现象不断上演：有着良好修养的大学生乔其莎会为了一勺汤菜毫不顾及食堂管理员的性骚扰；为维持家人的生命，母亲把自己的胃变成储藏生粮食的口袋……为了生存，主人公们忽略了道德范畴中的贞操，一次次向原始的动物性回归。然而，莫言对此完全没有指责，他用充满悲悯的笔端重现历史创伤的同时，揭示了生命的坚韧与顽强，在固守社会道德与维持自然生命两者的天平上，莫言倾向了后者，而这一价值取向早在他构建东北乡这一文学空间时就形成了，可以说，这一幕幕都是统一在高密东北乡这一极度环境之下的系列情节，它们的发生，是这一空间所赋予的结果，而在文学空间的构建中，则充溢着创作者的主体意识。对此，汪民安有过论说："空间从来不能脱离社会生产和社会实践过程而保有一贯自主的地位，事实上，它是社会的产物，它真正是

---

① 汪民安：《身体、空间与后现代性》，江苏人民出版社 2006 年版，第 105 页。

② ［法］科耶夫：《黑格尔导读》，姜志辉译，译林出版社 2005 年版，第 7—8 页。

一个充斥着各种意识形态的产物。"① 的确，正如张闳评说《红高粱家族》所说："莫言在这部小说中更重要的是描写了北方中国农村的生存状况：艰难的生存条件和充满野性的顽强生存。"②

动物性的张扬不仅仅表现在对"食"的回归，"性"亦是紧随其后的重要组成部分。莫言对这一属性的书写，在女性身上表现得更为集中和强烈。传统伦理道德对女性的束缚和禁锢可谓根深蒂固，它们成为女性自由发展的枷锁，女性只能默默忍受来自男权社会的各种压力、约束甚至是侮辱和损害。这一切在莫言的小说中发生了大逆转，东北乡有如一块与世隔绝的独立空间，这里没有一个牢不可破的伦理秩序必须固守，这里的女子对加诸身上的不公平，做出的是最为独特且极端的反抗。本着对人类动物性的尊重，更进一步说是对不合理秩序的反抗意识，莫言经常使被迫陷入不幸婚姻的女人们得到应有的幸福。《红高粱家族》中，戴凤莲被迫嫁与家境殷实的麻风病人单扁郎，在近乎绝望的情况下，她幸福地把自己送给了"劫匪"——余占鳌。《天堂蒜薹之歌》中少女金菊陷入了婚姻的灾难，为了瘸脚哥哥能娶上老婆，三个农民家庭共同签订了换亲合约，金菊挣扎到最后不得已与心上人高马私奔，逃离了那个等待她的梦魇一般的婚姻牢笼。当然，并不是每个不幸的女人都有一个勇武的心上人临危相救，在没有"英雄"出现的情况下，《翱翔》中的燕燕从身体里突然生出了一对翅膀，飞离那个埋藏着不幸的新房，对落后婚俗发出了最意想不到的反抗。而对礼教的控诉最为激烈、荡气回肠的是《丰乳肥臀》中的母亲。母亲为了能在婆家生存下去，不得不四处借种，与不同男人生下九个同母异父的孩子，母亲的痛苦是无以复加的，在她身上看到了旧时代女人的血泪处境。无论幸福还是自由的获得都来自反抗，这些可怜的弱女子，当陷入悲惨的生存困境之后，她们并不是听天由命、怨天尤人，她们都有挣扎，面对命运的不公平，她们都有反抗，无论是戴凤莲、眉娘、金菊、荞麦，燕燕还是鲁璇儿及她的众多女儿们，她们都在用相近的方式反抗旧礼教对女人的压迫和伤害。当封建道德成

---

① 汪民安：《身体、空间与后现代性》，江苏人民出版社2006年版，第102页。

② 张闳：《莫言小说的基本主题与文体特征》，《说莫言》（下），辽宁人民出版社2013年版，第155页。

为禁锢人生命的枷锁，阻止人奔向幸福的脚步，莫言毫不犹豫地选择踢碎这些桎梏，还人以自由，而他用于攻击这枷锁的武器，是与文明道德规范相对立的动物性，用对动物性的释放满足生命的自足。在作者营造的文学空间里，他赋予这个空间独特的价值意义，为其中人物的活动提供了必然的场所。

在高密东北乡这块神奇的土地上，有一个地方充满了特殊性，这里也是莫言家族系列故事得以展开的原生地，这就是那片血海一样的高粱地。自《白狗秋千架》起，高粱地这一空间就被小说女主人公——暖用做接种的地方。作品中有一段高粱地会面的场景，男主人公随着白狗来到高粱地："分开茂密的高粱钻进去，看到她坐在那儿，小包袱放在身边。她压倒了一边高粱，辟出了一块空间，四周的高粱壁立着，如同屏风。看我进来，她从包袱里抽出黄布，展开在压倒的高粱上。一大片斑驳的暗影在她脸上晃动着。白狗趴到一边去，把头伏在平伸的前爪上，'哈达哈达'地喘气。""我浑身发紧发冷，牙齿打战，下颚僵硬，嘴巴笨拙：'你……不是去乡镇了吗？怎么跑到这里来……''我信了命。'一道明亮的眼泪在她的腮上汩汩地流着，她说：'我对白狗说，'狗呀，狗，你要是懂我的心，就去桥头上给我领来他，他要是能来就是我们的缘分未断'，它把你给我领来啦。'"① 两年后，《红高粱家族》问世，暖曾作为避风港的高粱地成为余占鳌与戴凤莲白昼宣淫的天然屏障："余占鳌把大蓑衣脱下来，用脚踩断了数十棵高粱，在高粱的尸体上铺上了蓑衣。他把我奶奶抱到蓑衣上。奶奶神魂出舍，望着他赤裸的胸膛，仿佛看到强劲彪悍的血液在他黝黑的皮肤下川流不息。高粱梢头，薄气袅袅，四面八方响着高粱生长的声音。风平，浪静，一道道炽目的潮湿阳光，在高粱缝隙里扫射。奶奶心头撞鹿，潜藏着十六年的情欲，迸然炸裂。""爷爷和奶奶在生机勃勃的高粱地里相亲相爱，两颗蔑视人间法规的不羁心灵，比他们彼此愉悦的身体贴得还要紧。他们在高粱地里耕云播雨，为我们高密东北乡丰富多彩的历史上，抹了一道酥红。"② 对《红高粱家族》中的高粱地空间，旷新年曾有这样的评论："在作者的心中，乡村民

---

① 莫言：《白狗秋千架》，上海文艺出版社2012年版，第214—215页。

② 莫言：《红高粱家族》，人民文学出版社2012年版，第63页。

间是一种理想的生存状态，这里没有任何道德礼教的束缚，这是一个非道德、非法律的生机盎然的法外之地。他们是一群非礼非法、无法无天、敢爱敢恨、敢作敢为、自由自在、热情奔放的化外之民。"① 无论是暖用来反抗绝望生活的高粱地，还是戴凤莲与余占鳌用来交欢的高粱地，高粱地始终是作为与外界世俗、礼法相隔绝的空间存在着。可以说，莫言赋予高密东北乡的价值意义为人物活动统一在生命意志之下、释放动物性提供了便利和可能。

三　莫言小说狂欢人物的动物性表达

"动物性"作为人类与其他动物共通的属性，是曾被人类文明故意遗忘的角落。人类更愿意用神圣的起源，来证明自己的高贵、伟大；用"逻各斯"等耀眼的名目为武器，在人与其他动物之间，矗立一座看似不可逾越的高墙，使其成为万物之灵——这是人类中心主义者长期努力的成果，也是社会文明发展的必然结果。然而，随着 19 世纪生物科学的发展，人类在自身的起源问题上，遭遇了前所未有的尴尬，"因为这条路的尽头是与其他种种让人毛骨悚然的动物站在一起的猩猩"②。而且，"人来源于动物界这一事实已经决定人永远不能完全摆脱兽性"③。敬文东说得似乎更完备，但也更为悲观：

> 人类过于牛皮烘烘的骄傲心理，遭到过三次程度越来越严重的打击，至到今天，还无法恢复元气和自信。哥白尼宣布地球不是宇宙的中心、达尔文宣布人是由猴子进化而来的、弗洛伊德则宣布人的一切行为，都由阴险低级的力比多所支配、管辖和统治，以至于动物行为学家德斯蒙德·莫里斯（Desmond Morris）干脆把人称作"裸猿"。千百年来貌似高高在上的人类，就这样一步步，被降解为宇宙中一个偏僻微粒上跟其他陆生动物差不多的物种，并且，以大

---

① 旷新年：《莫言的〈红高粱〉与"新历史小说"》，《莫言研究》，华夏出版社 2013 年版，第 117 页。

② ［德］尼采：《朝霞》，田立年译，华东师范大学出版社 2007 年版，第 87 页。

③ 《马克思恩格斯全集》，人民出版社 1995 年版，第 3 卷，第 442 页。

尺度的宇宙眼光来观察，它们之间的差别，小到了可以忽略不计的境地。①

动物性与社会文明是相对立的，正如巴塔耶经常谈到的那个著名的悖论："人从根本上来说就是动物，然而，人类只有否定自己的动物性，其自我身份才能得到确证。"② 的确，人类不断以禁忌为方式，掩盖自身的动物性得以进入文明；动物性作为原始、野蛮的生命表征，则被拒斥在文明的大门之外。

对人类动物性的张扬、审视、考量，是莫言作品的突出特色；而在对动物性进行表现方面，他使用了文学狂欢化的表达方式。莫言"身上有压抑不住的狂欢精神"，他的小说的"狂欢化倾向并不仅仅是一个主题学的问题，而同时，甚至更重要的是，还是一个风格学（或文体学）上的问题。从某种意义上讲，狂欢化的文体才真正是莫言在小说艺术上最突出的贡献"。③ 叛逆的个性使莫言在文学王国里推翻道德规范、文明秩序、传统的审美观念，打碎某些文明的禁忌，重建一个新世界。这个世界是颠覆官方秩序的世界，是突破思维常规的世界，骗子、小丑、傻瓜则是狂欢作品中经常出现的角色。作为"颠覆"秩序的载体，他们解构现实文明的庄严，在嬉笑怒骂中，剥去文明的虚伪外衣。他们"在自己周围形成了特殊的世界、特殊的时空体"④。这些在正统文学中少有提及或不太重要的人物，在狂欢化作品中却有着独具的特点和权利。巴赫金认为，小说担负的基本任务是："戳穿人与人一切关系中的任何成规、任何恶劣的虚伪的常规。"⑤ 浸透到人们生活的恶劣常规，使人与人之间充斥着谎言和虚伪，"他们本质上健康的'自然'的功能，可以说是通过走私和野蛮的途径才能得以实现，因为得不到意识形态的尊崇。这就使人的整个生活有了虚假的两面的成分。意识形态的一切形式、制度变得伪

---

① 敬文东：《圣人之梦》，《天涯》2012 年第 5 期。

② 汪民安主编：《生产》第三辑，广西师范大学出版社 2006 年版，第 41 页。

③ 张闳：《莫言小说的基本主题与文体特征》，《当代作家评论》1999 年第 5 期。

④ ［苏联］巴赫金：《小说理论》，白春仁、晓河译，河北教育出版社 1998 年版，第 354 页。

⑤ 同上书，第 357 页。

善虚假，而现实生活得不到思想上的理解，变得牲畜般的粗野"①。作为揭露的力量，与虚伪的道德规范、成规秩序相抗争的，是有着清醒、风趣而狡黠的头脑的骗子，是具有讽刺、模拟式嘲弄的小丑，还有心地忠厚、天真无私但对社会充满不解的傻瓜。

创作者用傻瓜和小丑等介入文学实践，为观照现实生活提供了新视角，用巴赫金的话来说，就是"从傻瓜和小丑的嘴里采集智慧"②。他们通过自己的存在而又对现实的不理解，来对现实秩序进行揭露性的歪曲和颠倒；"用摆脱现世真理的眼光看世界，规避各种偏见、虚假的真理、传统、现世的评论与观点等等"③。这些人物以其独有的特点和权利，成为这个世界中的局外人。作为"非现世的人"，"他们享有特权，他们自嘲，也被人嘲弄。他们的一个重要功能是反映他人存在，'通过讽刺模拟性的笑声创造出一种将人外在化的特殊的方式'"④。

以傻子、精神病人等异常视角观照社会人生，在中国现当代文学史上并不罕见，从鲁迅的《狂人日记》为开端，到阿来的《尘埃落定》、格非的《傻瓜的诗篇》等，这种精神特异者的形象早已深入人心。在鲁迅那里，有勘破宗法礼教之本质、与现实格格不入的狂人；在阿来那里，有缺少心智，却洞穿人世间贪婪、狡诈之本质的傻瓜少爷；在格非的作品中，我们看到一系列为建构理想世界奔走呼号，最终被现实击垮的疯子……这些精神特异者身上寄托了作者太多的人生思考与社会积淀，通过他们的视角，我们看到作者对社会问题的诸多揭示和人类更加逼近心灵的真实存在。作为先锋派的主将，莫言对精神特异者似乎情有独钟，《球状闪电》中浑身沾满羽毛试图飞翔的精神病老头，《模式与原型》中心智欠缺、烧死亲娘的狗，更有长篇大著中被浓墨重彩推出的特异形象：《檀香刑》中的赵小甲是个地道的心智不全者，在他身上同时兼具巴赫金

---

① ［苏联］巴赫金：《小说理论》，白春仁、晓河译，河北教育出版社 1998 年版，第 358 页。

② ［苏联］巴赫金：《拉伯雷研究》，李兆林、夏忠宪译，河北教育出版社 1998 年版，第 1 页。

③ 转引自宋春香《他者文化语境中的狂欢理论》，中国社会科学出版社 2009 年版，第 128 页。

④ 夏忠宪：《巴赫金的狂欢化诗学研究》，北京师范大学出版社 2000 年版，第 125 页。

狂欢人物"傻子"和"小丑"的特质;《四十一炮》中的罗小通是个不接受长大事实,永远保持儿童心理的成年人,这使他成为狂欢题材中傻子、小丑、骗子的集合体;《丰乳肥臀》中的上官金童是个一辈子长不大的"恋乳癖"患者,他在心智上的不成熟以及行为上的懦弱无能,使他在某种程度上成为傻子形象的变体……莫言在这些狂欢人物形象的身上寄托了很多含义,他们发挥着狂欢人物的既定功能,在颠覆虚伪现实的同时,发现了潜藏在人性深处的动物本真,通过这些特异的视角,使人类动物性得到了瞬时间最大限度的彰显。

赵小甲是《檀香刑》中最具狂欢色彩的人物。他天生心智欠缺,对这个世界缺少应有的认知和理解,这使他成为现实世界中的"局外人",反而能够说出别人隐讳不肯道出的真相:小甲的老婆眉娘与县太爷钱丁的情人关系,全县无人不知,却又三缄其口,尤其在小甲面前,想调侃又对县老爷心有畏惧,所以每每提及,都欲言又止。只有小甲以他的无知、无邪,谈及此事能做到毫不避讳。提到眉娘给钱丁送肉,何大叔调侃小甲:"小甲啊小甲,你这个大膘子,你在这里卖肉,你老婆呢?""俺老婆给她干爹钱大老爷送狗肉去了。"何大叔说:"我看是送人肉去了。你老婆一身白肉,香着哪!""何大叔您别开玩笑,俺家只卖猪肉和狗肉,怎么会卖人肉呢?再说钱大老爷又不是老虎,怎么会吃俺老婆的肉呢?如果他吃俺老婆的肉,俺老婆早就被他吃完了,可俺老婆活得好好的呢。"① 因为小甲的傻子身份,他可以完全不理解现实世界的规范、法则,以其傻瓜思维直接消解常人的世俗性取笑。在"小甲放歌"一章中,莫言让小甲轻松道出了许多人不敢指认的杀害宋三的真凶,既让小说在叙事上显得跌宕起伏,极富狂欢色彩,也让读者被小甲的傻瓜思维搔到了笑穴。小甲道出的真相是:县衙遣来办差、准备用檀香刑处死英雄孙丙的衙役头宋三因为嘴馋,想吃油锅里的炸牛肉,碰巧窜到刽子手赵甲(赵小甲之亲爹)身边捞肉,命案就发生在此刻。而檀香刑的发明者赵甲深知:"有人在暗中打黑枪。黑枪的目标当然是咱家,馋嘴的宋三当了咱家的替死

① 莫言:《檀香刑》,作家出版社 2012 年版,第 61 页。

鬼。"① 杀死赵甲的唯一目的，是阻止檀香刑的施行；而为救英雄孙丙于檀香刑之酷刑下的人不可计数，放黑枪杀赵甲的凶手很难被确定和排查。当读者和文本人物都蒙在鼓里时，傻子小甲对于凶手是谁有这样一段推测性的道白：

> 是谁的枪法这样好？俺爹不知道，听到枪声赶来探看的官兵们也不知道，只有俺知道。这样的好枪法的人高密县里只有两个，一个是打兔子的牛青，一个是当知县的钱丁。牛青只有一只左眼，右眼让土枪炸膛崩瞎了，瞎了右眼后他的枪法大进。他专打跑兔。只要牛青一托枪，兔子就要见阎王。牛青是俺的好朋友，俺的好朋友是牛青。还有一个神枪手是知县老爷钱丁。俺到北大荒挖草药给俺老婆治病时，看到钱丁带着春生和刘朴正在那里打围。春生和刘朴骑着牲口把兔子轰起来，知县纵马上前，从腰里拔出手枪，一甩手，根本不用瞄准，巴哽——兔子蹦起半尺高，掉在地上死了。②

小甲的联想、分析能力达到了超高水准，相当于一个经验丰富的行家里手。钱丁是这场盛大刑罚的积极操办者，在正常的思维范式内，任何人都不会考虑知县与凶手之间存在任何联系，然而小甲会突破常规思维，站在现实世界的外围，凭借自己的亲身经历和分析能力，把凶手的目标毫无悬疑地锁定在钱丁身上，此时的傻子成为揭示真相的聪明人。然而，傻子一边睿智地道出事情真相，如巴赫金所说"从傻瓜和小丑的嘴里采集智慧"，一边又回到疯癫的本位，他接下来把宋三被县令枪杀的缘由归结为偷窃："但知县为什么要把宋三打死呢？哦，俺明白了，宋三一定是偷了知县的钱，知县的钱，能随便偷吗？你偷了知县的钱，不把你打死怎么能行！活该活该……"③ 傻子在完成颠覆思维定式的推理，完成揭示真相的任务后，继续回归傻子的本位，践行傻子言语和行为。这

---

① 莫言：《檀香刑》，作家出版社 2012 年版，第 309 页。
② 同上书，第 363 页。
③ 同上书，第 364 页。

着实如福柯所说："当所有的人都因愚蠢而忘乎所以、茫然不知时，疯人则会提醒每一个人"①，"他用十足愚蠢的傻瓜语言说出理性的词句，从而以滑稽的方式造成喜剧效果"。作品中的傻瓜小甲正在履行自己的疯癫角色使命，他把理性的推断化作傻瓜语言，但揭示的却是自认正常甚至聪明人所无法企及的真相，这当然是作者有意为之。

以上可以看出，傻子小甲是《檀香刑》中唯一能够直接道出事情真相的人，这似乎在暗示：人类都有动物本相这一看似虚幻的事实是真实的。这种隐藏的动物本相，就是隐藏在人类文明表皮下的动物性。莫言设置这一形象的深意，也许是在强调动物性乃人人都有的属性，正常人没有这种观点或是明知此事却避而不谈，傻子小甲却能够直接道出真相，此时的小甲"他不再是司空见惯的站在一边的可笑配角，而是作为真理的卫士站在舞台中央"②。小甲有一个梦想：拥有一根能看到人类本相的虎须，然后看到每个人的动物本相。这个梦想非常奇特，莫言进行如此这般的情节安排，定有深意。首先，他要赋予主人公这样的梦想，然后助主人公实现这个梦想，而实现作品人物梦想的那一刻，即是完成创作者想要表达的思想的那一刻。对文明社会中人不愿面对与谈及的问题——人类动物性，莫言试图以特殊的且合情合理的方式展示出来，读者可以接受，又能引发深思。在这部作品中，莫言把这一任务交给了小甲。

很显然，小甲的思维在正常思维定式之外，他考虑和关心的，是远离现实生活的问题，例如对于得到虎须的迫切渴望，拿到虎须后的奇思怪想。小甲坚信一个事实："世上的人，都是畜生投胎转世。谁如果得了宝须，在他的眼里，就没有人啦。大街上，小巷里，酒馆里，澡堂里，都是些牛呀、马呀、狗啦、猫啦什么的。"③ 先在于小甲思想中的这一前提，就是一个充满虚幻色彩、与现实世界相去甚远的思想导向。得到虎须后，他眼中的世界顿时变成了动物的世界：老婆眉娘是条水桶那般粗

---

① ［法］米歇尔·福柯：《疯癫与文明》，刘北成、杨远婴译，生活·读书·新知三联书店1999 年版，第 11 页。

② 同上书，第 10 页。

③ 莫言：《檀香刑》，作家出版社 2012 年版，第 59 页。

的白色大蛇，他爹赵甲是只瘦骨伶仃的黑豹子，两个衙役变成了两只穿衣戴帽的灰狼，四个轿夫是戴高筒帽的毛驴，师爷原来是只尖嘴的大刺猬，县令钱丁是只白虎，袁世凯是只圆壳大鳖……而在准备给孙丙施以檀香刑的刑场上："一个人种也没有了，校场上，全是些猪狗马牛，狼虫虎豹。"[1] 此刻，人类的动物本相在小甲的目光中显露无遗。关于人从动物发展而来，尼采谈得很多。阿尔方索·林吉斯撰有《尼采与动物》一文，其中谈到：

> 像自然界的其他动物一样，人也养育自己：他休息，寻求庇护；他防止遭到充满敌意的动物和非生命物质的伤害；他为追求快感和生育而沉湎于性接触；他舞蹈和进行仪式表演。同这些动物一样，人也感受到丰裕能量高涨的振奋，他了解爱、骄傲、父母的呵护、安详、愤怒、信任和怀疑。像所有群居的动物一样，人了解依赖感、谨慎、胆怯和积怨。[2]

不仅如此，尼采还认为人的品性来自对动物的学习和模仿，动物性作为人类内在的驱动力，成为道德的来源和基础："鹰不能说成是'骄傲的'；蛇不能说成是'英明的'。尼采的工作就是对这种拟人论的颠倒，他将人种自然化了，他将其他动物种类的感知、情感和行为指派给人：正义、审慎、温和、勇敢——总之，我们所有的名为苏格拉底的美德——的起源，都是动物：它们是内在驱动的结果，这种驱动教我们寻找食物和回避敌人。既然我们考虑到了，即便是最高级的人，他的善良本性，他所理解的敌意概念也只是变得越来越高级和精致，那么，将整个道德现象归之于动物，就并非不合适。"[3] "尼采在贵族那里发现的特征，他们的美德——真实、勇气、骄傲——不是人的特性而是高贵动物的特性。它们也是在和这些高贵动物的关联中获得的……这些本能是新结构产生的源泉。人身上的高贵性并不是对动物状况的超越，而是以之

---

① 莫言：《檀香刑》，作家出版社2012年版，第357页。

② 汪民安主编：《生产》，广西师范大学出版社2006年版，第6页。

③ ［德］尼采：《曙光》，田立年译，漓江出版社2000年版，第26页。

为基础。"① 莫言在处理《檀香刑》中人类的动物性以及人与动物的关系问题时，与尼采颇为近似，他通过傻子的特异视角揭示出人类的动物本相，既显示了人类的动物属性，又以各种不同动物的性情特点界定每个人物形象的特点，这样做既生动、形象，又一举两得。例如，蛇在中国人心目中不仅仅是单纯的动物，它曾频繁出现于神话与民间传说，蛇精美貌诱惑男人，以白蛇来确定眉娘的本相意在揭示人类动物性的同时，借用蛇精的特质来说明眉娘的性情品行，她与蛇精之间有某些异质同构的特质，她貌美多情，与县令勾搭成奸；豹子在动物世界中的杀伤力仅次于狮虎，它性情机敏、智力超常，隐蔽性强，在整部作品中，赵甲有如一头豹子，刑场上他是个完美的杀手，官场上他是谙熟世道的奴才，生活中他是机敏的父亲，他退隐乡间，让人感觉深不可测……而在这些豺狼虎豹面前，百姓们就是猪狗牛羊，作者以此性情为暗喻，来揭示官民的强与弱、吃与被吃的动物关系。

　　与之相辉映的，是贯穿小说始终的猫腔演唱。给孙丙施以檀香刑时，整个刑场变成了猫的世界、猫声的海洋，"喵呜"声淹没了尘世的一切喧嚣，在高亢不绝的猫腔大戏中，小说进入了最高潮，诚如夏可君所说："似乎那些猫腔的声音，那些在死刑中惨叫的声音，都只是动物的声音，似乎不是人的声音！"而向动物形体、声音的回归，使小说写作成为回归的仪式，在这场回归中，夏可君帮助我们有了新的发现："那是发现什么样的生命形态？一个动物的王国？一个还原为赤裸生命的世界？是动物们的大戏？""他看到了生命的本相！一个谋杀者在行刑时显出了他动物的本相！但是他自己却不知道！认识我们自己，似乎就是认识我们身体中叫喊的动物的形象！"②

　　对于人类的动物性，以及人与动物之间的源流关系，莫言曾在多部小说中谈及，《蛙》同样是揭示这一含义的力作。在《蛙》中，莫言流露更多的感情是对生命的热爱，对自然生育、生命的崇尚，与生命在社会理性发展中被剥夺的无奈。小说中，第一次引出"蛙"的形象，并道出其与人类关系的，却是精神病患者——秦河。秦河作为精神特异者成为

---

① 汪民安主编：《生产》，广西师范大学出版社 2006 年版，第 7—12 页。
② 夏可君：《幻像与生命》，学林出版社 2006 年版，第 153 页。

《蛙》中具有狂欢色彩的人物形象。蛙第一次出现，是在被两个叫花子野蛮地用火烧着吃，秦河为了保护蛙，遭到两个叫花子的毒打，他不还手，只频频地说："好哥哥们，你们打死我，我要感谢你们。但你们不要吃青蛙……青蛙是人类的朋友，是不能吃的……青蛙体内有寄生虫……吃青蛙的人会变成白痴……"①"蛙"在小说中不是作为寻常动物出现的，莫言以这种方式提出蛙的生存状态也不是随意安排的。蛙作为小说中的隐喻，承载着人们曾经对生命的敬畏和热爱。人类早期对蛙的崇拜最初缘于它的"多子"，即超强的生殖能力。为了拥有强大的生育能力，人类敬畏蛙、崇拜蛙，把它作为神物来供奉。然而，随着社会理性的发展，人类到了干涉自然生育的阶段，曾经神圣的蛙沦为人类的盘中餐、口中食。"蛙"作为文本的一条红线，牵引我们向前行进，而在以姑姑为代表的计生工作残酷开展的间隙，"蛙"适时的作为一股反拨的力量，向姑姑扑来，所以才有了姑姑酒醉夜行被群蛙攻击的狼狈局面。有了一只黑瘦蛤蟆把姑姑吓晕倒地，也有蛙声与娃声的混同，蝌蚪与精子的同构想象，甚至有了姑姑的计生工作"帮凶"小狮子如下半疯癫的说辞：

> 蛙类并没有什么可怕的，人跟蛙是同一祖先。蝌蚪和人的精子形状相当，人的卵子与蛙的卵子也没有什么区别；还有，你看没看过三个月内的婴儿标本？拖着一条长长的尾巴，与变态期的蛙类几乎是一模一样啊。②

在疯言疯语的叙述下，蛙从开篇的被乞丐用火烧着吃，一步步走向它与人类神秘关系的体系，在逐步引出"蛙"原始神圣性的同时，也是被损害的动物性向社会文明的一次反扑，揭示出动物性在现代文明社会的被剥夺状况，继而引导人们走向自我救赎，而最先关注蛙命运的精神病患者——秦河，也奇迹般地脱胎换骨为捏泥娃娃的民间艺术家，而捏泥娃娃恰是《蛙》自我救赎主题的终极形式。

在整部作品中，"蛙"是核心形象，而能够从始至终洞彻蛙的含义，

---

① 莫言：《蛙》，上海文艺出版社 2012 年版，第 65 页。
② 同上书，第 223 页。

使读者了解蛙的意义，秦河这个狂欢化人物起到了关键的作用。通过这个异常的视角、反常规的思维，道出思维定式之外的真理。生殖能力属于人的动物性，在社会发展的需要下，这种自然的动物权利被文明的需要剥夺了，正如毕光明所说："没有哪一种历史可以让人摆脱生存之苦。"①《蛙》并不是对计划生育政策提出质疑和问责，相反，作者深知此政策的重要性，如文中姑姑所说："计划生育是国家大事，人口不控制，粮食不够吃，衣服不够穿，教育搞不好，人口质量难提高，国家难富强。"② 同时，莫言借叙述者——万足之口，给予计生政策这样的论说："在过去的二十多年里，中国人用一种极端的方式终于控制了人口暴增的局面。实事求是地说，这不仅仅是为了中国自身的发展，也是为全人类做出贡献。毕竟，我们都生活在这个小小的星球上。地球上的资源就这么一点点，耗费了不可再生。从这点来说，西方人对中国计划生育的批评，是有失公允的。"③ 社会文明的发展，在于无数个政策、规范的强制执行。计划生育正是现代社会的重大发明之一，它是除战争以外调制人口最为重要的方式，是国家用来干预个人身体的重要手段。在某些严厉的历史时期里，计划生育被纳入法律视野，使生育这一自然行为的发生不仅不具有自主性，甚至在很多情况下是对法律的冒犯。在此，莫言又一次把动物性与文明之间的矛盾推向了高潮，阐释文明的发展是建立在对动物性的碾压、践踏之上的，如同本雅明所说："任何一部记录文明的史册无不同时又是一部记录残暴的史册……"④ "人类从动物开始。为了摆脱动物状态，人类最初使用了野蛮的、几乎是动物般的手段，这就是历史真相。历史从来不是在温情脉脉的人道牧歌声中进展，相反，它经常要无情地践踏着千万具尸体而前行。"⑤

曾经被先民崇拜的"蛙"在今天的命运暗示了动物性在现代社会的尴尬位置。个人在社会历史中从来不是自由自主的，从来都不能挣脱历史的约束而存在，人的历史是不断远离动物的历史，人类的动物性权利

---

① 毕光明：《生死疲劳——对历史的深度把握》，《小说评论》2006 年第 5 期。

② 莫言：《蛙》，上海文艺出版社 2012 年版，第 107 页。

③ 同上书，第 145 页。

④ 陈永国、马海良主编《本雅明文选》，中国社会科学出版社 2000 年版，第 40 页。

⑤ 李泽厚：《美的历程》，天津社会科学出版社 2001 年版，第 53 页。

在历史发展中不断以各种名目被剥夺。但是，是不是还存在着一个往动物返归的历史？①

　　饥饿、战争、政治斗争、政治制度等使人类被裹挟其中，无所逃遁于天地间，在这些外力的催化下，某些人类的动物性异化为可怕的兽性，兽性的发作即是对他者生命的戕害，不仅表现为生命的理性精神被无情践踏，生命的物质性也遭受到最严重的损害。被损害的生命不仅被剥夺了人性，他（她）的身体甚至被剥夺了生命的形式与生命意义，这身体与纯粹的动物身体无异，此时这生命已变成了阿甘本所说的"赤裸生命"。当"赤裸生命"卷入政治，它会被毫不迟疑的杀死并且毫无牺牲意义，它会被权力任意的处置、干预，一切在权力之下都合理合法，当然这一生命也可以得到权力积极的教化，在战争中的情况亦如此。莫言在《红高粱》《丰乳肥臀》《檀香刑》等多部作品中，以战争为背景，揭示战争中人类精神的底线，以及兽性大发后对他人动物性的掠夺，且不说在炮火硝烟中陨殁的无辜生命。《红高粱》中，日军对罗汉大爷活剥人皮的残忍程度令人发指，这种对人类精神的侮辱和肉体的极度损害使人无法忍受，可见在战争的底色下，人类最基本的动物本色也遭到了残酷的屠戮；同样，《檀香刑》中，皇权法规对人类的异化，使赵甲这样的刽子手遗忘了人类应有的理性和温情，他们对屠刀下的犯人施以了最灭绝人性的摧毁。

　　动物性不是文明社会人生活的常态，狂欢亦只是人们暂时走出体制、走出规范与功利计较的一个片刻、一个瞬间。莫言利用狂欢化的这一特点，给动物性的表达提供了一个合理的契机与场合，借狂欢人物的异常视角，给动物性提供了一个通畅的表达渠道与展示的平台，使人类的动物性得到了立体、饱满的文学呈现，使这一书写形式与创作内蕴达到了臻于完美的统一。

---

①　参见汪民安《身体、空间与后现代性》，江苏人民出版社 2006 年版，第 42 页。

结　语

　　在中国古代思想中，没有"动物"这一词汇，它源于近代日本学者对西方"animal"一词的翻译。汉语"动物"即反映其所包含的语义对西方文化的回应，在中国传统文化中，自然缺乏对"动物性"的全面认知，在表现人与动物的相似点时，更多的用"禽兽""兽性"来代替。这其中包含一定的人文贬义色彩，而不是如"动物性"这一科学名词的中性特质。从封建统治阶级对所谓"禽兽性"的压制，到近代知识分子积极提倡国民对兽性（动物性）的发展以挽救民族危亡，动物性的含义始终没有得到较为全面的理解和认知。即便鲁迅使这一倡导化为生动的文学实践，也出于时代的需要，重兽性、轻温顺，也就是说，近现代（包括近现代）以前，中国还没有明确使用动物性的完整概念。继他们之后，莫言是又一动物性创作的文学践行者，与前人相比，他的作品展示出了人类动物性的丰富和复杂，这其中有对前人的承继，更有其独特的创造。

　　莫言作品对人类动物性的呈现角度是多维的，其用意是多样的，在丰富、绚烂的意蕴背后可见作者的用心良苦。对于存在于人类体内的动物性，莫言一改以往谈动物性色变的回避态度，他能够客观、坦然地直面，与近现代知识分子遥相呼应，莫言主张对动物野性即兽性的发扬，以拯救日益衰靡的"种的退化"，他用人类张扬动物的野性、为野兽树碑立传的方式试图召唤野性来挽救退化危机，这一做法是对西方现代主义的致敬和学习，也是对近代以来知识分子"兽性主义"救国的沿用和遥相回应。出于对先辈呼唤野性的继承，莫言小说中出现了用动物性的张扬来反对封建礼教的行为，《红高粱》中的余占鳌、戴凤莲，《丰乳肥臀》中的母亲和她的众多女儿，《翱翔》中的燕燕……都把自身情欲的动物性张扬作为一种反抗的手段来与加之于身的封建礼教相抗衡，用生命野性的张扬演绎了轰轰烈烈的人生传奇，为呼唤人类的原始动物野性，莫言营造了各种极致的文学空间以催发这种特性的出现：为了诱发人类的动物性，还原人类的原始本能，莫言创设了一个又一个特殊的环境，以对应一个荒唐、荒诞和荒谬的年代。然而，对于动物性的认识作者并没有止步于此，不同于以往的一味张扬，莫言对人类的兽性保持着一定的警惕，作品中时而会流露出对兽性回归的顾虑与担忧，这甚至构成了他对兽性的矛盾态度，这一点在《食草家族》中表现得异常突出。《食草家族》上演了文明与兽性最为激烈的冲突、斗争，其中有文明对兽性的无情压制，亦有兽性对文明的野蛮反扑，此时，莫言对兽性不再一如既往地呼唤、歌唱，而是对原始兽性本身所带有的野蛮、残酷，表现出重重顾虑或者说深深的忌惮，二者厮杀成一团的文学表现是莫言矛盾心理的生动投射，这是莫言对原始兽性的担忧。但令莫言最为痛心疾首的是另一层面的人类兽性行为——被社会文明异化后的兽性，潜藏在人体的动物性在外部条件的催发下，使人类变成世界上最为残忍的动物，它所表现出来的带着虚伪性的残忍是莫言极力揭露的，作品《生死疲劳》《酒国》《檀香刑》《蛙》等，无一不是表现人类在冠冕堂皇的理由下杀人、吃人的力作。先进的社会文明一面在对人类原始的动物性大加讨伐，一面却在为兽性的异化提供温良的土壤，使其在文明社会大行其道，这是莫言对文明中负面因素的揭露与痛斥。动物性作为一个中性的概念，它不同于兽性的简单与偏狭，它是包含兽性在内的一切人与动物相通的属性，这其中包含虎狼一样的野性，也包括牛羊一样的温顺。不同于近代知识分子单纯对"兽性"的倡导，莫言的作品中出现了人类向温顺性的回归，这种回归是人类应对极度恶劣外部环境所做出的本能反应，亦是一种动物的求生反应，它使人类生命得以保存，这个回归的过程凸显出生命的坚韧。对于这些弱者在灾难中的无奈退归，莫言和鲁迅等知识分子痛斥"温顺"不同，似乎保留了自己的态度，因为生命大于一切的法则，在尊重生命的同时，莫言的旨归在于揭露逼迫人退归牛羊的残酷历史，痛斥恶劣社会环境给人类带来的伤害。童年时代历经饥饿与频繁政治运动的莫言，不回避历史的创伤经验，他把个人的苦难放置在历史创伤的大背景下，把个人命运与历史命运结合在一起，用真切的民族伤痛叩问历史，"里面隐藏的是 20 世纪中国绝望的诗性"①。但其魅力所在却是对残酷历史境遇中人类存在体验的特殊美学表达，其中折射出了文学自身对现实压迫和精神困境的反抗力量。前人把"兽性"作为一种救亡图存的手段来倡导、高扬，不同的是：莫言逐渐意识到解决人类本身的问题依旧是要靠强大理性的力量来完成，期待理性先导下优秀文化的生成，指引人类身体内部强大的动物性力量，使之在未来的文明中大放异彩，这也是莫言近期创作所呈现出的思想轨迹。能够把人类动物性如此立体、多样地呈现出来，并纳入一个高度的理性思辨之中，使莫言在中国文化史上关于动物性的思考成为当代的一块界碑。

莫言曾说："我觉得所有文学它首先是世界的，是人类的，然后才是民族的。你这个小说必须能够揭示人类普遍认可的一种感情，能够揭示人类的最基本的特性，那么这才有可能被别人所理解。"② "真正的小说，是没有国界的。""好的小说，因为描写了人类共同的情感，因为作家写作时站在了人类的立场上，而不是站在国家或者民族的狭隘立场上，就具备了一种文学的普遍性或者说是世界性，这样的小说就有可能引起不同国家和民族的读者的共鸣并被他们接受。"③ "一个有良心的作家，他应该站得更高一些，看得更远一些。他应该站在人类的立场上进行他的写作，他应该为人类的前途焦虑或担忧，他苦苦思索的应该是人类的命运，他应该把自己的创作提升到哲学的高度……"④ 可见，文学的世界性追求一直是莫言孜孜以求的努力方向，文学的世界性是全人类的，它不是隶属于某个国家、某个种族、某个时代、某个阶级的，它在于需要表达人类大致认可的基本价值追求，这是人类赖以沟通的价值基础，它在于拥有不同文化的人们能够在文学的想象世界中理解、融合。作为莫言创作的一大特点，表现人的动物性、以动物性视角来观照人自然而然成为莫言作品走向世界、开启文学世界性之门的一把钥匙。当然，这一普适性的价值观念只是莫言创作的基石，它的丰富性要通过具体历史背景中人

---

① 陈晓明、唐韵：《莫言获诺贝尔文学奖的中国意义》，《解放军艺术学院学报》2013 年第 2 期。

② 莫言：《与王尧长谈》，《碎语文学》，作家出版社 2012 年版，第 200 页。

③ 莫言：《意大利共和国报的采访》，《碎语文学》，作家出版社 2012 年版，第 316 页。

④ 莫言：《我的丰乳肥臀》，《莫言散文》，浙江文艺出版社 2000 年版，第 290 页。

物命运的展开来呈现，莫言从不回避历史的创痛经验，他会把历史带来的苦难与困境展示给人看，在漫长的历程中，表现出人类的抗争、奋斗和希冀。选择这样一种独特的视角来观照人类的处境，无疑流露出作家的历史正义感和对人类生存状态的大悲悯。

参考文献

一 专著

[1] ［美］埃里希·弗洛姆：《人性的追求》，王健康译，上海文化出版社 1989 年版。

[2] ［美］埃里希·弗洛姆：《生命之爱》，罗原译，工人出版社 1988 年版。

[3] ［法］布莱士·帕斯卡尔：《思想录》，何兆武译，中国国际广播出版社 2009 年版。

[4] ［美］保罗·蒂里希：《政治期望》，徐钧尧译，四川人民出版社 1989 年版。

[5] ［苏联］巴赫金：《拉伯雷研究》，李兆林、夏忠宪译，河北教育出版社 1998 年版。

[6] ［苏联］巴赫金：《小说理论》，白春仁、晓河译，河北教育出版社 1998 年版。

[7] ［苏联］巴赫金：《陀思妥耶夫斯基诗学问题》，白春仁、顾亚铃译，生活·读书·新知三联书店 1988 年版。

[8] ［苏联］巴赫金：《文本对话与人文》，白春仁、晓河译，河北教育出版社 1998 年版。

[9] 陈晓明：《不死的纯文学》，北京大学出版社 2007 年版。

[10] 陈思和：《中国当代文学关键词十讲》，复旦大学出版社 2002 年版。

[11] 陈思和：《中国新文学的整体观》，上海文艺出版社 1987 年版。

[12] 陈寅恪：《柳如是别传》，上海古籍出版社 1980 年版。

[13] 陈永国、马海良主编：《本雅明文选》，中国社会科学出版社 2000

年版。

[14] 程千帆：《文论十笺》，黑龙江人民出版社 1983 年版。

[15] 邓晓芒：《灵魂之旅》，湖北人民出版社 1998 年版。

[16] ［德］恩斯特·卡西尔：《人论》，甘阳译，上海译文出版社 2007 年版。

[17] ［德］恩格斯：《自然辩证法》，于光远译，人民出版社 1984 年版。

[18] 冯俊：《后现代主义哲学讲演录》，商务印书馆 2003 年版。

[19] 费孝通：《费孝通文集》，群言出版社 1999 年版。

[20] 甘阳：《八十年代文化意识》，上海人民出版社 2006 年版。

[21] 格非：《卡夫卡的钟摆》，华东师范大学出版社 2004 年版。

[22] 管怀国：《迟子建艺术世界中的关键词》，中南大学出版社 2006 年版。

[23] ［美］哈罗德·布鲁姆：《西方正典》，江宁康译，译林出版社 2005 年版。

[24] ［美］赫伯特·马尔库塞：《爱欲与文明》，上海世纪出版集团 2008 年版。

[25] 洪志纲：《守望先锋》，广西师范大学出版社 2005 年版。

[26] 敬文东：《失败的偶像》，花城出版社 2003 年版。

[27] 靳凤林：《死，而后生——死亡现象学视域中的生存伦理》，人民出版社 2005 年版。

[28] 季红真：《忧郁的灵魂》，时代文艺出版社 1992 年版。

[29] ［美］凯特琳娜·克拉克、迈克尔·霍奎斯特：《米哈伊尔·巴赫金》，语冰译，中国人民大学出版社 2000 年版。

[30] 孔范今、施战军主编：《莫言研究资料》（乙种），山东文艺出版社 2006 年版。

[31] ［美］卡尔·门林格尔：《人对抗自己——自杀心理研究》，冯川译，贵州人民出版社 2004 年版。

[32] ［德］卡尔·雅斯贝里斯：《悲剧的超越》，亦春译，工人出版社 1988 年版。

[33] ［法］科耶夫：《黑格尔导读》，姜志辉译，译林出版社 2005 年版。

[34] 刘小枫、倪为国选编：《尼采在西方——解读尼采》，生活·读书·

新知三联书店 2002 年版。

[35] 刘洪涛：《荒原与拯救——现代主义语境中的劳伦斯小说》，中国社会科学出版社 2007 年版。

[36] 刘小枫：《拯救与逍遥》，三联书店 2001 年版。

[37] 李泽厚：《学术文化随笔》，中国青年出版社 1998 年版。

[38] 老舍：《老舍论创作》，上海文艺出版社 1980 年版。

[39] ［美］罗伯特·路威：《文明与野蛮》，吕叔湘译，生活·读书·新知三联书店 1984 年版。

[40] ［俄］列夫·托尔斯泰：《列夫·托尔斯泰文集》，草婴译，人民文学出版社 1989 年版。

[41] ［法］卢梭：《论人类不平等的起源和基础》，陈伟功、吴金生译，北京出版社 2010 年版。

[42] 李斌、程桂婷：《莫言批判》，北京理工大学出版社 2013 年版。

[43] 兰小宁、贺立华、杨守森：《东西方文化与怪才莫言》，花山文艺出版社 1992 年版。

[44] 《马克思恩格斯全集》，人民出版社 1995 年版。

[45] ［哥伦比亚］马尔克斯：《百年孤独》，于娜译，远方出版社 2000 年版。

[46] ［英］马·布雷德伯里、詹·麦克法兰编：《现代主义》，胡家峦等译，上海外语教育出版社 1992 年版。

[47] ［法］孟德拉斯：《农民的终结》，李培林译，中国科学出版社 2005 年版。

[48] 莫言：《莫言讲演新篇》，文化艺术出版社 2012 年版。

[49] 莫言：《碎语文学》，作家出版社 2012 年版。

[50] 莫言：《莫言对话新录》，文化艺术出版社 2012 年版。

[51] 莫言：《学习蒲松龄》，中国青年出版社 2012 年版。

[52] 莫言：《红高粱家族》，人民文学出版社 2012 年版。

[53] 莫言：《欢乐》，上海文艺出版社 2012 年版。

[54] 莫言：《怀抱鲜花的女人》，上海文艺出版社 2012 年版。

[55] 莫言：《白狗秋千架》，上海文艺出版社 2012 年版。

[56] 莫言：《与大师约会》，上海文艺出版社 2012 年版。

[57] 莫言：《师傅越来越幽默》，上海文艺出版社 2012 年版。

[58] 莫言：《食草家族》，上海文艺出版社 2012 年版。

[59] 莫言：《酒国》，上海文艺出版社 2012 年版。

[60] 莫言：《檀香刑》，作家出版社 2012 年版。

[61] 莫言：《丰乳肥臀》，上海文艺出版社 2012 年版。

[62] 莫言：《生死疲劳》，作家出版社 2012 年版。

[63] 莫言：《四十一炮》，上海文艺出版社 2012 年版。

[64] 莫言：《蛙》，上海文艺出版社 2012 年版。

[65] 莫言：《天堂蒜薹之歌》，上海文艺出版社 2012 年版。

[66] 莫言：《红树林》，上海文艺出版社 2012 年版。

[67] 莫言：《十三步》，上海文艺出版社 2012 年版。

[68] 莫言：《变》，海豚出版社 2012 年版。

[69] 莫言：《我们的荆轲》，作家出版社 2012 年版。

[70] 莫言：《恐惧与希望——演讲创作集》，海天出版社 2007 年版。

[71] 莫言：《莫言散文》，浙江文艺出版社 2000 年版。

[72] ［法］米兰·昆德拉：《小说的艺术》，董强译，上海译文出版社 2008 年版。

[73] ［法］米歇尔·福柯：《规训与惩罚》，刘北成、杨远婴译，三联书店 2007 年版。

[74] ［意大利］米兰多拉：《论人的尊严》，梵虹谷译，北京大学出版社 2010 年版。

[75] ［德］尼采：《朝霞》，田立年译，华东师范大学出版社 2007 年版。

[76] ［德］尼采：《曙光》，田立年译，漓江出版社 2007 年版。

[77] ［德］尼采：《道德的谱系》，田立年译，漓江出版社 2007 年版。

[78] ［德］尼采：《历史的用途与滥用》，陈涛、周辉荣译，上海世纪出版集团 2005 年版。

[79] ［德］尼采：《希腊悲剧时代的哲学》，周国平译，商务印书馆 1999 年版。

[80] ［俄］尼古拉·别而嘉耶夫：《论人的奴役与自由》，中国城市出版社 2002 年版。

[81] 蒲松龄：《聊斋志异》，岳麓书社 2012 年版。

［82］［法］乔治·巴塔耶：《文学与恶》，董澄波译，北京燕山出版社 2006 年版。

［83］［法］乔治·巴塔耶：《色情史》，刘晖译，商务印书馆 2003 年版。

［84］［英］齐格蒙·鲍曼：《现代性与大屠杀》，杨渝东等译，译林出版社 2002 年版。

［85］单世联：《西方美学初步》，广东人民出版社 1999 年版。

［86］宋春香：《他者文化语境中的狂欢理论》，中国社会科学出版社 2009 年版。

［87］沈从文：《沈从文全集》，北岳文艺出版社 2002 年版。

［88］唐欣：《权力镜像——近二十年官场小说研究》，社会科学文献出版社 2006 年版。

［89］汪民安主编：《生产》第三辑，广西师范大学出版社 2006 年版。

［90］王尧、林建法主编：《莫言王尧对话录》，苏州大学出版社 2003 年版。

［91］汪民安：《尼采与身体》，北京大学出版社 2008 年版。

［92］王洪岳：《审美的悖反：先锋文艺新论》，社会科学文献出版社 2005 年版。

［93］［保加利亚］瓦西列夫：《情爱论》，赵永穆译，三联书店 1998 年版。

［94］［美］威廉·巴雷特：《非理性的人——存在主义哲学研究》，商务印书馆 1995 年版。

［95］王鸿生：《叙事与中国经验》，同济大学出版社 2008 年版。

［96］［古罗马］西塞罗：《论义务》，王焕生译，中国政法大学出版社 1997 年版。

［97］［希腊］普鲁塔克：《希腊罗马名人传》，席代岳译，吉林出版集团有限责任公司 2009 年版。

［98］谢文郁：《自由与生存——西方思想史上的自由观追踪》，上海人民出版社 2007 年版。

［99］夏忠宪：《巴赫金的狂欢化诗学研究》，北京师范大学出版社 2000 年版。

［100］夏可君：《无余与感通——源自中国经验的世界哲学》，新星出版社 2013 年版。

[101] 杨扬编：《莫言研究资料》，天津人民出版社 2006 年版。

[102] 余虹：《革命·审美·解构》，广西师范大学出版社 2001 年版。

[103] ［古希腊］亚里士多德：《政治学》，颜一、秦典华译，中国人民大学出版社 2003 年版。

[104] ［古希腊］亚里士多德：《动物志》，吴寿鹏译，商务印书馆 1979 年版。

[105] ［英］约翰·斯道雷：《文化理论与通俗文化导论》，杨竹山、郭发勇译，南京大学出版社 2006 年版。

[106] 叶开：《莫言评传》，河南文艺出版社 2008 年版。

[107] 赵倞：《动物（性）》，北京大学出版社 2013 年版。

[108] 张一兵主编：《社会批判理论纪事》，江苏人民出版社 2009 年版。

[109] 张志忠：《莫言论》，中国社会科学出版社 1990 年版。

[110] 张清华：《境外谈文》，花山文艺出版社 2004 年版。

[111] 周国平：《尼采在世纪上的转折点》，新世界出版社 2008 年版。

[112] ［英］詹姆斯·米勒：《福柯的生死爱欲》，高毅译，上海人民出版社 2003 年版。

[113] 赵顺宏：《社会转型时期乡土小说论》，学林出版社 2007 年版。

[114] 朱宾忠：《跨越时空的对话——福克纳与莫言比较研究》，武汉大学出版社 2006 年版。

[115] 张京媛：《新历史主义与文学批评》，北京大学出版社 1993 年版。

[116] 张进：《新历史主义与历史诗学》，中国社会科学出版社 2004 年版。

[117] 周国平：《尼采与形而上学》，新世界出版社 2009 年版。

[118] 张旭东：《全球时代的文化认同》，北京大学出版社 2006 年版。

[119] 贾平凹：《高老庄》，人民文学出版社 2008 年版。

[120] 贾平凹：《带灯》，人民文学出版社 2013 年版。

[121] 汪民安：《身体、空间与后现代性》，江苏人民出版社 2006 年版。

[122] ［瑞典］谢尔·埃斯普马克：《诺贝尔文学奖内幕》，李之义译，漓江出版社 1996 年版。

[123] 孙隆基：《中国文化的深层结构》，广西师范大学出版社 2004 年版。

［124］刘玉梅：《李渔生活审美思想研究》，中国社会科学出版社 2017
　　　　年版。

［125］张婧磊：《新时期文学中的创伤叙事研究》，中国社会科学出版社
　　　　2017 年版。

二　期刊及论文

［1］毕光明：《生死疲劳——对历史的深度把握》，《小说评论》2006 年
　　　第 5 期。

［2］陈晓明、唐韵：《莫言获诺贝尔文学奖的中国意义》，《解放军艺术
　　　学院学报》2013 年第 2 期。

［3］程光炜：《魔幻化、本土化与民间资源——莫言与文学批评》，《当
　　　代作家评论》2006 年第 6 期。

［4］陈炎：《生命意志的弘扬　酒神精神的赞美：以尼采的悲剧观释莫言
　　　的〈红高粱家族〉》，《南京社联学刊》1989 年第 1 期。

［5］陈思和：《莫言近年小说的民间叙述——莫言论之一》，《钟山》2001
　　　年第 5 期。

［6］成俊琴：《关于乡间图腾崇拜与"种"繁衍的探究——以莫言作品
　　　为参照》，《淮北职业技术学院学报》2013 年第 5 期。

［7］崔桂武：《生命哲学上的突破——论莫言小说中对人的兽性的描写》，
　　　《辽宁广播电视大学学报》2004 年第 1 期。

［8］陈志明：《"自由自在"的生命力——论莫言的民间审美取向》，《江
　　　苏广播电视大学学报》2005 年第 1 期。

［9］程德培：《被记忆缠绕的世界——莫言创作的童年视角》，《上海文
　　　学》1986 年第 4 期。

［10］丛新强、孙书文：《莫言研究三十年述评》，《东岳论丛》2013 年第
　　　　6 期。

［11］凤媛：《撤退与进击——试论〈檀香刑〉的叙事艺术及意义》，《安
　　　　徽教育学院学报》2003 年第 2 期。

［12］缑英杰：《莫言小说动植物崇拜原型分析》，《河南纺织高等专科学
　　　　校》2005 年第 1 期。

［13］洪晓：《狂欢：自由生命的张显——论巴赫金的狂欢理论》，《巢湖

学院学报》2004 年第 5 期。

[14] 黄萍：《莫言小说述评》，《新世纪论丛》2006 年第 1 期。

[15] 黄云霞：《作为当代文学史事件的"莫言现象"》，《当代文坛》
2013 年第 1 期。

[16] 洪治纲：《刑场背后的历史——论〈檀香刑〉》，《南方文坛》2001
年第 6 期。

[17] 胡秀丽：《莫言近年中短篇小说透视》，《当代作家评论》1999 年第
2 期。

[18] 贺仲明：《乡村的自语——论莫言小说创作的精神及意义》，《首都
师范大学学报》2006 年第 3 期。

[19] 黄世权：《多元文化互渗时期的写作策略——论莫言〈檀香刑〉文
化杂糅的意义及成败》，《理论与创作》2005 年第 4 期。

[20] 季红真：《神话结构的自由置换——试论莫言长篇小说的文体创
新》，《当代作家评论》2006 年第 6 期。

[21] 敬文东：《空间纪事》，《上海文学》2004 年第 8 期。

[22] 靳新来：《人与兽的纠葛》，博士学位论文，复旦大学，2004 年。

[23] 孔小彬：《论莫言小说的中国想象》，《甘肃社会科学》2013 年第
2 期。

[24] 林建法、李桂玲：《当代作家评论视阈中的莫言》，《当代作家评
论》2013 年第 1 期。

[25] 李洁非：《回到寓言——论莫言及其近作》，《当代作家评论》1993
年第 2 期。

[26] 李红宁：《人性的张力——从莫言的作品看莫言》，《百家》1989 年
第 5 期。

[27] 李敬泽：《"大我"与"大声"——〈生死疲劳〉笔记之一》，《当
代文坛》2006 年第 2 期。

[28] 李敬泽：《莫言与中国精神》，《小说评论》2003 年第 1 期。

[29] 罗兴萍：《重新拾起"人的忏悔"的话题——试论〈蛙〉的忏悔意
识》，《当代作家评论》2011 年第 6 期。

[30] 李建军：《是大象，还是甲虫——评〈檀香刑〉》，《海南师范学院
学报》（人文社会科学版）2002 年第 1 期。

[31] 雷达:《游魂的复活——评〈红高粱〉》,《文艺学习》1986 年第
　　　1 期。

[32] 李陀:《读〈红高粱〉笔记》,《小说选刊》1986 年第 7 期。

[33] 李掖平:《重振古老民族的生命元气——对莫言小说生命意识的一
　　　点重估》,《当代小说》1989 年第 3 期。

[34] 李迎丰:《爱与死:战争背景下的生命意识及其他——〈百年孤
　　　独〉与〈红高粱家族〉的文化心态比较》,《教学研究》1989 年第
　　　1 期。

[35] 李新宇:《〈丰乳肥臀〉:母亲与生命的悲歌》,《名作欣赏》2013
　　　年第 1 期。

[36] 李明刚:《论〈生死疲劳〉兽性视角下的人性批判》,《考试周刊》
　　　2009 年第 25 期。

[37] 李莉:《"酷刑"与审美——论莫言〈檀香刑〉的美学风格》,《山
　　　东社会科学》2004 年第 4 期。

[38] 李茂民:《莫言小说的情爱模式及其文化内涵》,《理论与创新》
　　　2003 年第 4 期。

[39] 林清:《饥饿与幻想——论缺失性童年经验对莫言创作的影响》,
　　　《语文学刊》2007 年第 7 期。

[40] 林宁:《试比较〈红旗谱〉与〈红高粱〉对历史的书写》,《扬州教
　　　育学院学报》2007 年第 2 期。

[41] 刘再复:《"现代化"刺激下的欲望疯狂病——〈酒国〉、〈受活〉、
　　　〈兄弟〉三部小说的批判指向》,《当代作家评论》2011 年第 6 期。

[42] 刘江凯:《本土性、民族性的世界写作莫言的海外传播与接受》,
　　　《当代作家评论》2011 年第 4 期。

[43] 李衍柱:《〈蛙〉:生命的文学奇葩》,《山东师范大学》2011 年
　　　第 6 期。

[44] 《莫言:全球视野与本土经验论文集》,首都师范大学,2013 年
　　　12 月。

[45] 麦永雄:《诺贝尔文学奖视域中的大江健三郎与莫言》,《桂林市教
　　　育学院学报》1999 年第 2 期。

[46] 宁明:《莫言创作的自由精神》,博士学位论文,山东大学,

2007 年。

［47］庞弘：《启蒙的困惑——对莫言新作〈蛙〉的解读》，《南京师范大学文学院学报》2010 年第 3 期。

［48］孙郁：《莫言：与鲁迅相逢的歌者》，《当代作家评论》2006 年第 6 期。

［49］宋剑华、张冀：《革命英雄传奇神话的历史终结——论莫言〈红高粱家族〉的文学史意义》，《湖南大学学报》2006 年第 5 期。

［50］隋华臣：《"最英雄好汉最王八蛋"的历史》，《名作欣赏》2013 年第 1 期。

［51］唐先田：《莫言是文化自觉自信的践行者》，《江淮论坛》2012 年第 6 期。

［52］谭桂林：《论〈丰乳肥臀〉的生殖崇拜与狂欢叙事》，《人文杂志》2001 年第 5 期。

［53］王德威：《狂言流言，巫言莫言——〈生死疲劳〉与〈巫言〉所引起的反思》，《江苏大学学报》（社会科学版）2009 年第 3 期。

［54］王辉：《浅谈〈檀香刑〉人物幻异刻画》，《现代语文》2010 年第 1 期。

［55］万建中：《狂欢：节日饮食与节日信仰》，《新视野》2006 年第 5 期。

［56］王恒升：《从齐文化的角度看莫言创作》，《潍坊学院学报》2011 年第 5 期。

［57］吴敏、蒲荔子：《我不是中国马尔克斯》，《东西南北》2011 年第 16 期。

［58］吴义勤：《有一种叙述叫"莫言叙述"——评长篇小说〈四十一炮〉》，《文艺报》2003 年 7 月 22 日。

［59］王光东：《复苏民间想象的传统和力量——由莫言的〈生死疲劳〉说起》，《当代作家评论》2006 年第 6 期。

［60］王春林：《莫言小说的世界性》，《名作欣赏》2013 年第 1 期。

［61］王雪颖：《"生命意识"视野下的人性阐释——莫言小说管窥》，硕士学位论文，湖南师范大学，2011 年。

［62］汪正圆：《试析莫言小说中的酒神精神 ——以〈红高粱家族〉〈透

明的红萝卜〉为例》，《传奇·传记文学选刊》2010 年第 3 期。

［63］李红梅：《来自民间广场的狂欢化美学——巴赫金民间诙谐文化理论研究》，《绥化学院学报》2009 年第 2 期。

［64］吴义勤：《原罪与救赎——读莫言长篇小说〈蛙〉》，《南方文坛》2010 年第 3 期。

［65］徐文海：《科尔沁文化与科尔沁作家群》，《内蒙古民族大学学报》2009 年第 4 期。

［66］徐寅：《做一个会讲故事的人——从莫言的长篇小说说开去》，《名作欣赏》2013 年第 1 期。

［67］谢有顺：《当死亡比活着更困难——〈檀香刑〉中的人性分析》，《当代作家评论》2001 年第 5 期。

［68］徐少纯：《论莫言小说〈蛙〉中"蛙"与"猫头鹰"意象的民俗意味》，《钦州学院学报》2013 年第 4 期。

［69］夏烈：《苦难的生殖——关于莫言长篇〈蛙〉的随想》，《名作欣赏》2013 年第 1 期。

［70］阎真：《想象催生的神话——巴赫金狂欢理论质疑》，《文学评论》2004 年第 3 期。

［71］杨联芬：《莫言小说的价值与缺陷》，《北京师范大学学报》1990 年第 1 期。

［72］杨联芬、孙郁、许纪霖、张阂、宋明炜、张 莉、蔡元丰：《名家谈莫言》，《中国图书评论》2012 年第 11 期。

［73］颜水生：《莫言"种的退化"的历史哲学》，《文学评论》2010 年第 3 期。

［74］叶桂桐：《论蒲松龄在中国宗教史上的地位》，《蒲松龄研究》2003 年第 3 期。

［75］姚继中、周琳琳：《大江健三郎与莫言文学之比较研究——全球地域化语境下的心灵对话》，《四川外语学院学报》2006 年第 4 期。

［76］张阂：《莫言小说的基本主题与文体特征》，《当代作家评论》1999 年第 5 期。

［77］张清华：《莫言与新历史主义文学思潮——以〈红高粱家族〉〈丰乳肥臀〉〈檀香刑〉为例》，《海南师范学院学报》2005 年第 2 期。

［78］张柠：《文学与民间性——莫言小说里的中国经验》，《南方文坛》2001 年第 6 期。

［79］张清华：《叙述的极限——论莫言》，《当代作家评论》2003 年第 2 期。

［80］张清华：《天马的缰绳——论新世纪以来的莫言》，《当代作家评论》2006 年第 6 期。

［81］张闳：《感官的王国——莫言笔下的经验形态及功能》，《当代作家评论》2000 年第 5 期。

［82］张莉：《莫言：越奇幻，越民间——关于〈蛙〉和〈生死疲劳〉》，《名作欣赏》2013 年第 1 期。

［83］张艳梅：《莫言：红高粱、燕尾服及其他》，《名作欣赏》2013 年第 1 期。

［84］周罡、莫言：《发现故乡与表现自我——莫言访谈录》，《小说评论》2002 年第 6 期。

［85］张志忠：《论莫言的艺术感觉》，《文艺研究》1986 年第 4 期。

［86］朱向前：《天马行空——莫言小说艺术特点》，《小说评论》1986 年第 2 期。

［87］周红霞：《浅析〈丰乳肥臀〉中的动物意象》，《山东行政学院山东省经济管理干部学院学报》2002 年第 3 期。

［88］赵玫：《莫言印象》，《北京文学》1986 年第 8 期。

［89］左其福：《莫言的平民文学观及其当代意义》，《名作欣赏》2008 年第 6 期。

［90］张开艳：《论莫言小说的狂欢化叙事》，硕士学位论文，广西师范大学，2006 年。

［91］张磊：《百年苦旅："吃人"意象的精神对应——鲁迅〈狂人日记〉和莫言〈酒国〉之比较》，《鲁迅研究月刊》2002 年第 5 期。

［92］张玉玲：《文学理想的继承与超越——沈从文与莫言比较研究》，《安徽文学》（下半月）2009 年第 11 期。

［93］赵歌东：《"种的退化"与莫言早期小说的生命意识》，《齐鲁学刊》2005 年第 4 期。

［94］张泉：《后莫言时代对诺贝尔文学奖与中国议题的再审视》，《海南

师范大学学报》2014 年第 2 期。

［95］张泉：《论诺贝尔文学奖及其与中国》，《北京社会科学》1992 年第
4 期。

［96］顾文豪：《一个"诺奖"富豪的中国式登场》，《中国经营报》2013
年 1 月 7 日。

［97］韩秉志：《"莫言经济"：扎根土地的魔幻现实》，《经济日报》2013
年 1 月 19 日。

［98］熊元义：《莫言的清醒与盲区》，《中国艺术报》2013 年 4 月 22 日。

［99］陈钟强：《中国的诺贝尔文学奖情结》，《文化学刊》2013 年第
1 期。

［100］栾梅健：《莫言的获奖重申了文学的尊严》，《社会科学》2013 年
第 1 期。

［101］程洁：《从莫言获"诺奖"看中国文学如何走出去》，《社会科学
报》2013 年 1 月 17 日。

［102］［澳］欧阳昱：《打折扣的诺贝尔文学奖》，《华文文学》2012 年
第 6 期。

［103］李建军：《直议莫言与"诺奖"》，《文学自由谈》2013 年第 1 期。

［104］陈一军、袁栋洋：《莫言获诺贝尔文学奖与高校的中国当代文学史
教学》，《陕西教育》2013 年第 3 期。

［105］周志强：《赶超英美的文化生产逻辑反思》，《人民论坛》2012 年
第 31 期。

［106］肖鹰：《莫言小说写作的成就及缺陷》，《山东社会科学》2013 年
第 2 期。

［107］傅小平：《诺贝尔文学奖与当代文学价值重估》，《文学报》2012
年 12 月 10 日。

［108］车槿山：《从法国到中国看"诺奖"的尴尬》，《山东社会科学》
2013 年第 2 期。

［109］王宁：《中国文论如何有效地走向世界?》，《学习与探索》2012 年
第 11 期。

［110］程巍：《诺奖与文学的新焦虑》，《中国图书评论》2012 年第
12 期。

［111］张志忠：《对莫言研究现状与走向的思考》，《文学报》2013 年 3 月 7 日。

［112］刘正伟：《台湾文学界对莫言获诺贝尔文学奖的回响》，《文学评论（香港）》2012 年第 23 期。

［113］葛红兵：《我们因何对莫言获奖失语?》，《社会科学》2013 年第 1 期。

［114］高方、许钧：《中国文学如何真正走出去?》，《文汇报》2011 年 1 月 14 日。

［115］欧荣：《国内外诺贝尔文学奖研究综述》，华中师范大学外语学院《英美文学研究论丛》第 13 辑，2010 年。

［116］赵自生：《"诺奖"评委的中国情结及理性看待"诺奖"》，《山东社会科学》2013 年第 2 期。

［117］张泉：《世界舞台上的中国新时期文学——试析国际文学交流"逆差"说》，《当代文坛》1995 年第 4 期。

［118］王宁：《诺贝尔文学奖与中国：质疑与反思》，《外国文学》1997 年第 5 期。

［119］刘心武、张颐武：《关于莫言获"诺奖"的另类解读》，《中华读书报》2014 年 2 月 19 日。

［120］张清华：《"中国身份"：当代文学的二次焦虑与自觉》，《文艺争鸣》2014 年第 1 期。

［121］李桂玲：《莫言文学年谱》，《东吴学术》2014 年第 1、2、3 期。

［122］张闳：《莫言小说的基本主题与文体特征》，《当代作家评论》1999 年第 5 期。

［123］王光东：《民间的现代之子——重读莫言的〈红高粱家族〉》，《当代作家评论》2000 年第 5 期。

［124］程光炜：《颠倒的乡村——再读莫言的〈透明的红萝卜〉》，《当代文坛》2011 年第 5 期。

［125］刘再复：《"现代化"刺激下的欲望疯狂病——〈酒国〉〈受活〉〈兄弟〉三部小说的批判指向》，《当代作家评论》2011 年第 6 期。

［126］张芳馨、张富贵：《莫言小说中"婴孩"形象的诡异意味》，《社会科学战线》2014 年第 1 期。

［127］林少华：《莫言与村上：似与不似之间》，《中国比较文学》2014
　　　　年第 1 期。

［128］谢有顺：《文学比政治更永久——关于莫言诺贝尔文学奖的一次演
　　　　讲》，《散文选刊》2013 年第 5 期。

［129］莫言、力夫：《莫言：中国文学已经达到世界文学高度》，《上海
　　　　文学》2013 年第 1 期。

［130］陈思和：《人畜混杂，阴阳并存的叙事结构及其意义》，《当代作
　　　　家评论》2008 年第 6 期。

［131］熊鹰：《当莫言的作品成为"世界文学"时——对英语及德语圈
　　　　里"莫言现象"的考察与分析》，《山东社会科学》2014 年第
　　　　3 期。

［132］姜异新：《莫言孙郁对话录》，《鲁迅研究月刊》2012 年第 10 期。

［133］季进：《我译故我在——葛浩文访谈录》，《当代作家评论》2009
　　　　年第 6 期。

［134］莫言：《应该把自己当罪人写》，《南风窗》2012 年第 22 期。

［135］蔡翔：《何谓文学本身》，《当代作家评论》2006 年第 2 期。

［136］凌云岚：《莫言与中国现代乡土小说传统》，《文学评论》2014 年
　　　　第 2 期。

［137］季红真：《莫言小说与中国叙事传统》，《文学评论》2014 年第
　　　　2 期。

［138］程光炜：《小说的读法》，《文艺争鸣》2012 年第 8 期。

［139］王晓平：《海外汉学界对莫言获诺贝尔文学奖的反应综述》，《文
　　　　学评论》2014 年第 2 期。

［140］柯宇倩：《莫言创造出"中国风味"的魔幻魅力》，《中国密报》
　　　　2012 年 12 月 20 日。

［141］亚思明：《莫言获"诺奖"分裂德国文坛》，《中华读书报》2012
　　　　年 12 月 5 日。

［142］赵妍、赖宇航：《外媒热情关注莫言获奖》，《时代周报》2012 年
　　　　10 月 18 日。

［143］康慨：《葛浩文：大师莫言》，《中华读书报》2012 年 12 月 5 日。

［144］刘剑梅：《文学是否还是一盏明亮的灯？》，"FT 中文网社会与文

化"版 2012 年 12 月 11 日。

[145] 李颉：《莫言"诺奖"温和西方想象的中国农民文学》，《纽约时报》（中文版）2012 年 12 月 8 日。

[146] 叶荫聪：《说书人还是知识分子？——莫言获奖后的争议》，《明报》2012 年 12 月 31 日。

[147] 林培瑞：《答客问——莫言的写作风格及其他》，《纵览中国》2012 年 12 月 10 日。

[148] ［德］顾彬：《莫言的主要问题是：他根本没有思想》，"德国之声"（中文网）2012 年 10 与 12 日。

[149] 赵勇：《作家的精神状况与知识分子的角色扮演——以莫言与韩寒为例》，《名作欣赏》2014 年第 2 期。

[150] 高旭东等：《诺贝尔文学奖与中国：从鲁迅到莫言》，《山东社会科学》2013 年第 2 期。

[151] 曹霞：《如何"传统"，怎样"民间"——论批评家对莫言写作资源的发现与命名》，《中国现代文学研究丛刊》2014 年第 6 期。

[152] 莫言、刘慧：《总在和自己决裂的人》，《文学报》2012 年 10 月 18 日。

[153] 郜元宝、葛红兵：《语言、声音、方块字与小说——从莫言、贾平凹、阎连科、李锐等说开去》，《大家》2002 年第 4 期。

[154] 陈思和：《莫言与中国当代文学》，《扬子江评论》2014 年第 5 期。

[155] 王学谦：《莫言与鲁迅的家族性相似》，《吉林大学社会科学学报》2014 年第 5 期。

[156] 庄森：《胡适·鲁迅·莫言：自由思想与新文学的传统》，《当代作家评论》2014 年第 6 期。

[157] 樊星：《莫言的"农民意识"论》，《长江学术》2014 年第 4 期。

[158] 赵玫：《淹没在水中的红高粱——莫言印象》，《北京文学》1986 年第 8 期。

[159] 艾晓明：《惊愕·恶心·沉思》，《文论报》1986 年 11 月 1 日。

[160] 何怀宏：《活下去，但是要记住——莫言作品中的乡土历史与生命记忆》，《东吴学术》2014 年第 6 期。

[161] 龙慧萍、冯雷：《"莫言：全球视野与本土经验"学术研讨会综

述》,《中国现代文学研究》2014 年第 8 期。

[162] 张兆林、束华娜:《基于文化自觉视角的非物质文化遗产保护与新文化创造》,《美术观察》2017 年第 6 期。

[163] 卢军:《百年来中国科幻文学的译介创作与出版传播》,《出版发行研究》2016 年第 11 期。

后　　记

　　有人说：写书如造屋，书成如屋成。的确，营构一本书的繁难不啻造一屋的艰辛，从房屋的构想到建造图纸的绘制，再到一砖一石的搭建，一木一钉的镶嵌，刷墙泥地，糊窗挂面，无晨夕之分，其间的苦心思虑与辛劳备至，只有造屋者最能体会。忽见一日屋竟落成，不亦快哉！当我写下后记两个字时，意味着我的"新屋"始成，虽不是什么华宇广厦，但木石之间无不凝结着汗水与思量，敝帚虽微亦自珍。

　　此书是2015年我承担的山东省社科规划项目"莫言小说中的动物性研究"的最终成果。莫言，是我自读博期间就一直关注的作家，他作品所具有的文学性和他的山东人身份都深深吸引了我。尤其自2012年莫言获诺贝尔文学奖以来，学界对其作品的研究达到了空前的热度，我也有幸多次参加莫言研究的学术交流活动，并几次造访莫言在高密的旧居和位于高密一中的莫言文学馆，去寻找和感受这块土地曾给予莫言的无限灵感和写作资源。

　　关于本课题"动物性"研究角度的选取，首先要感谢我的师兄——如今在首都师范大学任教的年轻学者张光昕，是我们一次偶然的长谈使我对这一研究视角产生了兴趣。光昕师兄向我推荐了夏可君教授的一篇题为《庄子的"庖丁解牛"和莫言的"檀香刑"：牛——人之解》的文章，其中提到了《檀香刑》中的"动物性"问题，当我们谈及此处，莫言作品中诸多关于动物性的文学现象出现在我的脑海，这着实让我有些兴奋。我的想法得到了我的老师徐文海教授的支持和鼓励，这无疑增强了我写作的信心；在充满艰辛的写作过程中，我得到了敬文东教授、刘淑玲教授、钟进文教授的悉心指导和帮助，这是使本课题得以提升的重要资源。随着研究的不断深入，张清华教授、敬文东教授、张志忠教授等多位学者的学术思想都深深影响着我，他们的思想在当下的学术界闪烁着耀眼的光芒，我援引了他们的思想精髓，能以此种方式与他们建立联系，这对我来说也是莫大的幸事。

感谢我的领导和同事一直以来对我的关心和帮助，他们的关爱是我继续前行的重要动力。在此，特别感谢中国社会科学出版社的张林女士，感谢她对本书的编辑所付出的辛苦劳动。

当然，由于才学疏浅，这本书还存在诸多的不足。我知道，我所建造的小屋简单粗陋，如能得到观者对其半砖片瓦的注意，亦足以让我喜出望外并心满意足了。

2018 年 2 月 10 日于聊城大学